LES FEUX
DU CRÉPUSCULE

MIREILLE LESAGE

LES FEUX DU CRÉPUSCULE

roman

Pygmalion
Gérard Watelet
Paris

Sur simple demande aux
Éditions Pygmalion/Gérard Watelet, 70, avenue de Breteuil, 75007 Paris
vous recevrez gratuitement notre catalogue
qui vous tiendra au courant de nos dernières publications.

© 1992 Éditions Pygmalion / Gérard Watelet, Paris
ISBN 2-85704-365-1

A Laure et Alphonse Gallerne

LES FEUX DU CRÉPUSCULE

Bientôt, en octobre 1634, las de la ruelle espagnole, le duc
s'enfuit en France après avoir accepté d'emmener Floriane
avec lui, Floriane qui est prête à tout pour obtenir le pardon
du roi, pour revoir son enfant et Artus qu'elle n'a jamais
cessé d'aimer !

INTRODUCTION

A la suite d'un duel au cours duquel il tue son adversaire,
Artus d'Ivreville reçoit du roi Louis XIII l'ordre de quitter la
France pour se rendre en Afrique, défendre un Bastion isolé
des côtes barbaresques. Pendant ce temps, Floriane qui a
bravé l'autorité du cardinal de Richelieu, menacée d'empri-
sonnement, est obligée de fuir Paris*.

Sans nouvelles d'Artus, enceinte, désespérée, elle trouve
refuge au sein d'une troupe de comédiens ambulants, devient
comédienne à son tour, vite séduite par le théâtre, touchée
par ses nouveaux compagnons. Lorsque peu après elle donne
naissance à une fille, elle peut heureusement confier l'enfant
à sa belle-mère, avant d'embarquer, toujours avec la troupe, à
destination de la Hollande.

Mais le bateau fait naufrage. Sauvée par Floridor, un comédien qui depuis le début la soutient dans ses épreuves — avec
lequel elle a même une brève liaison —, la jeune femme décide
alors de gagner Bruxelles pour y rejoindre d'autres exilés français entourant le duc d'Orléans, frère de Louis XIII.

* Voir *Les Chemins d'Espérance* chez le même éditeur.

9

LES FEUX DU CRÉPUSCULE

Bientôt, en octobre 1634, las de la tutelle espagnole, le duc s'enfuit en France après avoir accepté d'emmener Floriane avec lui ; Floriane qui est prête à tout pour obtenir le pardon du roi, pour revoir son enfant et Artus qu'elle n'a jamais cessé d'aimer !

PRINCIPAUX PERSONNAGES HISTORIQUES

Louis XIII (1601-1643)
Roi de France.
Fils d'Henri IV et de Marie de Médicis.

Anne d'Autriche (1601-1666)
Infante d'Espagne, reine de France.

Gaston d'Orléans. Monsieur (1608-1660)
Frère de Louis XIII.

Armand du Plessis de Richelieu (1585-1642)
Cardinal, ministre de Louis XIII.

Marie de Rohan, duchesse de Chevreuse
Amie de la reine Anne.

Giulio Mazarini
Mazarin, futur cardinal-ministre.

François de Bassompierre (1579-1646)
Maréchal de France.

Prince de Marsillac. François de La Rochefoucauld
Futur auteur des « Maximes ».

11

LES FEUX DU CRÉPUSCULE

Antoine de Puylaurens
    Conseiller de Monsieur.

François de Belin
    Gentilhomme du Maine. Mécène.

François de Brion
    Gentilhomme de Monsieur.

Marquise de Rambouillet
    « Arthénice ».

Julie d'Angennes
    Sa fille.

Angélique Paulet
    Une amie d'Arthénice.

Madame de Combalet
    Nièce de Richelieu.

Anne du Vigean
    Amie intime de Mme de Combalet.

Renée de Beuvron
    Nièce de Bassompierre.

Gens de lettres

Vincent Voiture
L'Abbé de Boisrobert
Madeleine et Georges de Scudéry
Claude de Malleville

Comédiens

Floridor
Bellemore
Mondory
Isabelle et Charles Le Noir

LES FEUX DU CRÉPUSCULE

Auprès de Louis XIII

François de Guitaut
Capitaine des gardes.

Claude de Saint-Simon
Favori.

François de Baradas
Ancien favori.

Le comte de Soissons
Monsieur le Comte.

Maréchal de La Force
Maréchal de Châtillon
Père Caussin

Baron du Becq
Gouverneur de La Capelle.

Auprès d'Anne d'Autriche

Pierre de la Porte
Écuyer.

Madame de Sénecé
Première dame d'honneur.

Madame de Brouilly
Gouvernante des filles d'honneur.

Marie de Hautefort
Louise-Angélique de La Fayette
Françoise de Chémerault
Denise d'Aiches
Renée de Vieux-Pont
Filles d'honneur.

Mère de Saint-Étienne
Supérieure du Val-de-Grâce.

LES FEUX DU CRÉPUSCULE

Patrocle
 Écuyer.

Filandre
 Femme de chambre.

Michelette
 Servante.

Lalande
 Maître d'hôtel.

Le Gras
 Secrétaire.

Père Faure
 Confesseur.

Auprès de Madame de Chevreuse

Jean-Paul Malbâti
 Procureur du roi.

Bertrand d'Eschaux
 Archevêque de Tours.

Sieur Catinat
 Lieutenant général du roi.

Anne
Hilaire
Renault
Thuillin
Potet
 Domestiques.

A la Bastille

Adrien de Montluc, comte de Cramail
Commandeur de Jars
Marie de Gravelle
M. du Tremblay
 Gouverneur.

LES FEUX DU CRÉPUSCULE

Au gouvernement

Isaac de Laffemas
Lieutenant civil.

Sublet de Noyers
Surintendant des Finances puis secrétaire d'État.

Chavigny
Secrétaire d'État.

Séguier
Chancelier.

Père Joseph
Conseiller privé de Richelieu.

A l'étranger

Urbain VIII
Pape.

Philippe IV
Roi d'Espagne,

Cardinal-Infant Ferdinando
Frères de la reine Anne.

Charles, duc de Lorraine
Prince Thomas de Savoie
Jean de Werth
Galas
Piccolomini
Chefs d'armée au service de l'Empereur d'Autriche.

Père Carré
Dominicain.

LES FEUX DU CRÉPUSCULE

La Coiffier
Cabaretière.

Dame Péronne
Sage-femme.

Sanson Lepage
Aventurier

PERSONNAGES ROMANESQUES

Floriane de Saint-Évy, baronne d'Ivreville
Artus, baron d'Ivreville
Charlotte
> Leur fille.

Hélène d'Ivreville
> Mère d'Artus.

Sœur Marie-Josèphe
> Anthonie, sœur de Floriane.

Alix de Montrouge
> Cousine de Floriane.

Olyvette Arnoullet
> Amie de Floriane.

Ermelinde Frumence
> Suivante de Floriane.

Denis et Rémi de Lorval
> Cousins d'Artus.

Dame Belot
> Sage-femme.

17

LES FEUX DU CRÉPUSCULE

Sœur Claire
Sœur Simone
     Clarisses.

Jean La Musette
     Valet de Floriane.

Lubin
     Valet d'Artus.

Toinon
     Servante de Floriane.

Macloud
     Cocher.

Gaspard
     Intendant.

Nicot
Jacquemain
Nicole
     Domestiques à Saint-Évy.

Bianca
Giulia
     Servantes de Mazarin.

Le Picard
     Espion.

Le Caïman
     Espion espagnol.

Marqués de Rincón
     Officier espagnol.

I

Le retour d'Artus

(Octobre 1634 - Février 1635)

DEPUIS combien de temps galopaient-ils ainsi, sans un mot, sans un regard en arrière, sans même s'accorder un instant de repos ?

« Il faut tenir encore... Il faut tenir encore... »

Au rythme des sabots martelant le sol boueux, cette petite phrase roulait inlassablement dans la tête enfiévrée de Floriane qui, par un prodigieux effet de volonté, réussissait depuis le matin à suivre ses compagnons. Sous le pimpant costume de page, son corps moelleux de femme et de mère renouait avec le douloureux effort physique, le jeu sans cesse en éveil des muscles et des réflexes, comme jadis lorsqu'elle courait par les chemins avec La Musette.

« Il faut tenir encore... Il faut tenir encore... »

Nivelles, Binche, Bavay, le Pont sur la Sambre... Les fugitifs avaient vu depuis longtemps le soleil s'élever sur le plat pays coupé de bocages, de forêts, de rivières ; à leur passage, bien des heures avaient été égrenées du haut des clochers des églises sertis dans leurs donjons de briques, sans qu'ils pussent même en compter les échos. Maintenant le jour déclinait ; les ombres s'allongeaient sur la plaine. Les arbres, les prairies, les troupeaux, les villages, les petits ponts de pierre, les gués des ruisseaux, tout le décor si hâtivement dévidé avait fini par se brouiller à leur vue, fondu dans le bleu, le vert, le brun doré des couleurs. La monture de Monsieur venait de s'effondrer sous lui mais aussitôt le Prince avait enfourché l'un des chevaux de rechange menés en mains par son escorte. Rien ne devait l'entraver dans sa course vers la liberté. Un accident, une chute, et le cavalier malchanceux serait impitoyablement abandonné au bord de la route, à la merci de leurs poursuivants, Floriane comme les autres ! Elle le savait fort bien.

Car à Bruxelles on avait dû sans doute s'apercevoir de leur fuite. Peut-être même, immédiatement alertés, les Espagnols s'étaient-ils déjà lancés sur leurs traces et d'un moment à l'autre s'apprêtaient-ils à fondre sur eux comme une sombre nuée ?

« Il faut tenir... »

Les yeux de Floriane effleurèrent rapidement le visage hâve de Brion, chevauchant auprès d'elle. Elle crut y discerner un impalpable sourire lorsque lui-même, l'espace d'une seconde, la regarda. Ce signe amical, bien que fugace, raviva sa vaillance.

Oui, oui, le délicat petit page saurait bien aller jusqu'au bout du dangereux voyage puisque tout son bonheur futur en dépendait !

Dressé en sentinelle trapue aux portes de France, le bourg fortifié de La Capelle commençait à s'endormir, à l'exception des hommes de garde postés sur les remparts. La lune ronde et laiteuse éclairait les murailles, les bannières royales ondoyant mollement et tout autour, révélait une immensité paisible, sans âme qui vive sur plusieurs lieues : la frontière où le pays rencontrait les terres du roi d'Espagne.

Soudain, on eût dit que toute une armée piétinait la campagne immobile. Aussitôt en alerte, la garnison fut sur pied. Les soldats coururent à leurs postes, pointèrent la gueule de leur canon ou de leur mousquet à chaque créneau. Ils ne virent pourtant qu'une dizaine de cavaliers qui surgissaient tout à coup du silence et de l'ombre, comme des fantasmagories incertaines, inquiétantes, engendrées par la nuit mystérieuse. Prévenu par son lieutenant, M. de Nerville, le gouverneur de la place forte, le baron du Becq qui allait se coucher, rhabillé à la hâte, grimpa au sommet du bastion.

— Qui va là ?

— « Monseigneur le duc d'Orléans, frère unique de Sa Majesté notre bon roi Louis [1]. »

La voix était rauque, paraissant, elle aussi, venir d'un songe.

Le duc d'Orléans ! Tout d'abord du Becq refusa de croire à pareille fable. Allons donc, Monsieur était à Bruxelles, bien gardé par ces chiens d'Espagnols ! A coup sûr, il s'agissait là d'une ruse pour s'emparer plus commodément de la place et ce petit groupe inattendu n'était qu'une avant-garde précédant les soldats de l'Infant Ferdinando ! Du Becq, lui, ne croyait pas aux fantômes.

Il fit un geste, ses hommes se préparèrent à faire feu.

— « Baron du Becq ! Empêchez que l'on ne tire sur nous. Je viens avec les bonnes grâces du roi et sa permission. J'ai des ordres de Sa Majesté pour vous. Faites sortir quelqu'un à qui je les puisse donner [2] ! »

Cette fois-ci, ce timbre ne fut pas étranger au brave gouverneur qui, naguère, avait fréquenté la Cour. Se penchant, il examina mieux les cavaliers regroupés sur la contrescarpe. Ils semblaient épuisés, blafards sous le clair de lune. Leurs montures tremblantes, couvertes de boue et d'écume n'en pouvaient visiblement plus d'effort. Derrière eux, l'horizon était toujours tranquille, à peine effleuré par la brise automnale. Se pouvait-il que l'incroyable fût vrai ? Monsieur, ici même !

1. Historique.
2. Historique.

Quoi qu'il dût en coûter par la suite, du Becq ne devait prendre le risque de faire tirer sur l'héritier du trône.

Le pont-levis fut donc abaissé. L'infanterie reçut l'ordre de sortir, Nerville en tête. Le jeune officier s'avança.

Et bien vite, reconnaissant Monsieur, il s'inclina devant lui. Puis avec force cris et gestes allègres, il se retourna vers le gouverneur et toute la garnison stupéfaite. Quelques minutes plus tard, on remettait symboliquement au Prince les clefs de la ville et tout le monde se congratulait à l'intérieur des murs de La Capelle, le baron du Becq confondu en excuses pour n'avoir pas d'emblée reconnu son auguste visiteur.

— « Par pitié messieurs, donnez-nous à souper ! claironna sans rancune Gaston d'Orléans, toujours enjoué malgré la fatigue. Il y a dix-huit heures que nous n'avons ni bu ni mangé [1] ! »

Leur course démente — vingt-cinq lieues [2] ! — était finie ! Comme les autres, Floriane se laissa glisser de son cheval et se serait certainement effondrée si des bras secourables ne l'avaient soutenue. Elle vit s'agiter vaguement des silhouettes noires à la lumière des flambeaux. Les voix, les sabots des bêtes sur les pavés résonnèrent en elle, venus de très loin. Elle crut entendre quelqu'un demander de manière badine :

— Baron, auriez-vous l'amabilité de confier le jeune page que voici aux bons soins de madame du Becq ? Vous avez ma parole que votre honneur d'époux n'aura point à en pâtir.

Mais rêvait-elle ? Le monde autour d'elle se voilait, s'assourdissait. Raidi, comme gainé de plomb, son corps se refusait à se mouvoir. Elle tenta de parler mais ses lèvres restèrent muettes. Elle n'eut que la force de fermer les yeux, de pencher la tête sur une épaule obligeante. Elle avait tenu bon ! Elle pouvait maintenant sans honte se laisser aller et, avec un soupir léger, presque voluptueux, sombrer enfin dans une profonde, une bienheureuse inconscience...

---

1. Historique.
2. Environ cent kilomètres.

LE RETOUR D'ARTUS

— Je crois n'avoir jamais été aussi ému de toute mon existence, pas vous mes amis ? avoua Gaston d'Orléans, son visage vermeil collé à la vitre du carrosse, découvrant dans la bourrasque la silhouette du Château Vieux de Saint-Germain [1] où l'attendait le roi.

Depuis Écouen, leur dernière étape, la pluie les accompagnait en rafales cinglantes poussées par un vent mauvais, éparpillant les feuilles, cassant les branches, secouant avec violence toute la flamboyante forêt d'octobre.

D'Elbène, Brion, du Fargis, Puylaurens opinèrent aux paroles de leur maître. Eux-mêmes espéraient tant de ce retour ! Après des années d'exil, la faveur royale miroitait à leurs yeux, porteuse d'honneurs, de richesses. Louis XIII avait appris la fuite de son frère avec soulagement et bonheur. Aussitôt, « la Gazette » avait publié la nouvelle qui déjà courait le pays tout entier. Chacun s'en réjouissait car grande était la popularité de Monsieur.

— Et vous, chère baronne ? N'êtes-vous pas aussi un peu émue ? demanda ce dernier à la jeune femme assise bien droite en face de lui sur la banquette de cuir.

— Si bien sûr, fit doucement Floriane.

— Mais non ! rétorqua Puylaurens. Nous savons qu'il en faudrait davantage pour ébranler votre sang-froid.

Il ne plaisantait qu'à moitié. Comme les autres, il avait été stupéfait par le courage et la résistance de Floriane dont l'entêtement à les suivre l'avait pourtant irrité profondément. Un reste d'humeur s'attachait à sa remarque. Quelle femme étonnante ! Plus rien ne laissait soupçonner l'épreuve qu'elle avait endurée quatre jours plus tôt. Vingt-quatre heures de repos à La Capelle, les gentillesses de madame du Becq, l'une

---

1. Saint-Germain-en-Laye.

de ses robes aimablement offerte, l'habileté d'une servante à coiffer son opulente chevelure, et leur téméraire amie avait vite retrouvé son allant et sa féminité !

Floriane préféra répondre par un sourire suave à la pique de Puylaurens. Sa paisible apparence cachait, en fait, un réel bouleversement intérieur. Contrairement aux familiers de Monsieur, elle ne briguait aucun profit matériel. Mais combien plus cher, plus précieux était son but ! Le retour d'Artus valait bien, en effet, toute la gloire, tout l'argent du monde. Dans un moment, elle se retrouverait devant le roi, le cardinal. La protection de Monsieur suffirait-elle à écarter leur vindicte, à adoucir leurs cœurs ?

Salué par les gardes françaises en faction, imperturbables sous la pluie, le carrosse pénétra dans la première cour du Château Vieux. Claude de Saint-Simon, écuyer et actuel favori du roi, s'avança pour accueillir le duc d'Orléans et toute sa suite puis les précéda jusqu'à la chambre où Louis se tenait, entouré de ses officiers, de ses maréchaux et des pairs du royaume.

— Laissez-nous passer ! Mesdames, messieurs, un peu de calme ! pria Saint-Simon avec morgue.

Peine perdue ! Toute la Cour était là, chamarrée, étincelante, curieuse, caquetante, se pressant dans l'entrée, le long des couloirs, dans l'escalier menant à l'appartement royal, chacun bousculant sans vergogne son voisin ou sa voisine afin de ne rien perdre du spectacle. Une porte de chêne pourtant fort lourde finit par céder sous la pression de la foule.

Qu'importe ! La réapparition de Monsieur tel l'enfant prodigue près de quatre ans après son coup de tête, la grande réconciliation prévue donnaient la fièvre à l'ensemble des courtisans et la présence de Floriane dans son sillage ne pouvait qu'accroître leur effervescence.

Car sa périlleuse chevauchée de Bruxelles à La Capelle, sous un habit de garçon, était maintenant connue de tous. Mieux, des lettres reçues des Pays-Bas, en particulier certaines épîtres de Voiture à ses amis parisiens, avaient déjà évoqué d'autres avatars de la belle baronne depuis le retentissant duel de son mari. Il y était beaucoup question d'une troupe de comédiens, de pérégrinations, de naufrage. Bref, des péripéties capables d'enflammer toutes les imaginations. Floriane était décidément de ces créatures dont le destin, toujours, se parait de romanesque, d'extravagance.

Au bras de François de Brion, la troublante héroïne essayait pour l'heure de se frayer, elle aussi, un chemin. Le visage empourpré autant par l'émotion que par la chaleur, le cœur battant follement, elle salua, d'un air distrait bien que gracieux, les nombreuses connaissances qui l'interpellaient. Enfin, derrière Monsieur, ils parvinrent tous à la chambre de Louis XIII. Face à face, le regard humide, les lèvres tremblantes, les deux frères s'immobilisèrent quelques secondes. Autour d'eux, on retint son souffle, conscient de la gravité, de l'intensité de l'événement. Le premier, Gaston, se décida :

— « Monsieur, je ne sais si c'est la crainte ou la joie que j'ai qui m'interdit la parole. Mais il ne m'en reste à présent que pour vous demander pardon de tout le passé [1]. »

Puis dans un geste spontané, sincère, il se jeta dans les bras de Louis et devant l'assistance toute retournée, l'embrassade fraternelle se prolongea.

— « Mon frère, je vous ai pardonné, réussit à balbutier le roi. Ne parlons plus du passé mais seulement de la joie que je sens très grande de vous revoir ici [2]. »

Son bégaiement habituel le reprenait plus fort que jamais. Oui, il aimait son frère, malgré les brouilles et les trahisons. Oui, il lui pardonnait tout et lui accorderait, dans la mesure du possible, tout ce qu'il exigerait. Il désirait tant que la paix, l'harmonie règnent enfin dans l'État ! Cela valait bien quelques concessions, quelques élans de mansuétude. Ainsi, justement...

1. Paroles historiques.
2. Historique.

D'un mouvement de tête, il répondit à la révérence que lui faisait la baronne d'Ivreville.

— Bienvenue de nouveau à la Cour, madame, fit-il seulement, submergé tout à coup par la pensée d'Artus dont l'absence lui pesait toujours.

— Sire, je suis l'humble servante de Votre Majesté...

Brûlant de le questionner, de le supplier de rappeler son mari, de le lui rendre au plus vite, Floriane s'inclina une seconde fois. Sotte ! Il ne s'agissait pas de précipiter les choses avec maladresse au risque de tout compromettre. Le roi était si ombrageux ! D'ailleurs, l'entrée du cardinal de Richelieu qui arrivait de sa maison de Rueil, créant un regain d'intérêt, fit courir dans la cohue des ondes frénétiques. Dévorés par des dizaines et des dizaines de regards aigus, Gaston et son ennemi de toujours s'étreignirent avec effusion.

— « Mon frère, je vous prie d'aimer M. le Cardinal [1] » exhorta le roi à leurs côtés.

— « Monsieur, je l'aimerai comme moi-même et suis résolu de suivre ses conseils [2] », assura Gaston, l'air véritablement convaincu.

Combien de fois avait-il fait semblable promesse ? Bah... Pourquoi aurait-il gâté ce moment par d'inopportuns scrupules ? Le roi ne venait-il pas d'affirmer qu'en ce jour de bénédiction on faisait table rase du passé ? Les remords, les réticences, les rancunes n'étaient pas de mise aujourd'hui.

— Nous sommes ravis de vous revoir parmi nous, madame d'Ivreville, susurrait précisément Richelieu, montrant bien que lui aussi oubliait les dissentiments, promettait une ère nouvelle d'amitié et de largesse.

Son fin visage couleur d'ivoire, tourné vers Floriane, n'était que douceur et bienveillance. Comme tout le monde, il avait visiblement du mal à retenir ses larmes.

1. Historique.
2. Historique.

« Le merveilleux comédien ! » pensa la jeune femme qui ne savait que trop bien comment, à volonté, il était capable de pleurer.

— Je suis sensible à l'extrême bonté de Votre Eminence, murmura-t-elle, sans chercher à esquiver le beau regard gris si ardemment attaché au sien.

Il n'avait rien oublié, rien pardonné. Si proche de lui, Floriane éprouvait les mêmes impressions que naguère ; elle devinait en lui, toujours vivace, le même sentiment mêlé d'admiration, de haine, de désir qu'elle lui avait toujours inspiré.

« Te voici donc mon indomptable, pensait en effet le Cardinal. Te voici donc, plus superbe que jamais malgré cette robe de quatre sous. Conquérante, ayant habilement, au bon moment, joué la carte de Monsieur. Que j'ai de contentement à te retrouver, ma rusée démone ! »

Qu'avait-il décidé ? Une fois encore l'angoisse vint torturer Floriane, impatiente d'obtenir une entrevue, de connaître les intentions du roi, du cardinal. Pour l'instant, elle ne pouvait que s'effacer, les regarder entourer Monsieur, flatter même Puylaurens, tandis que les valets dressaient la table du dîner dont l'heure avait sonné depuis longtemps déjà. La cohue l'oppressait. Déçue, désorientée, elle finissait par ne plus rien entendre des compliments, des questions de ses anciennes relations empressées autour d'elle.

Soudain, une main aussi délicate, aussi souple qu'une main de femme s'empara de la sienne. Derrière elle, quelqu'un lui glissa à l'oreille des mots d'amitié dans le plus chantant, le plus charmeur des accents du Sud. Floriane se retourna et reconnut avec plaisir Giulio Mazarini. Trente-deux ans, toujours mince et brun, plus élégant que jamais, il embaumait l'un de ces subtils parfums italiens qu'il offrait volontiers aux dames de la Cour à chacune de ses visites.

Visites que le brillant légat du Pape multipliait depuis ces dernières années, décidément très amoureux de la France. On le savait aussi fort bien avec Richelieu qu'il avait su étonner dès leur première rencontre et qui le gratifiait de surnoms affectueux : « Frère coupe-chou... Cher petit nonce... » Ce que Mazarini confiait à Floriane prouvait que le Cardinal, en effet, ne lui cachait rien.

— Carissima, vous avez l'air sombre. Réjouissez-vous au contraire. Dans deux ou trois mois, votre mari sera revenu.

— Giulio ! Que savez-vous donc ?

— Jules, carissima. Désormais appelez-moi Jules. Je me veux tout à fait français. Jules Mazarin, pour vous servir. Mais ne restons pas ici, venez !

Sans lâcher la main de Floriane, il réussit à traverser l'antichambre bondée, à trouver une embrasure de fenêtre négligée par la multitude.

— Ignorant mon amitié pour vous, expliqua-t-il, M. le Cardinal qui m'honore de sa confiance, étudiait l'autre jour devant moi votre cas et celui de votre époux. Voulant plaire à Monsieur, tout comme le roi, il est décidé à mettre fin à votre disgrâce.

— Où est Artus exactement ? Je n'en puis plus...

— En Barbarie, sur les terres du Pacha d'Alger, commandant une importante place forte, le Bastion de France. Mais plus pour très longtemps, bellissima. Son remplaçant, qui est d'ailleurs de mes connaissances, est d'ores et déjà désigné et s'apprête à partir le relever incessamment. Je vous l'ai dit : si rien n'entrave son voyage de retour, le baron sera près de vous en début d'année prochaine. Le roi vous l'annoncera lui-même demain. Il doit vous convoquer. Je crois que votre audace l'a fort impressionné, précipitant sa décision.

Ses paroles coulaient comme du miel, douces, réconfortantes. Il était impossible de résister à leur onctueuse saveur. Floriane sourit à Mazarin dont l'œil noir la caressait avec tendresse.

— Tout à l'heure je m'étais mise à douter, à avoir peur. Jules, mon ami, vous me rendez l'espoir !

— C'est bien le moins que je puisse faire. Je n'oublie pas que sans vous je serais mort de froid aux portes de Lyon. Quoi qu'il advienne, je resterai toujours votre serviteur.

Leur tête-à-tête, empli de visions d'une campagne blanche et glacée, de chauds souvenirs, fut soudain interrompu par l'intervention d'une blonde jeune fille. Marie de Hautefort embrassa Floriane non sans jeter un regard coupant à Mazarin dont les charmes sucrés, de toute évidence, ne la touchaient guère.

— Quel mal j'ai eu à vous trouver, chérie ! La reine vous attend chez elle. Venez vite ! Nous mourons toutes d'impatience de vous écouter. Ah ! Floriane, Floriane, quelle joie de vous revoir parmi nous ! Décidément, je suis comme toute la Cour aujourd'hui, absolument folle !

Une folie qui se poursuivit plusieurs jours encore pour atteindre son paroxysme le vingt-trois octobre à Limours, lorsque Monsieur put enfin serrer sa fille dans ses bras. Bien que n'ayant vu son père depuis des années, la petite Marie-Louise [1], âgée de sept ans, l'identifia sans hésiter parmi tous les gentilshommes présents, achevant de combler le sensible Gaston. Ah ! Que la vie pouvait être clémente malgré l'éloignement de sa pauvre Marguerite restée à Bruxelles ! Mais tout s'arrangerait, bien sûr. Il suffirait d'être patient. Bientôt il serait dans son cher Val de Loire, à Blois, uniquement préoccupé par ses plaisirs, chez lui, enfin !

*
* *

— Encore deux heures de route et vous serez chez vous, madame, annonça le cocher à Floriane comme son équipage allait quitter le relais de La Flèche.

Saint-Évy ! Son château blanc, harmonieux malgré la griffe des siècles, son jardin, ses allées forestières et toutes les images de son enfance, du reste pas si lointaines, — son cœur avait si bien su leur conserver leur entière fraîcheur ! Un

---

1. Marie-Louise de Montpensier, future Grande Mademoiselle.

31

véritable refuge où elle retrouverait Alix, Ermelinde, La Musette, Toinon, les bonnes gens du village, de vieilles habitudes, où le temps lui semblerait moins long peut-être, jusqu'au retour d'Artus, où l'absence de Charlotte serait moins difficile à accepter.

Floriane laissa la domestique qui l'accompagnait remonter sur elle la chaude couverture de voyage ; ferma les yeux comme pour dormir, en fait pour mieux se remémorer ces dernières semaines. Elle aussi avait revu sa fille, un bijou d'enfant aux boucles châtaines, aux yeux d'or pareils à ceux de son père, toute ronde dans sa longue robe de bébé, la démarche encore hésitante, farouchement agrippée à sa grand-mère.

Floriane soupira au rappel de sa déception, de son chagrin, devant l'attitude tout d'abord méfiante, hostile même, de sa fille.

— A son âge, c'est naturel, avait expliqué Hélène d'Ivreville. Elle doit se réhabituer à vous.

Bien sûr, depuis le printemps, l'enfant avait oublié sa mère, avait appris à aimer d'autres visages, en particulier celui de son aïeule qui avait recueilli son premier mot, guidé ses premiers pas. Il fallait le comprendre, l'accepter, ne pas en être bassement jalouse. Les jours suivants avaient d'ailleurs heureusement modifié le comportement de Charlotte peu à peu reconquise par Floriane. Mais celle-ci n'avait pu s'empêcher de souffrir devant l'évidente complicité de la grand-mère et de sa petite-fille.

Toutefois, comment en vouloir à Hélène, une si parfaite alliée en dépit de sa réserve, de sa muette désapprobation au récit, pourtant très édulcoré, des tribulations de Floriane ? Hélène, évidemment, n'aurait jamais suivi la Troupe de l'Espérance, préférant, elle, se rendre au roi. C'était peut-être au fond ce qu'Artus aurait également attendu de la part de Floriane ? Celle-ci s'interrogeait beaucoup à ce sujet depuis quelque temps. Aussi, avait-elle eu connaissance avec soulagement de la réponse que sa belle-mère avait pu faire parvenir en Barbarie. Il avait été préférable, effectivement, de ne pas inquiéter Artus, de le laisser croire que, depuis le début, sa jeune femme était à Saint-Évy, à l'écart des aventures... des tentations.

Le hasard daignait parfois arranger les choses puisque justement, c'était à Saint-Évy que le roi avait ordonné à Floriane de se retirer après lui avoir confirmé les propos de Mazarin, lui permettant seulement, sur ses prières, ce crochet en Normandie.

L'entretien auquel avait assisté Richelieu avait été courtois mais rapide. Répandue en protestations de fidélité, en compliments, en remerciements, Floriane avait très bien compris que pour l'instant son intérêt était de s'effacer avec discrétion. Elle allait donc pouvoir conclure son périple mouvementé dans le rôle paisible, irréprochable d'une sage Pénélope. Artus connaîtrait en temps propice toutes ses aventures — ou presque —, son expérience de comédienne et surtout, surtout, apprendrait la naissance de leur fille.

Hélène, bien entendu, avait proposé de garder Charlotte tant que la situation n'était pas totalement éclaircie, évoquant la mauvaise saison, les routes impraticables ; soulignant l'importance chez une enfant de quatorze mois d'un univers stable et protecteur, une série d'arguments frappés du bon sens contre lesquels, non sans douleur, Floriane n'avait pas osé s'insurger. Il lui fallait donc avec courage patienter encore.

Allons... L'hiver qui s'annonçait verrait bientôt se terminer ses peines. En attendant, à son tour, elle se ferait un peu dorloter par les siens, dans son doux Saint-Évy.

Sa maison ! Ainsi que l'espérait Floriane, elle restait inchangée, élégante et désuète, un havre protecteur à l'écart du monde, de ses souffrances, de ses fracas. Jadis, toute jeune fille, elle avait impatiemment voulu fuir son charme trop tranquille. Aujourd'hui, elle venait s'y régénérer comme à une source enchantée, secrète, y puiser des forces afin de se préparer sereinement à retrouver Artus.

De tous côtés lui parvinrent des messages affectueux de parents, d'amis auxquels elle s'empressa de répondre : sa sœur Anthonie, la marquise de Rambouillet, la duchesse de Chevreuse confinée pour sa part dans sa propriété de Touraine, et bien sûr Bassompierre malheureusement toujours emprisonné ; Boisrobert, Olyvette, Isabelle Le Noir qui lui donna par la même occasion de bonnes nouvelles de ses camarades comédiens et même Voiture à la fois galant et envieux qui, à Bruxelles, la mort dans l'âme, attendait l'ordre de rejoindre enfin Gaston d'Orléans. Personne ne l'avait donc oubliée. Le temps, au contraire, avait poli, serti comme des joyaux, ces amitiés que le destin lui avait offertes.

Et que dire des soins dont l'entouraient Alix et Ermelinde ! Jouant avec délectation à la gamine sermonnée, Floriane les avait laissées grommeler, tempêter, déplorer sa conduite irresponsable. Si l'intrépide Alix avait trouvé finalement assez grisant son incursion dans l'univers du théâtre, la bonne Frumence avait beaucoup pleuré en apprenant que sa protégée était devenue mère. Une mère frustrée...

Les chères créatures ! Tandis que Toinon l'aidait à se dévêtir, de sa chambre, comme chaque soir, Floriane les entendait se quereller en bas dans la Grand-Salle, devant leur jeu de cartes, échauffées par un excès de vin. Dans un instant, elles monteraient pesamment l'étage, aidées par La Musette, puis disparaîtraient jusqu'au matin dans leurs chambres respectives.

Toinon ranima le feu dans la cheminée, éparpilla sur les dalles des brassées de foin ; ajouta une courtepointe de fourrure sur Floriane, maintenant frileusement blottie entre ses draps ; referma avec soin tout autour du lit les courtines de velours vert avant de s'en aller.

Au-dehors, une neige précoce voletait dans l'air froid. Peu

à peu, le calme se fit. Floriane aimait ce moment particulier de quiétude et de mystère, d'apparent silence où la vie se poursuivait en sourdine. Dans le corridor, s'élevaient par intermittence les ronflements étouffés de La Musette plus gras que jamais, endormi dans une couverture non loin de sa porte, selon une ancienne habitude reprise dès le retour de Floriane. Les bûches crépitaient au creux de l'âtre en petits éclats soudains. Les meubles antiques, les lambris, la charpente crissaient sourdement, harcelés par leurs hôtes invisibles. Là-haut, dans le grenier, les hiboux et les ducs froissaient leurs ailes entre les poutres du toit.

C'était l'heure où se formaient, s'épanouissaient mille projets, images d'un bonheur à rebâtir, à garder cette fois avec la plus grande vigilance ; des projets jaillis spontanément mais auxquels, par superstition, Floriane s'obligeait à mettre un frein.

Artus avait-il déjà reçu l'ordre du roi, accueilli son remplaçant ? Tout juste. Pour la centième fois au moins, elle recompta les jours. Décembre commençait à peine et le voyage était si long ! Sur une mappemonde ayant appartenu à son père, elle avait localisé le Bastion sur la côte méditerranéenne avec un étonnement craintif. Mon Dieu ! Un univers les séparait...

Insensiblement, ses pensées perdirent de leur clarté, de leur cohérence et Floriane allait glisser dans le sommeil lorsqu'un bruit lui rendit toute sa lucidité.

Atténué par la présence des murs, des rideaux épais, ce bruit fut bref, le choc léger d'un objet dur contre la pierre. Il provenait de la terrasse en contrebas. Floriane avait l'oreille fine. Redressant la tête sur son oreiller, elle attendit.

Tout d'abord, elle ne perçut rien. La vieille demeure semblait toujours drapée dans son repos nocturne. Même du côté de la ferme et des écuries voisines, tout était tranquille. Les chiens de Jacquemain, le palefrenier, devaient paisiblement dormir.

« Une bête de la forêt, peut-être poussée par une faim plus forte que sa peur de l'homme », songea alors Floriane.

35

Car son instinct ne doutait pas d'une présence se déplaçant avec d'infinies précautions sous ses fenêtres. A ce moment-là, elle se souvint de ce que lui avait déclaré Nicot, l'ancien valet de son frère Charles, toujours resté à Saint-Évy. L'après-midi même, Nicot avait aperçu des traces de sabots dans l'une des allées cavalières, traces qu'il avait vues se perdre entre les arbres et les buissons, effacées par la neige qui s'était mise à tomber. Alix et Floriane, loin de s'alarmer, en avaient conclu que des voyageurs avaient dû emprunter un raccourci sur leurs terres comme cela advenait parfois. La jeune femme se demandait maintenant avec inquiétude, si ces voyageurs n'étaient pas plutôt des rôdeurs en quête d'un mauvais coup.

D'un bond, elle se leva, écarta un peu son volet intérieur, entrouvrit doucement sa fenêtre. Une lanterne, toujours laissée à l'entrée, éclairait la terrasse saupoudrée de blanc, déserte, ainsi que le jardin et ses maigres massifs. L'obscurité était trop grande pour distinguer d'éventuelles marques de pas. Toutefois, en se penchant, Floriane put découvrir deux silhouettes noires et silencieuses rasant la façade du château. Que voulaient-ils ? Que venaient-ils faire ici ? Elle chercha à se rassurer en se répétant que portes et fenêtres étaient soigneusement closes. D'ailleurs, puisqu'elle avait eu la chance de les repérer, elle allait pouvoir tout de suite organiser une défense efficace, avec l'aide de ses domestiques, anéantissant l'effet de surprise escomptée sans doute par les inconnus. Avant d'agir, elle voulut cependant voir où ils se dirigeaient. Sans avoir l'air d'hésiter, ils négligèrent la porte principale, filèrent jusqu'à la vieille tour d'angle, s'y arrêtèrent enfin. Haletante, Floriane aspira fortement l'air vif de la nuit. Elle venait soudain de comprendre l'intention des malfaiteurs pour qui les lieux semblaient si familiers.

Au-dessus de la petite porte gothique de la tour plus ou moins abandonnée depuis des lustres, se trouvait en effet une fenêtre à meneaux, aux carreaux cassés, mal protégée par un volet vermoulu. Un homme audacieux pouvait très bien y accéder grâce aux pierres desserties du mur. Floriane s'était souvent promis de faire consolider tout cela mais les événements de ces dernières années l'en avaient empêchée, Alix quant à elle, méprisant ce genre de détails. Dans quel but, ce soir, voulait-on forcer sa maison ?

Floriane frissonna, pénétrée par le froid. Consciente qu'elle n'avait plus de temps à perdre, elle enfila rapidement ses pantoufles et sa robe de chambre et sortit réveiller La Musette, lui racontant ce qu'elle venait de voir.

— Cours aux écuries prévenir Nicot, Jacquemain et Macloud ! pressa-t-elle. Prenez des armes. Il faudrait que deux d'entre vous viennent se poster dans l'escalier de la tour et que deux autres restent dehors, sur la terrasse, afin de couper toute retraite à ces intrus.

— Et vous, madame ? demanda tout bas La Musette.

— Moi ? J'attendrai vers l'escalier. Faites vite et sans bruit ! Pardieu ! Nous allons leur préparer un bel accueil !

— Pas d'imprudence, hein ?

— Bien sûr que non ! chuchota-t-elle. Va ! Tu sortiras derrière, par les cuisines, si possible sans alerter les servantes.

Le gros garçon disparut. Floriane rentra dans sa chambre, prit au mur une des épées qu'Artus avait laissées lors de son dernier séjour à Saint-Évy et, avant de ressortir, retourna regarder par la fenêtre.

Alors que l'un des mystérieux visiteurs était toujours en bas de la tour, tapi dans le renfoncement de la porte, l'autre se détachait déjà à six pieds du sol, sombre sur le mur pâle de tuffeau, un homme selon toute vraisemblance. Botté, vêtu d'un large manteau, il se hissait apparemment sans effort, trouvant tout de suite les saillies de la pierre avec une aisance, une souplesse de grand félin.

Alors le cœur de Floriane manqua un battement, puis s'emballa, soudain pris de folie. Oui, elle devenait sûrement folle, victime de son imagination. Hantée qu'elle était par Artus, par son obsédant désir de le revoir, voici qu'elle croyait le reconnaître en cet homme là-bas qui, avec adresse, parvenait à prendre appui sur la fenêtre, à s'y asseoir. A cette

37

distance, il n'était pourtant qu'une forme agile, sans rien qui pût alerter le regard ! D'ailleurs, par quel prodige Artus se serait-il déjà trouvé ici ? Pourquoi chercherait-il à pénétrer par effraction dans la demeure de sa femme ?

— C'est impossible. C'est une illusion, souffla-t-elle complètement égarée.

Elle sentait maintenant ses jambes fléchir ; une réelle angoisse l'étouffait. Un mélange violent de panique, d'espoir insensé, montait en elle, grondant comme un orage et, de seconde en seconde, devenait certitude, contre toute raison.

Brusquement, elle abandonna l'épée sur un fauteuil, s'empara d'un petit bougeoir qu'elle réussit à allumer en tremblant. Si elle ne s'était pas trompée, elle n'aurait pas besoin d'arme pour aller au-devant d'Artus. Dans le cas contraire...

Mais elle n'y pensait pas, filant très vite, légère et sans peur, le long du couloir et des pièces endormies, l'esprit uniquement habité par l'impérieux besoin de savoir, oubliant même ses serviteurs qui allaient bientôt la rejoindre. Parvenue à la tour, elle franchit une volée de marches et s'arrêta devant une porte de bois clouté.

« Je suis folle », se répéta-t-elle encore, incertaine tout à coup.

Qu'allait-elle donc trouver, le seuil franchi ? L'amour ou quelque danger inconnu ? Se pouvait-il que, dans un instant, prennent fin de longs mois de solitude, de révoltes désespérées ? Près de deux ans ! Son agitation était si grande que des gouttes de cire brûlante coulèrent de la bougie sur sa main. La fugitive douleur l'aiguillonna. Sans plus hésiter, Floriane poussa la porte.

Elle eut aussitôt l'impression que le temps, l'apparence des choses s'enroulaient en volutes autour d'elle, l'entraînaient vers un point du passé, ce moment précis où, contrainte de s'arracher des bras d'Artus, elle avait sombré dans le froid et les ténèbres. Comme par enchantement, elle se trouvait en effet transportée dans la prison de la Conciergerie, une tragique journée d'hiver. A la lueur restreinte de la chandelle, la vision était rigoureusement semblable à son souvenir, la même pièce ronde et poussiéreuse, la même fenêtre où tourbillonnait la neige et surtout, oh, mon Dieu ! la même grande et mince silhouette d'homme, à quelques pas d'elle seulement. Oui, tout était pareil, excepté le flot déferlant ce soir dans tout son être, une joie sauvage, lumineuse, qui la pétrifiait. Car cet homme, elle en était sûre maintenant, cet homme était Artus !

Éperdue, elle le vit s'approcher d'elle lentement, et toujours avec la même lenteur, lui prendre le bougeoir des mains, le promener au-dessus d'elle comme s'il voulait par ce geste accomplir un rite magique en l'auréolant de lumière. Elle n'osait bouger. En même temps, elle aussi pouvait mieux le voir, vêtu de sombre, nu-tête, amaigri, une barbe de plusieurs jours sur une peau extraordinairement hâlée, et le regard qui n'était que fièvre, feu dévorant.

— Artus... balbutia-t-elle.

Les larmes noyaient ses yeux. Chancelante, elle n'avait même pas la force de lui dire autre chose, de lui tendre les bras. Dans une sorte de brouillard vacillant, elle le vit souffler sur la petite mèche dorée, rejeter loin d'eux la bougie inutile pour l'attirer contre lui et l'étreindre, enfin, passionnément.

« Qu'il serait doux de mourir ainsi ! » pensa Floriane.

Mourir avec lui, terrassés tous deux par le brusque bonheur d'être ensemble, un bonheur si extrême qu'il effaçait tout autre désir, reléguant le reste du monde dans le flou, l'insignifiance. Car l'essentiel était ce qui s'échangeait dans l'ombre entre leurs cœurs débordant d'un amour trop longtemps étouffé, entre leurs âmes en harmonie profonde. Même la pensée de Charlotte n'aurait pu empêcher Floriane d'entreprendre allégrement le voyage sans retour au bras de celui qu'elle avait à jamais élu. Il lui aurait été si facile de se convaincre que sa fille, à l'avenir encore intact, n'avait pas réellement besoin d'elle. Floriane pour sa part, en vingt-cinq ans à peine, avait tout traversé des émotions humaines, du désespoir le plus absolu à l'extase la plus parfaite. Elle s'était heurtée à l'envie, à la haine, à la vengeance et à l'horreur. Elle avait goûté à l'argent, aux honneurs, aux plaisirs, à l'amitié et à l'amour. Comment aurait-elle pu avoir regret à mourir, en sachant combien il lui serait difficile d'être plus intensément heureuse qu'elle l'était à ce moment-là ?

Mais les mains d'Artus parcourant fébrilement son corps, sa joue rêche râpant son visage, ses lèvres sèches et brûlantes écartant ses lèvres, toute sa force hâtive, brutale, l'éloignèrent très vite des rivages un peu flous de sa béatitude. Les mots qu'il lui murmurait entre deux baisers, d'une voix hachée, presque méconnaissable, ranimèrent en elle la flamme vive un instant étouffée par l'excès de sa joie.

— Floriane, Floriane ! Enfin... Ma toute mienne, tu es à moi !

— Oui, oui, toujours... Je t'aime.

Ils étaient pris dans un irrésistible tourbillon de violence, si âpre était leur volonté de revanche sur le sort qui les avait séparés. Soudés l'un à l'autre, chancelants, ils n'étaient plus que désir, faim vorace, vrillant leur chair jusqu'à la souffrance.

Pourtant, tout à coup, Artus s'écarta de Floriane sans toutefois la lâcher, main à l'épée, oreilles aux aguets. En homme accoutumé au danger, aux pièges invisibles, il venait de percevoir une présence non loin d'eux. Floriane fit quelque effort pour se souvenir que La Musette devait être dans l'escalier, sûrement inquiet de ne pas l'y retrouver.

— Ce n'est rien, chuchota-t-elle. Seulement nos domestiques que j'ai fait prévenir tout à l'heure, quand je t'ai vu sur la terrasse. Est-ce Lubin qui t'accompagnait ?

— Oui.

— Oh ! mon amour, je ne pouvais me douter que ce serait toi, arrivant comme un voleur. Déjà !

— Déjà ! répéta Artus douloureusement surpris.

— Je ne t'attendais pas avant janvier.

— Pourquoi janvier ? Floriane, tu savais donc que je reviendrais ?

— Bien sûr ! Le roi lui-même...

— Le roi ! souffla Ivreville. Mais ne comprends-tu pas que je suis parti sans sa permission ? Que personne ne doit me soupçonner ici ?

— Mon Dieu ! Qu'as-tu fait ?

Atterrée, Floriane s'accrocha à son pourpoint. Dans l'obscurité, elle ne distinguait pas son expression mais elle le devinait fiévreux, tendu, certainement épuisé, uniquement soutenu par sa torturante passion.

— Je n'en pouvais plus. J'ai cru devenir fou. Ne plus te voir, t'espérer jour après jour en ignorant combien de temps durerait cet enfer... C'était devenu intolérable. Nul n'a le droit de nous priver de notre amour, Floriane.

— Nous sommes perdus !

La reprenant dans ses bras, il la serra si fort qu'elle ne put retenir un léger cri.

— Non ! Je suis venu te chercher, pour t'emmener bien loin d'ici. Cette nuit même !

— C'est impossible ! Nous ne pouvons pas faire ça. Nous n'avons pas le droit.

— Nous n'aurions pas le droit de vivre ensemble ? Je suis prêt à tuer quiconque nous en empêcherait ! gronda-t-il comme pris de délire. Mais... peut-être voudrais-tu me signifier que tu n'en as plus envie ?

— Calme-toi, Artus, je t'en prie ! Il ne s'agit pas de...

Brutalement, la porte s'ouvrit. Des torches éclairèrent la pièce ronde, envahie en un éclair par La Musette et Nicot armés de pistolets. Alertés par les voix, ils s'étaient décidés à faire irruption dans la tour, craignant que Floriane ne fût en difficulté. Étonnés, ils la découvraient blottie contre un homme qui avait aussitôt dégainé son arme et que La Musette, le premier, reconnut :

— Monsieur le baron ! s'exclama-t-il.

Et Nicot de se rendre lui aussi à l'évidence, de saluer leur maître avec stupeur et respect.

Floriane s'avança vers eux, toute sa lucidité et son calme

41

revenus. Elle avait d'emblée compris la gravité de la situation dans laquelle Artus s'était lancé par révolte et amour pour elle. Lui-même n'était pas dans un état normal, elle le devinait instinctivement.

— En effet, c'est bien le baron, mon époux, dit-elle d'un ton posé. Mais son retour, pour des raisons qu'il serait difficile de vous exposer ici, pour le moment est officieux. Aussi vous demanderai-je de garder le secret. Je sais que nous pouvons vous faire confiance et vous remercie pour votre dévouement fidèle.

Un peu déroutés, les deux valets opinèrent.

— Lubin est en bas, ajouta Floriane. Vous irez voir ce qui se passe et veillerez surtout à ce que rien ne s'ébruite en dehors du château. Seuls, Jacquemain et Macloud peuvent être mis dans la confidence.

Puis, se tournant vers Artus, elle lui prit la main :

— Redescendons, maintenant. Je vais tout t'expliquer.

La Musette les éclaira jusqu'à la chambre de Floriane et referma la porte sur eux deux.

Après l'ombre, le froid, les courants d'air de la vieille maison, la pièce, dans sa douce lumière, sa tiédeur, leur apparut comme l'image sereine de la sécurité. Cependant, Floriane rajouta un fagot autour de la bûche incandescente, et voyant qu'Artus frissonnait, elle l'obligea à s'asseoir près du feu avant de s'agenouiller devant lui, leurs mains étroitement jointes. Remettant à plus tard le récit complet de ce qu'elle avait vécu ces deux dernières années, elle lui annonça que le roi leur avait pardonné grâce à Monsieur et qu'en ce moment même ses ordres s'acheminaient vers le Bastion de France s'ils n'y étaient pas déjà parvenus.

— Il s'en est donc fallu d'un mois, à peu près, un malheureux petit mois, murmura Artus avec un sourire étrange, buvant du regard le visage bouleversé de Floriane levé vers lui. Et maintenant, tu n'as devant toi qu'un misérable déserteur. Tu n'ignores pas ce que la justice royale réserve aux déserteurs, n'est-ce pas ? Le billot et la hache...

Ou pire peut-être ! Abandonner un poste confié par le roi pouvait être considéré comme haute trahison et dans ce cas, un supplice atroce était réservé au coupable : l'écartèlement vif ! Les membres arrachés en place publique, par quatre chevaux ! Une souffrance inimaginable pour un condamné ravalé auparavant à moins que rien car déchu de sa noblesse, de même que toute sa famille, ses armes brisées, ses châteaux détruits, ses biens confisqués.

— Tais-toi ! gémit Floriane horrifiée par des visions trop précises, pressant ses lèvres sur les doigts brunis qui enserraient les siens.

— Mon pauvre petit ! Je n'ai pourtant de regret que pour toi, affirma tendrement Artus. J'aurais été incapable de rester là-bas un jour de plus.

— Tu n'as rien à te reprocher.

Elle savait bien que jamais il ne revenait sur ses actes, suivant toujours droit sa route, mais pourtant elle craignait qu'un jour il ne vînt à déplorer sa désobéissance au roi qu'il vénérait. Elle seule, en fait, était la cause de ce manquement terrible à son honneur de gentilhomme.

— Floriane, rien n'est bien grave si nous nous aimons véritablement, obstinément, envers et contre tout. Qu'importe le roi, la Cour, le nom d'Ivreville ! Ce qui compte, c'est tout l'amour que nous avons à vivre encore, toi et moi, ensemble ! Nous allons partir, sans plus attendre. Je te promets de te bâtir une vie libre et heureuse, hors de France ; ailleurs... Bien loin...

Il ne précisa même pas quel était le pays mirifique où il voulait l'emmener. Attirant Floriane, il s'était mis à parler d'une manière volubile, inhabituelle. Elle le sentait trembler contre elle, le visage couvert de sueur, les mains glacées.

— Mais tu es malade, Artus !...

— Laisse... C'est seulement une fièvre qui me revient parfois. L'air de la nuit me fera du bien. Es-tu prête à me suivre ?

Secouant la tête, Floriane se dégagea de ses bras, se releva,

43

fit quelques pas dans la pièce en renouant nerveusement la ceinture de sa robe de chambre. « Es-tu prête à me suivre ? » Oh ! pour ces mots si simples que n'aurait-elle donné naguère ? Te suivre ? Bien sûr, tout de suite, où tu voudras ! aurait-elle crié. Au bout du monde, au fond des Enfers ! Et sans un regard en arrière, insoucieuse, elle serait partie, ses pas dans les pas d'Artus. Mais aujourd'hui, tout était changé, pour une raison si simple, si naturelle...

Non, ce n'était pas ses promesses à Louis XIII, sa gratitude envers Monsieur qui la freinaient, bien qu'il lui en eût coûté de trahir leur confiance. Ce n'était pas non plus la Cour, si souvent dangereuse, qu'elle eût regrettée, ni même la reine, ni ses nombreux amis. Ce n'était pas davantage son attachement à Saint-Évy, à sa famille qui la retenait car son amour pouvait amplement lui suffire et la combler n'importe où sur cette terre. Or si elle se sentait disposée à faire fi des honneurs, de la faveur des Grands et même des biens matériels, avait-elle pour autant le droit de les ôter à une enfant innocente et fragile, sa propre enfant ? En décidant de vivre hors la loi, bannis, proscrits, Artus et Floriane compromettraient par la même occasion, irrémédiablement, l'avenir de leur fille. Ils ne pouvaient, ils ne devaient l'entraîner dans leur choix hasardeux. Quant à la laisser, renoncer à elle...

« Jamais tant que je vivrai ! » pensa Floriane, farouchement.

Jamais Charlotte ne connaîtrait l'abandon, la misère et la honte. Il y avait certainement une solution autre que l'exil volontaire pour échapper au danger qui les menaçait. Elle chercherait, elle trouverait, elle emploierait tous les moyens. Tous ! se répéta-t-elle laissant son imagination effleurer même les perspectives les plus troubles. Son mari, son enfant, elle-même, devaient vivre la tête haute, au rang qui leur était dû.

Le trop long silence de Floriane finit par impatienter Artus qui se leva à son tour en s'appuyant au montant de la cheminée.

— Tu refuses de venir avec moi ? Mais avoue-le donc !

Alors, elle lui fit face et cette fois-ci, sans plus attendre, les larmes aux yeux mais la voix parfaitement maîtrisée, lui apprit l'existence de leur fille.

*
* *

— Madame ma mie ! Dans quelle aventure vous lancez-vous encore ! se mit à geindre Dame Frumence, voyant apparaître sur le seuil de la Grand-Salle, Floriane en chausses et pourpoint, chapeautée d'un large castor, le manteau roulé sur le bras, prête à partir.

— La paix, Ermelinde ! coupa cavalièrement Alix de Montrouge qui achevait, en compagnie de la vieille fille, un léger repas de potage et de biscuits. Ma cousine nous a suffisamment expliqué de quoi il retournait. Pour ma part, j'approuve son initiative. Ne la découragez donc pas avec vos lamentations. Comment va ton mari ce matin ? poursuivit-elle à l'adresse de sa jeune parente.

— Il a toujours beaucoup de fièvre mais Lubin dit que c'est normal, qu'il faut attendre la fin de la semaine. De toute façon, je ne peux rester. Chaque heure est précieuse.

— Avez-vous au moins mangé quelque chose ? demanda timidement la ronde Ermelinde.

Floriane lui répondit par un négligent mouvement de la main. A peine avait-elle été capable de boire un bol de bouillon à son lever. Ce nouveau voyage s'annonçait aussi difficile, aussi essentiel que bien d'autres entrepris dans le passé. Une reconquête de plus, en somme, d'une paix et d'un bonheur sans cesse fugaces et qui, peut-être, en fin de compte lui restaient interdits. Mais Floriane cette fois encore, avait choisi l'espoir et la lutte.

— Vous veillerez bien sur Artus n'est-ce pas ? dit-elle en un murmure.

45

Alix prit son air le plus bourru :

— Évidemment ! Nous saurons te le garder, tout insupportable qu'il est. Pars donc tranquille et reviens-nous vite !

Sans rien ajouter, Floriane quitta les vieilles dames. Dehors, Jacquemain avait amené des chevaux pour elle-même et pour La Musette. Malgré la gravité de l'heure, le musicien savourait une intime jubilation. Ce qu'il ne pouvait s'empêcher de nommer escapade, seul avec sa maîtresse, lui rappellerait le bon vieux temps.

L'aube était encore sombre sur le jardin et les arbres couverts de neige. L'air coupant sentait le bois mort et la fumée. Une fois en selle, Floriane leva les yeux vers la façade, s'attarda sur une étroite fenêtre au volet fermé derrière laquelle se trouvait Artus tel qu'elle l'avait vu un instant auparavant, délirant, grelottant, malgré les couvertures et les flammes vives entretenues par Lubin.

— Une fille, une fille, Dieu Tout-Puissant ! avait-il balbutié. Où est-elle ? Je veux la voir.

Elle s'était précipitée pour le soutenir, l'aider à se rasseoir. La nouvelle, semblait-il, avait été trop brutale, trop forte pour lui. Il s'était agrippé à Floriane le regard halluciné, réclamant Charlotte, secoué de frissons violents, incoercibles. Affolée, elle avait tout de suite appelé ses servantes, réveillé Alix et Ermelinde. Lubin et La Musette étaient accourus. A eux deux, ils avaient pu porter Ivreville jusqu'au lit où Floriane, après l'avoir déshabillé, avait frotté son corps de vinaigre. Lubin, apparemment habitué à ce genre de crise — due à l'atmosphère empoisonnée des marécages entourant leur Bastion, avait-il expliqué avec mépris —, avait indiqué les soins nécessaires à donner à son maître ; Alix avait ouvert son armoire à tisanes ; la cheminée avait été regarnie. Bien vite, Artus avait perdu conscience et longtemps, Floriane avait craint de le voir mourir, vaincu par ce souffle impitoyable de glace et de feu.

— Il s'en remettra madame, avait affirmé Lubin.

46

Mais pour Floriane tout avait sombré à nouveau.

Son amour si cher ! Son merveilleux et inoubliable amour !... Lui avait-il été rendu pour déjà lui être repris ? Car la fièvre cachait un péril tout aussi redoutable. En effet, si le roi et le Cardinal venaient à apprendre la désertion d'Artus et réussissaient à mettre la main sur lui, il n'y aurait cette fois aucune clémence, aucun pardon à espérer des deux hommes.

Un découragement, un désespoir inexprimables avaient alors entraîné Floriane dans leurs noires profondeurs. Pourquoi ? Pourquoi lui fallait-il toujours voir, dans le sang et les larmes, son chemin se hérisser d'épreuves ? Était-elle donc victime d'un maléfice ? Payait-elle quelque faute lointaine ? Sans doute était-ce cela : une malédiction mystérieuse pesant à jamais sur les Saint-Évy dont Charles, son frère, avait été la jeune victime et qu'il lui fallait assumer seule désormais puisque sa sœur aînée, fuyant le monde, s'était donnée à Dieu.

Après une nuit et une journée passées à prier, à réfléchir au chevet d'Artus, voyant que son état n'avait pas empiré, Floriane s'était décidée à agir. Peu à peu son abattement s'était transformé en rage et en révolte. Déchaînement salutaire, toutefois, qui l'avait déterminée à sauver Artus si cela était encore possible. La pensée d'un ami sûr, la seule personne assez habile et influente pour l'aider en la circonstance, s'était assez vite imposée à elle : le signor Mazarini, Jules Mazarin. Elle devait le voir, lui demander conseil sans plus tarder !

Avant de partir, elle avait fait transporter le malade dans une chambre retirée du château car elle jugeait indispensable que sa présence demeurât ignorée des gens de la ferme et du village. Heureusement, elle pouvait être sûre de la discrétion des domestiques mais elle craignait aussi, le connaissant si bien, que sitôt à peu près rétabli, Artus ne cherchât à sortir. De cette petite chambre munie d'une fenêtre minuscule, il ne pourrait s'échapper. D'ailleurs toute la maisonnée le veillerait étroitement ; en particulier Lubin, aussi peu amène avec Floriane que jadis, saurait se révéler un farouche cerbère.

— Tu es notre prisonnier, avait-elle chuchoté tendrement, baisant le front moite d'Artus endormi.

Les chevaux s'impatientaient. Avec une sorte de hargne, Floriane tourna brusquement bride et s'élança dans l'allée, aussitôt suivie par La Musette. La neige tombait toujours, déployant un tapis délicat et soyeux devant les deux cavaliers qui, un peu plus tard, galopaient en direction de Paris.

*
* *

— Je vais prévenir Monsignore, dit l'intendant avec un accent italien très prononcé. Veuillez attendre ici, monsieur.

Le vieil homme s'effaça pour laisser Floriane pénétrer dans une antichambre.

Elle était dans l'Hôtel de Cluny. La célèbre abbaye bourguignonne qui, depuis des siècles, en était propriétaire, le louait en effet au vieux nonce Bolognetti, lui-même hébergeant Mazarin lors de son séjour dans la capitale.

Entre les murs du bel édifice gothique sculpté de feuillages, d'animaux fabuleux, frappés çà et là du bourdon et de la coquille de Saint-Jacques, Mazarin occupait un vaste ensemble, richement aménagé, qui contrastait fortement avec le reste de l'Hôtel où s'enfermait le nonce, tout confit d'avarice et d'humeur bougonne.

Un parfum subtil de fleur d'oranger flottait dans l'antichambre où se faufilait un soleil pâlot. Trop agitée pour s'asseoir tranquillement, Floriane souleva le rideau de brocart prune, regarda par la fenêtre la cour qu'elle avait tout à l'heure traversée. Des arcades légères soutenaient une galerie où d'un pas rapide glissaient les silhouettes de deux prêtres se rendant à la chapelle. Un valet brossait le pavé martelé tout le jour par des visiteurs incessants.

Contrairement à ce qu'avait pensé Floriane, l'accès de l'Hôtel de Cluny n'avait présenté aucune difficulté. A toute heure, des cavaliers en franchissaient le portail, messagers de l'Europe entière sinon au-delà, la plupart tout aussi crottés et exténués que l'étaient La Musette et elle-même après trois jours de chevauchée. Leur aspect n'avait donc surpris personne, encore moins le fait que Floriane voulût entretenir le légat extraordinaire du Pape d'une importante affaire. Des affaires importantes, Mazarin en brassait à longueur de temps !

Officiellement, il était à Paris pour convaincre Louis XIII de rendre son duché à Charles de Lorraine. Secrètement, toujours au nom d'Urbain VIII, il tentait d'empêcher Richelieu de lancer la France dans un conflit armé contre l'Espagne. Son amour pour la paix avait toujours été vif et sincère. Bien que sans grande illusion, il usait néanmoins dans sa démarche de toute son intelligence, goûtant surtout le prétexte politique qui lui permettait de rester dans le pays qu'il aimait, de resserrer davantage ses relations avec le Cardinal dont il espérait tant de choses.

Justement... L'ambition dont il ne faisait pas mystère ne risquait-elle pas d'être contraire à l'amitié ? Ce doute avait taraudé Floriane tout le long de la route. Mazarin lui avait certes promis de l'aider en toutes circonstances, d'observer toujours les lois d'une loyauté parfaite, mais irait-il pour lui complaire jusqu'à accepter de duper « l'homme rouge » ?

Un bon quart d'heure passa. Deux ou trois secrétaires ou valets traversèrent l'antichambre sans prêter attention à Floriane. Puis la porte se rouvrit. Un page vêtu de grenat, bouclé et gracieux comme un pâtre antique, lui demanda de le suivre et l'introduisit dans un cabinet où travaillait Jules Mazarin. Assis derrière une longue table couverte de plumes, de papiers, de lettres et de plans, il écrivait. Floriane remarqua les livres, garnissant une bonne partie des murs, un globe terrestre monté sur un socle de bois et de nacre et un Christ d'ivoire au-dessus de la cheminée. Deux gratte-notes, occupés à d'autres tables, épiaient sournoisement le nouveau venu. Mazarin ne tarda pas à les congédier sans toutefois regarder

Floriane ; il prit le temps de relire le billet qu'il venait de rédiger puis, tout en le paraphant, dit de sa voix la plus mélodieuse :

— Prenez un siège, baronne del cor mio. Vous avez l'air rompue.

Relevant la tête, il jouit alors franchement de la surprise de sa visiteuse :

— Vous croyiez m'abuser longtemps sous votre défroque de chevaucheur, carissima ? demanda-t-il en riant. J'ai bon œil, vous savez !

Il vint à elle, lui prit la main qu'il déganta et baisa avec flamme :

— Vous avez dû galoper comme un diable, essuyer les pires tempêtes et fréquenter les auberges les plus exécrables du royaume pour être faite de la sorte, poursuivit-il suavement.

Et tout heureux de la voir s'empourprer, vexée par sa remarque :

— Malgré cela, vous êtes toujours la plus jolie femme que je connaisse.

Le rusé personnage ! Se moquait-il ? Floriane retira sa main et rétorqua de manière un peu sèche :

— Finissez, voulez-vous ! Si, effectivement, j'ai couru comme un diable, ce n'est pas pour le plaisir de badiner !

— Je le regrette ! soupira-t-il, souriant toujours.

Ce sourire, ces belles paroles distillées dans un français chantant, toute sa personne en habit de velours noir et dentelles de Venise, ennuagée de jasmin, le jeune légat du Saint-Père savait en user avec un art magistral. Et bien qu'insensible, au fond, à sa batterie de séducteur, Floriane préféra adopter un ton plus gracieux, en tout cas plus conforme à son rôle de solliciteuse. Elle se fit douce, presque coquette. Elle ne devait pas oublier que cet homme représentait bel et bien son unique chance.

— Giulio, j'ai galopé, oui, pour rencontrer l'important personnage que vous êtes devenu...

— Et qui demeure votre ami.

— Double raison de ma présence chez vous.

— Prenez place, chère Floriane, lui proposa Mazarin en retournant lui-même à son fauteuil. Et racontez-moi tout.

— S'il est un grief que vous ne pouvez faire à votre mari, c'est bien celui de vous rendre la vie monotone, observa-t-il quelques minutes plus tard, lorsqu'elle eut rapporté tous les détails de la fuite d'Artus, détails qu'elle tenait de Lubin.

— Giulio ! Vous me taquinez encore ! reprocha Floriane avec amertume.

— Oui, carissima. Je vous taquine mais je réfléchis aussi. Il doit bien se trouver un moyen de tout arranger. Vous devez absolument perdre cette triste petite mine.

Les grands yeux gris-bleu de Floriane, prisme de toutes les émotions, s'éclaircirent soudain, comme le ciel après une averse, reflétant son espoir revenu. Instinctivement elle avait confiance.

— Je savais bien que je pouvais compter sur vous.

Cette fois-ci, un rien d'équivoque s'attacha au sourire de Mazarin lorsqu'il murmura :

— Finalement, je comprends tout à fait la folie du baron d'Ivreville.

Tirant sur un cordon de soie pendu à sa portée, il poursuivit d'une manière beaucoup plus impersonnelle :

— Accordez-moi deux ou trois heures, chère Floriane. Pendant ce temps, je vous offre l'hospitalité de mon appartement. Faites comme chez vous, mes gens seront à votre disposition. De son côté, l'ami La Musette sera traité avec tous les égards qu'il mérite, je m'en porte garant. Nous nous retrouverons ce soir au souper, si vous consentez à ce que nous le partagions ensemble.

Le même page bouclé réapparut. Mazarin lui donna quelques ordres à voix basse puis, le plus courtoisement du monde, il prit congé de Floriane sur le seuil de la pièce voisine.

51

C'était une sorte de petit cabinet où étaient accrochées des toiles signées de noms prestigieux, comme put le constater Floriane : Titien, les frères Carrache, Jules Romain, Pierre de Cortone ; des Vénus, des Madone, des Moïse, des scènes du Déluge entre des dorures ouvragées. A côté, c'était la chambre. Là, le jeune garçon s'inclina et s'éclipsa, donnant à la visiteuse tout loisir d'admirer sans retenue les autres merveilles qui l'entouraient.

Des moindres bibelots aux meubles marquetés, des tapis et tentures à l'étoffe garnissant le lit, un damas jaune, ramagé de vert et de violet, tout ici dénonçait l'amour de la beauté et de la perfection. Un goût sans faille avait présidé au choix de ce vase doré entaillé de corail, posé sur un cabinet florentin ; de cette paire de flambeaux de vermeil brandis par de petits faunes ; du scintillant miroir de Venise ; à la disposition harmonieuse des sièges capitonnés devant la cheminée de marbre. Sur l'un des murs, une tapisserie flamande évoquait la visite des Rois mages à l'Enfant Jésus. Les trésors déposés par les monarques devant l'humble crèche semblaient s'être déversés à profusion dans la chambre du munificent Mazarin. Les parfums eux-mêmes, de myrrhe et d'encens, par une alchimie prodigieuse paraissaient s'échapper de la lisse pour venir imprégner chaque chose. Mais il s'y mêlait toujours l'odeur frivole, troublante, de l'orange amère. De fait, tout ici flattait insidieusement les sens. Au crucifix de bronze et d'ébène cloué au chevet du lit, faisaient face, près d'une fenêtre, deux statues de la Rome antique : celle d'un Adonis dans sa toute virile nudité, celle d'une nymphe, dévoilée, tentatrice.

Ce décor, où rien n'avait été laissé au hasard, pas même la couleur des bougies, jaunes comme un rayon de miel pour mieux magnifier l'éclat des tissus et des pièces d'orfèvrerie, ce décor était avant tout celui d'un esthète, d'un homme de raffinement et de plaisir.

Un bruissement discret s'approcha de Floriane. Deux servantes s'inclinèrent devant elle dans une révérence parfaite puis se redressèrent en lui souriant. Elles étaient pareillement ravissantes : le même chignon noir, couvert d'un soupçon de coiffe blanche, la même peau mate, la même gorge un peu lourde au creux du corsage échancré, la taille identique sous la cotte de drap rouge. Deux sœurs peut-être. En tout cas, de très jeunes Italiennes qui, usant de leur langue que Floriane comprenait fort bien, se présentèrent : Bianca et Giulia ; et papillonnant, comme s'il se fût agi d'un jeu, l'entraînèrent au fond de la chambre.

Bianca souleva une tenture, ouvrit une porte de l'autre côté de laquelle se trouvait la garde-robe. Du premier coup d'œil, on voyait que la coquette la plus exigeante, le galant le plus soucieux de sa personne, pouvaient aisément y trouver leur bonheur. Sur un lit de repos, drapé d'un drap blanc, attendait une pile de frottoirs et de serviettes. La table de toilette disparaissait sous les pots d'onguent, les coupes et les flacons d'eaux de senteur. Rien ne manquait non plus dans le choix des brosses et des peignes aux manches d'écaille, dans le petit arsenal des limes, pinces et ciseaux. On devinait, soigneusement rangés dans les coffres et l'armoire, le linge fin et les vêtements du maître des lieux. Pourtant, le meuble essentiel de ce cabinet clos et retiré était sans conteste une longue baignoire de marbre rose, occupant presque tout un mur, sur un pavé de mosaïque. Floriane n'en avait de sa vie vu de semblable, elle qui, pour sa part, n'avait jamais utilisé autre chose qu'une cuve d'étain ou un simple baquet. Cette baignoire aux pieds griffus, massive et fumante comme un monstre aux aguets, avait sans doute été apportée d'Italie ainsi que l'essentiel des objets rares de l'appartement.

Giulia y trempa la main, fit un signe approbateur tandis que Bianca disposait sur un guéridon les savons colorés et les éponges. Alors, tout à coup, Floriane éprouva l'impérieux besoin de se débarrasser de ses vêtements salis et froissés, de se plonger nue dans ce bain mousseux, de s'envelopper de cette vapeur odorante qui lui piquait délicieusement les narines, de se confier aux mains des deux Italiennes. Des mains qui vinrent à son aide, la dévêtirent en l'effleurant, la menèrent jusqu'à la baignoire, expertes, insistantes juste ce qu'il fallait.

Dans l'eau moirée de bulles, se souvenant des ablutions succinctes ou incommodes partagées pendant plus d'un an avec La Champrose, de même que des austérités de l'Hôtel d'Egmont, Floriane ferma les yeux, un fin sourire aux lèvres, s'étira sur le marbre lisse et chaud dans un bien-être proche de la volupté.

Le temps passa. Elle s'en rendit à peine compte. Tous ses soucis semblaient miraculeusement évanouis dans l'atmosphère parfumée du cabinet. Docile, somnolente, elle se laissa masser par les servantes, enduire de pâte douce. Ses cheveux furent lavés, séchés, tressés, piqués d'épingles d'or. Puis, chaussée de mules enrubannées, elle enfila sans hésitation une simple chemise et par-dessus, une robe ample, curieuse, aux manches vagues, fermée par une rangée de petites perles. Cette robe ressemblait au vêtement des Mages. D'un brocart vert et argent, elle habillait Floriane d'une splendeur toute orientale.

Revenue dans la chambre, alors que Giulia et Bianca, aidées par le page, s'affairaient à préparer la table du souper, elle s'allongea sur le lit, et peu à peu, retrouva intactes les angoisses de ses derniers jours un moment oubliées. Avec un trouble qui n'était peut-être qu'une peur sournoise, elle prenait conscience de l'incongruité, de l'ambiguïté de sa présence ici. Elle avait le sentiment de s'être elle-même jetée dans un piège. Il lui avait été impossible de résister à la beauté de la chambre, à ses senteurs, à l'attrait du bain, aux raffinements de la toilette. Comme il lui était impossible d'écouter la sagesse qui lui soufflait maintenant de remettre son costume de voyage au lieu d'accepter cette trop voyante tenue. Que faisait-elle étendue sur le lit comme une odalisque dans l'attente du maître ?

Floriane se releva brusquement et, pour se donner contenance, s'approcha de la cheminée en évitant de regarder son double dans le grand miroir.

« Calme-toi, se dit-elle, le front penché vers les flammes. Calme-toi. Est-ce le moment de s'affoler ? En venant ici, n'étais-tu pas prête à tout ? »

Certes ! Quel que soit le prix réclamé par Mazarin en retour de l'aide promise, elle payerait. On paye toujours, elle le savait bien, elle qui avait déjà tant reçu mais aussi tant donné. Il lui fallait tout simplement écarter son orgueil qui ne lui avait coûté que trop. Elle n'était plus une oie blanche, une vierge farouche et depuis longtemps, avait compris que rien, au fond, ne pouvait entamer un pur, un véritable amour.

Lorsqu'une demi-heure plus tard Jules Mazarin la rejoignit, il la trouva paisiblement assise, feuilletant des poèmes de Marino, un verre de Xérès à ses côtés.

— Je ne vous ai pas attendu, s'excusa-t-elle en lui offrant ses doigts à baiser. J'avais trop soif.

Malgré son art extrême de la dissimulation, le jeune légat n'aurait pu, même s'il l'avait souhaité, tout à fait cacher sa surprise heureuse en découvrant que le piteux cavalier de l'après-midi s'était mué en une créature de rêve aussi troublante qu'une almée. Pour le présent, il était loin d'y songer, laissant au contraire s'exprimer son naturel joyeux, exubérant, enclin à l'exagération de jeune Romain.

— Ma che bella, Floriane, fiore mia ! Vous éclipsez tous mes chers trésors ! s'exclama-t-il en désignant d'un geste ample, le cadre qui les entourait.

— A ce propos, je vous complimente pour la décoration de cette pièce, répondit-elle sans montrer son impatience. J'ai également beaucoup apprécié les petites commodités de votre garde-robe.

— N'est-ce pas ? Vous aussi connaissez, aimez la beauté et l'insolite. Par exemple, avez-vous remarqué ce guéridon en pierres dures ? Il n'a pas son pareil en France. Approchez-vous, regardez-le de plus près.

Beaucoup de ces « bagatelles » — ainsi désignait-il peintures, statues, objets divers — lui venaient de son protecteur et ami de toujours, le Cardinal Antoine Barberini. Elles étaient souvent destinées soit à l'un des membres de la famille royale, soit à Richelieu, parfois même à madame de Combalet, sa nièce, dont il valait mieux se garantir les faveurs. A Floriane, il se contenta de donner quelques « galanteries » qu'adoraient les dames de la Cour : des gants à la « Frangipani » du nom de ses amis parfumeurs amateurs, des pâtes pour les mains dans de petits pots de basalte, de l'essence de « melangoli » ou orange amère dont il usait constamment. Il lui fit admirer toutes ses possessions, évoqua l'Italie et son génie, prodigue créateur de ces merveilles. Mais il ne manqua pas de répéter une fois encore son attachement à la France :

— « Qui me dirait que je n'aurais jamais à y revenir signe-rait mon arrêt de mort [1]. »

Enfin, il entraîna Floriane vers la table, dressée entre la nymphe et l'Adonis, toute blanche et scintillante sous les cris-taux, la vaisselle et l'argenterie. Les domestiques s'étaient retirés laissant des poissons confits dans une gelée rose, des plats de salaisons de Modène, du fromage parmesan, des fruits rares. Dans des carafons chatoyaient des vins blancs ou rouge sombre comme un grenat. Mazarin demanda à Flo-riane sa préférence mais, brûlant d'aborder le sujet qui la dévorait, ne pouvant feindre l'indifférence plus longtemps, elle questionna Giulio d'une voix pressante.

— Vous avez raison, autant parler tout de suite de l'affaire qui nous préoccupe et à laquelle je dois le bonheur d'être votre hôte, fit le subtil Italien, en lui garnissant son assiette. Une fois rassurée, libérée de vos soucis, vous pourrez alors, je l'espère, mieux apprécier ce repas et notre petit tête-à-tête. Quant à moi, égoïstement, je savourerai le spectacle char-mant d'une femme heureuse.

Rassurée, libérée, heureuse, Floriane n'avait entendu que ces mots-là et n'attendait plus maintenant que les détails que

1. Propos historiques.

Mazarin s'apprêtait à lui fournir, voulant surtout ignorer ce qu'il pouvait advenir en cours de soirée.

Le « cher petit nonce » méritait bien l'affection et l'estime dont le gratifiait Richelieu. Ambitieux, volontaire tout comme le Cardinal, il portait très haut, lui aussi, son intelligence, sa ruse, son habileté à tisser partout sa toile, d'avoir en tous lieux des complicités, des créatures. Mais à la différence du puissant ministre, son tempérament ignorait les sombres abîmes, il n'était pas dépourvu de cœur. Son âme italienne, peut-être. Une inclination de sa nature sans doute. Les sentiments d'amitié, de fidélité, de générosité, en effet, ne lui étaient pas indifférents. Il savait séduire par son charme, sa gaieté, son dévouement. L'ascension politique qu'il avait si bien entreprise, son attachement à Richelieu, « ce grand esprit », ne lui faisaient pas pour autant renier ses parents et les êtres qui lui étaient chers.

Floriane... Il n'oublierait jamais leur rencontre, ce jour d'hiver déjà lointain alors que, pour la première fois, il foulait ce sol de France tant rêvé. Elle était venue à son secours, apparaissant pareille à un ange des Écritures, si belle, si différente des autres, unique comme une œuvre d'art. C'était pour ce souvenir-là qu'il n'avait pas hésité aujourd'hui, de même que par le passé, à forcer pour elle le destin.

Quel dommage, vraiment, qu'elle se fût entichée d'Ivreville ! Un beau garçon, il ne pouvait le nier, comparant même le baron à l'un de ces chefs-d'œuvre de marbre, image puissante des dieux et des guerriers de la vieille Rome. Oui, c'était cela, un homme de guerre, loyal, hardi, valeureux, un gentilhomme, mais enfin, sans grande fortune, sans véritable ambition et par conséquent, incapable, selon Mazarin, d'assurer le bonheur d'une femme de cette qualité. Au joyau rare, au tableau de maître, convenaient sertissure et cadre de prix. Aucun palais n'eût été trop beau pour Floriane, aucun titre trop prestigieux, aucun royaume trop vaste, aucune entreprise trop audacieuse ! Au lieu de cela, de vivre l'existence qu'elle aurait méritée, une existence de luxe et d'honneurs, sous la protection de quelque puissant personnage, au lieu de rayonner sur l'univers en toute quiétude, elle s'était fâcheusement enferrée dans cet amour, n'y trouvant que misère et chaos !

Enfin, puisqu'elle y tenait...

Selon les dires du jeune Lubin, personne n'avait eu vent, au Bastion de France, des intentions de fuite du baron d'Ivreville. Il était parti un beau matin avec son valet, dans une petite barque de pêcheur, sous le prétexte d'une promenade en mer. On le savait téméraire, féru de solitude ; son projet n'avait eu donc rien de quoi surprendre malgré le risque qu'il y avait à s'aventurer sans escorte. En vérité, les deux hommes avaient tout d'abord gagné Bône puis s'étaient embarqués sur un caïque partant pour Alger. Sous l'apparence d'un simple matelot, usant du provençal qu'il avait appris au contact des hommes du Bastion, le baron était passé inaperçu et la chance avait joué en leur faveur. Après avoir rôdé un jour ou deux sur le port, ils avaient finalement pu se faire engager sur un bateau marchand qui regagnait Marseille. Pour Mazarin, il avait été facile sur ces quelques éléments de laisser travailler sa fertile imagination. Une lettre venait donc tout juste de partir pour la Barbarie, adressée à Sanson Lepage, le successeur de Sanson Napollon, qui contrôlait lui aussi toutes les places de cette région de l'Afrique.

Quelques mois plus tôt, au cours du siège de Tabarca [1], Napollon avait été tué par les troupes tunisiennes, son corps jeté à la mer, sa tête clouée à l'entrée de la forteresse. Marseillais comme lui, tout aussi intrigant et audacieux, il se trouvait que — pour une raison obscure —, Lepage était également un obligé de Mazarin. Il ne refuserait donc pas de prétendre, sur ses directives, qu'au cours de sa promenade, Ivreville avait été capturé par des hommes de Youssef Dey, le chef tunisien. Dans la situation actuelle aussi tendue, aussi confuse, ce rapt pouvait sembler tout à fait vraisemblable, et

1. Ville tunisienne à la frontière de l'Algérie.

même prévisible. Lepage écrirait au roi, prétendrait jouer les médiateurs, s'occuper de la rançon d'Ivreville, et quelque temps plus tard celui-ci pourrait réapparaître, simuler un débarquement à Marseille, rejoindre la Cour. Cela demanderait des semaines pendant lesquelles Artus resterait, en fait, caché à Saint-Évy, jusqu'au signal de Mazarin.

Ce plan était d'une merveilleuse simplicité. Tout avait été prévu : relais, messagers, faux témoins du pseudo-enlèvement du baron, envois d'argent, ce qui avait son importance pour s'assurer de tout ce monde-là. Avec une adresse, un sens du détail dignes d'un homme de théâtre, Mazarin avait mis au point une intrigue romanesque parfaitement plausible et réalisable en sachant, par ailleurs, que dans le souci de ne pas rompre des relations assez fragiles avec les autorités arabes, Louis XIII et Richelieu éviteraient d'y regarder de trop près.

— Ainsi votre mari est-il condamné à la clandestinité deux mois au moins. Il sera sous votre surveillance et à votre discrétion. Cela vous convient-il, carissima ?

Époustouflée par tant de verve et d'audace, Floriane cherchait les mots pour lui répondre mais comme s'il désirait la tirer d'embarras, le jeune nonce ne lui laissa pas le temps de s'exprimer. Il se leva brusquement, disparut quelques minutes dans la garde-robe, en rapporta un petit sac qu'il ouvrit sur la table. Étonnée, Floriane vit qu'il contenait une poudre brunâtre à l'odeur inconnue.

— Ne m'avez-vous pas dit que le baron d'Ivreville souffrait de fièvre ? Je pense que cette poudre pourra le guérir. Elle me vient d'un ami qui vit à Rome, le Père de Lugo, lui-même la tenant de Jésuites espagnols revenus du Pérou. Imaginez, Floriane, l'épaisse et abondante végétation des Andes où croissent les « arbres de fièvre », ces cinchona ou quinquina. Leur précieuse écorce est prélevée, séchée au-dessus de feux de bois, puis acheminée par des voies impossibles, traverse les mers pour venir jusqu'à nous, soulager nos petites misères. Je trouve fascinant un si long, un si mystérieux périple.

Mazarin referma le sac, remplit les verres et tendit le sien à Floriane.

— Merci, Giulio, merci. Tout ce que je pourrais vous dire d'autre ne serait que sottises, en tout cas serait bien médiocre en regard de ce que je ressens, de ce que je vous dois, murmura-t-elle, tout à coup attendrie.

Son aisance à débrouiller les pires situations, à en rire, ses attentions délicates, venaient de lui rappeler les façons de Bassompierre.

— Alors, dites-moi simplement comment vous trouvez ce vin de Provence ?

Elle en but quelques gorgées, l'apprécia mais n'en poursuivit pas moins son idée.

— Je vous admire, Giulio, de savoir contourner les obstacles avec tant de facilité apparente, de toujours atteindre vos buts.

— Il suffit d'aimer et de vouloir. D'ailleurs, vous-même ne sortez-vous pas finalement victorieuse de toutes vos traverses ?

« Victorieuse peut-être, mais à quel prix ! » faillit-elle lui répondre. Elle se contenta de soupirer en portant de nouveau le vin à ses lèvres.

— Je ne dois mes victoires qu'à ceux qui m'ont, à l'occasion, apporté leur soutien, comme vous aujourd'hui, expliqua-t-elle.

« La plupart pour leur propre malheur », aurait-elle encore voulu ajouter, profondément émue par les silhouettes qui s'étaient mises lentement à ressurgir du passé pour défiler, une à une, dans la chambre luxueuse, certaines infiniment pathétiques, toutes étrangement présentes.

Elle tremblait un peu en achevant son verre.

— Ne mésestimez pas votre courage, votre ténacité, votre finesse d'esprit, carissima. De même que votre générosité, cette fermeté d'âme qui résiste à tous les assauts de la fortune. Vous ne savez que trop bien vous attirer les cœurs. Et le mien vous est à jamais acquis.

Tout en parlant avec douceur, Mazarin s'était rapproché de Floriane. Elle avait tout près d'elle son visage harmonieux, au front assez dégagé entre les cheveux noirs et frisés, ses grands yeux sombres taillés en amande, des yeux qui auraient tant voulu lire en ses pensées ! Il prit sa main, se pencha encore.

« Le moment est venu », songea-t-elle.

Elle ne put empêcher son corps de se raidir dans l'attente de ce qui ne manquerait pas de suivre et cependant, elle était troublée par la flamme qui dansait au fond de ce regard. Elle y devinait l'envie intense de la faire sienne tout comme il devait convoiter le reste du monde. Mais à cette convoitise se mêlaient beaucoup de tendresse, une forme d'espièglerie qui n'allait pas sans évoquer l'expression d'un enfant, à la fois câline et dominatrice.

« La voici prête à se donner à moi, pensait Giulio dont le vertige n'ôtait en rien la lucidité. Et ce, uniquement parce qu'elle croira ainsi s'acquitter d'une dette. Son émoi que je devine, ne suffirait pas tout seul à la faire chavirer, à lui faire tromper Ivreville. Cette femme-là ne sera jamais l'esclave de personne. Elle ne l'est pas même de ses propres sens. Dio mio, qu'il aurait été merveilleux de pouvoir l'aimer ! »

De son côté, Floriane luttait contre la faiblesse qui, malgré elle, insidieusement la gagnait. Mis à part sa brève et folle liaison avec Floridor, il y avait beaucoup trop longtemps qu'elle n'avait goûté au plaisir pour ne pas se sentir frustrée et rester insensible à la présence d'un beau parleur, de surcroît sincère et séduisant.

Ainsi, pendant quelques minutes, se prolongea leur muet dialogue, tout vibrant à la fois de désir, d'aveux et de réticences. Leurs bouches finirent par se rencontrer, s'entrouvrir, et délicatement se confondre, prolongeant avec volupté un échange savant et délicieux. Puis Floriane se détourna la première et posa la tête sur l'épaule de Giulio. Elle savait maintenant qu'il n'exigerait rien de plus et la laisserait galamment mener le jeu à sa guise.

— Cruelle ! Il me faudra donc vivre désormais avec ce baiser fiché comme un stylet dans ma mémoire ? gémit-il d'un ton désespéré, en lui caressant les cheveux.

Floriane se mit à rire. Depuis un instant, par un revirement dont était coutumière sa nature fantasque, elle percevait toute la frivolité, le piquant de l'existence.

— Quel comédien vous faites, Giulio ! Et croyez-moi, je m'y connais. Mais mon cher, dès demain vous m'aurez oubliée auprès de votre seule maîtresse, cette politique que vous courtisez avec tant de zèle !

— Au moins, c'est une maîtresse qui ne me trahira jamais, se défendit Mazarin avec un soupir comique.

— Vous me semblez bien sûr de vous ! Allons, si vous y tenez, parlez-moi de votre passion pour elle, des sacrifices que vous lui consentez. Mais auparavant, je voudrais encore un peu de vin, de celui-ci à la belle couleur de topaze...

Les premiers à franchir la porte Saint-Jacques, le jour suivant, furent Floriane et La Musette, montés sur des chevaux anglais, des bêtes superbes sorties des écuries de Mazarin. C'était une matinée froide et pluvieuse bien peu propice aux voyages. Cependant, rien n'aurait pu retenir plus longtemps la jeune femme à Paris. Comme La Musette le prévoyait, elle n'attendit même pas d'avoir traversé le faubourg pour prendre le galop.

« Quand je pense que nous aurions pu profiter encore de l'hospitalité du nonce, de cette bonne nourriture, de ces petites attentions... Tout de même, quelle enragée ! »

Pauvre La Musette ! Il ne pouvait comprendre que c'était là précisément ce que fuyait Floriane, juchée bien droite sur sa selle, les yeux fixés sur l'horizon.

Avec avidité, elle aspira la pluie et le vent qui brouillaient le chemin. Depuis l'aube, une migraine féroce lui vrillait la tête mais après ce qu'elle avait bu, elle ne devait pas s'en plaindre. La soirée s'était terminée fort tard, dans les rires, les propos graves, les confidences et des chansons italiennes qu'elle avait accompagnées en jouant du luth. Après... Le sommeil l'avait prise. Floriane se souvenait vaguement que Giulio l'avait aidée à se coucher dans son propre lit, l'avait bordée de très caressante façon et sur un dernier baiser, avait disparu. Dans ces cas-là, les réveils sont particulièrement difficiles. Au malaise physique s'ajoute souvent une sorte de remords des folies passées. Bien qu'en fait, rien de répréhensible n'eût été accompli, Floriane s'était sentie désagréablement coupable et avait préféré partir tout de suite, sans revoir son hôte.

Dans la garde-robe, elle n'avait pas retrouvé son habit de la veille, sans doute emporté par les servantes. En hâte, elle avait alors fouillé l'armoire, les coffres ; tant bien que mal, elle avait ajusté des effets trop grands pour elle, avait rassemblé dans un sac « l'écorce des Jésuites », les « galanteries » parfumées puis furtivement, dans un Hôtel encore silencieux, avait rejoint La Musette aux communs. Apparemment, les palefreniers avaient reçu des ordres les concernant car très vite deux belles montures leur avaient été préparées, deux fringants coursiers qui, sans renâcler, affrontaient maintenant la bourrasque d'hiver.

Sous l'effet de l'air vif, le sentiment d'une faute commise commençait à se dissiper. Qu'avait fait Floriane en fin de compte ? Soulagée d'apprendre qu'une situation qu'elle avait cru dramatique, allait s'apaiser — et ce grâce à un ami dévoué, un homme de cœur et d'honneur ! — elle avait eu envie de savourer quelques heures de légèreté et de griserie. Rien que de très naturel. Elle n'avait guère eu l'occasion de s'amuser au cours de ces années. Pouvait-on lui reprocher un réel manquement à ses devoirs ? N'avait-elle pas tout fait, au contraire, pour que son mari puisse revenir et retrouve l'estime, la confiance du roi ? Floriane ne se sentait pas particulièrement encline à l'indulgence ce matin-là et n'était pas loin de juger qu'Artus avait sa part de responsabilité en ayant agi inconsidérément. Oui, oui, bien entendu, il n'avait pris tant de risques que pour elle, et l'amour l'excusait. Mais néanmoins, c'était elle qui avait pleuré, qui avait dû se démener, se battre. La lutte, sans cesse renouvelée, finissait par devenir harassante pour quelqu'un n'aspirant plus qu'à vivre sereinement auprès des siens, à n'être qu'une femme que l'on aime et que l'on choie en lui pardonnant les innocentes faiblesses permises à son sexe.

Puis soudainement, son visage s'éclaira. Giulio le lui avait dit : elle avait deux mois de répit devant elle. Deux mois pendant lesquels Artus lui appartiendrait, serait à sa merci. Ils allaient être seuls, isolés de l'univers, avec tout loisir de se retrouver, de reprendre la trame interrompue de leur passion, un cadeau miraculeux bien qu'amplement mérité et dont elle entendait tirer tout le bonheur possible.

★
★ ★

— Tiens ! Quel est ce bruit ? demanda Floriane, une houppette chargée de poudre au bout des doigts, le geste suspendu à hauteur de ses joues.

— Je ne sais, madame, répondit Toinon qui achevait de la coiffer. On dirait...

Les deux femmes écoutèrent un instant les éclats de voix leur parvenant de l'étage supérieur.

— On dirait monsieur, acheva la servante.

Floriane avait elle aussi reconnu Artus. Une violente discussion semblait l'opposer à Lubin et bientôt à La Musette apparemment accouru soutenir son jeune camarade.

La veille au soir, à son arrivée à Saint-Évy, elle avait retrouvé Ivreville somnolant sous l'effet d'une potion administrée sur les ordres d'Alix qui n'avait rien trouvé de mieux pour en venir à bout.

— Dès que sa fièvre a été moins forte, ton mari est devenu infernal, s'était plaint madame de Montrouge, visiblement excédée. Il t'a réclamée à cor et à cri, agité comme un vrai fauve dans sa cage. Nous avons eu toutes les peines du monde à lui faire avaler ce soporifique. Te voilà, ouf ! Tu t'en occuperas toi-même, moi je n'en peux plus.

— Floriane, où étais-tu partie ? avait balbutié Artus en reconnaissant la jeune femme à son chevet.

— Chut ! Je te raconterai tout demain. En attendant, essaye de boire ceci, tu te sentiras mieux.

Non sans mal, elle avait réussi à lui faire prendre un peu de poudre de quinquina, diluée dans de l'eau. Puis, Artus s'était rendormi et elle-même avait regagné sa chambre, exténuée par son voyage.

Le remue-ménage s'amplifia, se rapprocha. Des pas résonnèrent dans l'escalier, le long du corridor de pierre et brutalement Artus fit irruption dans la pièce.

Floriane et Toinon poussèrent le même cri de surprise. En chausses et chemise, nu-pieds, la peau tannée par le soleil, tellement amaigri qu'il paraissait plus grand encore, sans ménagements il fit déguerpir la pauvre Toinon terrorisée, claqua la porte sur elle et furieux, s'approcha de Floriane pétrifiée à sa table de toilette.

— D'où viens-tu ? gronda-t-il.

Elle essaya de se lever mais d'une poussée autoritaire il la cloua sur sa chaise.

— Réponds-moi : d'où viens-tu ?

— Mais, Artus ! Que se passe-t-il ? Calme-toi ! Tu es malade.

— Non ! Je ne suis plus malade ! hurla-t-il. Je peux me lever, me laver et marcher tout seul. J'en ai assez d'être traité par mon propre valet comme un nourrisson au berceau ! Quant à ces deux biques, Montrouge et Frumence, je ne veux plus en entendre parler ! Crois-tu donc que je ne me suis pas aperçu qu'elles me droguaient ? Pour mieux me tenir enfermé sans doute, pendant que tu courais je ne sais où. Mais maintenant tu vas t'expliquer ma belle, sinon...

Ses mains encerclèrent le cou de Floriane. Gigantesque, il la dominait de toute sa stature, menaçant, déterminé à lui faire payer cher ces jours de claustration et d'humiliation. Elle releva la tête, le regarda sans un battement de cils.

— Je ne répondrai que lorsque tu m'auras lâchée. Tu me fais mal, dit-elle posément.

A contrecœur, Artus fit un pas de côté et s'adossa à la « toilette » tandis que Floriane, vite debout, se plantait devant lui, bras croisés sur la poitrine, bien résolue à ne pas se laisser maltraiter. Il affirmait n'être plus malade ? En tout cas, il semblait assez rétabli pour se conduire d'une manière inqualifiable et injustifiée. Si le quinquina l'avait guéri, il ne lui avait pas adouci l'humeur. Et elle, l'innocente qui ne rêvait que de tendres effusions après cet éprouvant aller retour !

— Alors ? demanda-t-il.

— Alors, je suis allée à Paris.

— A Paris ? Et peux-tu m'apprendre pourquoi alors que je venais tout juste d'arriver ?

De toute évidence, c'était là surtout ce qu'il ne pouvait admettre et pardonner, que Floriane l'eût laissé seul, souffrant, emprisonné dans cette maudite chambre, à la merci de vieilles folles, de domestiques et ce, au moment où ils se retrouvaient enfin. Comprenant combien il avait dû être blessé, la jeune femme s'adoucit :

— Artus, tu t'es mis dans une situation grave, très grave. Non, je ne te le reproche pas mais il fallait bien tenter d'arranger les choses pendant qu'il en était encore temps.

— Réparer les dégâts. N'aie pas peur des mots !

— Mais oui ! Ne te fâche pas.

— Et par quel moyen ? Ou plutôt quel intercesseur ? Quel envoyé du Ciel as-tu trouvé une nouvelle fois pour nous tirer d'affaire ?

Artus souffrait. Sa hargne, son ironie masquaient, en réalité, un ressentiment jaloux, une profonde amertume. Il avait imaginé tout autres leurs retrouvailles. Sa passion ne s'était jamais embarrassée d'obstacles. Miné par l'absence, écœuré par les jeux troubles des jeunes Mauresques, il avait décidé, un jour, d'abandonner son poste et ses devoirs, simplement, sans atermoiements. Si Floriane ne lui avait pas révélé qu'il avait maintenant une fille, ne lui avait pas démontré que pour elle il devait préserver l'honneur des Ivreville, il aurait continué sa route malgré la fièvre, les dangers et l'opprobre attaché à son nom. Pour lui, l'essentiel était la présence, l'amour de sa femme dont la délicate image ne l'avait pas quitté une seconde.

Mais était-ce bien la même femme celle qui, ce matin, paraissait le défier avec tant de maîtrise de soi ? Elle avait un je-ne-sais-quoi, un air nouveau, indéfinissable, une aisance, une sorte de... oui, de maturité qu'Artus ne lui avait jamais vus. Le souci d'assurer l'avenir de leur enfant n'était peut-être qu'un prétexte pour refuser l'existence incertaine qu'il lui offrait. A la différence d'un homme, l'amante la plus éprise s'embarrasse souvent bien vite de petites considérations matérielles ou terre à terre. Artus craignait que l'aventureuse Floriane, celle qu'il avait connue légère comme un oiseau s'envolant au moindre vent, ne fût désormais qu'un souvenir. La maternité, ces deux années loin de lui suffisaient-elles à justifier ce changement ? Devait-il y voir le signe épouvantable qu'elle l'aimait moins, qu'elle ne l'aimait plus ?

« Mon amour, tu es jaloux et tu souffres, pensait Floriane de son côté. Ah ! tu es bien toujours le même, entier, farouche, un loup solitaire. »

Avec calme, en quelques mots, elle lui raconta comment elle avait eu l'idée de s'adresser à Mazarin et tout ce que ce dernier avait imaginé afin de permettre à Artus un retour en France honorable.

— Le signor Giulio, encore lui, commenta Ivreville d'un air sarcastique. Je parie qu'il t'a en plus proposé gîte et couvert.

— En effet, rétorqua Floriane sans sourciller. Et je les ai acceptés. C'est un véritable ami, tu le sais.

— Je veux bien croire qu'il n'est que cela.

Malgré cette attitude qui finissait par devenir offensante, voulant à tout prix rester patiente et compréhensive, Floriane feignit donc d'ignorer la flèche.

— Nous avons là une occasion unique. Il te suffira d'attendre tranquillement que tout s'arrange de soi-même.

— C'est cela ! Tu penses que je vais accepter de rester confiné ici sans rien faire ? Mais tu rêves ma pauvre petite ou tu veux me rendre fou !

— Ni l'un, ni l'autre. — La voix de Floriane se durcit insensiblement. — Tu te rends bien compte qu'il est vital de ne pas te montrer. Nous nous organiserons de façon...

Artus ne la laissa pas poursuivre :

— Nous organiserons ma captivité, hein ? Je jouerai aux cartes avec ces dames ; ensemble nous relirons « l'Astrée » et, peut-être même, me mettrai-je à la broderie, relégué là-haut, dans ma chambrette. Hercule aux pieds d'Omphale ! ricana-t-il. Eh bien ma chère, ne vous en déplaise, je dis non à ce programme.

Cette fois, son mauvais vouloir dépassait les bornes. Floriane éclata :

— Et moi, je vous dis ceci, Artus d'Ivreville : si par vos imprudences ou plutôt vos caprices — parfaitement, vos caprices — vous gâchez nos chances, je vous préviens que de votre vie, vous ne me reverrez, m'entendez-vous ?

Le ton monta :

— Car c'est moi qui partirai, je le jure, sur la tête de Charlotte ! J'irai la chercher, nous disparaîtrons toutes les deux et vous-même irez au Diable si bon vous semble ! Mais pour rien au monde, je ne recommencerai le cycle infernal, les supplications au roi, les visites humiliantes à Richelieu. Je ne supporterai pas une fois de plus sa vindicte et ses persécutions !

Floriane s'était mise à marcher de long en large dans la pièce. Artus, tout d'un coup, retrouvait une créature bouillonnante, décidée, prête à mordre. Il ne doutait pas une seconde qu'elle ne mît ses menaces à exécution.

— J'en ai assez, continuait-elle de plus en plus échauffée. Je veux vivre normalement, à l'abri de tout, avec mon enfant, sans avoir à redouter chaque jour de me voir expédiée au fond d'un cloître. J'ignore ce que fut votre existence là-bas, dans votre Barbarie, mais vous apprendrez ce que fut la mienne pendant tout ce temps : une fuite perpétuelle, dans la peur et le mensonge. Et sans le théâtre et mes comédiens...

— « Tes » comédiens ? s'étonna Artus.

Floriane arrêta son va-et-vient aussitôt. Tant pis ! Elle n'attendrait pas un moment plus favorable pour faire ses confidences, ainsi qu'elle se l'était promis. Puisqu'il lui cherchait querelle, elle allait lui fournir de bons motifs. Toute suave soudain, devant Ivreville abasourdi, insistant à dessein sur les détails qui ne manqueraient pas de l'atteindre au vif — à l'exception toutefois de ses relations avec Floridor —, elle raconta longuement les aventures de Niflame.

— Moi qui te croyais ici ! Ma mère m'a donc trompé... murmura Artus avec tristesse.

Il perdait pied, ses plus profondes certitudes ébranlées par les révélations de Floriane. Mon Dieu ! Comédienne, sa femme, la baronne d'Ivreville ! Sur quelle idée folâtre avait-elle consenti à déroger pareillement ? Mais le pire était ce contentement affiché, ce sourire narquois, sans l'ombre d'un regret, cet air de se moquer de lui. Avait-elle bien tout avoué ? Elle lui échappait, il fallait la rattraper, la ramener à lui, revoir son vrai visage, celui de la douce, la candide petite fille de jadis qu'elle ne pouvait avoir cessé d'être !

Guettant ses réactions, Floriane haletait un peu. Son souffle ébouriffait l'ourlet de fourrure qui garnissait son col. Sa robe de velours bleu nuit ondulait autour d'elle. Nerveuse, piaffante, elle donnait l'impression de vibrer au cœur d'une tempête, toute prête à l'attiser encore. Artus la rejoignit en quelques pas. Les mains plaquées sur chacune de ses tempes, il se pencha et baisa ses lèvres.

Bien sûr, c'était cela qu'il aurait dû faire tout à l'heure, au lieu de l'exaspérer, de la pousser à la révolte. Elle-même souffrait du mal qu'elle lui avait fait. Malgré tout, encore frémissante, sur sa lancée, Floriane refusa une simple reddition et le contact d'Artus suffit à raviver l'orage. De toutes ses forces, elle essaya de le repousser.

— Ah, non ! Laisse-moi ! protesta-t-elle.

Mais Artus tenait bien sa proie. Le parfum de sa femme, la saveur de ses lèvres, achevèrent de lui faire perdre la mesure. Ses mains rageuses, affamées, déchirèrent les étoffes, arrachèrent les vêtements, mirent la peau à nu. Il la voulait tout entière, dévoilée, sans défense, pour mieux retrouver au creux de sa chair sa propre empreinte, redécouvrir la source pure et glacée seule capable de guérir sa fièvre, se réchauffer à la flamme secrète qui savait si bien l'embraser. La colère, la joie et le désir s'emparèrent alors de Floriane. Cette violence répondait à la sienne. Sous le grand vent sauvage, s'éparpillaient les miasmes des mauvais jours, les rancœurs néfastes. Artus fut vite en elle, labourant profondément le sillon tendre, gémissant sous les morsures et les baisers. Enfin, elle pouvait se donner, prendre et se perdre sans remords, tout oublier, tout oser, tout accepter puisque venant de lui, son unique amour.

Le temps s'efface. Au-dehors, l'hiver ne jette ses voiles gris et lourds qu'afin de mieux épargner la chambre baignée d'une clarté mystérieuse. Sur le lit épars, comme les deux rameaux tremblants d'une seule et même tige, ils s'unissent et se défont pour se rejoindre encore, jamais las, jamais assouvis. Floriane doucement râle, crie et se pâme. Artus boit ses larmes et ses sourires, enfouit son visage dans ses longs cheveux, s'enivre de leur tiède odeur de foin, s'égare à son tour. Alors c'est elle qui se penche, sculpte et ranime patiemment le corps adoré, se soumet à nouveau et, dans un élan suprême, gagne avec lui, une fois de plus, les contrées ineffables.

LE RETOUR D'ARTUS

Le château blanc de Saint-Évy, derrière le rideau de neige et de brume, se referma jalousement sur ses charmes et ses sortilèges.

Floriane s'était promis d'être heureuse. Elle le fut pleinement, dans une impression d'irréalité qui, toujours, accompagne les moments de trêve. Avec toute la science et la tendresse d'une véritable amoureuse, elle sut convaincre Artus, l'apaiser, lui rendre confiance. Comme un chevalier errant épris d'absolu, captif d'une bonne fée, il la laissa tisser sa toile autour d'eux, construire une immatérielle prison de rêve.

Pour les paysans et les villageois des environs qui auraient pu avoir vent d'une présence nouvelle chez la baronne d'Ivreville, on fit courir le bruit qu'un ami de madame de Montrouge était en visite, un vieux gentilhomme un peu souffrant, la plupart du temps obligé de garder la chambre. Les domestiques de la maison, dont la discrétion et la fidélité étaient à toute épreuve, avaient reçu des ordres stricts de manière à assurer l'incognito du baron tout en lui adoucissant au maximum les inévitables aspérités d'une réclusion forcée. Chaque après-midi, Lubin, La Musette et Nicot le rejoignaient dans la salle d'armes pour ferrailler contre lui. Souvent, Floriane assistait à ces joutes forcenées où, au jeu de la dague et de l'épée, Artus — à présent tout à fait rétabli — pouvait donner libre cours à sa fougue et son adresse, elle-même s'essayant quelques fois à croiser le fer, non sans succès d'ailleurs.

La paix fut faite avec Alix et Ermelinde. Le soir, des parties de cartes ou de dés les réunissaient tous les quatre. Piètre joueur, Artus perdait à chaque coup pour la plus grande satisfaction des vieilles dames. Celles-ci se montraient fort curieuses quant à ses voyages, aux mœurs des Barbaresques, à l'aspect de leur lointain pays mais il leur fallait beaucoup prier Ivreville pour qu'il consentît à leur donner des détails. Toutefois, il le faisait toujours avec courtoisie sous l'œil moqueur de Floriane qui le voyait ronger son frein. Il y avait aussi des séances de lecture et de longs et succulents repas, mijotés par la vieille Nicole.

— Je vais m'empâter à ce régime, grommelait Artus qui ne portait pas aux plaisirs de la table la même prédilection que Floriane.

Alors, souvent, ils faisaient préparer des chevaux et sortaient seuls tous les deux entre chien et loup pour une promenade. Et c'était une heure grisante dont ils rentraient animés d'une intense ardeur à s'étreindre.

De fait, ils ne pouvaient jamais rester bien longtemps sans se voir, se toucher, se confondre. La nuit, le jour, la même faim les reprenait, le même ravissement les transportait vers cet ailleurs sans nom, d'ombres et de lumières, dont ils avaient tant de mal ensuite à s'arracher. Prisonnier volontaire de sa magicienne, soumis à ses lois, Artus en était également le maître. Il le disait, en abusait.

— Floriane, mon beau tourment, mon inhumaine, tu m'as fait douter de toi. Ma frénésie sera ton châtiment. Je veux t'entendre crier grâce. Oui ! Comme cela. Oh ! la douce revanche et que je t'aime ainsi, brisée, pantelante, et cependant toute prête à me surprendre encore.

— Artus, chuchotait la jeune femme, palpitante sous la poitrine qui l'écrasait, n'avais-je pas raison de vouloir te garder ici ?

Un billet assez sec du cabinet du roi vint informer la baronne d'Ivreville, juste avant Noël, que l'on était sans nouvelles de son mari au Bastion de France, le pire étant à craindre dans ce pays infesté de pillards et de pirates. Floriane crut bon d'envoyer une réponse angoissée puis une autre lettre du même ton un peu plus tard. L'échange s'arrêta là.

Aux alentours de l'Épiphanie, on vit apparaître un jour un lourd carrosse de voyage lesté de malles, maculé de neige et de boue. Des silhouettes féminines en descendirent et pénétrèrent dans la maison qui bientôt retentit des exclamations d'Ermelinde et de la voix bourrue d'Alix.

Depuis plusieurs heures déjà, Floriane était sur le qui-vive, rivée à la fenêtre de sa chambre d'où la vue s'étendait jusqu'à l'entrée du domaine, refusant de donner la moindre explication à Ivreville intrigué par son attitude. L'arrivée du carrosse la fit bondir avec un cri de joie.

— Descendons ! Vite ! Oh ! mon chéri, viens ! Viens voir ma surprise !

Elle courut comme une folle, le tirant par la main et toujours l'entraînant, dévala l'escalier, sautant des marches au risque de les faire tomber tous deux pour soudain s'arrêter net à quelques pas des visiteuses occupées à se défaire de leurs manteaux. Radieuse, elle regarda Artus. Mais lui, que découvrait-il dans la pénombre du vestibule ?

Tout d'abord, il crut reconnaître la domestique depuis toujours au service de sa mère et en effet, une seconde après, il vit madame d'Ivreville se tourner en souriant tendrement dans sa direction. Alors, il serra fortement les doigts de Floriane sans même se rendre compte qu'il lui faisait très mal. Jamais il n'avait été pris d'une telle panique. Lui qui ignorait la peur, que rien n'empêchait d'aller de l'avant, voici qu'il restait cloué sur la dernière marche parce qu'il devinait aux côtés de sa mère, dans les bras d'une jeune servante, une forme ronde agitant la main.

Toinon survint sur ces entrefaites avec un chandelier allumé et Artus, pétrifié, put mieux voir sa fille, ses joues rebondies avivées par le froid, ses boucles follettes dépassant de son béguin, toute sa petite personne engoncée dans ses épais vêtements d'hiver, accueillant avec ravissement l'apparition des bougies.

Très émues, toutes ces dames se turent en même temps, pour guetter la première rencontre de ce père visiblement désemparé, bouleversé, avec sa fille, joyeuse, tyrannique et que l'on savait si déroutante dans le choix de ses affections.

73

Floriane lâcha la main d'Artus. Les larmes aux yeux, elle le regarda s'approcher de Charlotte, hésiter imperceptiblement puis s'en saisir et la maintenir devant lui. Étonnée sur le moment, l'enfant examina avec le plus grand sérieux un visage qui ne devait pas lui être tout à fait inconnu. Certes, son univers était encore restreint mais elle en connaissait bien chaque repère, aussi ces cheveux cuivrés, ce regard de chat dévorant, pareil à de l'or en fusion, éveillaient-ils de toute évidence, dans sa sensible mémoire, des images familières bien que confuses. L'instant de circonspection passé, elle daigna émettre une sorte de gloussement approbateur, découvrant dans un large sourire deux dents aiguës sur des gencives roses, et sans ménagement, empoigna la moustache de son père.

— Bonjour ma princesse, chuchota-t-il, prenant la menotte pour la baiser.

Lui aussi la reconnaissait. Elle lui ressemblait tant ! C'était presque trop beau, trop extraordinaire de serrer contre lui cette précieuse créature qu'il ne connaissait pas cinq minutes plus tôt et que pourtant il était certain de chérir depuis toujours.

Floriane les rejoignit, impatiente d'embrasser sa fille. Trop occupée d'Artus, Charlotte se laissa faire distraitement mais loin de s'en formaliser, tout attendrie, la jeune femme se mit à rire.

— Petite ingrate ! s'écria-t-elle.

— Cette enfant est certainement le portrait de son père, observa Alix, mais elle tient d'une autre ses mines de séductrice !

— C'est vrai, renchérit innocemment dame Frumence. Je trouve qu'elle a vos façons, ma chère Floriane.

Celle-ci accueillait maintenant, avec effusion, Hélène d'Ivreville.

— Merci d'être venue malgré ce temps affreux. Lorsque je vous ai écrit, je n'osais vraiment l'espérer. Vous comprendrez bientôt qu'il m'était difficile de vous donner des détails, de vous parler d'Artus.

— Ma chère petite, j'ai su lire entre les lignes. Mon instinct de mère, sans doute. Tant de bonheur méritait bien ce voyage.

Elle aussi avait pleuré, ne se lassant de contempler son fils qui, à son tour, sans toutefois se séparer de Charlotte, l'étreignit longuement.

Lubin et La Musette rôdaient autour d'eux, curieux de connaître la nouvelle merveille de la famille. Comme souvent, lorsque les événements heureux ou graves s'y prêtaient, le musicien se mit à jouer un air de circonstance, un délire de notes allègres, parachevant aussitôt le contentement de la petite fille.

— Allons, venez tous ! proposa Alix qui détestait les épanchements. Nicole, apporte-nous de notre meilleur vin. Ce soir, c'est fête !

Un mois s'écoula pendant lequel la fête promise par madame de Montrouge parut se prolonger. « Enfin, la vie pouvait être autre chose qu'un combat exténuant ! » se réjouissait Floriane. Il était si simple, si bon de redécouvrir chaque jour une nouvelle raison de remercier Dieu, un gazouillis matinal, un trottinement menu d'enfant, sa peau de velours attirant la caresse, un homme toujours près de soi, ses yeux brillant de joie, de passion et toute une gaie maisonnée veillant affectueusement autour d'eux.

Aussi, lorsque début février La Musette vint annoncer à sa maîtresse qu'un voyageur souhaitait la voir, elle sentit une forte appréhension lui serrer le cœur.

L'homme avait été introduit à l'office. C'était un colporteur comme il en rôdait tant sur les routes, proposant leurs almanachs et leur pacotille, un être sans âge, guenilleux, pour l'heure avalant goulûment la soupe chaude que les servantes lui avaient servie. Par la porte entrebâillée, Floriane l'observa un instant, certaine qu'il s'agissait là d'un envoyé de Giulio. Peu à peu, elle surmontait son angoisse. Cette visite, elle l'attendait, elle s'y était même préparée. Son bonheur ne lui avait pas fait oublier que tôt ou tard, bon gré, mal gré, le moment serait venu pour le baron et la baronne d'Ivreville de reprendre leur place dans le monde.

D'une allure décidée, elle entra dans la cuisine, demanda aux domestiques de s'éloigner, ne désirant conserver que La Musette auprès d'elle. Le colporteur se leva pour la saluer et, dès qu'ils furent seuls, sortit une lettre de ses hardes crasseuses. Sans attendre, Floriane la décacheta, s'approcha de la fenêtre pour la lire plus aisément.

C'était bien l'écriture élégante et fleurie de Mazarin. Un sourire fugace retroussa ses lèvres. Rusé, fourbe, mielleux, obséquieux, que n'avait-elle pas déjà entendu sur son compte ! Et quand bien même... Pour elle, il était Giulio, son ami, dont le nom évoquerait toujours des rires, une douce complicité. Comment Artus pourrait-il jamais comprendre cela ? Elle ne tenterait même pas de le lui expliquer, d'ailleurs. Pourtant, une fois de plus, l'entreprenant Italien les tirait tous deux d'une bien délicate position et avec quelle maestria !

Sanson Lepage n'avait pas eu besoin de longues explications pour saisir ce que Mazarin attendait de lui. Embarrassé d'aucun scrupule, aussi bien vis-à-vis de Louis XIII que des Barbaresques, disposant de lascars prêts à tout sans poser de questions, il avait donc fait habilement propager la rumeur : M. d'Ivreville avait été capturé par les Tunisiens. Il s'était vite trouvé alors, d'Alger à La Calle, une bonne dizaine d'hommes tout disposés à jurer qu'ils avaient, de près ou de loin, assisté à l'embuscade. Rondement menée, la supercherie avait fonctionné sans anicroche. Le roi, inquiet depuis décembre du sort d'Ivreville, sans soupçonner le moins du monde sa désertion, venait ce jour même, poursuivait Giulio — et sa lettre était datée du 31 janvier —, de recevoir deux courriers de Lepage ; le mystère était dissipé ! Son cher Ivreville était retrouvé, échangé contre forte rançon — grâce audit Lepage —, son arrivée incessamment prévue en France. Le Cardinal de Richelieu aussitôt informé s'était réjoui lui

76

aussi de la nouvelle. Mazarin rassurait Floriane à ce propos : toujours très préoccupé d'annuler le mariage clandestin de Gaston d'Orléans, Richelieu ne s'était pas outre mesure penché sur le cas d'Artus. Rien ne pouvait donc enrayer l'heureuse marche de leur petite intrigue. En ce moment même, un homme se faisant passer pour le baron d'Ivreville voguait en direction de Marseille. Soi-disant malade, il ne s'y arrêterait pas, présenterait ses civilités au gouverneur de la ville par l'intermédiaire d'un domestique et préférerait prendre la poste afin de parvenir plus rapidement à Paris. Cet homme, tout dévoué à Lepage, serait le 13 février au soir à l'Hôtel d'Ivreville, quai de la Reine-Marguerite. Ne restait à Artus qu'à s'y trouver aussi à cette date, se substituer à l'inconnu, réapparaître lui-même et le tour serait joué !

— Quelle machination diabolique et hardie, n'est-ce pas ? observa Floriane un peu plus tard, quand à son tour Artus eut pris connaissance de la lettre de Mazarin.

— En effet.

Ce fut son unique commentaire. Il ne fallait pas être devin pour sentir que ses sentiments étaient fort mitigés. Devoir encore une dette pareille à un individu qui, en fait, ne se démenait autant que pour complaire à sa femme, était plutôt pénible à admettre. En outre, un si tortueux stratagème répugnait à sa nature foncièrement honnête. Floriane le savait. Il n'acceptait ceci que pour elle, pour Charlotte et jamais, quoi qu'il advînt, il n'y ferait allusion.

Sans rien ajouter, elle se serra tendrement contre lui.

Un second message ne tarda pas à suivre. Cette fois, c'était un ordre du roi, signifiant à la baronne d'Ivreville de regagner Paris, son mari devant être prochainement de retour. La Cour, précisait-il, était toute prête à les accueillir.

Floriane se mit donc en route le surlendemain, sur un dernier baiser à Charlotte et la promesse de bientôt la revoir. Elle considérait l'avenir avec confiance, fortifiée par ces semaines d'ivresse et de plénitude. Mais elle n'aurait peut-être pas éprouvé une telle assurance, une telle joie de vivre, sans la présence au sein de son escorte d'un homme un peu voûté, le visage en grande partie dissimulé par son feutre et le col de son manteau ; l'intendant de sa maison, probablement, à en juger par sa mise. Il chevauchait à côté de son carrosse et souvent le regard de Floriane rencontrait le sien, doré comme une forêt d'automne. Avec lui, plus que jamais, elle se sentait capable de défier la terre entière.

II

« Le Ballet Triomphant »

(Février 1635 - Mai 1636)

D ANS une ville en liesse, les Parisiens fêtaient le carnaval avec entrain, santé, gourmandise.

Pour leur traditionnelle procession du « bœuf gras », les bouchers de l'Apport de Paris [1] choisirent, cette année-là, une bête particulièrement imposante qu'ils apprêtèrent, ornèrent de feuillages et de rubans. Un petit enfant, déguisé en « Amour », fut juché, en dépit du froid, sur sa croupe. Entouré d'un joyeux cortège, le bœuf marcha solennellement le long des rues, innocent, magnifique, avant d'être sacrifié et débité en morceaux.

Fort tard dans la nuit, à la lueur des torches, les masques couraient d'une maison à l'autre. Ces bandes ou « momons » endiablés faisaient irruption dans les assemblées amies pour offrir des dragées aux dames, jouer aux dés, chanter des chansons gaillardes, accompagnées de violons et de petits tambourins. Pendant ce temps, les rôtisseurs, les cabaretiers amassaient une fortune en se préparant au Carême.

1. Petite place située près de l'actuelle place du Châtelet.

Au Louvre, comme de coutume, le roi avait personnellement mis au point son ballet tant attendu. Depuis plusieurs semaines, il menait la vie dure à son équipe habituelle de littérateurs, musiciens, costumiers et machinistes. Sur une idée de son compositeur, René Bordier, les personnages de la Vieille Cour et tous les habitants des rives de la Seine devaient défiler, célébrant ses triomphes. L'infortuné Bocan, le maître à danser, après des heures de répétitions, était au bord de la crise nerveuse. Ah ! Si tout le monde avait la rigueur, le sérieux de Sa Majesté ! Mais les courtisans ne respectaient rien, ni horaires, ni directives et jacassaient sur la musique, se disputant les meilleures places. Malgré tout, Bocan espérait un heureux résultat. La somptuosité des habits, l'ingéniosité de la mise en scène sauraient compenser la pauvreté du livret et les inévitables maladresses. Dans ce « Ballet des Triomphes » ou « Ballet Triomphant » le roi lui-même apparaîtrait dans trois « entrées ». C'était dire tout l'éclat, l'importance de l'événement.

La Grand-Salle étincelait. Son plafond de bois sculpté, recouvert d'or, renvoyait le flamboyant reflet des vingt lustres d'argent et de cristal, mille deux cents bougies, avec leur scintillement, leur tiédeur, répandus dans la pièce immense, débarrassée de ses meubles. De hautes tapisseries tendues sur les murs offraient de vertigineuses, de chatoyantes perspectives. Pourtant, ces perspectives n'étaient qu'illusoires et comme toujours la place faisait cruellement défaut. La bourgeoisie de Paris au grand complet se mêlait à la noble assistance. De véritables grappes humaines s'entassaient sur les banquettes et les gradins. Débordés par la foule, les gardes ruisselaient dans leurs uniformes tricolores sous l'œil impuissant et navré de leurs capitaines.

Au fond de la salle, contre le mur de l'antichambre du roi, la scène avait été aménagée, recouverte d'un tapis turc. Musiciens et chanteurs prirent place devant elle. A quelques mètres, se trouvaient les chaires surélevées de leurs Majestés et les sièges des hôtes de marque : Gaston d'Orléans bien sûr, les princes, les ducs, M. de Richelieu en tête, puis les ambassadeurs, les privilégiés enfin, tels M. et Mme d'Ivreville dont toutes les lèvres, en ce dimanche 18 février 1635, se répétaient le nom.

Trois jours plus tôt, le roi avait reçu en audience privée le baron de retour d'Afrique. On chuchotait que l'entretien avait été d'une longueur exceptionnelle, que le roi était réapparu sur le seuil de son cabinet, souriant, animé, ce qui n'était pas fréquent, son bras glissé sous celui d'Ivreville. Aucun doute, ce dernier était à nouveau caressé par un vent de faveur apparemment soufflé de tous les horizons si l'on en jugeait par les gracieusetés de la reine, de Monsieur, du Cardinal et des plus prestigieux spectateurs, à commencer par l'aimable légat du pape, le signor Mazarini. On notait aussi que la baronne d'Ivreville recueillait autant, sinon davantage, de compliments que son mari.

Un couple certes énigmatique et bien séduisant. Pour tout dire, ce soir-là, on ne voyait qu'eux, si intrigué par tout ce qui courait à leur propos que l'on en oubliait presque les autres péripéties de la Cour, l'arrestation de M. de Puylaurens par exemple, survenue le mercredi précédent, ou plus simplement, le ballet qui se préparait dans le brouhaha, les accords de hautbois et de violons.

Artus d'Ivreville tout de gris vêtu, le feutre garni de plumes rouges... Devait-on se fier à son attitude paisible, comme détachée des honneurs qui lui étaient prodigués ? Ses aventures chez les pirates barbaresques l'ennuageaient d'un excitant parfum. Émoustillées, les dames lui trouvaient l'allure élégante, inquiétante, d'un léopard et beaucoup d'entre elles auraient volontiers tenté de l'apprivoiser. Par malheur, il semblait n'avoir d'yeux que pour sa femme. Il fallait d'ailleurs reconnaître à part soi, sinon avouer à voix haute, que la baronne était très attrayante dans une hongreline de taffetas de Chine bleu, vert et noir, à basques festonnées et larges manches, décolletée plus qu'il n'était décent peut-être, bien qu'avec une gorge pareille, tout pût lui être permis.

« Hélas ! » ruminaient certaines en remarquant aussi le feu des émeraudes sur sa peau blanche. Malgré leurs efforts, elles ne trouvaient rien à reprocher non plus à la coupe de sa jupe noire, ouverte sur une seconde jupe de même couleur mais d'une étoffe différente, une soie épaisse, pourfilée de blanc, de vert et de bleu. Cela ne laissait pas d'être rageant. Pour une femme tout juste rentrée d'exil, la baronne était étonnamment au fait de la mode, jusque dans sa coiffure, un chignon plat et des mèches de cheveux ondoyant en « serpenteaux » de chaque côté de son visage, le long de son cou. Avec cela pas une ride, pas une ombre, mais un teint de fleur rose et poudré, des yeux d'azur, un air tranquille et sûr de soi, vraiment de quoi agacer les plus indulgentes et envoûter les plus blasés.

« " Le Ballet Triomphant ", un titre approprié, s'il en est », songeait Floriane pendant ce temps, jouant avec nonchalance de son éventail.

Ballet de leur triomphe, en effet, du triomphe de l'amour, de l'amitié, de la persévérance, sur la calomnie, la vengeance et la mort.

Elle inclina la tête en réponse aux courbettes du prince de Condé, coula un œil malicieux en direction de Giulio, sourit tendrement à Artus. Elle était si fière qu'il eût reçu, en plus du pardon du roi, les marques de sa faveur, de son estime. Elle n'aurait supporté qu'il demeurât l'homme traqué, le proscrit perdu d'honneur qui lui était revenu, au début de l'hiver. Lui, tant épris de liberté et de droiture ! Contrairement à l'idée reçue, les grandeurs mondaines pouvaient être parfois, comme ce soir, la récompense du courage, de la valeur et de la fidélité, bien que pour Floriane, la seule vraie récompense fût l'amour retrouvé, embelli, magnifié encore et toujours.

Cependant, elle reconnaissait avec plaisir les odeurs, les couleurs de la Cour, son goût aussi grisant qu'une boisson rutilante ; les narines palpitantes, elle s'en délectait à petits coups, sachant combien la coupe pouvait parfois être amère.

Consciente de sa beauté, elle n'ignorait pas l'attention dont elle était l'objet ; sans en tirer gloriole, elle en était assez satisfaite.

Dès que sa présence en ville avait été connue — en fait, le lendemain de son arrivée —, son amie, la comédienne Isabelle Le Noir, lui avait fait rapporter sa parure d'émeraudes, restée en gage rue Beaurepaire. Une autre de ses amies, Olyvette Arnoullet, était accourue à l'Hôtel d'Ivreville. L'exubérante et très parisienne Olyvette s'était d'autorité imposée afin d'aider Floriane dans le choix de sa toilette. Un tailleur avait donc œuvré nuit et jour, réalisant une robe audacieuse, inédite, capable d'éblouir un monde toujours fasciné par l'apparence. Pour son retour, Floriane se devait de rattraper au vol cette mode « brusque, bizarre et vagabonde, en France plus qu'en aucun lieu du monde ».

Certes, la mode était fille de l'inconstance, témoins les « serpenteaux », les jupes plus souples, le nœud nouvellement accroché à l'éventail, appelé le « badin », les mouches ou « assassins » posées sur la joue ; ou bien encore, glissées dans les bottes, les chausses des hommes maintenant longues et étroites comme les « pantalonis » de Venise ; le cordon plus épais de leurs chapeaux ; leurs moustaches retroussées en « lacs d'amour ». De nouveaux édits, en condamnant l'usage des fils d'or et d'argent, les dentelles importées de l'étranger, tentaient de freiner les excès de luxe. En compensation, les tailleurs s'ingéniaient à utiliser d'autres couleurs, de savantes coupes, des jeux de rubans.

Au fond, Floriane estimait que tout cela n'était que vétilles. Car si la Mode à l'instar de Protée modifiait souvent son visage, se permettant à l'occasion quelques extravagances, le goût français, suivi avec plus ou moins de bonheur dans toute l'Europe, demeurait le même : un idéal d'harmonie, de perfection.

La Cour restait semblable à ce qu'elle avait toujours été, une fresque aussi luxueuse, aussi pompeuse que le « Ballet Triomphant » enfin annoncé par les trompettes et les tambours. Ses figurants pouvaient bien changer suivant l'intrigue, le spectacle continuait malgré tout, grandiose, envoûtant. Personne n'eût songé à s'y soustraire de son plein gré, à le bouder. Alors, tout sourire, on dansait ou on applaudissait de plus belle, dissimulant avec soin, dans les replis de son cœur, ses peurs, ses haines, ses larmes. On faisait comme Monsieur qui avait dû, sans regimber, accepter l'arrestation d'Antoine de Puylaurens.

Depuis l'enfance, ils avaient partagé plaisirs et infortunes. Antoine avait été son page puis son premier conseiller. En novembre dernier, il avait vu se concrétiser son rêve : au faîte des honneurs, il avait épousé une nièce du Cardinal, trouvant dans la corbeille nuptiale, outre une fortune considérable, le titre de duc et un siège au Parlement. Seulement voilà, Puylaurens avait déplu à M. de Richelieu ; Puylaurens n'avait pas tenu sa promesse d'influencer Gaston afin qu'il répudiât sa femme. Sa tentative eût d'ailleurs été infructueuse car s'il était en effet souvent arrivé à Monsieur dans le passé de reprendre sa parole — par nécessité, par étourderie, plus que par lâcheté d'ailleurs — dans ce cas précis, il s'y refusait avec obstination. Sacrifier Marguerite, son doux petit chat si confiant ? Non, qu'on lui laisse au moins cet amour, cette part de lumière et de pureté ! Même infime elle rachetait le reste ! Nul au monde n'avait le pouvoir de l'obliger à un tel acte ! Sachant cela, Puylaurens n'avait pas cherché à le convaincre. Et maintenant...

Maintenant, il croupissait à Vincennes, dans une geôle sinistre. Brion l'avait remplacé au pied levé dans le « Ballet Triomphant » et Gaston pour sa part ne devait sa paix relative qu'à sa condition de frère et d'héritier du roi. Le Cardinal avait soigneusement placé ses créatures dans son service. On le surveillait. On le trahissait. Qu'importe ! Pour tromper l'ennemi, Monsieur savait faire bonne figure, plaisanter, courir de fêtes en débauches et, ce soir, acclamer plus fort que les autres l'apparition sur scène de Louis XIII.

Qui, à voir Gaston si enjoué, aurait pu soupçonner son

indignation, son chagrin ? Personne ! « Ils » étaient tous bien trop égoïstes, trop superficiels. Personne, excepté peut-être la baronne d'Ivreville. Elle ne lui avait rien dit de particulier, tout à l'heure, en le saluant ; cependant il était persuadé qu'elle n'était pas dupe et se désolait tout comme lui pour le cher Puylaurens.

Monsieur voyait juste, sa gaieté ne trompait point Floriane. Sans doute le jeune et fol Antoine de jadis n'était plus, depuis longtemps, qu'un souvenir effacé par sa morgue et sa froideur de nouveau duc et pair. Néanmoins, elle lui gardait son amitié et ne pouvait que le plaindre. A l'exemple de tant d'autres qui s'étaient crus capables de lutter contre « l'homme rouge », l'orgueil lui avait fait perdre prudence et raison. Il le payerait certainement très cher.

Malgré la faveur du roi, le bon accueil de chacun, malgré le plaisir bien féminin de se savoir belle et désirable, Floriane sentait peu à peu, au fond d'elle-même, s'enfler puis décroître une tristesse infinie, pareille à une lancinante et mystérieuse marée. Bien que discrète, cette impression ne la quitta pas de toute la soirée, ni les jours suivants, en dépit d'un tourbillon ininterrompu de mondanités, de plaisantes retrouvailles. En fait, sous la frivole carapace, elle n'oubliait rien des jours anciens et des amis disparus.

Un matin, elle se rendit à la Bastille en compagnie d'Artus. Ce dernier tenait en effet à prouver qu'il n'existait aucune ombre dans leurs relations avec le maréchal de Bassompierre. En quelque sorte, cette visite devait justifier son duel et clouer le bec aux éventuels malveillants.

La prison s'était encore grossie de nouveaux détenus, des gentilshommes de Monsieur, bien sûr, comme du Fargis ou Coudray-Montpensier, et d'autres également, tel le commandeur de Jars, gracié in extremis au pied de l'échafaud. Tous étaient là pour trois fois rien, une parole, une intention, mal interprétées par Richelieu. Néanmoins, malgré les circonstances, et grâce à l'accommodant gouverneur, M. du Tremblay, ils formaient une petite société solidaire et joyeuse, fréquemment réunie dans la « Chambre des Saints », chez Bassompierre.

Toujours sociable et généreux, le rire sonore, l'allure élégante, celui-ci n'avait pas trop changé d'apparence, soucieux de sa toilette, d'arborer chaque jour linge frais, parure et bijoux. Mais en fait, depuis quatre ans, sa vie n'était qu'une éprouvante alternance d'espoirs et de déceptions. Régulièrement, on annonçait la fin prochaine de sa détention. Il serait libre, pour Noël, pour les Rois, pour Pâques, pour le retour de Monsieur ou l'entrée de Louis XIII dans une ville conquise ! C'était alors, autour de la Bastille, un cortège interminable et rieur de carrosses, emplis de parents, d'amis — d'amies surtout —, venus se réjouir et le complimenter. Grimpé en haut des tours, Bassompierre les saluait longuement, tel un suzerain superbe et débonnaire face à ses bien-aimés vassaux. Hélas, tout aussi régulièrement, sous un prétexte quelconque, le jour tant espéré se voyait repoussé dans un avenir brumeux et le prisonnier finissait peu à peu par ne plus guère se nourrir d'espérance.

Toutefois, parce qu'il était fier et tenace, attentif à ne pas faiblir devant Richelieu, désireux surtout de ne pas décevoir les siens qui, sans relâche, se démenaient, sollicitaient en sa faveur, Bassompierre ne lâchait pas prise, montrant à chacun bon visage. Mais Floriane le connaissait trop bien, lui gardait trop de tendresse, pour se laisser abuser au cours de sa visite.

— Mes amis ! Mes chers amis ! s'exclama-t-il, lorsque le porte-clefs eut introduit dans sa chambre Floriane et Artus.

L'éloquence, pour une fois, lui faisait défaut. Il donna l'accolade à Ivreville, prit la main de Floriane, la baisa avec cérémonie. Elle le sentit trembler un peu, vit ses yeux humides, alors spontanément, elle l'embrassa.

Un homme privé de liberté devient plus qu'un autre sensible aux coups du sort comme aux joies imprévues. Injustement traité, pleurant de vieilles connaissances et son frère récemment disparu, apprenant, impuissant, le ravage de ses terres de Lorraine, privé — sur ordre ! — de la majeure partie de ses rentes, sournoisement persécuté par Richelieu, Bassompierre, en outre, s'était senti le principal responsable des ennuis graves vécus par Floriane et Artus. Il en avait beaucoup souffert, malade d'inquiétude en sachant leur double disparition. S'il estimait Ivreville, il eût volontiers donné sa vie pour épargner une larme à sa Violette. L'amour qu'il continuait à lui porter était devenu, avec le temps, un sentiment absolu, aussi pur, aussi caché qu'un diamant rare, jalousement conservé au fond d'un écrin. S'il évoquait sans se faire prier, devant ses compagnons d'infortune, toutes ses galanteries de jadis, il gardait pour lui seul le souvenir de Floriane. Parfois il se plaisait à rouvrir l'écrin secret, à contempler l'inaltérable joyau. Alors des images puissantes, aveuglantes, balayaient aussitôt son antique cellule, celles d'une jeune fille nue sous la transparence de la mer, de son corps offert sur le sable, gémissant de plaisir dans le fracas des vagues, l'odeur des algues chauffées au soleil d'été. Images que, toutefois, il parvenait maintenant à bannir sans trop de peine pour ne plus voir qu'un visage radieux, pour ne plus entendre qu'un rire, clair et doux, comme les roulades du rossignol, et son bonheur était plus fort que ses regrets. Aujourd'hui, la présence bien réelle de Floriane au bras de son mari lui allait droit au cœur.

Autour d'eux le chien Médor jappait, tournait comme un petit fou, frétillant de joie sous les mains qui le flattaient. Bassompierre fit asseoir ses visiteurs, commanda du vin et des friandises. Il voulut très vite se faire raconter leurs aventures mais une certaine réticence de la part d'Ivreville l'avertit de ne pas trop insister. De toute évidence, l'expérience de comédienne de Floriane dont il nota la mine soudain assombrie, n'avait pas dû être très appréciée. Incorrigible Violette ! Riant sous cape, il jugea préférable de les complimenter pour la naissance de leur fille et de répondre à leurs questions, détaillant avec humour ses derniers déboires.

Criblé de dettes, gorgé de promesses fallacieuses auxquelles il s'accrochait pourtant, pour malgré tout prouver au roi sa bonne volonté, il avait accepté de vendre sa charge de colonel des Suisses. Richelieu qui désirait depuis longtemps ce poste pour le marquis de Coislin, l'un de ses ambitieux jeunes parents, avait dépêché ses émissaires à la Bastille. Les tractations avaient duré plusieurs semaines, parfois âpres, délicates toujours, avec les redoutables envoyés du Cardinal : l'inévitable Père Joseph, les Bouthillier père et fils, le cafard de Sublet des Noyers et un dénommé Lopez, riche Espagnol qui se prétendait descendre des Abencérages de Grenade, bien que la rumeur le tînt pour juif, tous hommes d'ombre et d'intrigues, dévoués corps et âme au ministre.

Poussé à bout, Bassompierre avait fini par céder. Moralement, le sacrifice était pour lui considérable. Adoré de ses hommes, il s'était toujours montré fier de sa charge. Financièrement, l'affaire lui rapportait quatre cent mille livres alors qu'en d'autres temps, il en eût tiré plus du double ; une misère donc, payée en tranches parcimonieuses, suffisant à peine à parer au plus pressé.

— J'abandonne mon titre vingt et un ans après avoir prêté serment entre les mains du roi, conclut-il légèrement. Fasse que ma démission me concilie ses bonnes grâces ! Ces beaux messieurs me l'ont assuré. Bien entendu, mon premier souci d'homme libre sera de donner une fête époustouflante dans ma maison de Chaillot. Et vous y viendrez !

Bassompierre croyait-il vraiment à ses heureux projets ? Floriane aurait juré que non. Elle sentait la tristesse, la désillusion affleurer sous son timbre enjoué. S'ils avaient été seuls tous les deux, sans doute aurait-il enlevé le masque, montré sa lassitude. Elle-même aurait confié ce qu'elle avait vécu sous le nom de Niflame et lui, devinant ainsi qu'autrefois ses petits secrets, l'aurait gentiment taquinée. Elle se sentait impuissante maintenant à lui venir en aide, à adoucir ses épreuves. Peut-être n'en avait-elle plus le droit d'ailleurs et aurait-elle dû laisser Artus venir ici sans elle ?

— A propos de fête, continuait Bassompierre, nous étions

aux premières loges pour le feu d'artifice que vous a offert le roi l'autre jour, à l'Arsenal. Et j'ai appris qu'il préparait un autre ballet. De quoi s'agit-il au juste ?

Artus le lui expliqua. Ce ballet, intitulé « La Merlaison », devait évoquer la chasse en hiver, lorsque dans la campagne enneigée, les chasseurs « volaient » les merles et autres oiseaux, l'une des rares passions de Louis XIII qui avait tout seul cette fois entièrement conçu le spectacle.

— Tout à fait entre nous, leur confia Bassompierre, j'ai toujours trouvé parfaitement ennuyeuses ces grandes machineries de Cour et je sais que vous partagez ce point de vue, Ivreville. Mais cela n'empêchera pas notre chère Floriane de s'amuser, n'est-ce pas ?

— Je l'espère, répondit-elle, voyant le moment venu de prendre congé sans oser prononcer de banales paroles d'encouragement. « François, que puis-je faire pour vous désormais ? », pensa-t-elle avec chagrin.

Paraissant lire en sa jeune amie, Bassompierre ajouta, après les avoir remerciés de s'être déplacés :

— Votre visite m'a fait du bien. Votre bonheur me réjouit, me réconforte. Je vous le dis en toute profonde sincérité. Allez, divertissez-vous. Soyez insouciants. Vous en avez encore l'âge.

Sur le pas de la porte, Floriane reçut comme une caresse la flamme tendre et perspicace de son regard bleu.

★
★ ★

Le ballet de « La Merlaison » fut donné un clair et frais dimanche de mars, au château de Chantilly.

Le domaine tout entier rappelait encore la mémoire du malheureux Henry de Montmorency, son dernier propriétaire, et, dans le parc, c'était la délicate et blanche silhouette de Marie-Félice, l'inoubliable Sylvie, que le promeneur

s'attendait à voir, au détour d'une allée ; Marie-Félice définitivement cloîtrée à Moulins, implorant toujours une mort qui
ne voulait pas d'elle. Comment, à Chantilly, ne pas évoquer
ces êtres aux destins flamboyants et tragiques ?

Entouré de danseurs virevoltant sous leurs plumages,
vêtu lui-même d'un costume de chasse aux couleurs vives,
le roi s'en souvenait peut-être tandis qu'il dansait avec
grand sérieux sur sa propre musique. Marie de Hautefort,
assise à côté de Floriane, lui trouvait la mine funèbre et, à
voix basse, se moquait de lui. Anne d'Autriche, quant à
elle, souriait, apparemment satisfaite des talents de son
royal époux. Depuis quelque temps, il multipliait les réjouissances, organisait des chasses pour les dames dans les
forêts de Senlis, de Versailles ou de Saint-Germain. Il ne
s'était jamais autant préoccupé de les divertir. La reine
n'avait pas l'air de s'en étonner et semblait aussi jeune,
aussi insouciante que le bel essaim de ses filles d'honneur.
Toujours auprès d'elle, Floriane rayonnait. De toutes les
cavalières habillées de soie et de velours sous leurs larges
feutres empanachés, elle se montrait sans doute la plus
ardente, la plus infatigable. « Amusez-vous ! » lui avait dit
Bassompierre. Il savait bien qu'en effet, chez elle, les plaisirs finissaient toujours par prendre le pas sur la mélancolie. Floriane était ainsi faite : sensible et grave mais
cependant prompte à savourer avec passion toutes les
beautés de l'heure. Le printemps se préparait dans un tel
friselis d'air bleu, un tel parfum de sève que seuls, l'amour
et la gaieté, pouvaient lui répondre.

Dansant toujours sa « Merlaison », le roi lui-même n'avait
pas résisté à un soudain, un vertigineux émoi des sens. Mais
personne ne s'en doutait encore. En cet instant, sous les
riches plafonds de Chantilly, nul spectre ne le hantait, ne
troublait son ravissement. Il le savourait en secret, tourné
vers le parterre où, parmi les « filles » de la reine, deux yeux
sages le contemplaient, émerveillés. Louise... La petite
Louise-Angélique aussi pure qu'un lys, aussi douce qu'un

ange. Il saurait bien la garder, la protéger de la Cour si habile à corrompre les plus nobles sentiments.

La musique coulait, lente, harmonieuse, un peu compassée. Floriane en suivait chaque méandre avec attention. Lorsque bondissait une échappée de notes plus aiguës, entraînant les danseurs, le flot joyeux semblait également l'atteindre, l'attirer vers des berges riantes. Émue, tournée vers Artus assis loin d'elle, en retrait, elle regrettait intensément de ne pouvoir dans l'ombre poser la tête sur son épaule, glisser une main dans la sienne. Mais bien vite, la ballade reprenait son cours nostalgique, laissant même parfois deviner des courants violents, des abysses insondables sous la simple et tranquille mélodie. Alors, sans qu'elle sût très bien pourquoi, une angoisse imprécise effleurait le cœur de Floriane.

Curieux printemps, donc, que celui de 1635 ! La Cour, depuis longtemps, n'en avait vécu d'aussi étincelant. On ne cessait de courir, de tourbillonner, de s'étourdir, au ballet du roi, au ballet de la reine, à la comédie jouée chez le Cardinal, à la chasse au renard, dans les soupers, les collations, sans jamais cependant faire taire en soi une sourde inquiétude, sans jamais oublier que sous la frivolité couvait toujours le drame. Lorsque plus tard, il arriverait à Floriane de fredonner « l'air » demeuré célèbre de la « Merlaison », elle se rappellerait instantanément le contradictoire mélange d'oppression et de légèreté qui l'avait accompagnée tout au long de ces semaines fastueuses.

Mais pouvait-il en être autrement quand le roi, l'auteur de cette musique, l'ordonnateur de ces festivités, se meurtrissait lui-même dans une pathétique illusion du bonheur ?

Son secret n'allait pas tarder à être découvert. Il avait un nom, Louise-Angélique de La Fayette, « la petite ». Il avait un visage, celui, candide, d'une brune fille de seize ans, sans calcul, sans malice, très pieuse et — chose surprenante ! — éprise de son austère et étrange souverain ! Pour la première fois de son existence, Louis était aimé le plus sincèrement du monde, sans souci de gloire ou de profit. Ensemble ils avaient de longs conciliabules, isolés dans des embrasures de fenêtres, bien qu'en présence de la reine et de ses dames. Louise-Angélique ne le raillait jamais comme le faisait si cruellement Marie de Hautefort. Pour lui, elle semblait renoncer à sa vocation religieuse ; pour lui, elle chantait bien volontiers et riait toujours. Ah, son rire ! Strident, un peu nerveux, il enchantait néanmoins le roi qui ne voyait pas les sinistres intrigues se tramer déjà en coulisses. Pauvres amants, naïfs et chastes ! Richelieu ne pouvait en effet laisser s'épanouir une telle idylle, sans chercher à la contrôler parfaitement, sans vouloir en faire une pièce maîtresse de son jeu perfide.

Et puis — comment l'ignorer ? — la menace de la guerre jetait son ombre sur la brillance des fêtes. Jusqu'ici, le Cardinal avait réussi à en reculer l'échéance par de subtiles manœuvres diplomatiques, de savants échanges d'alliances qui avaient affaibli l'empereur d'Autriche et la plupart des petits états allemands. Mais l'Espagne restait présente à toutes les frontières, menaçant de les renverser, l'Espagne, la vieille et farouche ennemie de la France ! Louis XIII ne pouvait laisser planer plus longuement un tel péril sur son royaume. Le conflit apparaissait donc inévitable, d'autant plus que les troupes adverses venaient d'enlever l'électeur de Trèves, allié des Français. Il était bien sûr hors de question de négliger pareil affront.

Pourtant, le roi et son ministre temporisaient encore, pactisant avec la Suède, neutralisant l'Angleterre, s'assurant de la loyauté promise par la Hollande. Pendant ce temps, des régiments, commandés par le maréchal de Créqui et le duc de Rohan, passaient les Alpes, prenant position dans le Milanais et la Valteline ; d'autres, sous les ordres du Cardinal de La Valette, franchissaient le Rhin ; les maréchaux de Brézé et de Châtillon pénétraient dans les Flandres, à la tête de l'armée du Nord ; peu à peu, les troupes françaises se préparaient à combattre.

LE BALLET TRIOMPHANT

Le 19 mai 1635, selon une coutume héritée du Moyen Age, un héraut d'armes, Jean Gratiolet, se présenta à Bruxelles. Vêtu d'une cotte violette aux armes de France et de Navarre, coiffé d'une toque comme un écuyer de jadis, tenant en main un bâton fleurdelisé surmonté de la couronne fermée, il était accompagné du jeune Elissavide, trompette ordinaire du roi. Gratiolet, avec toute la solennité requise, demanda à voir le Cardinal-Infant Ferdinando. Après plusieurs heures d'attente, sur le refus des officiers de service, il finit par jeter sur la place du Sablon la déclaration de guerre que Louis XIII avait signée une semaine plus tôt et que personne ici ne semblait vouloir. Puis, à toute bride, les deux hommes sortirent de la ville. Au premier village, Gratiolet s'arrêta face à l'église pour planter un poteau sur lequel il fixa une copie de ladite déclaration. Alors Elissavide souffla dans sa trompette son air le plus martial que le vent très vite emporta.

La nouvelle courait maintenant le royaume, se propageait dans toute l'Europe : « Le héraut d'armes de France... est venu aux Pays-Bas pour trouver le Cardinal-Infant d'Espagne de la part du roi son maître, son unique et souverain seigneur, pour lui dire que puisqu'il n'a pas voulu rendre la liberté à Monsieur l'Archevêque de Trèves... Sa Majesté vous déclare qu'elle est résolue de tirer raison par les armes de cette offense qui intéresse tous les princes de la Chrétienté. » Gratiolet avait accompli sa mission, conformément aux usages, la guerre était enfin déclarée.

Une éclatante victoire marqua le tout début des hostilités ; emportés par une fougue belliqueuse, les Français ravagèrent les rangs espagnols à Avein, près de Liège. Un Te Deum fut chanté en action de grâces au couvent des Cordeliers de Château-Thierry où Louis XIII résidait à ce moment-là.

Guidons, cornettes et drapeaux s'en vinrent rejoindre sous les voûtes de Notre-Dame de Paris les glorieuses dépouilles des batailles passées. Allons, Mars, le dieu de la guerre, avait choisi son camp ! Forts de leurs prouesses, les régiments de Brézé et de Châtillon poursuivirent leur marche vers le nord, à la rencontre de leurs alliés hollandais.

Leur euphorie, hélas, ne dura guère. Très mal ravitaillés par une intendance déficiente, privés d'hôpitaux militaires, ces régiments ne furent bientôt plus que des bandes sinistres et pitoyables de miséreux, d'éclopés, d'affamés pareils à des loups ravageant les terres de Hollande. De son côté, à l'est, La Valette, après quelques succès contre les Impériaux, était vite obligé de faire demi-tour, vaincu par la famine, n'ayant que des fruits ou de l'herbe à donner à ses hommes. En Lorraine, le toujours vaillant maréchal de La Force — soixante-dix-sept ans, un rescapé de la Saint-Barthélemy ! — rencontrait lui aussi beaucoup de difficultés. Négligeants, turbulents, nombre d'officiers compromettaient dangereusement les chances du royaume. Apparut alors la triste évidence : c'était l'armée tout entière qu'il fallait réorganiser, ramener à plus de cohésion et de rigueur.

Les trésoriers et « les munitionnaires » employés par l'État pour fournir leur solde aux troupes ainsi que le pain, les vivres et le fourrage, par incompétence ou malhonnêteté, manquaient à leur tâche. A l'absence de soins, à l'absence de nourriture, s'ajoutaient des rivalités de chefs, leur incapacité ou leur indiscipline. Courageux, certes, parfois jusqu'à la témérité, par un goût ancestral de la gloire et du panache, ils n'en faisaient toutefois que trop souvent à leur tête. Suivant une habitude féodale, beaucoup d'officiers estimaient ne devoir à la Couronne qu'un nombre bien déterminé de jours de service. Leur obligation faite, certains ne se gênaient pas pour regagner leurs gentilhommières sans se préoccuper de la marche des opérations. La désertion faisait également rage parmi les soldats racolés par d'habiles sergents dans l'ombre du peuple, des créatures sans âge précis, sans famille, sans nom, mais avec, pour seul bien, de plaisants sobriquets : La Jeunesse, La Tulipe, Beau Garçon...

L'armée de métier, l'armée permanente, entretenue par l'État, ne représentait pas le gros des effectifs. Elle était constituée de la Maison du Roi, ses gardes, ses mousquetaires et les quatre « Vieux », les anciens et fidèles régiments de Picardie, Champagne, Piémont et Navarre. Pour le reste, on engageait de nouvelles recrues, souvent étrangères, suivant les besoins du moment.

Conscients d'un désordre fatal à leur entreprise, Louis XIII et Richelieu, physiquement épuisés tous deux, minés par les soucis et les déceptions, déplorant la légèreté légendaire et confirmée quotidiennement des Français, redoublèrent alors de volonté, de travail, de sévérité. De très dures sanctions furent prévues à l'encontre des déserteurs. Des contrôleurs furent créés pour veiller à l'approvisionnement. De l'argent fut prélevé ici et là, opprimant encore davantage un pays déjà écrasé par le fisc, soulevant dans les provinces des émeutes sanglantes. Toutefois, il ne pouvait en être autrement. Les gens des campagnes souffraient, certes, et souffriraient encore. Mais ils avaient beau crier, brandir fourches et faux, leurs cris, leurs révoltes resteraient dérisoires et sans effet. Ils n'avaient que le droit au silence, à la peine, au labeur, sans espérer attendrir des cœurs caparaçonnés, tournés une fois pour toutes vers des buts qu'eux-mêmes, les humbles, ne pouvaient comprendre. Le roi, le Cardinal, harcelés par la maladie, les nerfs vibrant à la moindre émotion, cependant inflexibles, poursuivaient sans pitié — Richelieu surtout ! — leur grandiose aventure.

Artus d'Ivreville avait repris, comme si de rien n'était, le poste de confiance qu'il avait toujours occupé auprès de son souverain dont l'amitié pour lui paraissait accrue. A la chasse, au Conseil, dans ses nombreux voyages, partout en effet, Louis réclamait sa présence, trouvant un apaisement à se confier à lui, à rire parfois de ses boutades tranquilles, enviant son flegme et son éclatante santé, sûr qu'aucune manœuvre, aucun intérêt sournois ne viendraient gâter leurs relations. La personnalité d'Ivreville coupait court à la jalousie, aux interprétations malveillantes, et même Richelieu ne tentait pas de s'immiscer entre eux. Artus représentait donc bel et bien un réel réconfort dans une vie affective par ailleurs si troublée, si épineuse !

La reine Anne n'était plus qu'une étrangère avec laquelle Louis sauvegardait tout juste les apparences. L'insupportable Hautefort continuait à « le martyriser » et sur une « picoterie », Saint-Simon, son favori depuis près de huit ans, nommé en février duc et pair de France, venait de partir calmer sa mauvaise humeur aux armées ! Restait bien sûr la petite Louise-Angélique. Mais en dépit — ou à cause — des sentiments qui les unissaient, celle-ci semblait maintenant reprise de scrupules et souvent, évoquait la possibilité de prendre le voile. Le roi pouvait-il sans faillir à ses devoirs envers Dieu Lui disputer une enfant si profondément pieuse ? Pourtant, il ne voulait pas la perdre, pas déjà ! Il l'aimait tant ; elle le comprenait si bien ! Leurs tendres apartés lui étaient si nécessaires ! Ce qu'elle lui disait du Cardinal, de l'action néfaste que menait ce dernier, troublait son âme, malgré ses propres certitudes. Il s'apercevait enfin que Richelieu, ayant sans succès cherché à gagner Louise-Angélique, les faisait étroitement espionner ; qu'il n'avait, en fait, jamais cessé de le contraindre, lui, le roi, allant jusqu'à l'empêcher de rejoindre ses troupes.

Louis avait toujours apprécié la rude existence militaire. Il s'ennuyait à la Cour, se rongeait de ne pas être là-bas, à la tête de ses officiers, espérant, par son exemple, pouvoir les rendre à la discipline et à la raison. N'y tenant plus, oubliant sa fatigue, malgré l'inquiétude de son ministre, il finit par rejoindre la Lorraine en septembre, s'arrêtant d'abord à Saint-Dizier avant de reprendre Saint-Mihiel trop facilement tombée aux mains ennemies.

Floriane, qui jusque-là n'avait pas eu à craindre les incertitudes de la guerre, vit partir Artus sans une plainte mais le cœur bien lourd et, pour mieux supporter son absence, s'en alla quelques semaines en Normandie.

Sous la garde paisible et vigilante d'Hélène, loin des dangereuses agitations de l'univers, Charlotte grandissait, s'éveillait chaque jour plus savante. A la vue d'une fleur, d'un oiseau, devant les ébats capricants de la chèvre Bélise, sa « nourrice », elle claironnait, aux quatre coins d'Ivreville, des exclamations enthousiastes, des onomatopées bizarres. La petite savait aussi lancer, de façon irrésistible, des « mamans » impérieux dont Floriane faisait ses délices. Toutefois, octobre finissant, sachant que bientôt les troupes prendraient leurs quartiers d'hiver, que la Cour serait « grosse » à nouveau, la jeune femme préféra ne pas s'attarder. Malgré la tristesse qu'elle éprouvait toujours à quitter sa fille, elle regagna Paris où le roi avait annoncé son retour.

*
* *

Lorsque Foscarini, la domestique italienne de la marquise de Rambouillet, eut introduit la baronne d'Ivreville, un concert de voix amicales s'éleva dans la « chambre bleue ».

— La voilà !

— Enfin !

— Nous vous croyions perdue dans votre campagne.

Sur son lit de repos recouvert d'un satin de Bruges broché d'or, élégamment surmonté d'un pavillon de gaze, la marquise agita un grand éventail de plumes en direction de sa visiteuse.

— Chère Floriane, nous sommes tous aises de vous revoir. Hum... Que ces joues sont belles et bonnes à embrasser ! L'air de Normandie les a rendues aussi appétissantes que des pommes.

— Arthénice, de grâce, supplia Boisrobert, ne les croquez pas toutes. Je veux aussi ma part.

En riant, Floriane se retourna, une main tendue vers l'incorrigible abbé :

— Contentez-vous de cela, monsieur le gourmand.

Exagérant sa déception, Boisrobert baisa avec ferveur les doigts gantés de velours.

Les amies de la marquise, assises en cercle autour d'elle, leurs jupes de toutes les couleurs étalées sur leurs chaises ou leurs tabourets, accueillirent gracieusement la nouvelle arrivante. Madame la Princesse qui avait amené sa fillette âgée d'une douzaine d'années, Anne-Geneviève [1], dont les yeux bleus et la blondeur promettaient d'être admirables, s'enquit de la petite Charlotte. Mme de Combalet, flanquée de son inséparable Anne du Vigean, daigna même la complimenter elle aussi sur sa mine, ayant apparemment tout oublié de leur affrontement passé. Renée de Beuvron, la nièce de Bassompierre, était là ainsi que la somptueuse Mme de Sablé et une jeune fille plutôt laide dont Floriane avait déjà eu l'occasion d'apprécier l'intelligence et la douceur : Madeleine de Scudéry, la sœur du poète. Volubile, un rien bravache, ce dernier conversait avec le minuscule Godeau et le bizarre et barbu Neufgermain.

S'asseyant à son tour, Floriane constata que ce jour-là, seuls les hommes de lettres représentaient la gent masculine, si l'on exceptait la grande silhouette de M. de Rambouillet passant de temps à autre son visage de myope à l'entrée de la chambre. La guerre avait appelé aux frontières les habitués de l'Hôtel, Pisani, le fils d'Arthénice le tout premier. Chaque dame ici avait probablement en tête — et au cœur — le nom d'un élu qui, au loin, risquait sa vie. Mais bien entendu leurs alarmes restaient secrètes.

1. Anne-Geneviève de Bourbon-Condé, future duchesse de Longueville, célèbre frondeuse.

LE BALLET TRIOMPHANT

Floriane retrouvait toujours avec le même plaisir l'atmosphère musquée, ambrée, de la « chambre bleue », ce temple du rire, de la politesse, de l'esprit ; un lieu unique, fleuri de roses d'automne, disposées avec art dans les vases de cristal ou les corbeilles de bronze ; un lieu qui paraissait immuable dans sa perfection. Cependant, la jeune femme remarqua soudain, avec surprise, une nouvelle tapisserie d'un vert agressif, accrochée sur un mur, déparant fâcheusement l'équilibre de l'ornementation. Une faute de goût, selon elle, bien étonnante de la part d'Arthénice mais qu'elle n'eut pas loisir de longtemps méditer car déjà Vincent Voiture glissait un tabouret à côté d'elle.

En pourpoint et chausses de velours gaufré, bas de soie feuille-morte, raffiné, propre comme un sou neuf selon son habitude, il lui chuchota d'un ton passionné :

— Baronne, cette fois, c'en est fait. Mon mal est sans remède. Vous avez asservi mon âme à jamais. Et cela parce que j'ai vu... Ah !...

Il lui souffla une haleine embaumant l'anis, tout prêt à se pâmer. Mais Floriane ne s'y laissa pas prendre.

— Trêve de fadaises, mon cher Voiture. Dites-moi plutôt pourquoi je n'aperçois pas Julie. Serait-elle souffrante ?

Julie d'Angennes, la fille chérie de la maison, ne manquait, en effet, que très rarement les réunions de la « chambre bleue ».

— Je n'en sais rien ! Seule m'importe votre bouche d'œillet et... L'avouerai-je ?

Voiture baissa la tête, comme accablé par un sentiment trop fort pour lui.

— La cause de mon mal délicieux est là, confessa-t-il d'une voix basse, hachée par l'émotion. A ma portée, dissimulée sous les plis sages de votre robe.

— Qu'est-ce que cela signifie ? s'indigna Floriane, trouvant cette fois-ci que le petit homme poussait le compliment un peu loin.

Voiture lui offrit son air le plus doux, le plus inoffensif :

— Mais, madame, cela signifie que je suis éperdument amoureux de ce soulier noir et bleu que vous tenez hélas caché !

— Vous dites des bêtises ! rétorqua-t-elle avec un haussement d'épaules dédaigneux.

— Pas du tout ! Je vous ai vue ce matin, descendant de carrosse devant la chapelle Saint-Roch, votre pied mignon pointé en avant, semblable à un papillon dans sa chaussure noire, avec ses petites ailes de soie azur épinglées dessus. Un adorable petit pied... Je fus à ce point saisi que je n'ai pas osé vous suivre dans vos dévotions.

— De toute façon je n'avais besoin de personne, rétorqua Floriane sèchement.

Elle trouvait sa familiarité déplacée. Comme beaucoup de femmes de son rang, très lancée dans le monde, par obligation autant que par goût, mais néanmoins soucieuse de son salut, elle préférait entourer de discrétion ses occupations chrétiennes et ses œuvres charitables. Que Voiture l'espionnât la contrariait infiniment.

D'ailleurs, depuis son retour de Bruxelles, ses audaces dépassaient souvent les bornes. Auréolé d'un prestige de grand voyageur, racontant à l'envi avec son sens inimitable du comique, ses expériences en Espagne, au Maroc, aux Pays-Bas, celui que Mme de Rambouillet et Julie surnommaient affectueusement « el rey Chiquito » [1], était vite redevenu « l'âme du rond ». Après avoir si fort tremblé d'être oublié de ses illustres bienfaitrices, lui le modeste bourgeois, il se sentait maintenant plus que jamais assoiffé de grandeurs. Avec ça, vaniteux, susceptible et jaloux, d'humeur changeante, il se rendait souvent insupportable dans la bonne société. Toutefois, on le tolérait, par égard d'abord pour Arthénice. En outre, il savait si bien distraire ! Les dames ne pouvaient s'empêcher d'apprécier son spirituel badinage.

---

1. Le petit roi

Enfin, pouvait-on réellement se fâcher avec le fils d'un marchand de vin ?

Voiture portait à Floriane une sorte de rancune doublée d'un désir ancien que le temps n'avait fait qu'attiser. Cela datait de leur rencontre à Dunkerque. Décidément, il ne comprenait pas cette femme, peu farouche selon toute apparence et pourtant rebelle, fidèle à son mari, disait-on... Cette même femme qu'il avait surprise un matin dans une méchante salle d'auberge, sous des oripeaux de comédienne, bavardant tendrement avec Floridor ? Allons donc ! Voiture restait sceptique. A l'aise auprès des plus grands, chouchoutée par Monsieur, la diablesse n'avait-elle pas également réussi à accompagner le prince dans sa fuite alors qu'il avait dû, lui, végéter encore des mois à Bruxelles ? Lorsque enfin le poète avait retrouvé Paris et surtout la « chambre bleue », avide de prendre sa revanche sur ce long exil, Floriane était bien entendu déjà dans la place, fêtée, adulée, son succès faisant de l'ombre au sien. Mais comme elle était belle, riche, célèbre, bien en Cour, il s'était mis en tête d'en faire sa maîtresse. Plus exactement, de faire en sorte que tout le monde la crût sa maîtresse. Car ce qui importait plus que tout à l'orgueilleux « rey Chiquito », était de miroiter, de paraître, de devenir l'égal des nobles personnages qu'il fréquentait, d'effacer les traces de ses origines, cette roture qui ne rimait que trop bien avec son nom !

Jouant à la perfection au galant respectueux, il ne manquait donc pas de soupirer sur les pas de Floriane, de lui adresser de petits signes de connivence, de décliner en public toute la gamme des émotions amoureuses, de la mélancolie à la jubilation d'un cœur comblé. Floriane supportait patiemment ses hommages, sans s'illusionner sur son compte. Elle riait de ses propos, admirait son esprit qui d'une bagatelle savait tirer un brillant sonnet, qui d'un rien taillait un diamant. Leur apparente amitié, leur familiarité étaient devenues évidentes aux yeux de tous. Pour Voiture, en attendant mieux, c'était une enivrante satisfaction d'amour-propre. Enhardi, le moment lui avait alors semblé propice pour donner l'estocade, toucher la vanité féminine de la charmante, lui agacer les sens. D'où son délire sur un soulier noir et bleu.

Mortifié, il comprit très vite qu'aujourd'hui Floriane accueillait plutôt froidement ses hommages, et se désintéressait brusquement de lui en se tournant vers les autres dames. Il ne voyait plus que son profil, une grosse perle accrochée à son oreille, une oreille rose, parfaite, qu'il aurait voulu mordre jusqu'au sang !

Derrière le brouhaha des conversations, un bruit étrange s'échappait du mur. Floriane crut même voir doucement s'agiter la disgracieuse tapisserie verte. Elle allait en faire la remarque à Arthénice mais celle-ci évoquait maintenant la mort de Puylaurens. Depuis juillet dernier, on ne cessait de commenter l'événement. Chacun était consterné. Les suppositions allaient bon train.

Un matin, on l'avait découvert, sans vie, à Vincennes. Courageux dans son épreuve, s'inquiétant avant tout du sort de Gaston d'Orléans, son bien-aimé maître, se faisant apporter ses plus beaux habits afin de rester, bien que prisonnier, l'élégant gentilhomme qu'il avait toujours été, Antoine de Puylaurens était vite tombé malade dans son affreux cachot, terrassé par une fièvre pourpre. Privé de soins malgré les demandes réitérées de sa famille et de Monsieur, isolé, oublié, il s'était éteint à trente ans, cinq mois à peine après son arrestation ! Intervenant enfin pour examiner son cadavre tout boursouflé, les médecins en avaient conclu qu'il avait été victime « ex fluxu dissenterico et atrabiliario ». Mais tout le monde avait eu la conviction que Richelieu l'avait fait, ni plus, ni moins, empoisonner ! Un plat de champignons, peut-être...

— Non et non ! affirmait Boisrobert, défendant loyalement le Cardinal. La vérité est que le chagrin seul a tué ce pauvre Puylaurens.

— Le chagrin et les mauvais traitements, repartit Mme la

Princesse. Son trop zélé geôlier n'a pas jugé bon de renouveler l'air de sa cellule pendant deux mois ! Une cellule noire et malsaine au possible qui a déjà été fatale au maréchal d'Ornano, au Grand Prieur de Vendôme. Souvenez-vous !

— Il est certain, commenta Mme de Rambouillet de sa voix musicale, que « cette chambre vaut son pesant d'arsenic » !

Richelieu, sans aucun doute, même indirectement, avait assassiné l'imprudent Puylaurens. Il avait en effet très bien calculé son affaire en le faisant enfermer dans le donjon de Vincennes. « Le bois de vie saine », plaisantait le cynique homme d'Église. Cette disparition toute en douceur l'arrangeait en évitant un procès, une exécution trop spectaculaire. De son côté, bouleversé, ulcéré, Monsieur n'avait pourtant rien dit. Pour sa sécurité, il préférait toujours jouer au petit garçon espiègle et docile dans son château de Blois. Peut-être attendait-il son heure ? Tant d'implacable cruauté pouvait, parfois, vous laisser affaibli, vaincu. Infortuné Antoine, séduisante tête folle ! Floriane aussi l'avait beaucoup pleuré.

— Le salpêtre des murs peut à bon compte remplacer le poison ou le coup de poignard, observa-t-elle tranquillement après les propos d'Arthénice.

En face d'elle, Mme de Combalet se raidit sur sa chaise. Son teint naturellement jaune vira au gris, ses yeux étroits de serpent dardés avec haine sur l'audacieuse qui, à mots feutrés, accusait son oncle. Devinant sa fureur, sa douce Vigean lui prit la main tandis que la marquise préféra faire diversion en lui réclamant fort à propos un coussin tombé à terre. Puis il y eut de nouveau un autre bruit insolite qui, cette fois-ci, fit sursauter les invités, un raclement très fort venu du fond de la chambre. Un inexplicable courant d'air souleva la tenture verte. Chacun savait pourtant qu'il n'y avait rien derrière, sinon le mur sans fenêtre donnant en bas sur une bande de gazon puis la clôture de l'hôtel voisin, celui des Chevreuse...

Les voix se turent. Les regards fixés sur la tapisserie, tous écoutèrent l'étrange grattement.

— Chère amie, on dirait que quelqu'un escalade votre maison, fit Mme de Sablé, pas rassurée du tout.

— Des bandits, peut-être ? murmura Renée de Beuvron.

— Ou un fantôme, chuchota la petite Anne-Geneviève, ravie d'avoir peur.

Floriane ne put s'empêcher de sourire en voyant frissonner les dames.

— Messieurs, si nous allions voir dans le jardin ? proposa Georges de Scudéry, en réalité peu enclin à risquer sa précieuse existence même pour l'incomparable Arthénice.

— Bonne idée, Georges, lui dit sa sœur, l'une des rares personnes à garder son sang-froid.

Mais l'excentrique petit groupe de poètes ne se montra guère pressé d'affronter l'invisible assaillant.

— Madame, vous devriez appeler vos gens, envoyer M. de Chavaroche sur les lieux, suggéra Voiture, préférant voir exposé au danger l'intendant de l'hôtel qu'il jalousait.

Les visiteurs de la « chambre bleue », tournés vers la marquise, la virent alors avec surprise pouffer derrière les plumes de son éventail. Bientôt, elle fut incapable de se contrôler, riant aux larmes à mesure que s'allongeaient leurs visages.

— Oh, oh, mes amis ! Décidément vous êtes trop drôles ! hoqueta Mme de Rambouillet, pendant que le bruit s'amplifiait de plus belle. Quelles mines vous faites ! Ah, regardez-vous !

Survint alors l'incroyable, un chant mélodieux aussi pur que celui d'un ange traversa la muraille et la tapisserie s'écarta d'un coup, découvrant Julie d'Angennes, drapée de voiles blancs comme une déesse, posée sur le seuil d'un petit cabinet éclairé par un lustre de cristal.

Un petit cabinet inconnu, légèrement arrondi, tout tendu d'incarnat et de vert passementé d'argent ainsi que le lit de repos et les tabourets ; un cabinet scintillant, agrémenté de cadres et de bibelots disposés sur des consoles vénitiennes ; une vision merveilleuse, magique, renversante, que tous contemplèrent avec stupeur, doublement envoûtés par la voix sublime d'Angélique Paulet, complice de la mystification. On s'extasia longtemps devant le prodige puis on applaudit.

Bien vite, le nom gracieux de « loge de Zirphée » fut attribué à l'exquis cabinet, Zirphée la magicienne du roman d'Amadis qui certainement épargnerait à Arthénice l'outrage du temps et de la maladie. Qu'elle eût fait ajouter cette pièce sans que personne ne soupçonnât la présence d'ouvriers et de travaux chez elle, pour le seul plaisir de surprendre et de divertir ses amis, était bien dans sa manière. Tout Paris, bientôt, ne parla plus que de son extraordinaire idée.

A son retour, Artus eut droit, lui aussi, au récit complet de l'apparition fabuleuse.

— Tu dois absolument rendre visite au plus tôt à la marquise, lui dit Floriane enthousiaste. Voir la loge de Zirphée !

— Bien sûr, mon amour, lui répondit Artus avec indulgence, la tenant enlacée dans l'obscurité de leur grand lit. Mais plus tard. Maintenant nous avons mieux à faire, ne crois-tu pas ?

Il avait encore en tête des images brutales de pays dévastés, de blessés déchiquetés par les balles et les boulets, de soldats mal nourris, épuisés par la dysenterie et la fièvre ; il avait encore aux oreilles des gémissements, des cris, des mousqueteries ; il avait encore aux narines l'odeur de la poudre, du sang, de la poussière. Mais loin de mépriser toutes les anecdotes innocentes et frivoles contées par Floriane, il s'en amusait, oubliant, en les écoutant, les horreurs de la guerre. Auprès de la jeune femme, il retrouvait l'amour, la gaîté, la face ensoleillée de la vie. Et lorsque, à son tour, elle voulut le questionner sur son séjour en Lorraine, avec hâte, autorité, il s'empara de ses lèvres, préférant ne pas lui répondre.

★
★ ★

> « *Je suis maintenant en feu,*
> *Pour un soulier noir et bleu.* »

Voiture appartenait au genre tenace. Ce n'était certes pas un léger froncement de sourcils, même sur le plus joli des visages, qui pouvait le freiner dans la conquête d'une femme. Toujours décidé à séduire Floriane ou — s'il ne parvenait pas à la faire réellement succomber — à persuader l'opinion qu'il était son amant, il composa, d'une plume talentueuse et audacieuse, des *Stances à la louange du soulier d'une Dame* qu'il lut à voix haute, un après-midi, devant les invités de la « chambre bleue ».

> « *Le pied qui cause ma peine*
> *Et qui me tient sous sa loi,*
> *Ce n'est pas un pied de roi*
> *Mais plutôt un pied de reine.* »

La reine en question n'étant autre que la baronne d'Ivreville, l'auteur s'étant chargé par avance de le faire habilement deviner. Inspiré comme jamais par les charmes de sa muse, il les célébrait en quelques vers imagés : *Sur ce beau pied la nature a su bâtir un palais... un grand temple, plein de grâce et de beauté...,* évoquant ainsi, avec hardiesse, le corps et les jambes de Floriane. Voiture maniait la comparaison en artiste consommé, ne craignant pas, ensuite, de dépeindre plus précisément la *divine architecture d'ivoire marqueté d'une ébène douce et noire* de ce temple magnifique, destiné, bien entendu, à être finalement renversé !

Floriane écouta ce petit chef-d'œuvre d'effronterie avec le sourire, comme ignorant qu'il s'agissait d'elle-même. En fait, elle ne parut guère y attacher d'importance, ce qui était encore le meilleur moyen de faire enrager l'impudent poète.

— Madame, que pensez-vous de mes stances ? lui demanda-t-il avec empressement, après avoir reçu les félicitations du reste de l'auditoire.

— Ma foi, soupira Floriane en prenant soin de parler de manière à être entendue de leurs amis, je n'en dirai ni bien ni mal. Cependant, je plains de tout cœur la malheureuse qui vous les a inspirés. Mon cher, vous faites preuve d'une indélicatesse peu digne d'un galant homme !

Vexé, « el rey Chiquito » ajusta vite une cinglante réplique mais d'une démarche ondoyante, Floriane s'était déjà éloignée, définitivement perdue pour lui et bavardait avec François de Brion. Las ! il avait manqué son effet. Il devinait des regards, des chuchotements moqueurs parmi l'élégante assemblée. Pourtant, son poème aux échos libertins plaisait énormément et ne tarda pas à faire fureur. La Cour comme la Ville adorait ces petits événements à la fois littéraires et mondains. La mode évidemment s'en empara et tout l'hiver les élégantes ne voulurent point d'autre couleur que le bleu pour les rubans de leurs chaussures.

Il y eut néanmoins quelqu'un pour trouver tout cela de très mauvais goût. Si Artus d'Ivreville était disposé à applaudir des divertissements anodins, comme par exemple la création de la « loge de Zirphée », il n'apprécia pas du tout que sa femme servît d'inspiratrice aux divagations poétiques d'un vulgaire rimailleur. Floriane essuya sa mauvaise humeur un soir dans le carrosse qui les ramenait du Louvre où la reine avait donné le premier bal de la saison. Il y avait été beaucoup question des stances de Voiture.

— Tu attaches trop d'importance à ces sottises, protesta Floriane, surprise par sa véhémence.

— Si ce petit monsieur était gentilhomme, mon épée saurait le guérir à tout jamais de ses fantasmes pervers, tu peux me croire ! fit-il durement.

— Ah, non ! Je t'en prie, je ne veux plus entendre parler de duel.

— Il ne peut y avoir de duel. Ce faquin ne mérite qu'une sévère bastonnade, répondit Artus avec mépris.

— Voyons... Calme-toi ! Tu te mets martel en tête pour des vétilles, murmura la jeune femme d'un ton câlin, se rapprochant de son mari, assis loin d'elle dans le coin de la banquette.

La tête posée sur son épaule, elle le regarda par en dessous, avec l'espoir de le voir enfin sourire et même rire avec elle de l'incident.

— Artus, mon chéri... tout ceci n'est pas bien méchant.

Mais le sens de l'humour semblait avoir déserté Ivreville.

— Cela vous est égal, dirait-on, que votre anatomie serve de thème à de prétendus chefs-d'œuvre.

— Pourquoi « mon » anatomie ? Après tout, je ne suis pas la seule brune à rubans bleus sur le pied ! s'écria Floriane avec une soudaine impatience. C'est ridicule !

— C'est votre nom qui est prononcé, n'est-ce pas ?

— Mais cela ne veut rien dire ! Tu sais fort bien que Voiture est un coureur de jupons effréné. N'ayant pas eu avec moi le succès qu'il espérait, il n'a avancé mon nom que pour se venger. Personne n'est dupe. Tu ne vas tout de même pas m'accuser d'être sa maîtresse !

Artus se retourna brusquement, la renversa sur son bras. Il n'était qu'une grande forme noire et brutale penchée sur elle, le visage dans l'ombre, la voix sourde et menaçante :

— Je l'aurais déjà supprimé comme un chien s'il l'avait été.

— Artus, tu ne seras donc toujours qu'un horrible jaloux ? chuchota Floriane, émue par sa violence, par les sentiments qu'elle devinait bouillonner en lui comme une lave incandescente, parfois mal maîtrisée. Ainsi, lors de son retour d'Afrique, quand il avait su qu'elle s'était rendue chez Giulio ; quand par défi, elle lui avait jeté à la tête le nom de Niflame, son rôle dans la Troupe de l'Espérance...

— Parfaitement ma chère ! Il faut en prendre votre parti.

Mais au fond, songeait-elle à s'en plaindre ? Une attitude contraire l'aurait peut-être offensée. La jalousie d'Artus était à la mesure de sa passion, absolument sans bornes ! Ni l'une, ni l'autre ne la brimait, ne l'étouffait. D'ailleurs, aurait-elle de son côté supporté qu'une autre femme s'intéressât à lui

110

de trop près ? Non bien sûr. Cependant, elle lui faisait confiance, lui laissait pleine et entière liberté.

Une fois encore, avec orgueil, Floriane s'enivra à contempler leur amour dans toute son étendue, son équilibre, sa plénitude, semblable à une contrée sublime également harmonieuse et sauvage, n'appartenant qu'à eux seuls, une contrée dont ils étaient les maîtres à jamais. Une discussion un peu vive n'y était rien d'autre qu'une pluie d'orage fulgurante et bienfaitrice. Celle qui les avait opposés dans leur carrosse s'étant conclue, peu après l'arrivée à leur Hôtel, par une joute tendre, ardente, entre les murs rouge et or de leur chambre, Floriane pouvait maintenant considérer l'incident comme définitivement clos.

Mais c'était sans compter avec la vanité blessée, la vindicte de Vincent Voiture.

Paris n'avait pas sa pareille pour transformer une simple affaire de cœur, ne concernant qu'un nombre infime de gens, en véritable roman, rebondissant, foisonnant de détails et épisodes pour le plus grand régal des ruelles et du Louvre. La ville connaissait aussi l'art subtil de propager propos, potins, rumeurs. Voiture ne tarda donc pas à apprendre que M. d'Ivreville lui promettait une volée de bois vert, administrée par ses valets, s'il s'avisait encore d'importuner sa femme. Car il était évidemment hors de question qu'un gentilhomme de vieux lignage comme le baron, dont les ancêtres chevaliers s'étaient battus à Bouvines [1], s'abaissât à croiser le fer avec le fils d'un négociant en vins de la rue Saint-Denis, le frère d'une poissonnière de la halle, la truculente Barbe Voiture à laquelle le poëte ressemblait pourtant bien peu.

Ses talents ne combleraient jamais, hélas, la tare irrémédiable dont avait hérité Vincent, cette absence de noblesse qu'il déplorait tant et ce, malgré la bienveillance de grands personnages, admirateurs de ses œuvres. La morgue du baron

---

1. Victoire de Philippe Auguste en 1214.

d'Ivreville ne surprît personne. Elle était si naturelle ! Une autre attitude eût été, au contraire, fortement blâmée. Mais elle atteignit Voiture en un point très sensible, le faisant souffrir, extrêmement. S'il n'en fit rien paraître, cependant il ne pardonna pas l'offense et fit en sorte de prendre sa revanche. A sa manière...

L'occasion se présenta peu de temps après, au début de l'année 1636, un jour où, chez Arthénice, on annonça le comte de Belin.

Depuis de longs mois, celui-ci avait inexplicablement disparu, retiré disait-on dans l'un de ses châteaux du Maine, s'il ne se cloîtrait pas dans son bel Hôtel du Marais. Frappé d'une maladie étrange, il s'était coupé de ses anciennes relations, de ses amis. On prétendait aussi qu'il ne recevait chez lui que des comédiens en représentations privées qu'il payait fort cher car eux seuls avaient le pouvoir de soulager ses maux. Belin ayant toujours été amateur forcené de théâtre, les années n'avaient dû qu'accroître son obsession.

On fut heureux de le revoir mais également étonné de le retrouver si transformé. Oublié le sémillant mécène qui, vêtu au goût du jour, s'empressait autour des comédiens, courtisant la Le Noir ! Sans avoir encore atteint la cinquantaine, le comte n'était plus qu'un homme voûté, aux longs cheveux blancs tombant sur un habit sévère. Après avoir rendu ses hommages à la maîtresse de maison, admiré distraitement la « loge de Zirphée » dont Julie lui faisait les honneurs, les habitués le virent tourner sur lui-même, regarder de tous côtés à la recherche de quelqu'un. Mais oui ! Son visage tout à coup se colorait, s'épanouissait ! Il venait d'apercevoir Floriane d'Ivreville et, brusquement rajeuni, s'avançait vers elle un peu interdite, lui prenait la main, l'entraînait hors de la « Chambre bleue » sans plus se préoccuper d'autre chose.

Tout le monde dut se résigner à voir disparaître, derrière une grande porte capitonnée, le gentilhomme au pourpoint noir et la jeune femme en robe jaune. Que diable le fantasque Belin avait-il à dire de si secret à Mme d'Ivreville ?

Ils étaient maintenant tous les deux seuls dans l'un des petits salons de l'Hôtel. Dans la cheminée, pétillait un feu joyeux dont le rayonnement se reflétait sur la jupe de Floriane. Le comte, sa main sur la sienne, semblait ébloui devant tant de jeunesse étincelante. Ce fut elle qui parla la première, lorsque se furent dissipées sa surprise et sa gêne.

— Je crains que vous n'ayez beaucoup à me pardonner, monsieur. Je suis heureuse de pouvoir vous dire aujourd'hui combien je regrette tout ce qui s'est passé à La Moussaie, les dommages causés par ma faute...

Belin prit une expression si angoissée que Floriane eut pitié de lui.

— De quelle faute parlez-vous ? C'est à moi à vous demander pardon. J'ai été fou de vouloir vous priver de liberté, vous, mon doux Zéphyr. Quel péché, n'est-ce pas, que de garder pour soi tout seul la beauté et le talent personnifiés ! Ah ! Floriane, je désire tant que malgré tout, La Moussaie n'évoque pour vous qu'un souvenir agréable, dépourvu de toutes visions fâcheuses.

— Mon séjour chez vous reste plus qu'un bon souvenir, comte. Il m'apparaît encore comme un rêve délicieux.

Savait-elle la joie qu'elle lui donnait par ces quelques mots ? Belin posa sur sa propre poitrine la petite main qu'il serrait plus fort que jamais.

— Un rêve, oui, c'était cela, un rêve. Ces jours bénis ne pouvaient donc pas durer toujours.

— Ils auraient pu, peut-être, s'achever d'une façon moins brutale, déplora sincèrement Floriane.

— De grâce, qu'il n'en soit plus question et montrez-moi votre si ravissant sourire. Que je m'en imprègne avant de vous quitter. Là, c'est bien ce que je voulais, revoir encore ces yeux, ce visage, entendre une dernière fois la voix de ma sirène.

— Une dernière fois ? Vous ne restez donc pas parmi nous ? s'étonna-t-elle.

— Non, je quitte Paris demain. Ma santé m'y oblige. J'irai d'abord au Mans mettre en ordre mes affaires. Puis je me retirerai au Plessis.

La déception, le chagrin ressentis par Belin lorsque Floriane avait fui La Moussaie l'avaient trop brutalement privé de son esprit d'enfance, imaginatif et capricieux. Rendu à la raison, il était du même coup tombé malade. Gravement. Il ne l'ignorait pas.

— Vous partez... sans regrets ? demanda-t-elle avec dans la voix beaucoup de sollicitude.

— Sans regrets, affirma-t-il, se penchant sur la main qu'il tenait toujours.

A côté, dans la « chambre bleue », la curiosité était à son comble tandis que se prolongeait leur entretien. Il n'avait jamais été dans les manières de Belin d'entreprendre les dames en public, surtout chez Arthénice qui attachait tant de prix aux convenances. D'autre part, tout Paris savait depuis longtemps que Floriane avait appartenu à une troupe de comédiens et remporté de fiers succès dans la province du Maine. Ceux qui l'avaient applaudie sous le nom de Niflame sans la reconnaître alors, au cours de l'été 1633, en avaient, bien sûr, parlé à tout le monde, insistant sur le fait que le comte de Belin avait été très entiché d'elle.

— Notre étourdissante baronne a donc retrouvé son soupirant, commenta avec un rien d'aigreur cette fausse dévote de Combalet.

— Elle ne doit pas risquer grand-chose, pouffa Julie. Avez-vous remarqué la pauvre allure de M. de Belin ?

— C'est un vieillard, fit Mlle Paulet.

— Le théâtre ne l'aura donc pas guéri, constata Anne du Vigean.

A ce moment-là, Voiture qui était à l'affût jugea opportun d'intervenir auprès des jeunes femmes jacassantes et moqueuses. Il renchérit de son air le plus candide :

— Le théâtre l'a détruit ! Ou plutôt sa passion pour la belle Niflame. Figurez-vous...

Il se mit à leur parler bas, les obligeant ainsi à pencher vers lui, très près, leurs têtes bouclées si joliment parées de petits nœuds multicolores.

— J'ai appris que lorsque cette chère Floriane faisait la comédie, le comte l'avait tenue enfermée des semaines dans l'un de ses manoirs. Mais la maligne est vite parvenue à s'échapper, paraît-il, et le malheureux ne s'en est pas remis !

Voiture dégustait chaque perfidie avant de la jeter en pâture à son auditoire vertigineusement intéressé. Il avait longuement mené son enquête, auprès des invités de Belin bien sûr, qui avaient assisté aux soirées du Plessis, mais également auprès des domestiques. Pour remplir efficacement son rôle de gazette, Voiture n'avait jamais dédaigné les ragots d'office.

— Quelle idée étrange, me direz-vous, que de refuser dans la délicate position qui était la sienne — car elle était enceinte, songez-y, mesdames ! —, l'hospitalité d'un honnête homme pour hanter les routes dans un misérable chariot.

— En effet...

— Je me suis beaucoup interrogé moi-même à ce sujet, soupira le diabolique petit homme. Avant de conclure que Niflame devait éprouver un fort penchant pour le théâtre. N'oubliez pas que je l'ai rencontrée à Dunkerque. J'atteste qu'il y avait effectivement, entre elle et ses camarades, une parfaite osmose. Ils étaient tous très, très émus à l'instant de se séparer. Surtout Floridor. Oui, Floridor, ou si vous préférez, M. de Soulas. Vous vous souvenez, mes amies, de ce beau garçon un peu rêveur ? Avec Niflame, il formait le couple idéal. Malheureusement, je n'ai pas eu l'occasion de les voir jouer mais ceux qui ont pu les admirer sur scène, comme M. de Tresmes, par exemple, vous le confirmeraient : tous deux, en tant que partenaires, je le précise, s'accordaient à merveille. Et n'oubliez pas non plus que Floridor a sauvé la vie de notre Floriane. Quelle aventure,

Seigneur ! Je gage que vous l'enviez toutes un peu, au fond. Non ? Me trompé-je ?

Ses yeux bruns, caressants, allaient de l'une à l'autre. Il savait fort bien qu'il avait atteint son but, sans rien dire qui puisse, par la suite, lui être sérieusement reproché : réussir à semer le doute sinon la certitude dans l'esprit des curieuses. L'une d'elles, plus indiscrète, plus fielleuse que ses compagnes, ne manquerait pas de répéter, en l'exagérant, son persiflage. Tôt ou tard, tout cela parviendrait aux oreilles du baron d'Ivreville qui irait certainement demander des comptes à sa turbulente épouse. Alors Voiture, s'estimant suffisamment vengé, pourrait savourer un discret mais bien délectable triomphe.

*

* *

— Un courrier de Normandie, madame ! annonça La Musette d'une voix enjouée.

— Donne vite ! s'écria Floriane, tendant les bras hors de sa couverture pour prendre la lettre que son domestique apportait.

Elle en fit sauter le cachet, la déplia, contente de lire ces nouvelles régulièrement envoyées par Hélène d'Ivreville. Il s'agissait, chaque semaine, d'un compte rendu minutieux des faits et gestes de Charlotte, de l'état de son sommeil, de ce qu'elle avait mangé ou refusé, des progrès de son vocabulaire, de ses sottises ou de ses gentillesses, enfin de tout ce qui pouvait intéresser une mère attentive. Floriane s'était résignée à ce que sa fille passât ses premières années auprès de son aïeule, dans le calme, à l'air sain de la province, comme le voulait d'ailleurs l'usage dans toutes les bonnes maisons. Avant l'âge d'environ sept ans, un enfant ne recevait aucune éducation particulière. Qu'il soit en bonne santé suffisait. Ensuite, ses parents veillaient à le faire baptiser, à confier leurs garçons au collège, leurs fillettes au couvent. C'était bon pour les femmes du peuple de garder leur progéniture accrochée à leurs jupes ! Plus maternelle que ne le voulait la mode, Floriane se rendait au manoir d'Ivreville dès que sa nouvelle charge de dame d'atours de la reine lui en laissait la possibilité.

Ces dernières semaines avaient été particulièrement remplies par les inévitables ballets et sermons précédant le carême. Pour le départ de Mazarin, contraint et forcé par le pape de regagner son poste de vice-légat en Avignon, Richelieu avait offert la comédie en son Hôtel de la rue Saint-Honoré. Floriane avait à peine pu échanger un mot d'adieu avec Giulio tellement il y avait eu de monde. Le froid qui sévissait sur Paris ne retenait nullement les gens chez eux.

Mais, à tant voler d'une fête à l'autre, la jeune femme s'était enrhumée et avait dû s'aliter quelques jours. Rien de sérieux ; Ermelinde et Toinon l'avaient vite aidée, par leurs soins, à se rétablir. Mais tout de même, encore aujourd'hui, Floriane ne se sentait pas très vaillante, l'appétit enfui, la mine pâle, l'humeur morose sans savoir au juste pourquoi. Elle s'était malgré tout obligée à descendre dans la salle du rez-de-chaussée, une pièce vaste, gaie, tendue de cuir cordouan vert et brun, ouverte sur l'ancien jardin de la reine Marguerite. Pelotonnée dans un fauteuil, près de la cheminée, buvant une tisane préparée par Ermelinde, elle avait médité, longuement, accueillant la lettre de sa belle-mère comme un souffle frais du monde extérieur. Attendrie un moment par l'image vivace de Charlotte, elle n'avait pas tardé cependant à retomber dans sa mélancolie.

Artus lui manquait, voilà tout. Il était venu à son chevet non sans inquiétude, au début de sa maladie, puis rassuré de voir rapidement tomber la fièvre, il était reparti, à Versailles d'abord, puis à Saint-Germain. Chaque jour, il avait envoyé Lubin aux nouvelles, ne pouvant lui-même se libérer.

Car le roi continuait à fuir Paris, heureux loin de

l'étiquette, parmi ses fidèles qu'il entraînait à la chasse, de l'aube au crépuscule, oubliant miraculeusement, à courir bois et halliers, sa santé délabrée, ses frustrations. Artus ne pouvait que le suivre, selon son devoir. Comme Floriane, sitôt guérie, reprendrait sa place auprès de la reine. Le service de leurs souverains valait bien au baron et à la baronne d'Ivreville quelques sacrifices de liberté. Leurs moments d'intimité n'en avaient ensuite que plus de prix. Qu'aurait donc voulu Floriane ? Mener l'existence sans surprise, sans éclat, d'une simple bourgeoise gouvernant sa maisonnée ? Des journées bien réglées, une sortie le dimanche au bras de son mari, et ce même mari se glissant dans ses draps, tous les soirs à heure fixe ? Elle avait connu ce genre de vie auprès de Johanès et avait cru, alors, périr d'ennui. Avec Artus, au contraire, les jours, les nuits étaient pimentés d'imprévus, de contretemps, de contraintes, d'honneurs et de bonheurs qui convenaient parfaitement à leurs natures passionnées. Alors ? Pourquoi aujourd'hui ce vague à l'âme ?

— Il aurait pu trouver quelques heures pour venir me voir, mâchonna-t-elle.

N'importe quand ! N'importe comment ! Prenant sur son sommeil, faire de nuit un aller retour, juste pour l'embrasser, lui dire qu'il l'aimait ! C'était bien gentil de chasser toute la journée, mais elle, que devenait-elle dans tout ça ? L'inquiétude s'emparant vite d'un cœur épris, l'imagination de Floriane se mit en branle. Bien sûr, le roi ne tolérait aucune femme dans ses escapades champêtres mais sait-on jamais ? Les hommes étaient si faibles...

Le fait de maugréer, parfois sans raison d'ailleurs, avait toujours procuré à Floriane un soulagement salutaire. En l'occurrence, elle ne s'en priva pas. Mais en vain, cette fois-ci.

— Comment se porte Mlle Charlotte ? demanda La Musette, surveillant sa maîtresse du coin de l'œil.

Il mettait à astiquer la flûte qui ne le quittait jamais, un soin un peu trop maniaque pour être naturel. Mais le musicien n'avait pas trouvé d'autre prétexte pour s'attarder. Depuis bientôt dix ans qu'il connaissait Floriane, il devinait chez elle la moindre fluctuation de pensée. Sa visible tristesse le chagrinait.

— Elle va bien, lui répondit-elle, distraitement.

Son nettoyage achevé, La Musette commença à jouer un vieil air de Cour, un peu solennel. Soudain, il s'arrêta, tendit l'oreille, puis tout joyeux annonça à Floriane somnolant à moitié.

— Madame ! Je crois que c'est monsieur !

C'était bien Artus en effet, habillé d'une casaque de cuir noir, de très hautes bottes de campagne également noires sur lesquelles avait giclé la boue du chemin ; tête nue, les cheveux un peu emmêlés, ayant lancé au vol, dans les bras de Lubin, son feutre et son manteau. A grandes enjambées, il traversa la pièce tout en se défaisant de son épée qu'il jeta sur la table.

— Laissez-nous ! ordonna-t-il aux domestiques.

Arrêté devant Floriane, il la contempla quelques secondes, blottie dans son fauteuil, sous ses châles et couverture. Il avait un air indéfinissable.

— Alors, petite malade ?

Puis après l'avoir embrassée, il s'excusa :

— Je suis sale à faire peur. J'empeste le cheval, la poussière.

— Moi je suis laide et je sens la tisane.

— C'est vrai, quel pauvre nez rouge tu as ! constata Artus sans ménagement. Et cette tisane... Fais goûter... Pouah !

Artus reposa le bol avec une grimace.

— J'espère que tu ne souperas pas avec ça.

— Souper ? Je n'ai pas très faim.

— Mais si, en te forçant un peu. J'ai déjà fait prévenir le maître d'hôtel, nous allons avoir un bon repas avec le meilleur vin de notre cave. Cela te requinquera plus vite que tes horribles mixtures. En ce qui me concerne, j'ai un appétit d'ogre. Le roi ne nous a pas trop régalés, tu sais.

— Qu'avez-vous donc fait tous ces jours ? demanda-t-elle mine de rien mais sans pouvoir cependant s'empêcher de mettre dans ses paroles un zeste d'acrimonie.

Il arrivait, tout gaillard, sans même s'inquiéter de savoir réellement si elle allait mieux, sans aucune considération pour ses misères !

— Bah ! Comme chaque fois... répondit Artus en repoussant du pied un tison enflammé qui avait sauté sur le dallage.

Il le prit avec des pincettes, le remit dans les flammes.

— ... Nous avons beaucoup couru. A propos, j'ai rapporté un chevreuil dont m'a fait cadeau Sa Majesté. Et nous avons aussi parlé de la guerre, évidemment.

— Je t'ai attendu, reprocha Floriane.

— Mais je n'ai pas eu un instant ! Le roi prépare la prochaine campagne qui s'annonce très dure. Il est fort soucieux.

— Et toi ? Ne te souciais-tu pas de moi ?

— Voilà bien les femmes ! s'écria-t-il en se moquant. On évoque la guerre, de graves conjonctures et seule les intéresse leur petite santé. Je ne t'oubliais pas puisque j'envoyais Lubin ici, chaque jour.

— Un valet ne remplace pas un mari, du moins pas chez moi ! rétorqua Floriane assez piquée. D'autre part, tu sais que Lubin ne m'aime pas. Il pouvait aussi bien te cacher que j'étais mourante.

La tournure de la conversation commençait à agacer Ivreville qui, de son côté, aurait eu bien des raisons de récriminer. Il s'assit à demi sur le bord d'une table, en face de Floriane.

— Mourante, toi ? Pour un simple rhume ? Mais tu es un roc, ma chère ! Tu l'as d'ailleurs amplement prouvé.

— Que veux-tu dire ? fit-elle subitement sur ses gardes.

Déprimée, irritable, elle souffrait d'une attitude qu'elle jugeait désinvolte alors qu'il aurait dû se montrer, aujourd'hui, compréhensif, plus tendre encore que d'habitude. Son instinct était comme hérissé de petites antennes fort sensibles, captant la moindre variation d'une voix ou d'un regard. A quoi pensait Artus ?

120

— Connais-tu beaucoup de femmes qui auraient supporté tes aventures avec la même endurance que toi ?

— Mes aventures ! répéta-t-elle avec un sourire désabusé.

Et en elle-même, elle vit défiler des images violentes, certaines insoutenables, une horde de brigands dévalant une route déserte ; leur repaire de montagne ; les bas-fonds de Lyon où elle avait cru perdre à la fois la raison et la vie ; la chambre d'Hamelin ; des chevauchées qui auraient dû lui être fatales ; une mer déchaînée se refermant sur elle. Des souvenirs qui, avec le temps, semblaient appartenir maintenant à une existence antérieure, dont elle s'étonnait de ne pas être obsédée davantage.

— Ne joue pas les modestes, reprit Artus avec une douceur affectée. Chacun sait bien que j'ai épousé une héroïne de roman, n'hésitant pas à suivre une troupe comique afin d'échapper à ses ennemis ! A fuir des châteaux en flammes, à galoper hardiment tout en se préparant à être mère ! Chapeau bas, ma mie.

— Nous y voilà ! pensa Floriane, au fond soulagée de voir enfin éclater la crise.

Lorsque Belin était venu lui faire ses adieux de si spectaculaire façon, de retour dans la « chambre bleue », elle avait surpris Voiture, la guettant comme un comploteur au milieu de son petit groupe. Elle avait aussi capté les regards vipérins de Mme de Combalet, le coup de langue furtif passé sur ses lèvres fines, son air de savourer quelque fourberie. Floriane avait aussitôt compris qu'ils venaient tous de parler d'elle. La Combalet avait dû répandre son venin avec une habileté, une délectation infinies et quelqu'un n'avait pas manqué, ensuite, de clabauder auprès d'Artus. Il n'y avait ni de quoi s'étonner, ni de quoi s'indigner devant les pratiques du monde.

— Nous n'allons pas revenir sur des événements déjà anciens que je t'ai longuement expliqués, soupira Floriane, cherchant à couper court à toute dispute.

121

— Me les as-tu si bien expliqués ? insista Ivreville. Puisque le hasard nous ramène ce soir sur le sujet, j'aimerais que tu me dises exactement pourquoi tu n'est pas restée chez Belin. Tu m'as avoué toi-même qu'il s'offrait alors à te protéger, à faire en sorte que la naissance de Charlotte se déroule bien...

— En réalité, j'étais prisonnière, sans moyen de communiquer avec l'extérieur, d'avoir éventuellement de tes nouvelles, à la merci de Belin ! s'écria-t-elle avec irritation. Je croyais que tu l'avais compris.

— Il n'empêche que tu as pris de gros risques avec l'enfant que tu portais. Notre enfant ! appuya-t-il.

Brusquement apaisée, Floriane hésita avant de reconnaître :

— Sur le moment, je n'ai pas réfléchi. Artus, ce n'est pas à toi de me reprocher d'avoir fui les caprices d'un autre homme, d'avoir préféré la liberté sans en mesurer les conséquences.

Mais Ivreville paraissait bien décidé à ne lui faire grâce de rien. Il ruminait ses doutes depuis trop longtemps. Toutes les allusions qu'il avait surprises ici et là sur le compte de sa femme, même si, par orgueil, il avait paru ne pas les remarquer, avaient réveillé sa jalousie, de vieilles colères. Certes, Floriane lui avait elle-même spontanément appris ce qu'elle avait fait durant son absence, réussissant à le convaincre, à l'apitoyer sur les difficultés qu'elle avait rencontrées. Pourtant, elle n'était jamais parvenue à écarter tout à fait les ombres imprécises qu'il entrevoyait autour d'elle.

— Belin est un farfelu. Il ne pouvait pas être bien redoutable. Je suis sûr que tu l'aurais aisément tenu en respect. Il y avait sans doute une autre raison à ta fuite.

— Laquelle ? lança Floriane avec défi.

Et comme il ne répondait pas, repoussant sa couverture avec colère, elle éclata :

— Laquelle ? Mais vide donc ton sac, une bonne fois ! Selon toi, quelle est cette raison ?

— Le sais-je ?... Peut-être avais-tu pris goût au théâtre ? Un goût irrésistible.

122

Quelle méchanceté, soudain, dans ses yeux ! Le coup porta. Floriane resta un instant muette, impuissante à empêcher la rougeur qui gagnait ses joues, à trouver tout de suite la réponse appropriée, capable de le persuader, de se disculper elle-même. Lorsqu'elle avait quitté La Moussaie, elle était sans arrière-pensée, le cœur encore intact, irréprochable. Floridor n'était alors pour elle qu'un bon compagnon au même titre que Bellemore. Ce qui s'était passé entre eux, par la suite, n'avait jamais été prémédité. Jamais !

Oh ! Tout faire pour que sa faute ne vînt pas détruire son amour, pour éviter à Artus la déception, l'amertume, la souffrance !

— Ce goût, murmura-t-elle, je ne te l'ai jamais caché. Après coup, il est facile de décider de la manière dont on aurait dû agir. Je reconnais avoir peut-être manqué de discernement. Mon désarroi était si grand en ces moments difficiles ! Artus, je devine ce que tu veux insinuer et je sais aussi d'où viennent tes soupçons. Serons-nous donc victimes des calomnies de gens haineux, envieux de nous voir heureux l'un par l'autre ? Sommes-nous donc vulnérables à ce point ?

Elle se leva, vint poser les mains sur les épaules d'Ivreville, ajoutant :

— Je n'ai pas échappé à Belin afin de rejoindre un amant si c'est ce à quoi tu penses, mais une troupe de loyaux et dévoués camarades. Je te le jure.

Aussitôt, ses yeux se remplirent de larmes ; elle fut prise d'un si fort tremblement qu'Artus dut la soutenir. Sans plus rien dire, avec maladresse, il ramena autour d'elle son châle qui avait glissé puis l'aida à se rasseoir.

Floriane pleurait maintenant à petits bruits, la tête appuyée contre lui, toujours silencieux. Longtemps, il caressa la longue chevelure brune défaite sur les fragiles épaules, mécontent de lui-même, ne pouvant exprimer son amour, ses regrets, égaré malgré lui, sur l'ingrat chemin de la suspicion.

*
* *

Personne n'avait oublié qu'au printemps, une fois la trêve finie, la guerre reprendrait de plus belle. Le roi, le Cardinal s'y préparaient, plaçant, déplaçant les troupes aux frontières. En mars, on vit le duc de Parme et le duc de Weimar venir à la Cour monnayer leurs services. Le premier désirait s'assurer de la protection des Français ; le second souhaitait agrandir ses domaines. Ils promirent donc, l'un de soutenir le duc de Rohan en Italie, l'autre de contrer les Impériaux en Alsace. Et, tandis que le cardinal de La Valette repartait vers l'est et qu'au nord le comte de Soissons était nommé chef des troupes, le prince de Condé, à la tête de l'armée de Bourgogne, se dirigeait sur la Franche-Comté.

Cette région, sujette de Philippe IV, bien qu'ayant signé un traité de neutralité, offrait en fait toute facilité de passage aux régiments espagnols et allemands, entre les Pays-Bas et les Alpes. Cette situation risquant fort de mettre la France en péril, Richelieu décida d'envahir la province sans tarder. Certain d'emporter la place dans les huit jours, Condé mit alors le siège devant Dole début mai avec juste ce qu'il fallait de poudre. Par malheur, les Francs-Comtois s'étaient depuis longtemps préparés au pire. Au bout de deux semaines, la ville tenait toujours alors que, dans le camp français, la réserve de poudre était déjà épuisée. En hâte, on en fit acheminer, réclamant en outre des troupes en renfort.

Le 5 mai, ordre avait été donné à tous les officiers de rejoindre leurs postes. Du jour au lendemain, beaucoup de gentilshommes avaient déserté la Cour et la Ville. Les dames et les poètes, à nouveau, s'étaient retrouvés seuls dans la « chambre bleue ».

Un matin, s'éveillant de bonne heure, Floriane s'aperçut qu'Artus était déjà levé. Écartant le rideau du lit, elle le vit habillé comme pour un voyage, empilant des effets dans un sac de cuir. Elle l'appela.

124

Artus se retourna. Entre les pentes de brocatelle, apparaissait Floriane. Elle avait l'air d'une petite fille avec ses cheveux nattés pour la nuit, légèrement ébouriffés aux tempes, ses yeux clairs où s'attardait un reste de sommeil, sa chemise de futaine blanche qui estompait ses formes. Sa voix avait trahi son inquiétude. Artus en fut attendri à l'extrême mais toutefois, il prit le temps de boucler son sac avant d'aller s'asseoir à côté d'elle, au bord du lit.

— Où vas-tu si tôt ? demanda-t-elle avec étonnement. Je croyais que le roi t'avait donné congé quelques jours.

Il ne répondit pas tout de suite. Sa main gantée de noir effleura ses épaules puis se retira brusquement, brûlée semblait-il, au trop suave contact de sa poitrine.

Artus soupira. Ce serait donc plus difficile encore qu'il ne l'avait craint. Autant tout lui dire et sans attendre. Il n'esquiva pas son regard :

— Je vais rejoindre M. le comte en Picardie, lui annonça-t-il.

Un peu naïvement, Artus avait espéré une réaction hostile et véhémente, une bonne dispute, comme ils en avaient l'habitude, sur laquelle ils se seraient séparés fortifiés par leur colère mutuelle, évitant ainsi la tristesse des adieux. Hélas, il vit Floriane pâlir, ses lèvres trembler :

— Pourquoi ne pas me l'avoir dit plus tôt ? Pourquoi ce départ ? murmura-t-elle au bord des larmes.

Oui, pourquoi la mettait-il brutalement devant le fait accompli et quittait-il sa charge auprès du roi, charge qui lui évitait, du moins dans l'immédiat, d'être exposé au danger ? Sans chercher à le retenir, Floriane réagissait et raisonnait pourtant en femme blessée par un manque de confiance, en amante soucieuse avant tout de voir celui qu'elle aimait ne pas risquer sa vie.

Il fallait maintenant qu'Artus lui expliquât avec patience les raisons qui l'avaient conduit à cette décision tout en prenant soin de ne pas la heurter davantage, d'adoucir la séparation ; de ne pas lui montrer qu'en fait, il aurait préféré cent fois être loin déjà, bien loin de son visage angoissé, de son corps désirable, de toutes les incertitudes douloureuses qu'elle faisait naître en lui.

Attirant Floriane, il essaya de plaisanter à mi-voix :

— Allons, ma mie, accable-moi si tel est ton désir. Après les reproches que m'a faits le roi avant-hier, je suis prêt à tout entendre.

La scène avait, en effet, été assez pénible lorsque deux jours auparavant, rejoignant Louis XIII à Fontainebleau après une courte absence, Ivreville lui avait appris qu'il venait de constituer et d'équiper une compagnie toute prête à gagner le nord de la France. Le roi avait très mal apprécié cette initiative. Plus que jamais, il avait besoin d'Artus, torturé qu'il était, chaque jour un peu plus, par sa passion pour Louise-Angélique. Ne reculant devant aucune manigance pour éliminer la jeune fille de la Cour, Richelieu avait placé auprès d'elle l'une de ses créatures, le père Carré. Ce dominicain, fourbe comme un diable, poussait Louise à entrer au couvent sous de pieux, de louables prétextes contre lesquels le roi ne pouvait rien. Impuissant, il regardait détruire l'un des rares bonheurs de son existence, retranché dans son aride solitude. Et Ivreville l'abandonnait en ce moment précis ! Pour mieux le servir, disait-il ! Pour l'honneur et le plaisir de se battre ! Évidemment, le roi pouvait comprendre ce besoin irrésistible. A l'armée, entre soldats, sur le qui-vive, dans le fracas des armes, on oubliait tout ; on s'oubliait soi-même. Qui sait ? Ivreville avait peut-être lui aussi de bonnes raisons de vouloir partir à tout prix ? Finalement, cédant à ses instances, Louis ne s'était pas opposé à sa volonté, allant jusqu'à le dédommager entièrement de tout l'argent engagé dans son entreprise.

Une compagnie coûtait fort cher à son capitaine. C'était soixante mousquetaires et quarante piquiers à vêtir, à armer, à ses frais. Artus avait pris pour lieutenant et pour enseigne deux de ses jeunes cousins, Denis et Rémi de Lorval qui l'avaient aidé à recruter des hommes sur les terres d'Ivreville et dans la campagne environnante. Des hommes qu'ils connaissaient pour la plupart, tous volontaires, rapidement instruits par des sergents et des caporaux déjà aguerris.

Car le temps pressait. Artus était de ceux qui avaient vu avec inquiétude le Cardinal renforcer l'armée en Franche-Comté au détriment de la Picardie. D'ordinaire si avisé, le ministre sous-estimait apparemment les forces adverses. Aux troupes espagnoles du Cardinal-Infant, s'étaient ajoutées celles de l'Empereur qui avait pu surmonter les difficultés intérieures de l'Allemagne. Ses chefs, le rusé Piccolomini et Jean de Werth, à la tête de bandes de Croates réputées démoniaques, alliés au prince Thomas de Savoie, étaient venus grossir l'armée ennemie. Trente-cinq mille hommes piétinaient donc maintenant aux portes de France ! Face à pareil monstre, les compagnies du comte de Soissons allaient avoir grand besoin de l'intervention de la Sainte Vierge dont Louis XIII — sur les conseils du Cardinal, connaissant bien la ferveur royale — avait imploré l'appui !

— Nos provinces du nord sont très mal défendues, expliqua Artus. Nos places fortes sont faibles ; leurs gouverneurs manquent terriblement de moyens. Si nous sommes envahis, comme je le prévois, nous ne tiendrons pas huit jours.

— Je croyais que le Cardinal avait envoyé Sublet des Noyers inspecter les villes frontières, remarqua Floriane. Il ne s'est donc pas aperçu de cet état de choses ?

La grimace d'Ivreville en dit long sur l'opinion qu'il se faisait du surintendant.

— Sublet n'y connaît rien mais tu te doutes bien qu'il ne l'admettra jamais. En outre, malheureusement, il se fie à d'autres incapables quand ce ne sont pas des filous. Le résultat est que les fortifications attendent toujours d'être rétablies, que les munitions et les vivres sont presque inexistants et que je crains que nous n'en soyons réduits à compter uniquement sur les maladresses de nos adversaires et surtout sur notre propre valeur.

S'inclinant sur Floriane, il lui sourit. « Si beau ! » pensa-t-elle chavirée, comme si toute la jeunesse et l'ardeur du monde rayonnaient sur son visage bruni par le grand air.

— Mais de valeur nous n'en manquons pas, tu le sais ma mie chérie, chuchota-t-il d'une voix tendre.

Artus voulait partir. A son souci de gentilhomme français, s'ajoutait un besoin profond d'évasion. Depuis son retour d'Afrique, la Cour lui paraissait particulièrement mesquine, étroite. Il avait supporté les mélancolies du roi, par devoir, respect, affection ; parce qu'il n'y avait, aussi, aucun autre choix possible. Peu à peu, ce rôle de confident lui était devenu intolérable. Et puis... Et puis, il y avait sa passion pour Floriane qu'il ne parvenait pas, malgré tous ses efforts, à harmoniser. Mais ceci était une autre affaire, qu'il gardait soigneusement en lui-même, comme un secret honteux.

— Me comprends-tu ? demanda-t-il à la jeune femme toujours blottie dans ses bras, lorsqu'il eut résumé tout ce qui lui était avouable.

— Oui, oui bien sûr. Mais tu aurais pu m'expliquer cela plus tôt...

— Je ne voulais pas t'inquiéter à l'avance, fit-il, un peu gauchement.

Alors, soudain, pour couper court à tout, il l'étreignit, plaquant sa bouche contre la sienne, violemment. Et très vite, il la lâcha, ramassa son bagage sans un mot, sortit de la chambre à grands pas.

Elle avait crié son nom. En vain ! Il ne s'était même pas retourné. Il l'avait abandonnée, misérable, dans la pénombre du petit jour, sanglotant longuement, recroquevillée sous ses draps.

En apparence, tout était pourtant simple, cohérent ; Artus ne pouvait plus se contenter de vivre selon l'humeur d'un monarque malade, lunatique, toujours lancé d'un château à l'autre dans une fuite perpétuelle et inutile. Il avait besoin de changer d'air, de retrouver la virile, l'effervescente ambiance de la guerre. Floriane n'avait ni le droit ni l'intention de s'opposer à sa nature. Il était comme tous ses pairs, incapable de résister à l'attrait du danger, prêt à lui sacrifier la plus belle, la plus adorée des maîtresses. Dans ce cas, celle-ci ne pouvait que pleurer et prier afin que fût épargné l'amant qui, loin d'elle, allait se battre avec tant d'appétit et de plaisir.

Cependant, son présent chagrin avait une autre cause beaucoup plus sérieuse s'il se pouvait, en tout cas, beaucoup plus confuse. Comment exprimer en effet ce qui n'était qu'un malaise diffus, une impression basée sur rien de précis ? Floriane avait cru déceler chez Artus une sorte de... — Ah ! Dieu, comment dire ? — une certaine retenue à son égard. Ce n'était ni de la froideur, ni de la méfiance. Non... Leur dernière querelle — à propos de Belin — avait été vite enterrée ; leur entente, apparemment, n'en avait pas souffert. Et pourtant... Elle avait, à plusieurs reprises, surpris sur elle le regard d'Artus, différent, grave, interrogateur. Savait-il quelque chose ? C'était bien improbable. Mais parce qu'il l'aimait, il devait deviner chez elle un certain mystère, le murmure de choses non dites. Après tout, les femmes n'avaient pas l'apanage de la finesse et de l'intuition.

Floriane qui s'était elle-même et depuis longtemps pardonné son infidélité, fut à nouveau la proie d'un remords brusque, affreux. Ses pleurs redoublèrent. Et si Artus allait mourir au combat avec le soupçon au cœur ? Elle le revit blessé, révolté, dans la petite maison de Chambéry, luttant contre les moines et les chirurgiens qui voulaient l'amputer de sa jambe. Leurs angoisses d'alors, tout comme leur joie immense de s'être retrouvés, lui revinrent en mémoire. En ce temps-là, leur amour avait accompli un miracle et depuis n'avait cessé de suivre, malgré les traverses, un chemin pur et lumineux dont Floriane s'était toujours enorgueillie. Soudain, elle tremblait de le voir se ternir, se perdre.

Ermelinde, puis Toinon, enfin La Musette, vinrent rôder dans la chambre, pleins de sollicitude, navrés, impuissants.

LES FEUX DU CRÉPUSCULE

Aujourd'hui, Floriane n'avait pas besoin d'eux. Elle n'avait besoin de personne, d'ailleurs. Elle ne voulait que pleurer et dormir, seule, tranquille, dans l'ombre, derrière les rideaux tirés de son lit.

III

Les larmes des vainqueurs

(Juin 1636 - Juillet 1637)

III

L'ÉTÉ vint, chaud, puissant, blondissant les campagnes, asséchant les routes, étendant partout un ciel chaque matin plus bleu que la veille. Paris somnolait dans les fortes odeurs dégagées de ses ruelles, des eaux affaiblies de la Seine et ne semblait vouloir travailler qu'au ralenti.

Une sorte de peste sévissant à Saint-Germain ayant empêché leur séjour en cette ville, Leurs Majestés, désireuses de ne pas s'éloigner de la capitale en cette période troublée, s'installèrent au cœur du Bois de Boulogne, dans le ravissant château de Madrid. De son côté, à la recherche lui aussi d'un peu d'air et de fraîcheur tout en voulant rester dans les parages, Richelieu n'hésita pas à demander sans vergogne à Bassompierre de lui prêter sa maison si enviée de Chaillot.

Bien entendu, le maréchal accepta, avec l'élégance, le sens du beau geste qui n'appartenaient qu'à lui. Dans une lettre qu'il écrivit à Floriane, il donna pourtant libre cours à sa profonde amertume. Sa nièce Renée de Beuvron qui, depuis des années, intercédait inlassablement pour lui auprès du ministre, essuyait maintenant affront sur affront et n'était même plus reçue.

LES FEUX DU CRÉPUSCULE

En Lorraine, le duc de Weimar avait obtenu la permission de piller ses terres d'Harouel. Faute de canon, seule sa maison natale avait été épargnée. Non loin, les reîtres de Bernard de Saxe livrés aux pires déprédations, viols, massacres d'enfants et de vieillards, avaient fait de ses autres domaines un reflet terrifiant de l'Enfer.

Désormais, une tristesse infinie ne quittait plus le prisonnier. Comment aurait-il pu refuser l'hospitalité à Richelieu ? Le satisfaire était une façon de se rappeler à son souvenir ; c'était aussi une manière détournée de prouver au roi qu'il restait son serviteur envers et contre tout.

Bassompierre aurait tant voulu, comme d'autres exilés prestigieux venaient de le faire — messieurs d'Angoulême, de La Rochefoucauld, de Valençay par exemple —, reprendre sa place dans l'armée ! Le royaume allait avoir sans doute besoin de tous ses fils, du plus modeste au plus titré. Pourquoi ne le rappelait-on pas, lui, maréchal de Bassompierre, qui avait si loyalement, et ce dès sa prime jeunesse, voué sa vie à la Couronne ? Pourquoi ne cédait-on pas aux prières de tous les Ordres de Paris, du peuple qui demandait sa liberté avec insistance ? Cuirassé de haine et de jalousie, Richelieu, pas plus que son entourage de besogneux et d'ambitieux serviles, ne tenait à voir réapparaître le trop aimé gentilhomme. A sa précieuse Violette, Bassompierre pouvait bien confier ses souffrances ; humilié, rejeté, n'espérant plus rien des hommes, il s'en remettait plus que jamais à Dieu.

Était-ce la chaleur pesante ? Les nouvelles alarmantes parvenues des frontières ? Les sourires s'étaient enfuis des visages ; l'inquiétude obscurcissait les yeux. Et même au baptême d'Anne-Marie de Montpensier, la petite Mademoiselle, célébré en grande pompe au Louvre dans la chambre de la reine, chacun n'afficha qu'une joie de circonstance. Devant une Cour assez réduite entourant la fillette de neuf ans, le roi montra sa mine la plus rébarbative ; toujours élégante et fraîche, Anne d'Autriche remplit avec mélancolie son rôle de marraine face à un parrain impressionnant dans sa longue robe de soie rouge, crissante au moindre geste ; M. de Richelieu, la mine doucereuse, s'amusait à jouer les bons papas. Mais dans le cœur de Mademoiselle, aucun homme — et surtout pas celui-ci ! — ne pouvait remplacer son père véritable, le duc d'Orléans. Un si jeune père, tendre et vif, qui parut ce jour-là avoir beaucoup de mal à écouter sagement l'homélie de l'évêque d'Auxerre !

Pour d'autres raisons sans doute, Floriane suivit, elle aussi avec distraction, le cours de la cérémonie. Elle restait soucieuse, constamment préoccupée d'Artus dont elle était sans nouvelles depuis trois semaines. Rien ne pouvait en ce moment l'arracher à ses pensées, pas même sa petite Charlotte qu'Hélène avait amenée à Paris courant juin, sachant que le service de la reine retenait la jeune femme, devinant et partageant également son inquiétude.

Les prévisions faites par Ivreville juste avant son départ s'étaient vite révélées exactes. En pénétrant en France au nord de la Picardie, les Espagnols et les Impériaux n'avaient guère tardé à se rendre maîtres de La Capelle, la première place forte française trouvée sur leur chemin. Dans l'incapacité de se défendre efficacement, poussé par la garnison et les habitants affolés de la petite ville, le baron du Becq s'était en effet résigné à capituler, la mort dans l'âme. Début juillet, les portes s'ouvraient à l'ennemi. Condamné par contumace à la peine capitale, le malheureux du Becq n'avait eu que le temps de s'enfuir à l'étranger.

La « Gazette » de Renaudot, toute dévouée à Richelieu, avait eu beau gommer la gravité de l'événement, tout le monde avait bien senti le danger se préciser.

Floriane se rongeait les sangs. Que devenait Artus ? On disait que plusieurs compagnies françaises s'étaient portées au secours de Guise, ville aussi mal pourvue que les autres ; que ces renforts, par leur rapidité, leur riposte, avaient aidé le gouverneur à repousser l'assaillant ; que d'autres, volant à La Fère, avaient encore empêché la cavalerie espagnole de s'y installer. La promptitude, l'audace des officiers de Louis XIII étaient bel et bien pour le moment leurs seuls atouts face au nombre et à l'organisation sans faille de l'envahisseur. Malheureusement, cela ne suffisait pas toujours. A l'exemple de La Capelle, Le Catelet se rendit fin juillet et tout comme du Becq, son gouverneur M. de Saint-Léger fut déclaré criminel, ne devant son salut qu'à la fuite.

L'angoisse et les prévisions les plus pessimistes s'accrurent. Les Parisiens voyaient maintenant la distance se rétrécir dangereusement entre eux et les Espagnols. Les mauvais augures annonçaient le pire ; les plus prudents commençaient à faire leurs paquets ; tous accusaient Richelieu d'avoir facilité l'imminente catastrophe.

Cependant, affectant toujours de ne pas prendre les événements au tragique, le 2 août, le Cardinal offrit une fête à la reine, sur la colline de Chaillot, dans le cadre enchanteur du château de Beauregard. Des mets, des breuvages frais, exquis, régalèrent ses invités tandis que de nombreuses embarcations légères, fleuries, amarrées au bas des terrasses, les attendaient, prêtes à voguer pour un instant de plaisir au fil de la Seine. Ulcérée en pensant au véritable et infortuné propriétaire des lieux, Floriane, dans le sillage d'Anne d'Autriche, s'efforça néanmoins, par égard pour Sa Majesté, de voir sans broncher Richelieu jouer les hôtes prodigues. Frémissant d'orgueil, le fourbe ne cessait du reste de la guetter de son œil gris et perçant. Dès qu'il s'adressait à elle avec mille prévenances, toute sa personne semblait s'ingénier à lui faire enfin comprendre qu'il était le maître, à Chaillot comme partout ailleurs, qu'il lui suffisait de le vouloir pour mater les plus rebelles, les plus arrogants, tel François de Bassompierre par exemple et prendre tout ce qui excitait sa convoitise. Opiniâtre, il persistait à la désirer sans soupçonner à quel point elle le détestait.

Dès le lendemain, Richelieu dut pourtant rabattre de sa superbe. Avec effroi, les Parisiens apprirent que l'ennemi avait pris Bray et tentait de franchir la Somme. Postée le long du fleuve, tenant farouchement les gués et les moulins, de nuit, de jour, dans l'eau et les marécages, l'armée regroupée par le Comte de Soissons essaya alors de le repousser avec une ardeur aussi admirable que dérisoire. Devant les lourds canons qui la harcelaient, que pouvait-elle faire avec six ridicules petites pièces d'artillerie, sans réserve suffisante de poudre ? Que pouvait-elle faire à un contre quatre ? Pour certains, toutefois, l'essentiel n'était même plus de freiner l'invasion mais bien de se battre jusqu'au dernier, l'honneur au moins sauf. D'autres auraient préféré courir à Corbie, Corbie si fragile, que les adversaires n'allaient pas manquer d'investir afin de mieux, ensuite, assiéger Amiens. Finalement, une troisième solution fut adoptée, celle du repli sur Noyon et Compiègne, en deçà de l'Oise. On détruisit les bacs, fit sauter les ponts commandant les principaux passages. Un véritable cordon protecteur fut en hâte étiré au nord de l'Ile-de-France. Car, au point où en était déjà l'avancée des Espagnols et des Impériaux, une seule chose désormais devait prévaloir sur tout le reste : couvrir Paris ! Sauver la capitale du royaume !

Dans la ville oppressée de chaleur, de lumière et d'attente, la nouvelle eut l'effet d'une bombe. En quelques heures, par centaines, les Parisiens furent prêts à fuir. Carrosses, coches, charrettes, meubles et hardes empilés vaille que vaille, chevaux, ânes et mulets harnachés à la hâte, sellés, bâtés, formèrent vite une file interminable, débordant de Paris dans le plus grand désordre, en direction de Lyon, d'Orléans, de Chartres et de Tours, les plus démunis partant à pied, le baluchon sur l'épaule, des ribambelles de marmots sur les talons.

De ses fenêtres, Floriane regarda le quai encombré de voitures, le Pont-Neuf, sur sa droite, où la presse était telle que personne ne semblait plus pouvoir avancer ou reculer. Un véritable vacarme lui parvenait, des cris, des jurons, l'entrechoquement des roues, le hennissement des bêtes cabrées sous les coups de fouet. Et peu à peu, elle se souvint... Un jour, elle aussi s'était sauvée d'une cité en péril, son équipage prisonnier d'un cortège apeuré, désespérément lancé sur des routes de campagne. Un jour, elle aussi, avec d'autres, avait tenté d'échapper à l'ennemi. Mais alors, un silence honteux, mortel avait accompagné les fuyards car devant la peste, muette, traîtresse, rampante, pareille à un serpent venimeux, on se tait, on se glace, comme touché, déjà, par sa froide et fatale morsure.

Aujourd'hui, rien de comparable à la terreur de Lyon, jadis. Ceux qui restaient invectivaient les autres, les traitant de couards. On s'interpellait ; on s'injuriait dans le plus imagé des langages ; on sifflait ; on rappelait à soi un enfant égaré. Tous connaissaient bien leur adversaire. Ce n'était pas la Bête invisible, soufflant sur l'humanité ses miasmes d'un autre monde. C'étaient des hommes, bruyants, déterminés qui, tenus à distance, ne pouvaient plus rien. Partir, c'était donc être sûr de leur échapper. Car on les savait cruels, ces Espagnols pétris d'orgueil ; on les savait barbares, ces Allemands sortis des noires forêts germaniques. Quant à Jean de Werth et ses cavaliers croates, ils remplaçaient maintenant le croque-mitaine et les loups-garous des légendes. Charlotte, plutôt rétive lorsqu'il s'agissait le soir de se mettre au lit, s'en voyait, depuis peu, menacée par son entourage.

— Les Croates vont venir ! grondait Toinon impatientée. Ils emporteront les petites filles désobéissantes.

— Ils vous emporteront, renchérissait Ermelinde, si vous vous obstinez à ne pas vouloir dormir ! Ils sont terribles vous savez ces vilains Croates.

— Je vous interdis de terroriser cette enfant ! protestait Floriane.

Vainement, il fallait bien le dire.

Comme dans toutes les maisons de Paris, dès l'annonce du repli de l'armée sur l'Oise, l'agitation s'était sur-le-champ emparée de l'Hôtel d'Ivreville. Les préparatifs de départ avaient été activement menés, encouragés par Floriane qui, sans céder à la panique ambiante, préférait voir sa fille à l'abri. Elle avait donc aussitôt décidé de l'envoyer auprès d'Alix.

— Mais vous-même, ma chère enfant, avait demandé madame d'Ivreville, ne pourriez-vous nous accompagner ? Je suis certaine que la reine vous en accorderait la permission.

— Oui, je pourrai sûrement vous rejoindre un peu plus tard, avait promis Floriane.

Dévorée de baisers par sa mère, Charlotte était donc partie, ravie de ce nouveau voyage, babillant avec son aïeule, Erme-linde et Toinon, conduite par Macloud et trois valets, suivie du carrosse et des domestiques d'Hélène. En quelques minutes, le silence s'était fait dans le vaste Hôtel. La Musette, bien entendu, n'avait pas quitté Floriane.

Celle-ci resta longtemps à sa fenêtre, contemplant toujours le bruyant exode des Parisiens. Pourquoi avait-elle caché la vérité à ses proches ?

La reine n'avait pas attendu qu'elle le lui demandât pour l'autoriser à gagner ses terres de Saint-Évy si elle le désirait. A beaucoup de ses dames, Anne d'Autriche avait donné sem-blable congé, comprenant leurs angoisses bien que ne les éprouvant pas. Pour elle-même, que pouvait-elle craindre en effet ? Elle suivrait le roi, son époux ; partagerait ses difficultés ; accomplirait son devoir de souveraine, soit ! Mais au fond de son cœur, elle ne pouvait redouter une éventuelle victoire espagnole. Philippe IV, le Cardinal-Infant étaient, avant tout, ses frères bien-aimés. Leur entrée triomphale dans Paris chasserait du pouvoir, enfin, le Richelieu haï, néfaste à la France et qui, depuis tant d'années, la torturait.

Floriane avait remercié la reine ; cependant elle n'était pas partie vers le refuge de sa maison, sa petite Charlotte si ronde, si rieuse, à portée de ses bras. Pourquoi ? La plupart de ses amis n'avaient pas hésité à gagner leur province ; Arthénice et tous les siens étaient déjà à Rambouillet. Per-sonne ici n'avait besoin d'elle. Malgré tout, elle était restée. Maintenant, du haut de ses fenêtres, son regard survolait les quais, les toits et les clochers rasés par le soleil couchant, se perdait tout au nord de la ville. Là-bas, Artus hasardait sa vie. Quelques lieues à peine les séparaient. Elle ne voulait pas s'éloigner de la ville où, peut-être, il chercherait à la joindre, où, de toute manière, les nouvelles affluaient rapides et régulières.

La liste des officiers tués sur les rives de la Somme était parvenue à la Cour. Le nom d'Ivreville ne figurait pas parmi eux. Pas encore...

Floriane imaginait Artus galopant d'une citadelle à l'autre, embourbé dans la vase des rivières, en avant-poste, toujours, sous l'implacable feu ennemi, prenant les plus gros risques, accablé par sa propre impuissance et celle de ses compagnons. Elle connaissait si bien sa témérité, son attachement à l'honneur ! Avait-il seulement le temps de penser à elle ? Et si oui, savait-il bien qu'elle ne cessait d'être avec lui, qu'elle tremblait, l'aimait encore davantage puisqu'il était menacé ? Il était parti à la guerre en doutant d'elle. Cette amère certitude empoisonnait chaque heure de l'existence de Floriane, voilait l'horizon éperdu de son amour.

Quittant soudain sa fenêtre, elle courut à son écritoire, entreprit maladroitement de tailler une plume, commença une lettre, la déchira, jeta à nouveau sur le papier plusieurs lignes hâtives. S'il fallait que la mort l'emportât, rien ne devait alourdir l'âme d'Artus, pas le plus petit soupçon, pas la plus petite rancune. Sans doute, elle-même le rejoindrait très vite — comment, en effet, vivre sans lui ? Préservée de toute corruption ici-bas, ainsi leur passion, intacte comme au premier jour, aurait l'éternité pour s'épanouir encore. Ceci, Floriane voulait le dire mais, sous sa plume, les phrases avaient bien du mal à canaliser le cours impétueux, forcené de ses émotions. Ses fautes passées lui revenaient en visions inopportunes, risquant d'altérer la douceur, la simplicité de ses aveux. Elle recommença une autre lettre. Le soir tombait. Sans bien s'en rendre compte, elle pleurait, s'acharnant encore à écrire, car les mots étaient pour l'instant le seul lien tangible maintenu entre elle et Artus. Enfin, épuisée, elle cacheta les feuillets sans les relire et s'étendit sur son lit.

*
* *

Tout le monde n'avait pas déserté la capitale. Restaient encore, par milliers, bourgeois et petites gens, riches et pauvres pour une fois unanimes, criant par les rues leur colère, leur indignation devant une situation aussi catastrophique. Depuis près de cinquante ans, Paris n'en avait connu de pareille. Les plus âgés se rappelaient fort bien l'arrivée des Espagnols dans leurs murs, le siège éprouvant qu'ils avaient dû subir avant que le roi Henri[1] ne réussît à rétablir le bon droit. Et encore, l'époque était différente car pour beaucoup d'entre eux — les Ligueurs et leurs partisans — l'ennemi véritable était alors cet hérétique, ce guenilleux d'Henri de Navarre. Aujourd'hui, personne ne voulait voir l'Espagne diriger le pays, s'installer en maîtresse sur les bords de la Seine. Hélas, cela risquait bel et bien d'advenir à tout moment et ce, par la faute d'un seul homme, le cardinal de Richelieu.

Sur cet être honni, que beaucoup auraient voulu voir pendre, se cristallisaient les peurs, les vindictes, toutes les primitives, les obscures pulsions humaines. C'était lui — grondait-on — qui avait lancé la France dans une guerre à laquelle elle n'était pas préparée. Il n'était que de comparer l'extrême dénuement des armées en matière de munitions et de vivres, le délabrement des places fortes avec l'opulence du tyran, la somptuosité de ses demeures. Si les soldats du roi manquaient de poudre et de canons, on ne pouvait en dire autant des citadelles du Havre et de Brouage dont Richelieu était le gouverneur. Et son Hôtel du Faubourg Saint-

_____
1. Henri IV.

Honoré ? Pour l'agrandir, il avait fait démolir certaines parties des murailles de la ville, rien de moins ! Et l'argent ? Il en trouvait toujours alors que les caisses du royaume restaient désespérément vides ! Il y avait de quoi s'émouvoir, assurément.

Une commission de douze conseillers du Parlement, parmi les plus respectés, s'en vint au Louvre exprimer à Louis XIII les doléances de la communauté et sa légitime préoccupation. Mais cette fois encore, le roi soutint son ministre et, d'un ton sans réplique, pria les graves personnages de ne pas se mêler des affaires de l'État. Parce qu'il était vénéré de tous, personne n'osa insister.

Depuis le tournant décisif de la crise, Louis avait multiplié les mesures, ne ménageant pas sa peine. Le ban et l'arrière-ban du pays furent convoqués. Monsieur, dans son apanage, réunit en quelques jours quatre mille recrues et huit cents gentilshommes sous les ovations de la population qui jeta des fleurs au passage de sa troupe. A Paris, du seigneur au crocheteur, tous ceux qui étaient capables de tenir une arme furent invités à se regrouper à l'Hôtel de Ville autour du maréchal de La Force ; les corps de métiers rassemblèrent hommes et montures équipés et payés par leurs soins ; les maîtres de poste et les particuliers possédant un carrosse furent tenus de fournir cheval et domestique. On ouvrit les greniers du Louvre afin d'y entreposer des réserves de blé ; tous les commerces, les ateliers eurent l'ordre de cesser leurs activités, les commis, les artisans devant s'enrôler à leur tour, à l'exception des boulangers et bien entendu des selliers, armuriers, arquebusiers et fourbisseurs d'armes dont le travail était plus que jamais nécessaire. Les villageois affluèrent, joignant leurs efforts aux citadins, formant des équipes chargées de fortifier l'enceinte de Paris à demi effondrée, de nettoyer les fossés, de défendre les portes. Enfin, comme par miracle, les bourses se délièrent. Le Parlement, les paroisses, les couvents, l'Université, toutes les corporations donnèrent sans hésiter les subsides réclamés afin de venir à bout de cette maudite guerre. Au Louvre, dans la Galerie des rois surplombant la Seine, où chaque portrait des grandes figures du passé en atours désuets semblait chuchoter des secrets perdus, les délégués des « sept corps », à genoux, offrirent à leur souverain « leurs vies et leurs biens pour l'aider à chasser l'ennemi du royaume ». Bien qu'amaigri, bégayant toujours, Louis sut leur parler le plus simplement du monde et les serra tour à tour dans ses bras. Oui, tous ! même l'humble savetier !

— Vive le roi ! Le Roi Très Chrétien ! Le plus grand roi de la Terre !

Les siècles passaient ; demeurait le pacte d'amour entre un monarque et son peuple, scellé par Dieu Lui-même.

Cependant les imprécations continuaient contre le ministre.

Sa chair n'était que délabrement et torture ; son moral se disloquait ; Richelieu n'en pouvait plus. Longtemps, il gémit à l'abri de son cabinet, luttant contre les forces démentes qui revenaient le hanter, rêvant une fois de plus à quelque retraite définitive, loin des malicieux, des envieux qui ne comprendraient jamais rien à ses entreprises.

Pourtant lui aussi, depuis des années, travaillait sans repos pour son maître ; ces mesures de guerre étaient également son œuvre ! Pourrait-il échapper à la populace ? L'Histoire avait trop souvent montré qu'une mort brutale mettait un terme aux brillants destins des favoris. En proie aux affres de la peur, blême, frissonnant, le grand Cardinal songea à tout abandonner avant qu'il ne fût trop tard. Il l'aurait sans doute fait si son ami, son ombre, le Père Joseph n'était venu l'exhorter à réagir et d'un ton méprisant ne l'avait pas traité de lâche, de « poule mouillée ».

Il y eut alors chez Richelieu une étonnante volte-face. D'un coup lui revinrent sa combativité, son orgueil. Fustigé par les paroles blessantes du capucin, il commanda son carrosse. Refusant la protection de ses gardes à cheval, escorté seulement d'un petit nombre de pages et de valets, il sortit dans Paris.

C'était ni plus, ni moins, sa vie que le Cardinal jouait cet après-midi-là, en sillonnant les rues ensoleillées et poussié-reuses, la place de Grève, le Pont-Neuf où fourmillait une foule brûlant de l'étriper. Fut-ce sa mine sereine, altière ? Son audace ? La présence dans sa voiture, à ses côtés, du vieux La Force dont la popularité était grande et que le rusé politique avait eu la précaution de convier à cette étrange promenade ? Les gens, impressionnés, s'écartèrent devant son équipage. Les hurlements s'apaisèrent, devinrent murmures. Puis les clameurs reprirent mais cette fois-ci, c'était des vivats lancés par un peuple versatile, sensible aux mises en scène un peu théâtrales, empreintes d'une sorte de panache. Fortifié, enivré par cette soudaine, inhabituelle popularité, Richelieu pouvait dès lors rentrer chez lui pour-suivre sa tâche. L'heure de la chute n'avait pas encore sonné.

Certes, personne n'oubliait ses griefs mais une cohésion semblait maintenant régner entre tous. Le zèle, la solidarité, la volonté de surmonter l'épreuve entraînaient la population à continuer ses efforts mais il s'en fallut de peu qu'elle ne cédât tout à fait à l'épouvante lorsque arrivèrent les derniers échos de Picardie. Les Espagnols ayant pris Roye avaient assiégé Corbie comme prévu, sans y rencontrer grande résis-tance. Le 15 août, son gouverneur capitulait. C'était la der-nière ville-forteresse défendant l'accès de Paris !

*   *   *

Tout en guidant son cheval dans l'étroite rue Montmartre, Floriane constata qu'on rencontrait de bien curieuses figures dans la ville menacée. Comme toujours lorsqu'ils se transfor-maient en hommes de guerre, les petits bourgeois estimaient obligé de prendre un air fiérot et fanfaron assez ridicule. Les femmes elles-mêmes affichaient une mine résolue, les bras chargés d'énormes paniers, en quête de provisions qu'elles entassaient ensuite précautionneusement chez elles. On distinguait à leurs belles casaques neuves, aux plumes frisées, aux pimpants rubans de leurs chapeaux, les militaires de fraîche date, ceux qui gagnaient Saint-Denis où se formaient les nouvelles troupes avant d'être dirigées sur Compiègne. Les paysans, réfugiés des terres envahies, battaient le pavé dans l'espoir de glaner quelques informations. Ils ne restaient pas longtemps inactifs, vite embauchés eux aussi par les commissaires aux multiples travaux de défense. De-ci, de-là, d'autres silhouettes rappelaient l'existence de toute une faune parallèle, prête à profiter du moindre trouble, des êtres couverts de plaies et de haillons, de pseudo-bateleurs, œil et oreille toujours aux aguets, des « bandouliers » ou « porte-épées » capables d'exécuter, pour quelques pistoles, les besognes les plus viles.

La Musette avait dû également se faire les mêmes remarques. Poussant son cheval à la hauteur de Floriane, il commenta :

— Je ne comprends pas pourquoi la police ne contrôle pas tout ce gibier surgi de nulle part. Voyez donc un peu la tête de caïman de cet homme ! Elle sent son espion à plein nez.

Le « caïman », en justaucorps noir, nonchalamment adossé contre l'auvent fermé d'un orfèvre, offrait au soleil un visage mat et anguleux, rasé de près, sans paraître s'intéresser au flot ininterrompu des passants.

— Ce n'est pas possible en ce moment, tu le sais, répondit Floriane. Il y a trop d'allées et venues.

Ils arrivaient à la porte Montmartre, au bas de la colline couverte d'une vigne verte et touffue, où la brise matinale ne faisait qu'effleurer les moulins. Les gardes vêtus de bleu leur demandèrent leur identité et leur destination. La Musette déclara qu'ils étaient respectivement maître d'hôtel et page chez le baron et la baronne d'Ivreville et qu'ils s'en allaient rejoindre leur maître à la guerre. Un laissez-passer rédigé par Floriane elle-même appuyait ses dires. Les gardes ne les retinrent pas et leur souhaitèrent bonne chance, ironisant sur les Espagnols qu'on battrait bientôt, c'était certain.

La Musette regarda furtivement la jeune femme qui l'avait laissé agir. Sans attendre, elle avait repris sa marche. Regrettait-elle déjà de s'être lancée dans cette nouvelle aventure, plus insensée que toutes les autres, le bon musicien le pressentait ? C'était peu probable. Il avait pourtant essayé de la raisonner mais en pure perte ! Ah ! Quand elle voulait quelque chose !... Comme si elle n'avait pas déjà eu son compte d'ennuis et de coups durs. Il ne lui reconnaissait que trop, aujourd'hui, cet air de vouloir défier la création, sous sa petite toque de drap bleu, assortie à son habit à manches courtes. Un habit boutonné sur une chemise blanche presque semblable à celui que lui-même portait. Leurs manteaux roulés derrière leurs selles, sur un léger bagage, bottés de noir, l'épée et le pistolet à la ceinture, tous deux ressemblaient à ces garçons qui, par centaines, partaient s'enrôler dans l'armée du roi. Ils laissaient derrière eux une ville en effervescence, bien mal protégée par ses vieux remparts sur lesquels s'activaient toujours les ouvriers improvisés. Hors les murs, les cavaliers découvrirent les échafaudages dressés hâtivement aux points les plus faibles, les fossés élargis, les rares batteries de canons déjà mises en place.

— Nos adversaires n'auraient pas trop de difficultés à tout renverser, observa Floriane en jetant un coup d'œil désolé par-dessus son épaule.

C'était bien pour cela qu'il fallait vite rejoindre Artus pendant qu'il en était encore temps, avant qu'ils ne fussent irrémédiablement séparés par une armée ennemie conquérante, la prise de Corbie le prouvait assez.

Floriane n'avait pas envoyé la lettre qu'elle avait écrite l'autre soir dans un accès de fièvre et de passion. Elle n'avait pas voulu confier au hasard, à l'inconnu, des sentiments à la fois si clairs et si confus, de toute façon trop imparfaitement exprimés, avait-elle jugé en brûlant les feuillets.

A son réveil, une idée s'était soudain imposée, qui devait peut-être germer en elle depuis déjà quelque temps, une idée tout à fait folle et par conséquent irrésistible pour une nature aussi impulsive que la sienne. Elle avait décidé qu'elle irait elle-même dire à Artus ce qu'il devait savoir absolument !

Confiant l'Hôtel d'Ivreville à Gaspard sans lui révéler son projet, sans tenir compte non plus de la réprobation de La Musette, elle avait alors très vite organisé son voyage. Comme elle ignorait où se trouvait Artus à l'heure présente, son intention était de se rendre à Compiègne où s'était provisoirement retiré le Comte de Soissons et se rassemblait le gros des troupes. Là-bas, on ne manquerait pas de la renseigner.

Si Floriane avait espéré galoper sans trêve, elle dut bientôt museler son impatience. Il était en effet impossible d'avancer autrement qu'au pas sur la route boueuse, débordante de charrois, de cavaliers, d'hommes à pied, mousquets à l'épaule, de messagers, de convois de blé et de légumes, de troupeaux d'oies ou de porcs, s'emmêlant en un fracassant, un effarant chassé-croisé. Seuls des courriers lancés à toute allure réussissaient à s'y frayer passage. Floriane et La Musette mirent donc plus de deux jours pour atteindre Compiègne.

Là, ils eurent beaucoup de mal à reconnaître l'ancienne petite cité d'ordinaire si paisible au creux de sa forêt, maintenant envahie par des milliers d'hommes et de chevaux. Craignant que sa voix et ses manières ne la trahissent, Floriane préféra, cette fois encore, laisser parler La Musette. Au château, l'officier qu'interrogea le musicien les renvoya à l'un de ses collègues tout aussi incapable de répondre. Le manège dura plusieurs heures pendant lesquelles tous deux furent ainsi ballottés des uns aux autres, par des hommes pressés, souvent fatigués après des semaines de campagne. Tout le monde en ville semblait sur les nerfs. On venait juste d'apprendre l'arrivée prochaine du roi, désireux de voir ses dernières recrues, d'inspecter le front de l'Oise, sûr que sa présence galvaniserait une armée profondément marquée par ses revers. Il venait d'en nommer son frère, le duc d'Orléans, commandant en chef, avec le Comte de Soissons pour lieutenant, les maréchaux La Force et Châtillon pour conseillers.

147

M. de Richelieu qui, en pareil moment, ne voulait pas s'éloigner de Sa Majesté, s'installerait bientôt à Amiens, disait-on, afin d'être lui aussi en première ligne. Pendant leur absence, la Reine, nommée gouvernante de Paris, présiderait le Conseil de Régence. Rarement on avait vu le royaume si près du gouffre.

Sur le soir enfin, quelqu'un put éclairer Floriane et La Musette ; la compagnie du baron d'Ivreville était cantonnée à Pont-Sainte-Maxence, à une bonne demi-douzaine de lieues de Compiègne, en aval de l'Oise.

Bien qu'il fût trop tard pour songer à se remettre en route, Floriane préféra sortir de la ville avant la tombée du jour. Elle espérait sans trop y croire trouver un toit pour dormir, ayant déjà passé les deux nuits précédentes à la belle étoile.

Comme elle pouvait s'y attendre, l'auberge où ils s'arrêtèrent pour souper s'avéra pleine, de l'écurie au grenier, tables, bancs, paillasses installés jusqu'au milieu de la cour. Les deux voyageurs réussirent toutefois à se faire servir du fromage, du pain et deux petites cruches d'eau et de vin, repas frugal qu'ils prirent assis sur la pierre de l'abreuvoir. La Musette, jamais tout à fait rassasié et que cette vie de plein air rendait encore plus vorace, roulait des yeux gourmands afin de voir si les autres clients étaient mieux pourvus qu'eux-mêmes. Ce faisant, il remarqua un homme qui arrivait à l'auberge, habillé de noir, le chapeau rabattu sur le front, monté sur un grand cheval aubère. D'un geste discret, La Musette attira l'attention de Floriane sur le cavalier.

— Madame, souffla-t-il, n'est-ce pas le « caïman » aperçu porte Montmartre ?

Floriane examina le « caïman » de La Musette et admit que c'était en effet possible, sans y attacher plus d'importance. Moyennant une forte somme d'argent, l'hôtesse avait fini par lui indiquer une grange lui appartenant et qu'elle avait nouvellement transformée en annexe de sa maison.

— Allons-y ! pressa Floriane.

Elle éprouvait un violent besoin de dormir. Demain très

148

tôt, ils repartiraient. Si tout allait bien, ils seraient à Pont-Sainte-Maxence dans la journée. Elle imaginait ses retrouvailles avec Artus qu'elle n'avait pas vu depuis trois mois ; entendait déjà ses reproches mêlés à ses mots d'amour ; croyait déjà sentir son étreinte, ses baisers...

La petite grange de briques et de chaux était un peu en retrait de la route. Deux curés et leurs valets y avaient précédé Floriane et La Musette qui, à leur tour, s'installèrent discrètement sur des tas de paille. Tous feux éteints, chacun ne tarda pas à trouver le sommeil.

— Rien de tel qu'un bain pris à l'aube pour vous ragaillardir ! s'écria Floriane en s'ébrouant dans le courant frais.

L'Oise coulait sans bruit. Le froissement d'eau qu'on entendait venait des peupliers agités par un souffle ténu. Le soleil encore bas oscillait en reflet, au milieu de la rivière, comme une énorme boule d'or, laissant encore dans l'ombre les herbes et les buissons. La berge opposée était paisible. C'était pourtant territoire ennemi.

La Musette, qui avait pour sa part préféré s'abstenir et garder les chevaux, tournait respectueusement le dos à sa maîtresse.

— Tu as eu tort ! lui lança Floriane, tout en courant maintenant vers son sac et ses vêtements posés à terre.

Séchée, rhabillée, elle remonta en selle et prit le galop dans un éclat de rire devant l'air désapprobateur du brave garçon.

Cependant, en fin de matinée, l'humeur de la jeune femme avait changé de registre.

— Jean, tu es sûr de ce chemin ?

— Ma foi oui, répondit-il. Nous devrions bientôt retrouver la rivière.

— Nous n'aurions jamais dû nous en éloigner, maugréa Floriane.

L'Oise formant à un certain endroit un profond méandre, ils avaient préféré la délaisser un moment pour couper à travers bois. Vite égarés, ils avaient par chance croisé un charbonnier qui leur avait conseillé de marcher jusqu'à ce qu'ils trouvent une petite croix de granit. Le chemin partant à main droite les mènerait alors très vite au bord de l'eau.

Mais, longtemps après, ils allaient toujours entre les arbres qui dressaient leurs vertes murailles peuplées d'oiseaux et d'écureuils, sans avoir encore aperçu ladite croix.

— Te rappelles-tu Jean, comment nous nous étions retrouvés dans cette forêt, près de Versailles ?

— Si je me rappelle... marmotta La Musette, attendri.

Floriane ressentait encore la même fascination que jadis, devant un monde qu'elle devinait tapi derrière chaque branche, chaque touffe de fougère, tout prêt à l'entraîner sur des voies sans retour.

Soudain, ils virent leurs montures dresser les oreilles. Un hennissement leur parvint. Quelques mètres plus loin, ils découvrirent un cheval, attaché à une croix, celle-là même indiquée par le charbonnier. C'était un grand cheval aubère. Il était seul, mais son maître ne l'avait pas abandonné car Floriane et La Musette entendirent des voix toutes proches. Un maître qu'ils étaient bien certains d'avoir déjà rencontré...

Instinctivement, sans même se concerter, ils allèrent en silence abriter leurs chevaux un peu plus loin sur le sentier et, toujours sans bruit, revinrent sur leurs pas. Courbés, évitant de marcher sur les branches mortes, se coulant d'arbre en arbre, ils s'approchèrent le plus possible de l'endroit où se poursuivait la conversation perçue un peu plus tôt.

En effet, deux hommes étaient assis sur un tronc évidé, au milieu d'une étroite clairière. L'un était un genre de gueux dans une méchante souquenille de toile brune. L'autre était bien le louche individu remarqué l'autre jour à Paris et la veille, à l'auberge, près de Compiègne. Floriane et La Musette échangèrent un regard entendu ; se rapprochèrent encore avec d'infinies précautions. Ils étaient maintenant assez près d'eux pour les entendre. Et ce qu'ils se disaient !...

Aussitôt épouvanté, La Musette voulut s'enfuir. Mais

Floriane le retint, bien qu'elle fût, elle aussi, atterrée par les mots échangés entre les deux individus.

Ceux-ci s'exprimaient en castillan ! Un castillan irréprochable, comme on devait le parler à Madrid, dans la bouche du « Caïman » ; plus maladroit chez le gueux qui avait un bon accent picard.

« Des espions ! » pensa Floriane dont la tête soudain était en feu en même temps que ses mains se glaçaient.

Elle les écouta, attentivement, comprenant assez bien cette langue fière, si prisée en France par les gens de qualité.

Le « Caïman » achevait tout juste un exposé de la situation à laquelle était confrontée Paris.

— Conclusion, disait-il, la ville sera à celui qui viendra la prendre. Elle ne résistera pas deux jours.

— Vous répéterez tout ça ce soir au marquès de Rincón et à messire de Werth.

— Où sont-ils ?

— A deux lieues d'ici de l'autre côté de l'Oise. Nous attendrons la nuit pour la franchir. C'est plus prudent.

— Le passage existe toujours ?

— Non ! fit le Picard. Ceux de Pont-Sainte-Maxence l'ont détruit la semaine dernière. Mais j'en connais un autre qu'ils ignorent, situé sur les terres de l'Abbaye du Moncel, le « Gué Pince-Alouette » que les nonnes utilisaient autrefois.

Au risque d'être pendu s'il était découvert par ses compatriotes, le Picard était de ceux qui trahissaient leur pays pour seulement trente pistoles que les capitaines espagnols oubliaient d'ailleurs souvent de leur payer. Ces traîtres partaient en avant-garde reconnaître la région pour le compte de l'adversaire, rôdant inlassablement afin de repérer l'emplacement des troupes françaises, sondant les rivières, explorant les forêts, cherchant les chemins cachés, les raccourcis, loin des villes et des villages.

— Werth et Rincón sont donc décidés à agir ?

— Plus que jamais ! répondit le Picard. Ils ne veulent pas attendre, malgré l'avis du Cardinal-Infant.

— Ils ont raison ! cracha le « Caïman ». On ne va pas laisser plus longtemps à ces chiens de Français l'occasion de relever la tête ! Il faut les frapper et tout de suite !

Floriane fit signe à La Musette. Elle en savait maintenant assez. Ils ne pouvaient s'attarder dans les parages sans risquer d'être découverts par les deux hommes. Ils devaient rejoindre leurs chevaux, sortir vite de cette forêt interminable, et galoper à bride abattue jusqu'à Pont-Sainte-Maxence pour donner l'alerte.

Tremblante d'excitation et d'angoisse, en hâte, Floriane traduisit à La Musette ce qu'elle avait surpris. Imaginer Paris livré aux sanglants Croates de Jean de Werth n'était plus un vague fantasme tout juste bon à effrayer les petits enfants. Le péril était bien réel et devait être au plus tôt conjuré en prévenant Artus de leur présence, de l'autre côté de la rivière. L'Abbaye du Moncel était située juste à la lisière des bois. Les cavaliers la laissèrent sur leur droite et filèrent comme des flèches en direction de la petite ville. L'après-midi n'était pas achevé quand ils aperçurent le lanternon de l'église et le drapeau à fleurs de lys battant sur les tours du château.

Parmi Espagnols et Impériaux, Jean de Werth était le seul à entrevoir la chance qui s'offrait à eux, pouvoir sans grand risque, sur une manœuvre discrète, rapide, audacieuse, s'emparer de Paris. En vain avait-il cherché à convaincre le Cardinal-Infant Ferdinando, le Prince Thomas de Savoie et les autres chefs. A l'exception du marquis de Rincón, ils avaient tous jugé son projet trop téméraire, voué à l'échec. L'Infant voyait avec inquiétude les difficultés que ses alliés, le général Gallas et le duc de Lorraine, commençaient à rencontrer en Bourgogne. S'installer dans Paris serait se placer entre deux feux. Le mieux était encore d'attirer et d'occuper les Français autour de Corbie afin de les anéantir plus facilement. On verrait ensuite à marcher sur la capitale.

Pourtant de Werth s'entêtait dans son idée. Son instinct lui soufflait que le moment était propice. S'emparer de Paris, lui, le simple soldat, parvenu en quelques années au sommet de ses troupes grâce à son courage, son audace, son génie militaire ? Le rêve était grisant et réalisable. Encore fallait-il ne pas tergiverser plus longtemps et profiter que les Français fussent toujours sous le coup de leurs échecs successifs. Il savait que le roi Louis XIII et le Cardinal de Richelieu mettaient déjà sur pied une armée de secours. Il n'allait pas attendre que cette armée fût assez organisée pour riposter. Rincón avait envoyé des espions dans Paris ; on attendait justement le retour de l'un d'eux. Apparemment, la ville n'était pas en état de se défendre. De Werth était donc prêt et, avec lui, ses cavaliers croates qui, n'ayant plus rien à saccager autour de Clermont où ils étaient placés en avant-garde, piaffaient d'impatience. Une bonne partie d'entre eux, rassemblée au bord de l'Oise, sur les informations de leur indicateur, n'attendait qu'un signal pour franchir la fluide frontière. Afin d'occuper l'attention des Français de Pont-Sainte-Maxence qui exerçaient une surveillance vigilante dans la région, de Werth avait même prévu de donner une fausse alerte dans une direction opposée. Il était sûr de réussir.

*
* *

Floriane et La Musette arrêtèrent leurs chevaux aux premières maisons, devant des soldats en armes devisant au soleil, auxquels ils demandèrent où trouver rapidement le baron d'Ivreville.

— Qui êtes-vous d'abord ? leur fut-il lancé d'un air méfiant.

— Peu importe ! Nous voulons voir le baron de toute urgence.

— M. d'Ivreville est absent, lâcha l'un des hommes.

— Pour longtemps ? Où est-il ? Mais parlez donc !

Déçue, Floriane adoptait un ton que les autres jugèrent

bien insolent pour un freluquet de son espèce. La Musette essaya de les amadouer. Ils ne firent que railler sa bedaine. La jeune femme finit par les traiter d'imbéciles et aussitôt se retrouva menacée par le groupe tout entier. Il fallut l'intervention d'un jeune officier pour ramener un peu de calme.

— Que se passe-t-il ici ?

Floriane reconnut avec soulagement Rémi de Lorval, le cousin d'Artus.

— Monsieur, auriez-vous l'obligeance de me conduire auprès de M. d'Ivreville ? lui demanda-t-elle en se tournant vers lui.

Le jeune enseigne la regarda, stupéfait. Ses joues, d'un rose velouté dont seuls pouvaient se flatter certains adolescents, virèrent au pourpre. Il l'avait reconnue et commençait à bredouiller. Floriane descendit de cheval et rapidement l'entraîna à l'écart des autres.

— Où est Artus ?

— Il est parti vers midi environ. On lui a signalé des mouvements suspects du côté de Creil.

— C'est à l'opposé du gué Pince-Alouette ! s'écria Floriane. Comptait-il rentrer bientôt ?

— Je ne sais. Sans doute puisqu'il m'a laissé seul ici avec la moitié des hommes. Mon frère Denis a voulu l'accompagner. Mais quelle surprise de vous voir, ma cousine ! Surtout en cet équipage !

Floriane lui raconta en quelques mots ce qu'elle avait vu et entendu dans la forêt. Craignant que Rémi ne la taxât d'extravagante, elle chercha à se faire la plus convaincante possible. Le jeune homme d'ailleurs, en admiration devant elle, n'hésita pas un instant à la croire.

— Ce que vous m'apprenez rejoint en tous points ce que pense Artus au sujet de ce roublard de Jean de Werth. Nous avons, dans cette ville, des rescapés de ses pillages. Les horreurs qu'ils nous racontent !... Les Croates sont des bêtes féroces, vous savez.

— Il faut absolument empêcher ces deux traîtres de les

rejoindre. Ils ont dit qu'ils attendraient la nuit. Cela nous laisse du temps.

— Certes, certes, acquiesça le jeune enseigne, un peu étourdi par la responsabilité qui soudain lui était échue.

— Si Artus n'est pas rentré dans une heure, il vous faudra rassembler quelques hommes et les poster près du gué, continuait Floriane toute prête, pour sa part, à diriger les opérations. Je vous y accompagnerai.

— Non !

Rémi de Lorval se souvenait tout à coup qu'elle n'était qu'une faible femme, l'épouse de son capitaine et, qu'en l'absence de ce dernier, c'était à lui de prendre les décisions. Il conseilla donc à sa belle cousine d'aller, en attendant, se reposer dans le logis d'Artus. Elle refusa énergiquement mais, en revanche, accepta de boire et de manger quelque chose dans la taverne la plus proche. La Musette vint avec eux.

L'église Sainte-Maxence carillonna vêpres. Artus n'étant toujours pas en vue, Rémi se décida à réunir une douzaine de soldats. Il fit venir aussi un vieil homme qui les avait déjà guidés lorsqu'ils avaient inspecté et détruit les passages de l'Oise. Le reste de la garnison, sous les ordres d'un sergent, mis au courant de ce qui se tramait, devait en informer leur capitaine à son retour. Rémi et La Musette eurent beau tenter de dissuader Floriane de les suivre, elle s'entêta. Au crépuscule, ils se mirent en route.

L'Abbaye du Moncel était déjà toute baignée d'ombres. Pas un bruit ne s'en échappait. Devant l'approche ennemie, les Clarisses s'étaient réfugiées ailleurs, à l'exception des deux plus âgées d'entre elles, terrées dans leurs cellules. La petite troupe traversa en silence les terres des moniales.

— Pourquoi ne nous a-t-on pas signalé ce gué lorsque nous avons vérifié le lit de la rivière ? demanda sévèrement Rémi de Lorval au guide qui les précédait.

— Je croyais qu'à la dernière crue de printemps, l'Oise

155

avait tout raviné, expliqua le vieil homme. En tout cas, il faut que les eaux soient bien basses pour la franchir. Pas comme maintenant !

— Nous verrons bien.

De la rive leur parvenaient des bouffées vives et poivrées, des senteurs de vase, de menthe, d'herbes fraîches. Floriane avait mis son manteau. C'était à peine si son cœur battait un peu plus vite tandis qu'elle scrutait l'obscurité grandissante. Quinze hommes l'entouraient qui auraient tôt fait de maîtriser les deux espions. Quelle figure ferait Artus lorsqu'elle lui livrerait, pieds et poings liés, le Picard et le « Caïman » ! Il serait médusé, admiratif, tout en la traitant de folle bien sûr, mais cela ne la gênerait pas, tout au contraire. Elle était assez satisfaite de ce petit grain de folie qui pimentait l'existence de si agréable façon, sans se rendre compte qu'Artus avait parfois sujet à s'en plaindre.

— C'est ici, dit le guide en s'arrêtant.

Rémi donna l'ordre de se replier derrière une rangée d'aulnes. Ils attendirent.

Ils attendirent longtemps. Au ciel, les étoiles apparurent. Des coassements, des gloussements s'échappaient des roseaux. Des grands-Murins, lançant leurs cris stridents, passaient et repassaient au-dessus de leurs têtes, dans un ballet étrange, un lourd battement d'ailes. Les soldats avaient fini par s'asseoir sous les arbres.

— Êtes-vous sûre... commença Rémi avec gêne, tourné vers Floriane.

— Tout à fait.

— Nos deux lascars ont peut-être traversé avant notre arrivée, avança La Musette.

Peut-être en effet, dans cet endroit désert, n'avaient-ils pas jugé nécessaire d'attendre la nuit complète.

— Regardez ! chuchota Floriane.

Au loin, sur la rive d'en face, elle avait cru voir trembler une lumière.

Tout le monde fut sur le qui-vive. La lumière disparut,

revint, plus proche de l'Oise, avant de s'éteindre pour de bon. Le ciel de cette nuit d'été, suffisamment clair, argentait le fil de la rivière. Rien n'en altérait la surface lisse, qui pût faire soupçonner un passage à cet endroit précis. Pourtant, la petite troupe immobile autour de Rémi de Lorval vit distinctement une silhouette, puis deux, puis trois, s'engager dans le courant, des cavaliers guidant, à pied, leurs montures. A leur tête marchait un homme, de l'eau à mi-cuisses, dans lequel Floriane crut reconnaître le Picard.

— Le Pince-Alouette existe encore ! s'étonna le guide.

— Je ne donnerai pas cher de ta peau quand M. d'Ivreville l'apprendra, lui dit Lorval.

— Les Croates, ventrebleu !

— Rémi, Rémi, il faut faire quelque chose !

— Eh bien... Mais...

Et brusquement, retrouvant le mode qui convenait, le jeune enseigne commanda :

— Allez, vous autres : six à droite, six à gauche, toujours à couvert. Attendez mon signal et visez bien. N'en ratez pas un. Toi, La Musette, éloigne vite madame d'ici ! Quant à moi, je les cueillerai de face.

Il y eut une ou deux minutes pendant lesquelles chacun prit rapidement position. La file des cavaliers venant dans leur direction s'était allongée au travers de la rivière. Elle était sur le point d'atteindre la berge où, dans l'ombre, étaient embusqués les Français. Alors Rémi de Lorval lança un ordre bref, un peu étouffé. Les premières salves de mousquets éclatèrent.

Tout arriva si vite, avec une telle intensité, un tel déluge de bruits, de mouvements et de fureur, que l'ordre logique des faits lui-même parut se rompre. Les événements se bousculèrent, pulvérisant soudain la quiétude parfumée des bords de l'eau, le mystère attirant de la forêt voisine, le secret concert de la faune nichée dans l'ombre, tout ce charme bucolique et nocturne, enfin.

157

Le premier atteint fut le Picard. Dans l'instant, il disparut, entraîné par le courant. Puis les deux cavaliers qui étaient derrière lui furent engloutis à leur tour. Les suivants poursuivirent néanmoins leur avancée, abrités derrière les chevaux, encouragés par les injonctions de leurs chefs restés sur la berge.

Car cet accueil inattendu ne pouvait longtemps dérouter Rincón et de Werth, ce dernier surtout, bien trop sûr de lui, déterminé à tout prix à forcer le destin. Il n'était pas difficile pour une oreille exercée de discerner combien de mousquets les attendaient de l'autre côté du Gué Pince-Alouette : une douzaine, pas plus, jugea de Werth en bon soldat qui, par ailleurs, savait n'avoir rien à craindre de la garnison de Pont-Sainte-Maxence, ayant pris soin de l'attirer le jour même à des lieues d'ici.

— Nous passerons ! aboyait-il à ses hommes qui, un à un, s'engageaient dans la rivière. Paris est à nous ! En avant !

A sa voix âpre, hurlant dans une langue étrangère, répondaient des clameurs ; le hennissement des bêtes affolées par les cailloux visqueux et l'eau glissant entre leurs pattes ; le cliquetis des armes vite rechargées ; leur tir régulier, efficace, chaque fois accompagné d'étincelles qui trouaient les branches d'éclats fugitifs. Puis il y eut une exclamation de triomphe. Parvenu au bord de l'Oise, un Croate tout ruisselant enfourcha son cheval et, pistolet au poing, galopa vers les arbres. Il fut bientôt imité par un autre cavalier. Alors, aux coups de feu, s'ajouta le premier entrechoquement des épées qui se rencontrèrent.

Obéissant à Lorval avec d'autant plus d'empressement qu'il ne tenait pas du tout à se battre lui-même, La Musette avait rapidement saisi la monture de Floriane par les rênes et cherché à l'entraîner.

— Partons d'ici ! Retournons à Pont-Sainte-Maxence. Monsieur est peut-être rentré.

Dans un premier temps, Floriane avait pensé le suivre et, à défaut de retrouver Artus, au moins demander au sergent de venir à la rescousse de ses camarades. Mais elle s'était attardée à regarder les ennemis traverser la rivière. Au moment où elle emboîtait enfin le pas à son domestique, elle entendit derrière eux un cri de douleur et se retourna.

Rémi n'était plus à la place où elle l'avait quitté. Immédiatement, elle rebroussa chemin et descendit de cheval. En regardant avec attention, elle distingua un corps étendu au pied d'un arbre ; elle y courut :

— Rémi, qu'avez-vous ?

Dans l'ombre, il lui était impossible de savoir si le jeune homme était atteint sérieusement ou non. A son grand soulagement, il tourna la tête en la voyant approcher et chercha à se redresser, la main crispée sur le pistolet dont il n'avait pas eu le temps de se servir.

— Ma cousine... Vous êtes donc encore ici ? Il ne faut pas, partez... Les Croates...

Il avait du mal à s'exprimer. Dénouant les lacets de son manteau, Floriane s'en défit, le plia et glissa cet oreiller improvisé sous la nuque du jeune enseigne. Doucement, elle lui prit son arme.

La voix de La Musette, qui ne comprenait pas pourquoi sa maîtresse avait fait demi-tour, suppliait non loin dans l'obscurité.

— Madame, venez vite !

Tourné vers Floriane, Rémi poussa un profond soupir. Ce fut tout.

— Rémi ! Mon Dieu...

En larmes, elle l'appela, le secoua ; en vain ! Il avait cessé de vivre. Alors elle se redressa, regarda du côté de la rivière.

Point n'était besoin de voir comment se déroulait l'affrontement entre les Français et leurs adversaires qui les avaient maintenant rejoints, pour comprendre que la situation devenait dramatique. Rémi avait-il fait emporter beaucoup de munitions ? Probablement pas. Il n'avait été question, en venant ici, que de capturer deux coquins, eux-mêmes peu armés. Tôt ou tard, la poudre, les balles viendraient à manquer ; les Croates arriveraient de plus en plus nombreux ; auraient vite raison des derniers obstacles et fonceraient sans plus attendre en direction de Paris.

— Mademoiselle Floriane, pour l'amour de Dieu, filons avant d'être repérés ! fit encore La Musette.

Il avait raison. Viendrait vite le moment où ils seraient découverts dans leur abri de branches que ne pouvait atteindre la clarté de la lune. Jusqu'ici, Floriane avait su conserver son calme, un peu prise de court, fascinée par la vision surnaturelle de ces hommes et de ces bêtes marchant sur les eaux. La mort brutale de Rémi, la panique de La Musette, le bruit du combat engagé tout près d'eux, la rendirent à la réalité. Elle aussi, soudain, était pressée de fuir.

— Je viens !

Elle allait remonter à cheval lorsqu'une ombre gigantesque surgit des fourrés. Déroutée, elle crut que c'était son domestique mais, à l'instant même où elle se formulait cette pensée, elle réalisa son erreur et sentit tout son être se figer d'effroi. L'ombre avançait droit sur elle, brandissant une longue épée légèrement recourbée en sa pointe. Floriane tenait encore le pistolet de Rémi. Elle leva le bras, fit feu. L'ombre s'effondra.

— Vous n'avez rien, mademoiselle Floriane ?

Elle n'avait rien, mais la détonation avait fait fuir sa monture. La Musette la prit en croupe et piqua des deux.

Trop tard ! Ils avaient été vus ! Poursuivis par un cavalier ennemi, ils furent rattrapés en quelques secondes. La Musette tira son épée, se prépara à recevoir l'assaut.

— La rivière ! La rivière ! cria-t-il à Floriane.

Elle se laissa glisser à terre et courut vers la berge. Une petite plage de sable et de galets bordait l'eau noire, écailleuse sous le ciel d'argent, une eau vite profonde, rapide, qui l'emporterait loin d'ici, saine et sauve.

En amont, les Croates continuaient à franchir le gué. Ils allaient lentement mais certains désormais de pouvoir traverser sans la crainte des balles. Les Français les avaient épuisées. Aux pistolets et aux sabres, ils n'avaient plus à leur opposer que la crosse de leurs mousquets. Floriane tourna la tête pour voir La Musette lutter vaillamment contre le cavalier, aussi énorme que lui et cependant agile lui aussi, à bien tenir son cheval tout en ferraillant. A dix pas, l'un des soldats amenés par Rémi se battait avec la même vigueur face à un adversaire sec et barbu dont le cheval était resté au milieu de l'Oise. De temps à autre, l'étranger lançait des cris gutturaux, terribles et bondissait comme un chat furieux, crocs et griffes en avant. Son sabre fouetta l'air ; sectionna le poignet du jeune Français, s'enfonça dans sa gorge. Puis avisant Floriane, toujours vociférant, il se rua sur elle.

Qu'avait-elle pour se défendre ? Son épée qu'elle sortit de son fourreau d'un geste prompt mais machinal. Elle crut que son cœur, enflé sous l'effet de la panique, allait se rompre. Frappant le sol tendre de sa botte, légèrement ramassée sur elle-même, la main refermée avec force sur la garde, un peu au hasard, elle contra le premier coup.

Elle s'était autrefois amusée à croiser le fer avec son frère Charles. Mais c'était surtout auprès d'Artus qu'elle avait pris de vraies leçons dans les salles d'armes de Saint-Évy ou d'Ivreville. Elle avait alors abordé les règles de l'épée comme un plaisir exaltant et subtil que la science du maître ennoblissait, embellissait encore davantage. Cette nuit, la lame qui cherchait à forcer la sienne n'était plus que l'instrument de la brutalité, de la haine aveugle, de la mort. Car Floriane savait bien qu'elle ne serait pas de taille à lutter longtemps contre cet homme.

Tout à coup, elle se mit à crier elle aussi, poussant des hurlements syncopés, bizarres, exhalant ainsi la terreur qui menaçait de la paralyser. Ses cris, mêlés à la voix du Croate, au tumulte qui semblait encore croître autour d'eux, lui donnèrent une sorte de vertige destructeur. Mordue par une rage soudaine, irrépressible, elle aurait voulu ensanglanter ce visage hideux, dévoré de poils ; elle aurait voulu entailler cette maigre poitrine sous ses hardes trouées. Abattre son ennemi lui importait plus que sauver sa propre existence !

161

Plusieurs fois, elle réussit à repousser le sabre, recula d'un pas, le bras replié puis tout à coup, chancela sous l'effet d'une vive douleur au côté gauche. Sensation fugitive, déjà elle s'était ressaisie et parait à nouveau.

Ce fut alors au tour du Croate de trébucher comme si un choc formidable l'avait atteint par derrière. Assuré de sa proche victoire, il se fendit toutefois et, ce faisant, vint s'enferrer sur l'épée de Floriane. Ivre, triomphante, elle le regarda s'affaler. Sa joie meurtrière lui faisait oublier tout ce qui l'entourait à l'exception de cet étranger gisant à terre, la lame encore plantée dans le flanc d'où le sang jaillissait. Elle n'entendait plus rien qu'un bourdonnement, celui de la rivière sans doute, qui se gonflait de cadavres, se teintait d'un rouge brun sous la lune ; la rivière qu'elle devait gagner coûte que coûte, La Musette le lui avait dit. Confiée au fil de l'Oise, elle trouverait le salut, oublierait ce carnage.

Titubante, elle fit quelques pas sur la rive. Son point de côté revenait, plus douloureux que tout à l'heure. L'ivresse s'estompait. Ce duel, décidément, l'avait brisée.

— Floriane !

Qui l'appelait ? Rémi ? Non, Rémi n'était plus. La Musette ? Le bourdonnement s'intensifiait. Elle ne voulait plus regarder en arrière au risque de voir encore l'un de ces monstres se jeter sur elle.

L'eau lui lécha les chevilles. Maladroitement, elle essaya de marcher sur les galets pris dans une fine gangue de vase. Un caillou roula sous son pied. Elle tomba, ne put se relever, son corps doucement ballotté par le courant.

— Floriane, tu es blessée ? mon petit...

Artus prit la jeune femme dans ses bras et, délicatement, l'étendit sur la berge. Agenouillé auprès d'elle, tout en lui soutenant la tête, il dégagea avec amour les cheveux mouillés, collés sur son front, effaça les traces limoneuses sur le cher visage qui apparut alors pâle et aussi scintillant que la voûte céleste. Pourtant, Artus sentit ses veines se glacer car il avait cru y voir frémir, impalpable, l'aile blafarde de la mort.

Un peu au-dessous du cœur, sur le côté gauche de Floriane, s'élargissait une tache sombre et poisseuse.

— Chérie, m'entends-tu ? Dis... tu as mal ?

Il était dévoré d'angoisse, d'impuissance, de colère pour s'être laissé piéger, pour ne pas s'être trouvé où il le fallait, au bon moment. Toute la journée, ils avaient battu la campagne avant de se rendre à l'évidence : on s'était moqué d'eux. Ils en avaient compris la raison à leur retour à Pont-Sainte-Maxence en apprenant que Rémi de Lorval était parti en amont de la rivière. Ce qui avait le plus intrigué Artus était le signalement donné par le sergent, des deux cavaliers qui, en fin d'après-midi, avaient entraîné son cousin et que celui-ci avait paru déjà connaître. Cela correspondait tout à fait, pour l'un d'eux, à La Musette ; mais pour l'autre ? Une impression pénible comme un pressentiment avait tourmenté Ivreville. Sans perdre une seconde, il avait cette fois-ci mené toute sa compagnie au Gué Pince-Alouette.

Et, en effet, il y avait découvert avec stupeur, fascination, incrédulité, son imprévisible, sa folle, sa courageuse aimée, tenant tête à son adversaire au milieu des rafales de mousquets, sans même se rendre compte de l'intervention de ses propres soldats qui avaient aussitôt fondu sur les Croates. Artus avait fait feu ; il avait vu l'homme s'empaler sur la lame de Floriane, mais trop tard ! Une balle perdue l'avait déjà touchée. Elle allait mourir, entre ses bras, emportant tout avec elle, ne laissant à lui-même que le poison de la vengeance !

Elle ouvrit les yeux et le reconnut sans manifester beaucoup d'étonnement.

— Ah ! Tu es là... murmura-t-elle avec un curieux petit sourire, pareil à celui d'une enfant qui vient d'accomplir quelque nouvelle prouesse et s'empresse fièrement de la raconter : Je me suis battue avec des Croates. Et tu sais, je les ai tués !

Puis ses paupières se refermèrent ; sa tête roula sur le bras d'Artus.

*
* *

Avec un frisson rétrospectif, Paris et les campagnes apprirent la tentative manquée de Jean de Werth, adroitement, impitoyablement repoussé avec ses troupes par le baron d'Ivreville. Du même coup, son cuisant échec parut sonner la fin d'une trop longue série d'épreuves.

Début septembre, devant le déploiement des forces toutes neuves du roi de France, Espagnols et Impériaux se retirèrent de l'autre côté de la Somme. La présence de Louis, chevauchant sans trêve d'un camp à l'autre, de Compiègne à Pontoise, de Senlis à Amiens, méprisant comme toujours les fièvres et la dysenterie, funestes compagnes des soldats en guerre, ranima la confiance et l'espoir trop longtemps perdus. Le dix-huit, Gaston d'Orléans reprit Roye. On vit alors les chariots des paysans picards remonter peu à peu vers leurs villages.

De Bourgogne, arrivaient des nouvelles également réjouissantes : la résistance héroïque de Saint-Jean-de-Losne tenait en échec le duc de Lorraine et le général allemand Gallas tandis que la Saône, en crue, emportait la moitié de leurs armes et de leurs bagages.

Restait cependant Corbie, toujours tenue avec âpreté par près de deux mille Espagnols. Pour chaque Français, la petite cité était devenue le symbole de ses tourments et de ses terreurs. Il fallait absolument en venir à bout, crever l'abcès, débarrasser le pays de cette sanie. Le deux octobre, le Conseil réuni à Amiens en présence du roi et du Cardinal décidait le blocus de la ville.

L'automne est une saison redoutable pour conduire un siège. Soissons, La Force, Châtillon, Ivreville, tous les soldats

164

des vieux régiments, las d'attendre, de piétiner sous la pluie dans la boue des tranchées, de voir la maladie continuer ses ravages parmi les plus jeunes recrues et donc les plus fragiles, obtinrent un mois plus tard l'autorisation de monter à l'assaut. Trente-deux pièces d'artillerie entourèrent la place forte, crevèrent les remparts, obligeant enfin le onze novembre les assiégés à capituler. Quelques jours plus tard, ils quittaient Corbie avec les honneurs de la guerre, tambour battant, drapeaux déployés, laissant Richelieu y faire une entrée triomphale. Toute la Cour se réunissait à Chantilly autour de Louis XIII, pour entonner un Te Deum.

Oui, le roi pouvait rendre grâces à Dieu, vouer son royaume à la Très Sainte Vierge. Car c'était bien la divine providence qui avait arrêté le déferlement meurtrier. La France ressemblait à un grand jardin saccagé, humilié par la tempête mais non point détruit, tout prêt à fleurir de nouveau. Les miracles existaient. Beaucoup devaient toujours s'en souvenir.

Pour Floriane aussi il y avait eu miracle. Artus l'avait transportée mourante à l'abbaye du Moncel pour la confier aux deux religieuses avant de retourner au Gué Pince-Alouette se battre, désespéré, tuant, taillant en pièces les hommes de Werth et de Rincón.

Sœur Claire et Sœur Simone avaient accordé à La Musette, lui-même blessé au bras, le droit de rester à leurs côtés. Il les avait aidées à extraire la balle logée dans le poumon de la jeune femme. Plus tard, Artus était revenu, victorieux, épuisé, hagard. Jusqu'à l'aube, il avait veillé Floriane toujours inconsciente puis il avait dû la laisser pour rejoindre son poste.

Le roi n'avait pas tardé à savoir ce qui s'était passé au bord de l'Oise. Peu de jours après, il s'était rendu à Pont-Sainte-Maxence pour embrasser son cher Ivreville en le nommant maître de camp auprès du maréchal de Châtillon. Impressionné par l'exploit de la baronne, il avait eu également la bonté de mander à son chevet l'un de ses médecins personnels.

A Saint-Évy, à Paris, à la Cour, le nom de Floriane avait été très vite au cœur de toutes les pensées, de toutes les prières. Voici que de nouvelles vertus étaient venues couronner celles que le monde, unanime, lui consentait déjà. A sa beauté, à son esprit, à sa droiture, s'étaient ajoutés l'audace, le courage, le sens du sacrifice. Guerrière doublée d'une amante, elle incarnait l'Héroïne parfaite de ces temps troublés où pour la première fois s'était révélé l'attachement des Français à leur patrie.

L'abbaye avait retrouvé sa vie habituelle ; à l'automne, les religieuses étaient réapparues. La blessure de Floriane avait fini par se refermer, son souffle reprenant lentement un rythme normal. Malgré la guerre, le siège et les combats, Artus lui avait souvent rendu visite, émerveillé de la voir si vite se rétablir. En décembre, elle avait pu se déclarer tout à fait guérie, remercier ses bons anges et monter dans le carrosse avec lequel Ivreville était venu la chercher. Une sorte de lutin frisé à la frimousse rose avait cette fois-ci accompagné le gentilhomme : Charlotte ! La petite Charlotte que sa mère avait étreinte en pleurant de joie !

*
* *

Floriane avait quitté une ville bouillonnante par un chaud matin du mois d'août. Elle la retrouva transie sous la brume et le givre. Des blocs de glace charriés par la Seine rendaient la navigation extrêmement dangereuse. Au matin du neuf janvier, alors que le jour n'était pas encore apparu, un convoi de bateaux pleins de blé et de vivres coula à l'entrée du Port de Grève devant les mariniers impuissants. Certains esprits tremblèrent, frappés par le mauvais augure. Les autres s'accommodèrent tant bien que mal de la rigueur de l'hiver.

LES LARMES DES VAINQUEURS

Sous les mains qui la parcouraient, tour à tour rudes et caressantes, des mains aussi bien modelées pour l'amour que pour la guerre, Floriane ondoyait, ronronnante telle une jeune chatte à ses premiers émois.

Paris dormait à leur fenêtre, pris par la glace et le vent. Mais dans le secret du lit clos, les heures de la nuit ruisselaient de lumière, comme un jour printanier. Malgré le désir assouvi, leurs deux corps lassés restaient encore soudés l'un à l'autre.

Après avoir eu si peur de la perdre, Artus aurait voulu tenir à jamais enchaînée sa folle amazone. Avec précaution, il effleura sous le sein gauche la petite étoile rose qui rappelait le péril encouru. Une autre cicatrice marquait son épaule : le souvenir d'un naufrage en mer du Nord, lui avait-elle raconté, dont elle avait réchappé grâce à l'aide providentielle d'un comédien... Ses doigts errèrent jusqu'au ventre rond et doux, avec, là aussi, une trace fine, légèrement plus blanche. Venait-elle vraiment d'une chute de cheval, à Lyon ? Peut-être... Artus ignorerait toujours ce que Floriane avait vécu loin de lui. Mais serait-il raisonnable de forcer ses mystères ? A voix basse, il lui demanda :

— Dis-moi enfin ce qui t'amenait à Pont-Sainte-Maxence.

— Mon seigneur et maître ne le devine donc pas ? répondit Floriane sans fausse pudeur, taquine et si provocante avec ses cheveux dénoués, que la riposte fut immédiate.

Les lèvres d'Artus se firent plus possessives, plus précises, plus efficaces encore. A tel point que la jeune femme dut, en riant, crier grâce.

— Je te manquais donc tant que cela, ma mie !

— Tu le sais bien.

Elle hésita à poursuivre. N'était-ce pas, cependant, le moment rêvé pour des confidences, des murmures échangés bouche contre peau ? « Je voulais que tu saches que ce qui nous lie est d'une nature trop rare pour être un jour détruit et que je t'aime... » aurait-elle pu avouer. C'était de simples mots mais pour eux, elle avait manqué mourir. En même temps, elle avait rendu à son roi un inestimable service. Son amour, magnifié par son geste héroïque, échappait ainsi, pour toujours, aux sentiments communs. Floriane y avait souvent pensé à l'Abbaye du Moncel, durant ses mois de convalescence. Elle avait goûté cette gloire, certaine qu'Artus, désormais rasséréné, devait y être sensible lui aussi. Dans ce cas, elle pouvait bien se taire. Les faits avaient parlé d'eux-mêmes.

— Floriane, Floriane... J'aurais pourtant dû me douter que tu me jouerais encore un tour. Tu as l'art de créer la surprise ! Lorsqu'on te croit ici, on te retrouve là, où précisément tu n'as rien à faire.

— Rien à faire ! Te voir ? Te parler, te dire que...

L'indignation la suffoquait :

— Et si je n'étais pas allée à Pont-Sainte-Maxence, hein ? Ce n'est tout de même pas à moi de te rappeler ce qui serait arrivé !

— Ne te mets pas en colère, cher petit fauve. Je serais le dernier à blâmer ton initiative.

Artus continuait à la câliner, à l'embrasser, sans chercher à lui reprocher une conduite dont il était extrêmement fier. Sa voix restait tendre, un peu moqueuse et bien que toujours très attentive, Floriane ne put y déceler aucune note discordante quand il ajouta :

— Seulement, chérie, sois honnête et reconnais que tu es imprévisible, dangereuse ; qu'avec une femme telle que toi, un mari est en droit de s'alarmer, de s'interroger à chaque instant : où est-elle ? Que fait-elle ? Qu'a-t-elle inventé encore ?

Floriane grommela, faussement froissée :

— Je vois. Tu aurais préféré épouser une gentille cruche, tranquille, soumise.

— Une créature tranquille, soumise et surtout reposante, renchérit Artus qui tenait à conserver ce ton badin. Mais une cruche ?... En tout cas, pas dans n'importe quel domaine et surtout pas dans celui qui me préoccupe.

D'un bras autoritaire, sans écouter ses protestations, il

obligea Floriane à lui faire face, à se soumettre ; harcela sans pitié son corps adorable. Désormais, à cause d'elle, l'obsédaient des pensées incertaines, une sournoise inquiétude. Se perdre en elle, avec délire, était une façon de l'en punir et d'oublier.

★
★ ★

La Cour avait réintégré le Louvre ; le Cardinal, la rue Saint-Honoré ; les Hôtels rouvert leurs portes. Dans la « chambre bleue », autour d'Arthénice et de Julie revenues de Rambouillet, se pressaient à nouveau les familiers. A voir se succéder les divertissements, il semblait que la guerre n'était qu'une illusion, que la paix, la prospérité régnaient dans les provinces. Paris renaissait donc, après les heures affreuses. La gravité ne lui seyait pas.

Il n'y avait là toutefois ni indifférence, ni inconscience, mais plutôt une manière élégante et légère de mépriser le malheur. Car chacun continuait à vibrer d'élans patriotiques, se répétait les belles actions accomplies sur les champs de bataille, au siège de Corbie, et les gentilshommes étaient fêtés, à leur retour, comme des héros. Aucun, cependant, ne reçut l'accueil qui fut réservé à Floriane.

Tout le monde se l'arrachait. La reine avait donné un ballet en son honneur où de belles guerrières entraînées par Minerve se voyaient couronnées de lauriers par leurs amants subjugués. De partout des lettres affluaient à l'Hôtel d'Ivreville. « Petite amie, je vous admire, je vous envie, lui confessait madame de Chevreuse. Viendrez-vous bientôt rendre visite à votre pauvre exilée qui, en matière d'aventures, ne connaît plus que des débats théologiques, en compagnie de l'archevêque de Tours ? Je vous attends. Vous me raconterez tout. »

C'était délicieux de se sentir aimée, de se découvrir célèbre.

169

Des poètes chantaient ses louanges. Des inconnus lui écrivaient. Parmi tant de témoignages, l'un d'eux l'émut particulièrement. Il venait de Lyon. Il était écrit par Jeanne, la petite Jeanne Landry, maintenant l'épouse de Johanès, la mère de ses quatre enfants. Rien n'avait beaucoup changé rue Saint-Dominique. Le vieil Étienne était toujours impossible ; Mariette allait bien. Personne, bien sûr, n'avait oublié Floriane même si son nom n'était que très rarement prononcé. Enfin, Jeanne se disait heureuse avec son mari, le temps ayant doucement gommé les chagrins.

Floriane se croyait sur un petit nuage, en si parfait accord avec elle-même, avec les autres, avec Artus surtout. Cette impression harmonieuse, l'encens dont on l'enveloppait, lui procuraient un bonheur bien proche de l'euphorie.

— Floriane, ma muse, objet d'éternelle allégresse, vous allez me répéter votre épopée par le menu ! supplia Boisrobert comme Macloud engageait le carrosse sur le quai.

Il avait neigé, un peu. Le soir qui tombait promettait encore un froid intense. Floriane frissonnait malgré son chaud manteau fourré de loup.

— Mais vous la connaissez déjà ! protesta-t-elle.

— Je ne l'ai jamais entendue dans l'intimité. Il y a toujours des fâcheux qui vous pressent, vous accaparent. A moi seul, vous pourriez peut-être dire...

Une lueur salace brillait dans les yeux du sympathique libertin.

— Quoi de plus ? demanda Floriane amusée.

— Par exemple, ce que vous avez exactement ressenti face à ce Croate noiraud, éructant et bestial. A votre terreur, ne se mêlait-il pas une sorte de fascination morbide, comme un délectable désordre des sens ?

Floriane se mit à rire, repoussant en même temps Boisrobert qui la serrait de très près et l'obligea à s'asseoir en face d'elle, sur l'autre banquette.

— Vous savez bien que je ne partage pas vos égarements, l'abbé.

— Hélas !... déplora-t-il. Mais qu'importe ! Racontez encore.

Il insista si bien, il était si plaisant attifé en muguet malgré son âge, que Floriane obtempéra et une fois de plus relata ses péripéties.

— Ah ! soupira Boisrobert à demi pâmé. C'est beau comme « Le Cid » !

Le compliment suprême était lâché !

Un après-midi de janvier 1637, au théâtre du Marais, rue Vieille-du-Temple, un événement extraordinaire avait eu lieu : la troupe de Montdory avait joué « Le Cid », la toute dernière pièce de Pierre Corneille. Parler à ce propos de triomphe ne traduirait que très imparfaitement le vent de passion qui, soudain, avait balayé Paris. Admiré des hommes, adoré des femmes, Rodrigue, sur-le-champ, avait moissonné les cœurs. Depuis un mois, on pleurait à son dilemme, on vibrait à ses exploits. Jamais œuvre n'avait su à ce point conquérir un public. C'était celle que tous attendaient, le véritable miroir de leurs propres aspirations — grands sentiments, honneur et gloire. Comment ne pas demeurer fasciné devant ce reflet sublime ? Comment ne pas se sentir bouleversé par ce souffle épique où l'amour, cependant, avait la meilleure part ?

Conviés par Louis XIII, Montdory qui tenait le rôle de Rodrigue, La Villiers, émouvante et fière Chimène et toute la troupe, avaient donné trois représentations au Louvre. Quelques jours plus tard, le Cardinal les avait reçus chez lui, dans sa propre salle de spectacle, devant six cents invités. Enthousiasmée, Floriane avait applaudi « Le Cid » avec toute la Cour, heureuse de constater qu'Artus, pourtant indifférent à la comédie en général, l'avait, lui aussi, apprécié. Malgré ses plaisanteries, elle était retournée voir la pièce une cinquième fois rue Vieille-du-Temple pour retrouver l'atmosphère d'un vrai théâtre, celle qu'elle aimait, en respirer la poussière parfumée, entendre grincer le rideau, communier avec l'auditoire.

Dans la salle du « Marais », c'était chaque jour une bousculade inouïe, le moindre recoin pris d'assaut, des spectateurs entassés un peu partout, jusque sur la scène. Avec « Le Cid », Corneille avait atteint la consécration. Le roi songeait à l'anoblir ; ses amis criaient au génie ; les jaloux distillaient leur venin, dénonçant déjà l'emprunt au texte espagnol de Guilhem de Castro, les petites invraisemblances du récit, les libertés prises avec la règle des « trois unités » chère à Aristote. Scudéry, entre autres, accablait la « corneille déplumée » et préparait une requête à l'Académie [1] récemment créée, dont Richelieu était le protecteur, afin qu'elle donnât son sentiment sur la pièce.

Ces querelles d'auteurs faisaient grand bruit bien que le public s'en moquât éperdument, plus que jamais sous le charme.

Boisrobert trouvait là climat à sa convenance. Confident de Richelieu, instigateur de l'Académie, en relation avec tous les gens de lettres, à la fois rival et ami de Corneille, grand admirateur de Montdory, il allait des uns aux autres, s'entremettait, soutenait, clabaudait, bref, barbotait à l'aise entre la farce et le drame.

Peu après cinq heures, il était venu ce soir-là trouver Floriane de la part des comédiens du Marais. Ces derniers, ayant décidé de fêter leur succès par un dîner impromptu, sollicitaient sa présence. Personne n'oubliait que l'héroïque baronne avait été naguère l'une des leurs. L'idée de cette invitation revenait surtout à Isabelle Le Noir. En tout cas, Floriane l'avait acceptée sans hésitation.

Avant de sortir, elle avait laissé un petit billet à Artus retenu au Louvre, pour l'informer, au cas où il fût de retour avant elle, de sa sortie imprévue, et toute radieuse, dans un

_____

1. L'Académie française.

172

froufrou de dentelles sous un velours jaune d'or, était partie avec Boisrobert. La Musette avait grimpé près de Macloud ; une petite escorte d'estafiers portant flambeaux avait entouré le carrosse. Bruyamment, joyeusement, l'équipage s'était mis en route.

Trois quarts d'heure plus tard, il s'arrêtait rue du Pas-de-la-Mule, devant le cabaret de « La Fosse aux lions ». L'endroit réputé pour sa bonne table, sa propreté, le prix relativement bas de ses repas — six pistoles par tête — était tenu par l'avenante Coiffier qui recevait avec la même simplicité gentilshommes et poètes.

> « Nous chanterons jusqu'à perdre haleine,
> Nous y dirons mille bons mots sans peine,
> Chez la Coiffier »

assurait Voiture dans un de ses rondeaux.

La Coiffier, imposante matrone en robe d'étamine verte, accueillait ses clients au milieu d'une grande salle chaleureuse, aux cloisons de bois garnies de faïences et d'étains gravés. Les comédiens, déjà installés tout au fond autour d'une table, se levèrent à l'entrée de Floriane et de Boisrobert.

Tous étaient vêtus de leurs plus beaux atours, les Le Noir, les Villiers, Montdory... Certains avaient conservé les traces du maquillage un peu outré de la scène ; dans leurs voix, résonnait encore l'écho de leurs dernières tirades. Tant de couleurs, de plumes et de non-pareilles [1], de bruits joyeux, ces façons aisées, dénuées d'affectation, sans pour autant être vulgaires, ramenèrent aussitôt Floriane vers une époque enfuie, celle de la Troupe de l'Espérance.

Isabelle la pressa tendrement sur sa pulpeuse poitrine :
— Je frémis encore au danger que vous avez couru !

Une cinquième grossesse lui avait donné un embonpoint irréversible qui, du reste, lui allait fort bien. En revanche,

_____
1. Rubans.

Charles, son mari, avait plutôt mauvaise mine. Tous deux n'étaient plus compagnons de Montdory. Désormais, ils appartenaient à la troupe de l'Hôtel de Bourgogne. Le venimeux Bellerose — dont Isabelle s'était à juste titre toujours méfiée —, envieux des comédiens du Marais, avait réussi à obtenir du roi que les Le Noir, Jodelet, l'Espy, fussent transférés dans son propre théâtre. Ce décret avait mis fin à plus de vingt ans de travail, de revers et de succès communs. Effondré, Montdory avait heureusement réagi assez vite et reconstitué sa troupe en engageant de nouveaux talents dont La Rocque, Baron, les époux Beauchâteau aussi séduisants l'un que l'autre et un individu sombre et maigre qui, sans cérémonie, embrassa Floriane avec emportement :

— Bellemore !

— Oui, Bellemore ! « Plus fort que les Titans, l'effroi des Capitans, la terreur des indomptables ! »

Il roulait des yeux terribles, la moustache relevée en crocs.

— Et maintenant, un comédien célèbre ! acheva Floriane. Je vous félicite !

Depuis qu'il appartenait à la troupe du Marais, la carrière de Bellemore avait, en effet, pris un essor fulgurant. Les errances souvent misérables de ville en village étaient pour lui bel et bien révolues.

Floriane se retrouva bientôt présidant la tablée en face de Montdory. Éperdu d'admiration pour l'interprète de Rodrigue, Boisrobert s'était glissé près de lui et le harcelait de questions et d'hommages. Bellemore n'avait pas voulu, bien entendu, se séparer de celle que, tout bas, il appelait toujours Niflame.

— Niflame n'existe plus, lui dit Floriane en souriant.

Mais sa voix manquait de conviction. Au fond d'elle-même, elle sentait avec plaisir se réveiller un tendre et gracieux fantôme que, par jeu, elle avait grande envie ce soir de faire revivre quelques heures.

— Nous vous voyons trop peu, chère Floriane, soupira Isabelle.

— Que voulez-vous, madame a l'ingratitude des Grands, commenta Bellemore en versant du muscadet dans les verres de ses voisins.

— C'est un comble ! se défendit Floriane. Ingrate, moi qui vais régulièrement vous admirer au théâtre ?

— Vous ne venez jamais nous voir en coulisses.

Bellemore prit un air offusqué :

— Voyons, Isabelle, que ferait dans nos loges une baronne d'Ivreville et qu'en dirait son mari ?

— Vous me taquinez, ce n'est guère aimable, se plaignit Floriane, reconnaissant à part soi que la remarque du comédien n'était pas dépourvue de bon sens.

Isabelle se pencha vers elle :

— Nous ne vous reprochons rien, ma chère.

Et pour faire diversion, annonça :

— Colombe et Champrose vous envoient toutes leurs amitiés.

— Que deviennent-elles ? s'écria Floriane.

Et que devient Floridor, voulut-elle ajouter. Mais elle n'osa pas, bien qu'elle jugeât sa retenue plutôt maladroite. Personne n'avait pu savoir ce qui s'était passé entre eux. Bellemore, peut-être, l'avait-il compris ? Mais c'était si loin maintenant, si bien effacé.

— Colombe et Champrose appartiennent à une troupe ambulante dont Floridor est le chef, expliquait justement Isabelle. Ils sont longtemps restés à Londres, jouant avec succès devant le roi et la reine à Whitehall et à Hampton Court. Depuis l'automne, ils sont en Hollande, à La Haye.

— Je me suis laissé dire que notre léonine Champrose était au mieux avec le Prince d'Orange, susurra Bellemore d'un mode ironique.

Tournant la tête, il sembla examiner la salle pleine et animée.

— Notre Champrose, maîtresse d'un prince ! Elle doit jubiler.

— Oui, ma chère, et voici quelqu'un qui, je crois, vous

donnera tous les détails que vous pourrez souhaiter, reprit Bellemore.

Floriane suivit son regard. Un homme venait d'entrer et traversait le cabaret à grands pas tranquilles. Il portait un manteau bleu de nuit, galonné d'argent, sous lequel pointait une longue et fine rapière. Il avait ôté son feutre et ses cheveux mordorés accrochaient les lumières tout comme ses yeux aussi limpides qu'une eau de source.

— Floridor, murmura Floriane dont le cœur s'était mis à battre un petit peu plus fort tout à coup.

Il lui baisa la main avec naturel, salua les convives à la ronde, donna son manteau à un valet. Isabelle, qui avait combiné toutes les rencontres de la soirée, savourait l'effet de surprise. Elle se poussa, laissant Floridor s'asseoir entre elle et Floriane.

— Quel bonheur de vous voir aussi rayonnante, dit-il à celle-ci, avec toujours le même sourire, la même simplicité, cette gentillesse qui excluait l'équivoque et le malaise.

Son émotion surmontée, Floriane fut toute à la joie de le retrouver, d'entendre Bellemore un peu jaloux, le chicaner amicalement comme naguère, d'échanger avec eux et Isabelle souvenirs et confidences. Floridor n'était que de passage à Paris, afin de recruter deux ou trois comédiens pour grossir son équipe de La Haye et y rapporter les toutes dernières comédies.

« Quel merveilleux Rodrigue il fera ! » pensa Floriane.

Il en avait la fougue et le charme, toujours fidèle à l'image du héros idéal dont rêvent les jeunes filles encore pures, sans qu'aucun véritable désir ne s'ajoute à leur admiration. Étonnée de ne pas être troublée davantage, Floriane avait l'impression de revoir un frère tendrement aimé qu'elle aurait quitté la veille. Le passé ne lui était donc pas une gêne. Tout au contraire, il lui permettait de se mêler en toute liberté et familiarité à l'ambiance si particulière des gens de théâtre. Auprès d'eux, Floriane oubliait la grandiose pesanteur de la Cour, son miel et ses calculs. Rires, potins, projets débattus, inévitables commentaires sur le Cid, s'entrecroisaient par-dessus les bonnes choses qu'apportaient les servantes ; des volailles plumées à vif, lardées et rôties, des poissons si frais qu'ils semblaient frétiller encore dans leurs sauces et ces fameux pâtés dont la Coiffier avait le secret, délicieusement fourrés de « béatilles » — crêtes de coqs, ris ou rognons.

La soirée s'écoula sans que Floriane s'en aperçût. Elle sursauta, brutalement rendue à la réalité, lorsque par hasard elle vit qu'il était déjà plus de neuf heures. Sur sa demande, la Coiffier envoya un valet prévenir ses domestiques d'avancer son carrosse et lui rapporta son manteau.

Avant de partir, Floriane eut un mot courtois pour chacun.

— Ne m'en veuillez pas si je ne rentre pas avec vous, lui dit Boisrobert qui avait pour habitude d'écumer fort tard les tavernes.

— Vous nous quittez déjà ! regretta la Le Noir. Promettez-moi au moins de venir bientôt chez moi, rue Beaurepaire.

Bellemore l'embrassa une nouvelle fois, laissant, avec envie mais sans insister, Floridor accompagner jusqu'à la porte leur jolie Niflame, comme il l'avait toujours fait.

Le froid au-dehors leur piqua le visage. Une mince couche de neige transformait la rue étroite en sente lumineuse, ouatée, très vite happée loin du reflet des fenêtres par l'ombre épaisse des maisons. Des bribes de musique, des éclats de voix leur parvinrent de la Place Royale [1] où, chaque soir, fêtes et soupers rassemblaient les beaux esprits de la ville. A quelques pas, Macloud avait arrêté ses chevaux ; La Musette attendait près de la portière. Floriane et Floridor se taisaient, immobiles, comme intimidés de se retrouver soudain seuls ensemble.

— Quand repartez-vous pour La Haye ? demanda-t-elle enfin.

1. Actuelle place des Vosges.

— La semaine prochaine, je pense.

— Vous continuez votre vie d'aventures. Paris ne vous attire donc plus ?

— Oh, je m'y installerai tôt ou tard. Montdory m'a déjà fait des propositions. Je sais que la gloire m'attend ici, assura Floridor le plus sereinement du monde.

Il jeta un coup d'œil amusé à Floriane et reprit plus bas :

— Ce « vous » entre nous me paraît bien solennel, ne trouves-tu pas ?

— Peut-être, murmura-t-elle sans protester lorsqu'elle sentit sa main discrètement prendre la sienne.

— Regarde cette rue si blanche, un peu irréelle, poursuivit Floridor. Cette nuit est pareille à celle où nous nous sommes rencontrés chez Cormier, te souviens-tu ? Quand pour la première fois je t'ai tenue dans mes bras...

— Josias ! Pourquoi évoquer ce qui doit être oublié ? s'écria Floriane, haussant un peu le ton.

— Mais je ne veux pas oublier ce qui a fait mon bonheur, ce qui m'aide lorsque je suis en scène, répondit-il, d'une voix restée paisible. Si je parviens à offrir un peu d'amour et de beauté au travers de mes rôles, c'est bien grâce au parfait souvenir que j'ai de toi. Un souvenir où n'entrent ni tristesse, ni regrets. Au théâtre, on ne peut qu'échapper au désespoir.

— Est-ce vrai, Josias, mon ami ?

— Tu l'as bien vu pour toi-même, dit-il, ses yeux translucides posés sur les siens.

Elle lui rendit son sourire puis, tout à coup, l'embrassa d'un mouvement hâtif — un baiser léger qui s'égara au coin de ses lèvres —, fit demi-tour, regagna rapidement son carrosse, laissant La Musette refermer sur elle la portière.

Immobile sur le seuil du cabaret, Floridor regarda l'équipage disparaître dans la nuit.

*
* *

LES LARMES DES VAINQUEURS

— Artus !

— C'est insensé, pensa Floriane, voyant qu'il ne réagissait même pas à son appel.

Pourtant les gentilshommes avec lesquels il bavardait dans la Grand-Salle du Louvre l'avaient, eux, entendue. Tout le monde la regardait. Elle prit alors une attitude plus conforme à son rang et à la solennité du cadre.

— Monsieur, pourrais-je vous entretenir un instant ? demanda-t-elle à son mari avec toute la dignité requise.

Cette fois-ci, il serait bien obligé de lui répondre et de venir justifier son étrange conduite.

En effet, Artus se retourna vers sa femme avec un petit mouvement raide de la nuque pouvant passer pour un salut.

— Plus tard, madame, si vous le voulez bien.

Et pour lui montrer que l'affaire était close, il lui tourna le dos.

Floriane fut si décontenancée que, sur le coup, elle resta figée, muette. Devant les compagnons d'Artus qui l'observaient sans en avoir l'air, à l'affût d'un éclat, elle jugea préférable de s'éloigner sans satisfaire à leur curiosité goguenarde, retrait que toutefois elle subit comme une cuisante humiliation.

La reine venait d'annoncer à ses dames le prochain séjour de la Cour à Saint-Germain. Floriane avait ses bagages à faire préparer, deux ou trois choses à régler. Elle quitta donc le Louvre sans plus attendre et, songeuse, rentra chez elle, certaine qu'Artus ne tarderait pas à la rejoindre.

Son attitude était incompréhensible. Depuis une bonne semaine, ils n'avaient pas eu une minute d'intimité, ne s'étaient pas dit un mot, à l'exception du bref échange de tout à l'heure. Le roi l'avait envoyé à Blois porter des lettres à Monsieur. Cela lui avait pris quelques jours ; puis il s'était rendu directement à Versailles, chargeant Lubin de récupérer à l'Hôtel d'Ivreville les affaires dont il avait eu besoin. Il n'avait rien expliqué à Floriane, ne lui avait pas écrit et c'était presque un hasard qu'aujourd'hui elle l'ait revu au Louvre.

Selon toute apparence, si invraisemblable que cela pût paraître, il l'évitait.

En fait, Artus n'était pas réapparu depuis le soir où elle avait soupé avec les comédiens. Cela ne pouvait être une coïncidence. Il avait certainement pris ombrage de cette sortie décidée à son insu, avec des gens qu'il ne fréquentait pas et qu'elle-même avait connus dans des circonstances peu communes. Mais oui ! A n'en pas douter, là était la raison du mystère. Artus réagissait en mari sourcilleux sur la conduite de sa femme. Il se comportait en la matière comme tous les autres hommes : jaloux, possessif, étroit d'esprit.

Rapidement, la colère s'empara de Floriane. Ah ! qu'il arrive, vite ! Il allait l'entendre. Si elle ne voulait pas se laisser tyranniser, traiter en public d'inqualifiable manière, il lui fallait mettre dès maintenant le holà à ces déplorables accès d'humeur.

Pour commencer, elle se mit à quereller Ermelinde et Toinon qui entreprirent de faire ses malles en silence, habituées à ses bourrasques. Pendant ce temps, elle écrivit à sa belle-mère qui avait remmené Charlotte en Normandie courant janvier.

Floriane achevait sa lettre lorsqu'elle entendit des chevaux passer le portail de l'Hôtel. Peu après, La Musette montait la prévenir qu'Artus venait d'arriver.

— Sortez tous maintenant ! ordonna-t-elle à ses domestiques.

Devant son miroir, elle vérifia l'ordonnance de sa toilette, rajusta sa hongreline de drap rouge à ferrets d'argent, tapota ses boucles, guettant les bruits. Elle se sentait extrêmement nerveuse, un peu angoissée bien qu'elle n'aurait su dire pourquoi. Artus allait-il se montrer, enfin ?

Le pied posé sur la première marche de l'escalier, la main sur la rampe, Ivreville hésitait encore. Son visage tendu dénonçait son souci et son incertitude. Pourtant que faire d'autre sinon « la » rejoindre là-haut ? Cette fuite, depuis plus de huit jours, était ridicule et vaine. Peut-être, après tout, avait-il mal compris et s'était tourmenté pour rien ? Peut-être qu'une phrase d'« elle » lui rendrait la sérénité ? De son côté « elle » devait s'inquiéter, se poser des questions. Artus revoyait encore sa pauvre petite figure offusquée, interloquée, au milieu de la Grand-Salle du Louvre, devant la foule des curieux. Allons, une franche explication était préférable à tout.

Or, il hésitait toujours, sans chercher à s'en dissimuler la raison : « Floriane, Floriane ! Que vas-tu me dire ? »

Artus avait peur, c'était aussi simple que cela. Peur d'entendre une vérité qu'il entrevoyait, qu'il appréhendait depuis ce soir funeste...

Après avoir lu son insouciant message, une curiosité jalouse, irrésistible l'avait conduit rue du Pas-de-la-Mule. Là, il l'avait vue, toute dorée dans son corsage de velours jaune, aux manches aussi volumineuses que des soleils, la gorge nacrée, un peu découverte, le cheveu fou, bavardant avec animation avec ses voisins de table. Artus les avait reconnus sans peine. L'un était ce grand diable de comédien, ce Bellemore, nouvelle étoile du Marais. L'autre... L'autre était Josias de Soulas, cet ancien officier des Gardes, partenaire de Floriane dans ses pérégrinations, et d'après la rumeur, un compagnon talentueux, particulièrement dévoué...

Incapable de supporter le spectacle de sa femme riant entre les deux hommes, Artus était tout aussitôt ressorti du cabaret sans se faire remarquer. Mais fouaillé par l'envie coupable, indigne, d'en découvrir davantage, il n'avait pu se résoudre à s'éloigner et s'était tapi dans l'ombre, contre un mur, presque face à la porte de la Coiffier éclairée par ses petites lanternes.

Insensible au froid, plein de mépris pour lui-même, il avait attendu, cloué sur place par une force impitoyable. Puis il avait vu, un peu plus tard, s'approcher le carrosse de Floriane et la porte du cabaret s'était rouverte. Deux silhouettes s'étaient avancées, pressées l'une contre l'autre, tout d'abord silencieuses, avant de se parler, si discrètement qu'il n'avait rien pu entendre, excepté une bribe de phrase prononcée soudain par Floriane : « Josias... Ce qui doit être oublié... » Quelle tendresse pour dire ce prénom, ces quelques paroles lourdes de sens ! Il en frémissait encore. Enfin, il y avait eu ce baiser qu'elle lui avait donné avant de partir.

Dans le courant d'air glacé de la rue, Artus avait eu brusquement l'horrible sensation d'être plongé au centre d'un ardent brasier. Pourtant plus dure encore avait été la vision de « l'autre », demeuré seul après le départ de Floriane.

Bien que tout prêt à se jeter sur lui, la main déjà à l'épée, Artus n'avait pas fait un geste, n'avait pas révélé sa présence. Cet homme qu'il aurait tant voulu tuer et qui était resté, les yeux perdus dans la direction prise par le carrosse, cet homme de toute évidence souffrait, tout comme lui, et la même femme en était la cause. Cette certitude avait vaincu Artus. S'enfonçant au hasard de la ville, il avait erré longuement, déchiré, misérable, avant d'échouer chez son ami Barradas qui l'avait hébergé sans lui poser de questions. Depuis lors, il n'avait cessé de fuir, englué dans ces images, obsédé par le son trop doux de cette voix : « ce qui doit être oublié... » Floriane serait-elle capable de l'en délivrer jamais ?

A pas lents, il monta l'escalier, entra dans la chambre.

Machinalement, il en remarqua le plaisant désordre, l'étalage délicat, frivole, de cottes et de jupons, de dentelles mousseuses, entassés sur le lit et les chaises en attendant d'être pliés dans les coffres de cuir clouté. Le feu dansait dans l'âtre, exaltant un parfum poudré, troublant, d'iris et de violette : le parfum de Floriane. Une Floriane vive, élancée comme la flamme, dans sa robe rouge.

— Te voilà enfin ! s'écria-t-elle avec irritation.

Mais devant les traits fatigués et tristes d'Artus, elle oublia ses griefs et courut l'embrasser.

— Que se passe-t-il ? Tu n'es pas malade ?

— Non.

— Artus ! Qu'as-tu donc ? demanda-t-elle, les mains sur ses joues rêches. Je ne te vois pas de huit jours ; tu m'ignores complètement, pour réapparaître aujourd'hui avec une tête à faire peur. Je suis en droit de savoir ce que tu as, ce que tu me caches !

— Je n'ai rien à te cacher, moi ! soupira-t-il en la repoussant doucement.

Cette manière de répondre ranima aussitôt la colère de Floriane.

— Que signifie tout ceci ?

Selon une vieille tactique, elle choisit d'attaquer sans perdre un instant :

— Aurais-tu par hasard des reproches à me faire ?

« Des reproches ! » pensa Artus. Comme le mot lui semblait dérisoire !

— En quelque sorte oui, si tu veux, fit-il tout haut, d'un air las.

Floriane s'assit sur un coffre, croisa les jambes sous ses jupes, laissant dépasser un petit pied en pantoufle fort agité.

— Je ne veux que la clarté et la franchise, déclara-t-elle superbement.

— La franchise ? Cela tombe bien...

— Cesse donc de jouer les énigmatiques, les désabusés. Puisque tu n'oses ni agir, ni parler simplement, je vais le faire à ta place : tu n'as pas apprécié ma sortie de la semaine dernière, c'est cela ?

Comme il s'obstinait à se taire, Floriane poursuivit, persuadée d'avoir vu juste, déterminée à mener elle-même la discussion :

— Tu m'as sans doute préparé un prêche édifiant sur l'usage et la décence qui exigent qu'une baronne d'Ivreville ne fréquente pas les cabarets, ne fraye pas avec le monde du théâtre, ne sorte pas seule le soir. A ce beau discours, j'objecterai que la Coiffier reçoit des gens de qualité, que je dois beaucoup aux comédiens et que je n'étais pas seule, Boisrobert m'accompagnait.

— Boisrobert ! Un libertin, un sodomite. Bravo ! ricana Ivreville. En guise de chaperon, tu aurais pu trouver mieux !

183

— Il est mon ami et l'a prouvé en son temps, rétorqua Floriane. Je n'ai pas tes œillères, moi ! et je fréquente qui me plaît.

Juchée sur son coffre, elle défiait Ivreville désarmé par sa logique et ses roueries de femme sous ses airs juvéniles.

— Tu as toujours fait ce qui te plaisait, en effet ma chère. Je m'en aperçois de jour en jour à mes dépens. Tu vis constamment au gré de ton caprice et de ta fantaisie, un mode d'existence qui ne manque ni de charme ni de sel, je te l'accorde, mais qui finit par être lassant pour l'entourage. Au fond, tu n'es qu'une enfant égoïste et gâtée.

« Un peu irresponsable, mais pas foncièrement perverse », pensa-t-il à part soi, voulant à tout prix croire encore à son innocence.

— Ça c'est trop fort ! s'exclama Floriane. Une enfant gâtée suivant ses caprices ! C'est donc ainsi que tu me juges ? Mais tout ce que j'ai dû subir, mes expériences, les drames que j'ai traversés, n'ont-ils pas fait de moi autre chose ?

Jamais remarque ne l'avait à ce point blessée. Elle se savait amoureuse des plaisirs, peu conventionnelle, coléreuse, joyeuse, curieuse et hardie. Mais ces traits de caractère — défauts ou qualités peu importait ! — l'empêchaient-ils d'être respectueuse d'autrui, d'être capable de sentiments profonds ? Sincèrement, elle ne le croyait pas et constatait, en revanche, qu'ils l'avaient toujours aidée à surmonter malheurs et difficultés. Enfantine ? Capricieuse ? Égoïste ? Elle déniait ce portrait peu flatteur ; Artus la connaissait bien mal et un tel malentendu entre eux la meurtrissait profondément.

— De quelles expériences, de quels drames parles-tu ? demanda-t-il en s'approchant et lui posant les mains sur les épaules.

Ses yeux n'avaient plus leur reflet doré. Ils sondaient les siens, quêtant une réponse avec avidité, douleur.

— Te décideras-tu un jour à me les dire ? A moins que tu ne les aies oubliés, cela t'est si commode ! Beaucoup plus facile pour toi que pour ceux que tu fais souffrir, en tout cas.

Quelle étrange expression avait Artus ! Soudain sur le qui-vive, Floriane n'osait ni bouger, ni lui répondre, retenant même son souffle. Elle avait l'impression pénible, oppressante, d'être sur une corde raide prête à se rompre à tout moment.

— Quels sont donc tes secrets, ces petites actions inavouables que tu as toujours su si bien enfouir et protéger ? continuait Artus avec un ton calme d'inquisiteur à peine soutenable.

De plus en plus mal à son aise, elle murmura :

— Où veux-tu en venir ?

— A ceci : que lui as-tu demandé d'oublier, l'autre soir ? Que vous avez couché ensemble, c'est ça ? Mais avoue-le enfin ! s'écria Ivreville la secouant avec une violence inattendue.

— Je ne comprends pas, dit-elle d'une voix sans timbre.

— Tu ne comprends pas que j'étais dans la rue, devant chez la Coiffier, que je t'ai vue avec cet homme, que je t'ai entendue ?

Cette fois-ci, ce fut au tour d'Ivreville de voir se métamorphoser un visage. Celui de Floriane devint très pâle puis subitement s'empourpra. Il la sentit trembler, s'amenuiser sous ses mains. Il devina l'effort qu'elle fit pour dominer sa stupeur, reprendre son assurance.

— Ainsi tu m'espionnais ! Mon Dieu, quelle honte !

Ulcérée, elle se dégagea, courut à l'autre bout de la pièce. Mais il la rattrapa, bien résolu à ne pas se laisser abuser par ses grands airs.

— Tu te moques de moi depuis trop longtemps, Floriane. Aie donc un peu de courage et d'honnêteté !

— Je ne reviendrai pas sur ces vieilles histoires. Je t'ai appris tout ce qu'il y avait à en dire.

Comme elle avait du mal à faire front, à ne pas balbutier, s'effondrer dans ses bras ! Le meilleur moyen de résister, de sauver une fois de plus leur bonheur, était encore de crâner, de mordre la première.

— Ta jalousie finirait par devenir comique si elle n'était aussi détestable. Je perds patience, Artus.

Un bras passé sur sa nuque, il rapprocha sa tête de la sienne. Ses lèvres la frôlèrent lorsqu'il lui demanda :

— Tu vas me jurer que Soulas n'a pas été ton amant.

La serrant sans pitié, il la contraignit à ne pas esquiver son regard :

— Jure-le sur le nom de Charlotte !

— Artus... Je t'en prie.

— Allons, jure-le ! Tu l'as bien déjà fait, il me semble ? Un serment de plus ou de moins qu'est-ce pour toi ?

Tout, chez elle, criait l'aveu qu'elle lui refusait. Il voyait sans s'émouvoir frémir sa bouche, les larmes couler sur son visage renversé. Une voix avait beau protester en lui, le mettre en garde : « Arrête ! C'est tout votre avenir que tu mets en péril ! » Sa marche avait été trop longue, trop éprouvante depuis ces trois dernières années pour qu'il pût rebrousser chemin. Maintenant la vérité lui importait plus que tout.

— Il a été ton amant !

Il suffisait d'un mot pour mettre un terme à ce calvaire. Pourquoi ne pas lui donner ce « oui » qu'il réclamait ? Les scènes allaient succéder aux scènes, chaque fois plus âpres et plus cruelles, jusqu'à la rupture définitive. Floriane suffoquait, accrochée aux lambeaux de son amour qu'elle avait cru indestructible et que ce « oui » achèverait. Elle savait Artus incapable de lui pardonner.

— Vas-tu te décider ? souffla-t-il comme dans un sanglot, les doigts resserrés sur son cou, prêt à commettre l'irrémédiable.

Mourir de sa main... Elle y consentait presque avec joie. Ce serait bien sûr un châtiment juste et clément. Elle baissa les paupières, vaincue, abandonnée :

— Il a été mon amant... Parce que je t'aimais. Je n'ai jamais été parjure.

A peine avait-elle achevé qu'elle se retrouva seule, si brusquement qu'elle dut s'appuyer à une chaise pour ne pas

186

tomber. Artus s'était éloigné d'elle et la fixait avec une incrédulité hostile comme si une étrangère s'était tout à coup dressée contre lui :

— Tu m'as trahi parce que tu m'aimais ? Ah, Floriane... Je n'ai jamais rien entendu d'aussi monstrueux !

— Pourquoi ? Tu me condamnes sans même imaginer combien j'étais malheureuse alors. Je venais de laisser Charlotte, j'étais à la dérive, désespérant de te revoir un jour. Ce qui s'est passé ne fut qu'un accident, crois-moi.

Floriane était maintenant saisie d'un fiévreux besoin de se justifier. Elle gardait, malgré tout, un mince espoir de le convaincre, en lui expliquant que seul un trop-plein de chagrin l'avait fait céder, chercher l'oubli auprès d'une présence amicale, protectrice, que cette malheureuse aventure n'avait été ni une banale liaison, ni une vulgaire flambée de plaisir dans les bras du premier venu.

A mesure qu'elle parlait, en petites phrases simples et douces, les mains pressées l'une contre l'autre, Artus sentait sa fureur décroître et tout son être, replié dans un calme étrange, devenir semblable à une vaste demeure où une à une s'éteignent les lumières, où se referment portes et fenêtres pour ne laisser, entre les murs, que le faible écho de ses hôtes disparus. Oui, c'était à cela, peu à peu, que ressemblait le cœur d'Artus : une grande coquille vide et silencieuse. Après avoir si farouchement traqué la vérité, voilà qu'il ne voulait plus rien entendre. Loin de l'émouvoir, la confession de Floriane ne faisait que l'éloigner d'elle davantage ; loin de lui trouver des excuses, il voyait sa faute se déformer, s'alourdir. Que cherchait-elle à lui prouver au juste ? Que ce n'était pas si grave, après tout, de l'avoir trompé avec un gentil, un estimable garçon dans lequel elle avait cru pouvoir le retrouver lui-même ? Comment ne voyait-elle pas combien cette idée lui paraissait odieuse, inacceptable ? Artus ignorait l'illusion des sentiments et leurs faux-semblants. Pour lui, la passion véritable ne pouvait emprunter qu'un visage, le reste n'était que faiblesse de chair sans conséquence où, en aucun cas, la

moindre petite parcelle d'amour ne devait s'égarer. En se prê-
tant à ces jeux équivoques, Floriane avait tout détruit.

— Arrête ! Ce que tu me dis là est encore pire ! fit-il en se
dirigeant vers la porte.

— Non ! Écoute-moi ! s'écria-t-elle.

Se précipitant vers lui, elle essaya de le retenir alors qu'il
avait déjà la main sur la poignée.

— Artus, je t'en prie, ne pars pas ! Pas comme ça ! Pas
comme ça !

Elle s'était mise à crier, à le supplier, accrochée à son pourpoint, folle à la pensée qu'elle l'avait sans doute définitivement perdu.

Sur le seuil de la chambre, Artus se retourna et la regarda
— quelques piètres secondes, arrachées à la solitude à venir...

— De grâce ma chère, un peu de tenue, fit-il avec une froideur dont elle devait longtemps se souvenir.

Hébétée, sans voix, sans souffle, le corps prisonnier d'une
inimaginable souffrance, elle recula d'un pas, abandonnant la
lutte. Autour d'elle, leur chambre chaude et dorée avait pris
un air de désolation, pareille déjà au petit sanctuaire profané,
déserté, d'un culte secret. Floriane ferma les yeux, rassemblant ses dernières forces comme si, par quelque prodige, elle
eût cherché à s'en échapper, s'envoler, disparaître pour toujours et dans un soupir, glissa sur le sol, inanimée.

*
* *

« *Pleurez, pleurez mes yeux et fondez-vous en eau* [1]... »

Lentement, elle voyait les couleurs se ternir, les formes se
confondre, trembler derrière une gaze frêle et opaque. Les
larmes brouillaient tout, le vert vif des branches jaillies

1. « Le Cid », acte III, scène 3.

hardiment des troncs bruns et brillants ; les fleurettes blanches ou mauves des sous-bois ; la petite haquenée noire et son précieux harnachement de velours cramoisi. Le chagrin isolait Floriane du reste du monde, gommant aussi les délicates odeurs de sève et de mousse, le murmure d'une source, le bruit des bêtes, les cris des chasseurs. Elle n'essayait pas d'arrêter ses pleurs, elle n'y pouvait rien. Il n'y avait qu'à attendre que la crise se dissipe, que la douleur se fasse moins aiguë. Alors, elle pourrait rejoindre le roi, la reine et ses compagnes, affronter les autres, avec ce poids mort qu'elle traînait désormais partout avec elle, celui de son bonheur brisé.

Ses domestiques l'avaient retrouvée évanouie dans sa chambre. Elle y était restée prostrée plusieurs jours, refusant soins et nourriture. Artus était parti sans la revoir. Tout l'Hôtel avait entendu leur dispute sans en connaître la véritable cause. Lubin qui, malgré les années, avait conservé de l'animosité envers Floriane, avait eu sa petite idée là-dessus. Mais aussitôt, La Musette avait défendu avec virulence l'honneur de sa maîtresse. Lubin avait alors raconté, non sans un malin plaisir, les galanteries du baron en compagnie des troublantes barbaresques.

Lorsque Floriane, sortant de son mutisme, s'était mise tout haut à révéler ses erreurs devant Ermelinde, Toinon et La Musette, navrés de l'entendre, le bon et maladroit garçon, s'imaginant de la sorte soulager son amertume, avait estimé à propos de lui répéter les confidences du jeune valet, sans se rendre compte que, de ce fait, il achevait l'œuvre terrible de destruction.

Outre l'abandon et l'échec, Floriane devait donc de surcroît admettre qu'elle s'était trompée sur la nature même des liens qui l'avaient attachée à Artus, que celui-ci n'avait jamais sans doute cherché à la comprendre, que l'un et l'autre n'avaient jamais eu un regard identique sur l'amour comme elle l'avait cru et s'en était glorifiée. Tandis qu'elle s'abandonnait, une nuit particulièrement solitaire, aux caresses de Floridor, un homme qu'elle avait d'une certaine manière aimé, un homme sincèrement épris d'elle, trouvant justement dans cette adoration un noble motif à ce vertige, Artus n'obéissait, lui, qu'aux caprices d'un corps fouaillé par le désir. Lequel était donc le plus coupable des deux ? Celle qui se donnait dans les larmes et la tendresse, recherchant sur un autre le reflet d'un rêve ? Ou celui qui, tout simplement, goûtait l'amour comme on goûtait un vin, oubliant aussitôt l'objet de son ivresse ?

La question en soi perdit très vite de son importance. Somme toute, leur passion que Floriane avait toujours jugée exceptionnelle, brûlant d'un grand feu éternel et mythique, leur passion avait été de celles qui croissent et se meurent chez la plupart des amants. De quel orgueil, de quelle légèreté avait-elle fait preuve lorsqu'elle se persuadait du contraire !

« Des amants ordinaires, nous n'aurons été que cela. »

Cette découverte corrompait tous ses plus chers souvenirs.

Au coût d'un effort surhumain, elle avait pourtant fini par se lever, réapprendre les gestes nécessaires, quotidiens. La reine s'était inquiétée d'elle, avait réclamé sa présence. Floriane n'était pas seule à souffrir, à supporter la longue suite des jours sans l'espoir d'un peu de joie et de douceur. Elle avait donc repris sa place auprès d'Anne d'Autriche. A Saint-Germain, le printemps était revenu leur sourire.

Quel mal Mon Dieu, se donnait-elle pour faire semblant d'y répondre !

— A la volte ! A la volte !

Ses pleurs s'apaisèrent ; de son refuge, Floriane entendit de nouveau les valets frapper les branchages de leurs épieux pour en faire sortir les merles qui s'y étaient cachés. A la vue de l'oiseau s'enfuyant à tire-d'aile, les chasseurs bandaient leurs arbalètes, lâchaient leurs carreaux. Le roi aimait à transpercer, chaque fois, le petit corps au sombre plumage.

Ils étaient quelque part entre Rueil et Versailles, sur les terres de M. Cornuel, président de la Chambre des Comptes.

LES LARMES DES VAINQUEURS

Un dîner qui promettait d'être fastueux devait suivre la chasse offerte par le très riche et peu attirant Cornuel à Leurs Majestés. Le Cardinal de Richelieu devait y assister en voisin. Cavaliers et cavalières caracolaient en attendant sous le ciel d'avril. Dans son carrosse, la petite Mademoiselle jacassait avec sa gouvernante, admirant les jeunes amazones épanouies comme un frais bouquet autour de la reine ; les filles d'honneur, blondes, brunes ou châtaines, Denise d'Aiches, Renée de Vieux-Pont, Françoise de Chémerault, Marie-Claire de Baufrémont, l'espiègle Polignac, la fière Hautefort. Parfois, le roi se retournait pour chercher parmi elles le visage sérieux de Louise de La Fayette. Leurs yeux se souriaient un instant.

— A la volte ! A la volte !

Le roi visait encore, terrassait sa proie. Il n'y avait qu'à la chasse qu'il osait se croire un homme libre, maître de la nature comme de ses inclinations les plus intimes.

Tout à l'heure, Floriane s'était mise à fredonner l'air de « La Merlaison ». Ses craintes de ce temps-là, imprécises, inexplicables, n'avaient donc pas été de vains pressentiments. Elle savait dorénavant quelle tristesse, quelle désespérance pouvaient assombrir une journée d'avril lorsque l'amour vous a quittée. N'y tenant plus, elle avait poussé sa jument sous les arbres pour venir pleurer à l'abri des indiscrets.

Tout à coup, des voix l'appelèrent :

— Floriane, où êtes-vous ?

— Madame d'Ivreville !

L'une était claire et impérieuse ; l'autre, plus veloutée, plus chantante ; vingt ans passés à la cour de France n'avaient pas complètement modifié l'accent de celle qui, jadis, avait été Infante d'Espagne.

La reine et Marie de Hautefort apparurent sur le sentier. Elles trouvèrent Floriane calmement occupée à resserrer la bride de sa jument. Son trouble était encore visible quoiqu'elle eût avec soin effacé les traces de ses larmes.

— Floriane, qu'avez-vous ?

191

— Vous n'êtes pas souffrante au moins ? s'enquit la reine.

La jeune femme les rassura ; son isolement n'avait rien que de très naturel. Mais ses amies n'en crurent pas un mot. Ces deux derniers mois, elles avaient remarqué des changements considérables dans son comportement. Floriane avait perdu la vivacité, la gaîté qui faisaient son charme. Il était évident qu'elle ne participait qu'en apparence à la vie de cour. Elle avait maigri. Changements qui étaient survenus lors du départ aux armées du baron d'Ivreville. Chacun connaissant l'extravagante passion qu'elle vouait à son mari, personne ne s'en était outre mesure étonné. Et puis, qui sait ? La jolie baronne se préparait peut-être tout simplement à être mère. Marie de Hautefort, avec sa façon bien à elle de parler sans détour, le lui demanda. En réponse, le visage de Floriane se crispa comme si la question l'avait blessée.

— Non, oh non !

La reine Anne, infiniment plus sensible que sa fille d'honneur, dit alors avec beaucoup de tact :

— Je crois que notre amie avait besoin d'un peu de solitude, n'est-ce pas ? Parfois il est bon de pleurer, de laisser aller sa peine. On y puise un nouveau courage qui nous permet de continuer, de redresser la tête, de garder le sourire.

Anne ne semblait même plus s'adresser à ses compagnes mais exprimait plutôt à voix haute ce qui lui était tout personnel. Elle-même s'était tant de fois effondrée, sanglotant dans son oratoire, agenouillée devant ses reliquaires chargés, à la mode espagnole, d'or, de cristal, de gemmes précieuses !

Louis ne l'aimait pas. Pire, il se méfiait d'elle. Il n'avait oublié ni sa tendre amitié avec Buckingham, ni l'affaire Chalais, des événements maintenant anciens, dont elle avait été bien peu responsable, mais néanmoins toujours incrustés dans la mémoire de cet homme méfiant, habile à se torturer. Anne avait le défaut de lui opposer une nature saine, aimante et gourmande ; comment, dans ce cas, leurs deux univers auraient-ils pu se rejoindre ? Cependant, elle ne s'était jamais rebellée, acceptant ses toquades, faisant bon visage à ses favoris. Elle avait ainsi toléré son engouement pour Marie de Hautefort parce que la jeune fille lui était en fait dévouée corps et âme. Ensemble, elles se moquaient de ses travers, de ses bizarreries de malade. Péché véniel... Mais, à la différence des autres, l'actuelle faveur de La Fayette la froissait. Cette fois-ci, elle avait deviné entre la jeune fille et le roi un réel échange de complicité et d'amour, tout ce dont elle-même était frustrée. Sa vie de femme était un désert affligeant. Son statut de reine sans dauphin bien précaire. Qui empêcherait Louis de la répudier si l'envie le prenait ? Sûrement pas Richelieu dont elle exécrait plus que jamais l'insidieuse présence, son désir malsain, son despotisme entortillé de faux respect, de galanterie.

Madame de Chevreuse lui manquait. Elles ne s'étaient pas vues depuis quatre ans, hormis deux visites clandestines que l'astucieuse Chevrette était parvenue à lui faire sous d'insolites déguisements. Elles s'écrivaient, donnant leur courrier à des personnes de confiance. Se sachant surveillée à la Cour, épiée dans ses moindres gestes au sein même de ses appartements privés, Anne restait prudente et entourait de précautions toute sa correspondance. Elle s'était aménagé chez les bénédictines du Val-de-Grâce, dans le faubourg Saint-Jacques, une retraite calme et sûre et s'y rendait souvent sous couvert de dévotion. En fait, à l'abri du monastère, avec la complicité de la Mère Supérieure, elle épanchait son cœur en de longues missives adressées à sa belle-mère, à ses amis exilés, comme la pauvre Fargis, à M. de Mirabel, l'ancien ambassadeur de Madrid, et surtout à ses deux frères, Felipe et Ferdinando. Il vibrait toujours dans ses lettres un indéfectible attachement au pays natal, cette Espagne lointaine qu'elle ne reverrait pas, sentiment légitime, justifié par la maladresse de Louis qui n'avait pas su, ou pas voulu, la rendre reine et française à part entière.

En compensation, sa destinée de princesse solitaire lui valait des attachements à toute épreuve : son confesseur, Marie de Hautefort, son porte-manteau La Porte étaient prêts à se jeter au feu pour elle. Anne savait aussi pouvoir compter sur l'un des capitaines aux gardes, M. de Guitaut, sur François de Marsillac, le fils du duc de La Rochefoucauld, un beau jeune homme très romanesque qui courtisait — en vain d'ailleurs — madame d'Ivreville et bien entendu sur cette dernière, qu'elle voyait dépérir sans en comprendre la vraie raison.

En revanche, Marie de Hautefort, comme tout le monde, croyait la connaître. Toujours un peu abrupte, elle sermonna amicalement son amie :

— Floriane, vous vous minez à tort au sujet de M. d'Ivreville. Nous étions plusieurs présents lorsqu'il est venu prendre congé du roi avant de rejoindre le maréchal de Châtillon. Vous savez bien sûr que le départ de votre mari n'était pas souhaité. Il a insisté et, finalement, a dû jurer à Sa Majesté de ne pas prendre de risques et de revenir sain et sauf. Pareille promesse ne se trahit pas. Quant à vous ma chère, vous resterez cette fois-ci bien sagement près de nous, sans vouloir le retrouver et jouer les vaillants mousquetaires. D'ailleurs, le Luxembourg où l'on se bat n'est pas nos rives de l'Oise. Ce serait trop loin pour vous.

— Ne soyez pas en peine, assura Floriane en se remettant en selle. Je n'ai aucune intention de m'en aller.

— Mesdames, nous devrions rejoindre la chasse, dit la reine, un peu nerveuse. Notre absence a dû être remarquée. Certains vont croire que nous complotons.

— Gageons que M. de Richelieu en sera avisé par l'une de ses bonnes créatures. Et cela dès ce soir ! plaisanta Marie.

Un cheval et sa cavalière froissèrent les branches du chemin. Une séduisante jeune blonde, au visage un rien effronté, s'écria en les apercevant :

— Madame ! Que se passe-t-il ? Sa Majesté s'inquiète et m'envoie à votre recherche.

Françoise de Chémerault, l'une des filles de la reine, mentait. Le roi ne s'était aperçu de rien, trop absorbé par ses merles et sa petite Louise-Angélique. La piquante Chémerault, comme tant d'autres au service du Cardinal, hommes, femmes, prêtres et enfants, nobles, servantes, maîtres et valets, faisait son méchant travail d'espionne sans être encore soupçonnée. Marie l'aimait beaucoup ; la reine était trop bonne ; Floriane trop indifférente. Toutes trois ignoraient la bassesse. Elles tournèrent bride. Marie lança gaiement :

— Voilà, voilà ! Nous arrivons.

La Cour de Louis XIII, qui n'avait jamais eu l'importance et l'apparat de certains de ses prédécesseurs, se réduisait encore lors des séjours dans les châteaux royaux. Elle n'était plus qu'un petit cercle, composé des proches serviteurs des souverains qui, de fait, menaient — à peu de chose près — l'existence de simples particuliers. Mais une existence pétrie d'ennui et de tristesse, en dépit de quelques fêtes programmées minutieusement. Il était loin le temps où la reine mère et Monsieur, avec toute leur suite, entretenaient une ambiance fastueuse et surchauffée. Marie de Médicis vieillissait en exil, au bord de la misère, gardant malgré tout le fol espoir de revenir un jour en France. Gaston, quant à lui, restait en ce moment prudemment dans son château de Blois.

Certaine machination à laquelle il avait été mêlé au dernier automne avait été découverte tout à fait par hasard. Cette fois-là, Richelieu avait bien manqué y perdre la vie. Le Comte de Soissons, véritable instigateur du complot, tout prêt à assassiner l'Éminence lors d'un Conseil à Amiens, en avait vainement attendu le signal. Signal que Gaston aurait dû lui donner mais auquel le Prince n'avait pu se résoudre. Monsieur n'aimait pas verser le sang, fût-ce celui d'un homme haï dont il avait tant à se plaindre. Un homme d'Église après tout ! L'occasion de s'en défaire ne s'était pas renouvelée. Le Comte de Soissons avait pris la fuite. Gaston avait réitéré des promesses de fidélité à son frère, selon de vieilles habitudes. Son mariage avec Marguerite avait fini par être accepté. Mieux valait donc pour lui se tenir bien tranquille dans son apanage. Au reste, sa mine fleurie, son joyeux naturel auraient presque pu paraître déplacés dans l'austère Cour de Saint-Germain.

Tous s'y connaissaient bien entendu, s'épiant les uns les autres, dans une totale promiscuité qui, loin d'être insupportable à Floriane, l'aidait au contraire à dominer son vide intérieur. Mieux sans doute qu'une retraite à Saint-Évy ou chez les Visitandines auprès de sa sœur, comme elle l'avait tout d'abord envisagé. Une petite cellule de couvent aurait été bien vite emplie par la vision d'Artus ; trop d'échos riants, de chers souvenirs habitaient sa maison et le manoir d'Ivreville où de surcroît régnait Charlotte, vivante image de son père. Floriane verrait sa fille plus tard, lorsqu'elle se maîtriserait mieux.

Artus ne cessait de la poursuivre tel qu'il s'était montré la dernière fois, tour à tour ironique, violent, intraitable, fermé à tout ce qu'elle avait tenté de lui faire entendre, indifférent enfin. De cette indifférence se nourrissait sa douleur. Elle ne pouvait la supporter.

Il arrivait pourtant qu'un souffle aussi léger et parfumé que celui renvoyé par la forêt voisine, vînt réchauffer parfois son horizon de glace. L'espoir, ténu comme une petite chandelle dans la nuit, brillait un instant. Ils s'étaient tant aimés ! Certainement, la jalousie, la déception, la rancune abandonneraient peu à peu Artus. Sans lui pardonner tout à fait sa trahison, peut-être finirait-il par la comprendre et l'admettre ? Leur amour ne pouvait s'échouer ainsi, sur le premier récif rencontré, comme un vaisseau fragile ! Il surmonterait cette tempête, aborderait d'autres eaux. Il fallait simplement laisser le temps le guider vers des rivages plus paisibles. Floriane voulait le croire. Elle était prête à tous les sacrifices, saurait bien attendre.

Puis l'espoir s'éteignait, faisant ressurgir les tourments. Avec un caractère aussi fier, aussi intransigeant que celui d'Artus, avait-elle encore une chance d'être heureuse ?

L'amitié et l'exemple de la reine lui étaient tout particulièrement bénéfiques.

« Dieu nous assiste. Il faut avoir patience », répétait Anne bien souvent.

196

Quoi qu'il advînt, elle gardait, outre une foi solide, un constant souci d'élégance, un inébranlable appétit. Futilité ? Peut-être. Mais ces petites choses-là, ces longues heures consacrées à la parure, aux soins des mains et des cheveux, ces collations prises le soir tard, sans trop respecter l'étiquette, les bavardages avec ses « filles », tout ce que fuyait le roi d'ailleurs, procuraient bien des adoucissements aux cœurs malmenés. En cette période de si profonde détresse, Floriane choisit donc de se soumettre sans partage aux lois de sa blonde et tendre souveraine.

*
* *

— Mademoiselle de La Fayette est donc absente ce matin ? s'étonna madame de Brouilly, la sévère gouvernante des filles d'honneur, les inspectant comme chaque jour, toutes alignées devant elle, la jupe claire et soyeuse, le cheveu sagement frisé.

— Elle s'est rendue très tôt à la chapelle, fit Renée de Vieux-Pont. Elle ne tardera plus.

— Je l'espère. La reine est réveillée. Mesdames de Sénecé et d'Ivreville sont déjà auprès d'elle.

— La voici ! s'écria la petite Denise d'Aiches.

Louise-Angélique de La Fayette entra dans la chambre qu'elle partageait avec ses jeunes compagnes à l'entresol du château de Saint-Germain. Elle portait une robe de drap brun, sobrement fermée par un large collet blanc, toilette qui accusait sa mince silhouette et sa pâleur.

— Madame, je pars aujourd'hui dit-elle à la gouvernante avant que celle-ci ne lui fît ses reproches. Ma décision est arrêtée. Le roi en est informé. Je demanderai tout à l'heure mon congé à la reine.

Ainsi s'achevait son roman d'amour. Il avait duré deux ans. Il était toujours aussi fort, aussi pur qu'au premier jour ;

cependant Dieu l'emportait sur le roi. Ce soir les grilles du couvent de la Visitation Sainte-Marie se refermeraient sur Louise-Angélique. La Mère Supérieure et toutes les religieuses l'y attendaient.

Que d'intrigues, de peines et de révoltes pour en arriver là !

Prévenu dès les petites heures de l'aube par ses informateurs, dans sa maison de Rueil, Richelieu devait s'enivrer de cette victoire après un si âpre combat. Car ne se rend pas maître qui veut d'une enfant au cœur fier et ardent. Le Père Carré, prêt à se damner pour plaire au cardinal, avait piteusement échoué dans l'entreprise. La Fayette était une ennemie ô combien coriace qui avait bien failli tout gâter. La laisser auprès du roi plus longtemps aurait entraîné, sans l'ombre d'un doute, le retour en France de la reine mère, le triomphe du parti espagnol, la ruine du ministre et l'échec de sa politique. Que d'insomnies l'intraitable créature n'avait-elle pas coûtées à Richelieu ! Il en était venu, parfois, à souhaiter certaines solutions fatales, accident, maladie soudaine... pour le plus grand bien de l'État, évidemment. Par bonheur, il n'avait pas été nécessaire d'en arriver à ces extrémités. Ce brave Père Caussin, le nouveau confesseur de la petite, avait en fin de compte bien rempli sa mission.

Richelieu se trompait. Le Père Caussin, honnête homme au demeurant, n'était pour rien dans le choix de Louise-Angélique. Son désir d'être religieuse était réel et fort ancien, même si ses sentiments pour le roi l'avaient quelque temps occulté. Bien sûr, elle aurait pu attendre encore, reculer l'échéance comme Louis l'en priait, si tout le monde ne s'en était mêlé, faisant de son existence un enfer.

Il y avait tout d'abord la pression constante de son entourage, de sa famille, parents, frères, oncles de province et sa tante, la redoutable marquise de Sénecé, dame d'atours de la reine, tous la harcelant, l'exhortant à rester, à profiter de sa faveur, considérant toute la grandeur que pouvait en retirer leur maison.

Et que dire de la surveillance exercée dans l'ombre par le

Cardinal ? Chaque jour apportait la preuve d'une nouvelle trahison. Les domestiques du roi, une ou deux filles d'honneur, certains prêtres, si dévoués en apparence, œuvraient en fait pour un maître puissant dont Louise-Angélique avait deviné la haine mortelle qu'il lui vouait.

Moins dangereuse mais également éprouvante, était l'animosité des partisans d'Anne d'Autriche, les amis de Marie de Hautefort, leurs piques, leurs moqueries cruelles, comme ce fameux soir lors d'un bal de la Cour, où ayant ri à sa manière, un peu nerveusement, Louise-Angélique s'était « oubliée » sous elle. La honte la brûlait encore à ce souvenir.

Elle se revoyait parmi ses compagnes, n'osant bouger jusqu'au départ du roi ; se rappelait le scandale qui s'en était suivi. Devant « l'accident », la reine s'était indignée, puis s'était mise à rire tout en exigeant le nom de la coupable. Renée de Vieux-Pont, une amie loyale, avait alors tenté d'expliquer que c'était du jus de citron ; que ces fruits s'étaient malencontreusement écrasés dans sa poche. Bien sûr, personne ne l'avait crue et la reine avait ordonné à Pierre de La Porte de sentir la petite flaque. Le fidèle garçon s'était exécuté :

— « Madame, cela ne sent pas le citron... »

La confusion, la rougeur de Louise-Angélique l'avaient trahie dès le début pour la plus grande joie de l'assistance. La reine avait demandé que l'on examinât les jeunes filles mais madame d'Ivreville, tout en riant elle aussi, était intervenue, les laissant s'enfuir dans leur chambre. Les pamphlétaires s'étaient déchaînés toute la semaine suivant la mésaventure :

> « *Petite La Fayette,*
> *Votre cas n'est pas net.*
> *Vous avez fait...* »

écrivant des horreurs qu'elle n'osait même pas se répéter en pensée.

Et pourtant, elle aurait pu supporter ces humiliations pour l'amour du roi si cet amour, précisément, n'était devenu un danger pour eux-mêmes. L'alerte avait été donnée au retour d'une chasse, chez Cornuel. Peut-être sensible ce jour-là au printemps, à l'air suave, Louis soudain pris de vertige lui avait proposé de tout quitter pour le suivre à Versailles, d'être à lui tout entière. Devant le regard effrayé de la jeune fille, il s'était aussitôt tu, effaré par sa propre audace, son indignité. Mais dès ce moment-là, Louise-Angélique n'avait plus hésité, il lui fallait partir.

Autour d'elle, les filles d'honneur, d'ordinaire si bavardes, ne disaient mot ce matin. Ses amies étaient émues ; toutes paraissaient impressionnées par son calme et sa détermination.

— Vous nous quittez donc ? demanda madame de Brouilly. Ne le regretterez-vous pas ?

— « Je n'emporte qu'un déplaisir, lui répondit Louise-Angélique en souriant, qui est de donner de la joie au Cardinal par ma retraite [1]. » Allons chez la reine maintenant, si vous le voulez bien.

Les rideaux de soie grands ouverts aux fenêtres laissaient danser la lumière de mai. Dehors, sur les parterres, pépiaient moineaux et mésanges. On entendait aussi les jappements des petits chiens de la reine que promenait la servante Michelette. Anne avait pris son bain dans une grande cuve d'eau de senteur. En corps de jupe et peignoir, elle s'était recouchée et choisissait des épingles à chignon dans une boîte en argent que lui présentait madame d'Ivreville. Les domestiques remportaient les « bassins d'affaires », les vêtements de nuit, remettaient de l'ordre dans la pièce. Le roi avait annoncé sa visite. Il ferait ses adieux ici même à mademoiselle de La Fayette.

Madame de Brouilly apparut, suivie de sa troupe enjuponnée plongeant dans une révérence avec un ensemble gracieux, parfait. Puis Louise-Angélique, se détachant du petit

---

1. Propos historiques.

200

groupe, s'approcha du lit où Anne d'Autriche, entre ses draps de fine batiste — elle ne pouvait supporter aucune autre toile —, achevait de nouer ses longs cheveux d'or que les années, çà et là, commençaient à brunir. Avec toute autre personne, elle se fût montrée cordiale, l'encourageant d'un signe affectueux. Face à La Fayette, c'était plus fort qu'elle, Anne se raidissait, oubliait sa légendaire bonté. Elle aurait pu l'aimer, cependant. La petite était droite et honnête, d'une grande noblesse de sentiments. Elles avaient en commun le même ennemi, le machiavélique Cardinal qui allait tant se réjouir de ce départ. Mais Anne ne pouvait s'empêcher de jalouser cette gracile jeune fille que le roi avait su conquérir.

Elle lança un coup d'œil critique sur sa tenue dépouillée. Sans jamais s'adonner à un luxe effréné, l'entourage de la reine se devait d'être comme elle, raffiné, coquet. Elle s'apprêtait à lui en faire la remarque lorsque Louise-Angélique, s'étant inclinée une seconde fois, lui exprima ses respects et sans attendre, lui annonça son intention.

— « Après avoir eu l'honneur d'être une de vos filles, je deviens aujourd'hui celle de Sainte Marie. Je ne pouvais choisir une moindre maîtresse sans dégénérer après avoir été à une si bonne et si haute princesse [1]. »

Tant de simplicité et de contrôle de soi chez un être qui devait, en fait, intensément souffrir, finirent par toucher la reine.

— Je pense que vous avez mûrement réfléchi. Puisse votre choix vous apporter la paix, mon enfant, dit-elle avec plus de bienveillance qu'elle ne lui en montrait d'ordinaire.

A cet instant, Patrocle, son écuyer, annonça Louis XIII.

Le roi avait pleuré. Il ne cherchait même pas à cacher son désespoir. La seule personne au monde qui l'avait compris et aimé pour lui-même le quittait. Il allait retrouver une solitude plus profonde que toutes celles jamais endurées auparavant.

---

1. Historique.

« Mon beau lys s'en va. J'en suis au mourir » aurait-il voulu crier à la terre entière.

Mais les larmes l'étouffaient. Il restait là, tremblant, blême, les pommettes un peu rouges, marquées par la fièvre.

Louise-Angélique se tourna vers lui :

— « Sire, pourquoi pleurer ce que vous avez accordé et vous attrister de l'accomplissement de la volonté divine ? fit-elle avec tendresse. Il se faut sauver. Tâchez de vous acquitter dignement de la charge que Dieu vous a donnée et m'obtenez par vos prières que j'estime beaucoup, la grâce d'être une bonne religieuse [1]. »

Elle ne semblait déjà plus tout à fait appartenir à cet univers. Personne ne bougeait, à l'écoute de sa voix claire et sereine, coulant comme une fraîche fontaine sur le cœur embrasé du roi. Où puisait-elle son courage si ce n'était dans cette grâce divine dont elle croyait être encore privée ? Émerveillé, Louis la voyait si jeune et cependant pétrie de sagesse, vaillamment s'avancer sur un chemin de grandeur et d'abnégation, un chemin où il s'élança à son tour, rassemblant ses dernières ressources.

— « Allez où Dieu vous appelle, balbutia-t-il enfin. Il n'appartient pas à un homme de s'opposer à sa volonté. Je pourrais de mon autorité royale vous retenir à la Cour et défendre à tous les monastères de mon royaume de vous recevoir mais je connais cette sorte de vie si excellente que je ne veux pas avoir à me reprocher de vous avoir détournée d'un si grand bien [2]. »

Sa voix se brisa. Il ne put rien ajouter, incapable de demeurer dans cette chambre plus longtemps. Sans un regard pour la reine, le dos voûté, la tête basse, amaigri dans son habit noir, il passa rapidement en aveugle devant les jeunes femmes médusées puis il disparut. De l'abîme de sa douleur, un nom surgissait accompagné d'une vision de paix et de

1. Historique.
2. Historique.

verdure : Versailles. Là-bas l'attendait son petit château rose, son unique refuge en ce bas monde.

Louise-Angélique salua Anne d'Autriche et sortit à son tour dans un silence absolu. Comme toutes les autres, Floriane ne savait qui de la pitié ou de l'admiration était la plus forte devant ce drame humain que n'avait gâté ni cri, ni tapage. En voyant s'éloigner la jeune fille, elle eut envie de la suivre et en demanda permission à la reine.

— C'est une belle âme, dit celle-ci, sans s'y opposer.

Floriane descendit donc rejoindre Louise-Angélique sans bien comprendre encore ce qui la poussait. Elle n'avait jamais été particulièrement attirée par cette nature trop frêle, trop exaltée, dépourvue de sensualité, de mordant, si différente de ce qu'elle était elle-même. Mais aujourd'hui elle était subjuguée par sa force de caractère, sa fermeté. Louise-Angélique consentait à une séparation définitive sans fléchir, sans se plaindre. Si préoccupée de son propre tourment, Floriane cherchait à en tirer leçon.

— Je vous accompagnerai à Paris, rue Saint-Antoine et vous recommanderai à ma sœur, lui proposa-t-elle. La sœur Marie-Josèphe...

— Merci. Une présence amie me sera certainement bien nécessaire.

Au même moment, un carrosse tourna dans la cour, venant des écuries du château. Lâchant les livres qu'elle s'apprêtait à ranger dans un sac de voyage, mademoiselle de La Fayette courut à la fenêtre, juste à temps pour assister au départ du roi, à sa fuite désespérée. Alors tout son fier maintien, toute sa vaillance soudain l'abandonnèrent. Elle ne fut plus qu'une amoureuse, seule pour toujours, éperdue de chagrin :

— « Hélas ! Je ne le verrai plus [1]... » sanglota-t-elle en se tournant vers Floriane.

1. Historique.

LES FEUX DU CRÉPUSCULE

Le vingt-trois mai 1637, la « *Gazette de France* » publiait ces quelques lignes : « Le dix-neuf, le roi partit de Saint-Germain et s'en fut coucher à Versailles. Le même jour, la demoiselle de La Fayette, l'une des filles d'honneur de la reine, s'est rendue religieuse dans le monastère des filles de la Visitation et a été grandement regrettée du roi, de la reine et de toute la Cour. »

Tellement regrettée en effet, que le roi avait dû s'aliter en arrivant à Versailles, faisant craindre le pire. Mortellement inquiet, Richelieu accourut de Rueil, tout fondant d'hypocrisie, ne craignant pas de pleurer lui aussi ce départ précipité. Mais en lui-même, il passait en revue les nouvelles batteries qu'il avait déjà mises en place pour rester maître du roi. La jeune Chémerault, celle qui signait impudemment « le Bon Ange » les messages chiffrés qu'elle lui envoyait, avait peut-être des chances de prendre la place de La Fayette. Sinon, le Cardinal espérait beaucoup d'un bel adolescent, fils du défunt marquis d'Effiat, dont il s'était chargé de l'éducation. Henri de Cinq-Mars était un spirituel jouvenceau, charmeur, élégant, pour tout dire un être béni des Grâces et le ministre escomptait bien que dans un proche avenir, une telle merveille serait touchée par la faveur royale.

Pour le moment, hélas, cela semblait hors de question car dès qu'il fut rétabli, le roi ne tarda pas à se rendre auprès de Louise-Angélique. Cette première visite dura plus de trois heures ; Louis en tira un bienfait immense ; Richelieu pour sa part faillit trépasser d'angoisse et de jalousie.

De Saint-Germain, la Cour revint à Paris quelques jours avant de partir à Fontainebleau où elle resta tout le mois de juin. Début juillet, Leurs Majestés regagnèrent le château de Madrid, si agréable en cette saison, avant un séjour probable à Chantilly. Ainsi la vie reprenait peu à peu son fil brillant et monotone.

*
* *

« Artus, suis-je donc encore si coupable à tes yeux que tu me laisses dépérir dans cette froide, cette insupportable solitude ? Oui, je reconnais tout ce que tu es en droit de me reprocher, faiblesse, légèreté, inconscience, dissimulation, en effet, j'ai cédé à tout cela, égarée, victime des circonstances. Mais jamais, tu le sais — je t'ai donné tant de preuves ! Je n'ai cessé de t'aimer un instant. Voilà tout ce que je peux avancer pour ma défense, l'amour que je t'ai voué dès la première seconde où je t'ai vu, un amour sans fin, qui me fait vivre et peut aussi me faire mourir si tu l'exigeais. Mais est-ce bien ta volonté ? Ta rancune, toute légitime qu'elle soit, ne peut si aisément te faire ignorer nos liens. Ne peux-tu donc oublier mes fautes pour ne voir que l'essentiel et ce pardon que je t'implore me l'accorderas-tu bientôt ? »...

Floriane avait en mémoire chaque mot de la lettre qu'elle avait écrite à Artus quelques jours après avoir accompagné mademoiselle de La Fayette à Paris. Impressionnée, bouleversée par le courage de la jeune fille, elle était restée enfermée chez elle, à l'Hôtel d'Ivreville, méditant sur son exemple.

Aucun obstacle ne pouvait longtemps entraver un être totalement épris. Le destin de Floriane n'était pas, assurément, de renoncer au monde. Elle ne prétendait pas ressembler à Louise-Angélique pas plus qu'Artus n'était le roi. Dieu merci, ils étaient tous deux des êtres de chair, de sang, de feu, dont la passion, par conséquent, restait soumise aux pulsions et aux erreurs humaines. Afin de la sauver malgré tout, Floriane ne devait pas baisser les bras mais au contraire lutter, comme elle l'avait toujours fait. Elle espérait que l'éloignement avait enlevé toute leur âpreté aux sentiments d'Artus, qu'une fois sa colère, sa rage dissipées, il ne devait plus ressentir qu'une douleur profonde, caparaçonnée d'orgueil et de silence. C'était à elle de forcer la cuirasse, de panser l'amour-propre blessé, de faire renaître la joie et la confiance dans son âme farouche.

Sur des pages et des pages, elle avait laissé parler son cœur, s'accusant, avouant sa peine, sans s'humilier, sans larmoyer toutefois, se montrant à lui telle qu'elle était en vérité, c'est-à-dire une femme fragile et fière, absolument, définitivement amoureuse d'un seul homme et qu'un malheureux faux pas ne pouvait éloigner de la route à jamais choisie.

Début juin, La Musette était parti pour les Flandres, porteur du long message. Pour tromper son impatience, Floriane s'était enfin décidée à rejoindre Hélène et Charlotte.

Mais ainsi qu'elle l'avait redouté, ce séjour ne lui procura aucun adoucissement. Devant sa perspicace belle-mère, elle eut bien du mal à ne pas se trahir, à parler d'Artus comme si de rien n'était. En véritable Ivreville, la petite Charlotte au regard d'or, aux mèches rebelles, affichait déjà une forte indépendance, une nature ombrageuse supportant difficilement la réprimande. Seule, sa grand-mère parvenait à la faire céder. Encline à la tristesse, vulnérable, Floriane se sentait exclue de leur complicité de toujours, croyant voir Artus derrière l'aïeule et l'enfant, venu se joindre à elles pour mieux lui faire sentir son isolement et sa différence. Alors, en cachette, elle pleurait, furtivement, honteusement.

Aussi fut-elle en quelque sorte soulagée lorsque lui parvint un ordre de la reine la rappelant à Paris.

En présence d'Anne d'Autriche, des dames et des filles d'honneur, d'une grande partie de la Cour et de toute sa famille, Louise-Angélique de La Fayette prit le voile des novices par une journée orageuse de juillet 1637.

Dans la rue Saint-Antoine, sous un ciel de plomb, dans la poussière et le bruit, s'enchevêtraient chaises et carrosses. La toute récente chapelle des Visitandines faillit ne pas pouvoir contenir tout ce beau monde. Personne n'avait en effet voulu manquer pareil événement mondain. Cependant, la grâce pathétique de la nouvelle religieuse, l'édifiant sermon de vêture prononcé par le sensible Père Caussin, surent maintenir l'émotion, la ferveur, la simplicité souhaitables en de telles circonstances.

Le roi s'était abstenu d'y participer.

Après la cérémonie, Floriane rejoignit sa sœur au parloir et pour la première fois confia à quelqu'un son chagrin et ses causes. Elle en éprouva un certain apaisement. Sœur Marie-Josèphe avait trop de générosité pour sèchement condamner sa cadette. Au contraire, elle chercha à lui rendre confiance en affirmant qu'Artus saurait bien dans l'avenir lui pardonner, que l'amour, tôt au tard, serait triomphant.

— La nature s'est montrée excessivement prodigue envers toi, ma chérie. Au fil de tes épreuves, tu apprends à te dépouiller de ses dons éclatants mais trompeurs, à dominer tes faiblesses. Les sentiments que tu portes à ton mari se trouveront sublimés par les souffrances que Dieu t'accorde pour mieux te bénir.

— Anthonie, Anthonie, pressa Floriane, scrutant le pâle et tranquille visage, bienveillant sous le bandeau noir et le grand voile d'étamine, comme si la religieuse détenait le secret de son bonheur. Puisses-tu dire vrai ! Je tremble, j'étouffe. La Musette tarde à revenir. Je voudrais tant qu'il me rapporte un mot d'espoir.

— Mais oui ! Artus t'aime, n'en doute pas, petite sœur.

La Musette revint enfin. Son voyage avait été difficile et même périlleux. Pris par un détachement espagnol, il avait cru sa dernière heure venue. Mais une fois de plus, ses talents de musicien et sa benoîte figure l'avaient tiré de ce guêpier.

Oui, il avait vu le baron d'Ivreville et celui-ci lui avait paru en bonne santé, bien qu'un peu las des tracas de la guerre, ce qui — n'est-ce pas ? — était tout à fait naturel. Oui, le baron avait lu la lettre. La Musette avait d'ailleurs insisté, selon les consignes reçues, pour qu'il en fît la lecture devant lui. Le brave garçon avait en outre tenu à plaider la cause de sa maîtresse, plaidoirie que Floriane supposait empreinte de sa balourdise coutumière mais aussi de cette candeur et de cette loyauté qui lui valaient l'affection générale. M. d'Ivreville l'avait écouté sans l'interrompre, l'air grave, plutôt indéchiffrable.

— Alors, qu'a-t-il dit ? Qu'a-t-il fait ? s'écria-t-elle, n'y tenant plus. Ne t'a-t-il point donné une réponse ?

Désolé, affligé pour celle qui représentait tout à ses yeux, La Musette fut contraint d'avouer qu'il n'y avait pas et qu'il n'y aurait pas de réponse. Monsieur avait été catégorique.

— Ce n'est pas possible, murmura la jeune femme, toute prête à pleurer. Tu n'as pas assez insisté ! Tu as dû proférer quelque maladresse qui aura déplu.

— Je ne crois pas car Monsieur s'est montré très bon. Il a recommandé à Lubin de bien me soigner et traiter avant mon retour. Il m'a aussi remercié pour la peine que j'avais prise à venir le trouver et lorsque je suis parti, il m'a fait raccompagner par ses soldats sur plusieurs lieues afin d'éviter d'autres fâcheuses rencontres.

— Ce n'est pas possible, répéta Floriane. Il ne t'a donc rien demandé à mon sujet ?

— Rien madame, répondit La Musette, en secouant la tête avec consternation.

Elle insista. Elle voulut qu'il lui répétât exactement leur conversation, qu'il lui rapportât chaque geste, chaque attitude, chaque inflexion de voix qu'avait eus Artus. Elle voulut tout savoir, où il logeait, qui était près de lui, s'il avait physiquement changé et jusqu'aux vêtements qu'il portait. Avec La Musette, elle n'éprouvait aucune honte à se montrer assoiffée, avide de petits détails dont elle allait se repaître, qui combleraient le vide de l'absence. Mais chaque fois, elle butait sur ce fait brutal, imprévisible : Artus n'avait pas eu l'air de se préoccuper d'elle ; il ne lui avait pas répondu ! Et un nouvel abîme semblait s'ouvrir sous ses pas.

Au château de Madrid, les heures avaient pris ce rythme nonchalant de l'été dans lequel la reine croyait revivre sa jeunesse castillane : matinées paresseuses et futiles, après-dîners somnolents, flâneries à l'approche du soir, sous les arbres du bois de Boulogne, médianoches, rires et petits jeux prolongés tard dans la nuit.

Le pire, se disait Floriane, était cette attente permanente où s'était coulée son existence. Car, en dépit de tout, elle espérait encore. Artus allait se raviser et lui écrire. Puisqu'il avait lu sa lettre, il ne pouvait demeurer indifférent. Après le départ de La Musette, il avait dû certainement la reprendre et réfléchir à tout ce qu'elle contenait. Floriane s'y était mise à nu, mettant en lumière ce qui lui était le plus sensible, le plus intime, le plus précieux. Elle refusait de croire qu'il avait pu rester de marbre en recevant une offrande aussi tendre et aussi sincère. Elle voulait sa réponse, la désirait par-dessus tout, la guettait à chaque seconde. Il était impossible qu'elle ne vînt pas. Cet espoir était devenu une obsession. Un bruit de pas dans l'antichambre, une silhouette traversant la cour du château, un cheval remontant la grande allée étaient autant de signes. Aussitôt elle tressaillait, puis se figeait, le cœur en désordre, attentive, toute prête à recevoir le messager d'Artus. Son désir était trop fort pour ne pas devenir réalité. Il s'était rendu maître de son esprit, de son imagination, de ses sens ; il la malmenait, l'étourdissait, se jouait d'elle. Un rêve un peu trop doux, un souvenir surgi soudain au plus gros de la chaleur, la poésie d'un crépuscule, suffisaient à l'abuser, l'enivrant de fausses certitudes. Peut-être... Peut-être Artus n'enverrait-il aucun messager préférant venir lui-même lui apporter son pardon ? Puis le rêve s'évanouissait comme il était venu.

Il lui arrivait parfois de se révolter. Des envies de fuite, de galopades effrénées au travers de grands espaces ouverts au vent de l'oubli l'effleuraient alors tout au long de ces heures interminables. Mais cependant elle restait là, accablée, pesante, comme engluée dans un magma saumâtre, accomplissant ses devoirs auprès de la reine un peu à la manière d'un automate, dans un réflexe de dignité. En d'autres temps, elle eût cherché à revoir Artus, à vaincre sa rancœur, au mépris de tous les obstacles, de tous les dangers. Maintenant, elle restait paralysée par le regret de ses fautes, le sentiment lourd, confus, d'une fatalité toujours victorieuse.

IV

Le livre d'heures

(Été - Automne 1637)

CE samedi-là fut particulièrement torride. Aussi surexcitées qu'un essaim de guêpes, les filles d'honneur harcelèrent si bien la pauvre Brouilly qu'elles obtinrent d'elle la permission d'aller se baigner dans la Seine lorsque le soleil se fit moins piquant. La reine et Mme d'Ivreville se mettant aussi de la partie, elles folâtrèrent dans l'eau sans souci de l'heure et ne regagnèrent le château qu'à la nuit tombée.

— J'espère que vous comptez me régaler ce soir, lança Anne à Lalande, son maître d'hôtel. Ce bain m'a donné une faim d'ogresse.

— J'ai fait préparer un gaspacho glacé, madame, en plus des entrées ordinaires, répondit Lalande, piqué que l'on pût mettre en doute la perfection de son service.

Il ajouta que le roi ne viendrait pas souper avec elle, préférant se coucher tôt pour partir à l'aube, le lendemain, à Chantilly, et qu'il avait fait demander si la reine serait prête à le rejoindre comme prévu.

— Mais oui. J'ai dit que je serai là-haut mardi au plus tard. Mes bagages sont déjà à moitié faits, dit Anne, secouant ses cheveux humides.

Filandre, sa femme de chambre, les lui frotta avec des linges avant de les tresser en couronne autour de sa tête.

De leur côté, les jeunes filles une fois séchées et apprêtées, de même que Floriane, après s'être confiée aux mains de Toinon, se retrouvèrent toutes dès le repas fini dans l'antichambre de la reine. Cette dernière leur donna quelques recommandations pour le prochain voyage à Chantilly.

— Madame d'Ivreville, vous n'oublierez pas d'emporter la nappe d'autel que je destine au Val-de-Grâce. Et que les plus habiles d'entre vous, mesdemoiselles, m'aident un peu dans les broderies, sinon rien ne sera terminé à Noël !

Marie de Hautefort s'étonna de l'absence du prince de Marsillac et taquina Floriane à ce propos :

— Ma chère, votre beau ténébreux vous fait faux bond ce soir. Vous serait-il infidèle ?

— Mon beau ténébreux, comme vous dites, a dû rejoindre quelque maîtresse en ville. Mais il sera sûrement des nôtres à Chantilly.

En fait, le matin même, elle avait un peu vertement rappelé à plus de modération le trop entreprenant gentilhomme. Sans doute vexé, François de Marsillac devait ruminer sa déconvenue mais Floriane savait bien qu'il ne serait pas longtemps sans la revoir.

La baignade de tout à l'heure avait calmé les ardeurs des jeunes filles. Certaines avaient toutes les peines du monde à ne pas bâiller devant la reine qui, à l'inverse, gardait l'œil et le teint frais, véritable oiseau nocturne, toute disposée à prolonger la soirée.

Malgré les voiles de gaze pendus aux fenêtres, de petits papillons avaient réussi à entrer et tournoyaient autour des candélabres. Lalande servit des orangeades. Denise d'Aiches se mit à chanter, accompagnée à la guitare par Renée de Vieux-Pont.

Sur ces entrefaites, arriva Pierre de La Porte. On ne l'avait pas vu depuis hier mais il était comme ça, sans cesse en mouvement, en petits voyages dont il ne disait rien. La place privilégiée qu'il occupait auprès de la reine suscitait bien des envies. Les jeunes filles ne l'aimaient pas, le trouvant fat et mystérieux. En outre, lors de l'incident du « jus de citron », il avait bien prouvé qu'il ne serait jamais leur complice.

La Porte salua la reine qui l'accueillit aimablement ; il s'inclina devant Floriane et les dames présentes avant d'aller s'accouder à la cheminée vide, l'air d'écouter avec intérêt la chanson pourtant simplette de Denise.

> *« D'où venez-vous, Jeanne,*
> *D'où venez-vous ?*
> *Je viens de la prairie*
> *Mes vaches garder.*
> *Vous êtes amoureuse*
> *De notre berger... »*

Floriane avait une grande sympathie pour La Porte, son visage ouvert d'Angevin sous un cheveu clair et dru, son expression toute de finesse et de loyauté. Entré à dix-huit ans au service d'Anne d'Autriche, le jeune porte-manteau en avait été chassé après la malencontreuse affaire de Buckingham et n'avait eu de cesse, pendant des années, de revenir auprès de sa souveraine. Le roi avait fini par céder quoiqu'il s'en méfiât et menaçât souvent de le faire jeter par les fenêtres. Ce qui n'intimidait pas La Porte respectueusement subjugué, comme jadis, par le charme et la bonté de la reine, disposé à combattre des armées de monstres pour son bonheur. Sans en exiger autant, Anne en avait fait son homme de confiance.

Au rythme de la guitare, La Porte battait la mesure de la main et du pied. Puis Floriane le vit tourner la tête dans sa direction et cligner de l'œil avant de reprendre la même attitude tranquille. Jusqu'à ce jour, il n'y avait jamais eu la moindre connivence entre elle et le jeune homme, et cela malgré une estime réciproque. Que signifiait donc ce geste ? Elle allait en conclure qu'elle avait dû se tromper lorsqu'il recommença son manège aussi vite, aussi discrètement que la première fois.

A côté d'elle, brusquement, la reine referma et rouvrit son éventail qu'elle se mit à agiter avec force devant sa gorge, comme un signal. Alors, Floriane comprit enfin à qui étaient destinés les coups d'œil de La Porte.

En effet... Le dernier refrain terminé, Anne déclara ex abrupto qu'il était bien tard et conseilla à tout le monde d'aller se coucher. Un peu étonnées les jeunes filles firent toutefois leur révérence sans attendre et se ruèrent dans le corridor pour regagner leur appartement. La Porte, quant à lui, ne parut pas concerné par l'ordre soudain. Une fois l'antichambre vide, à l'exception de Floriane et de Mme de Sénecé occupées à ramasser écharpe, éventail, drageoir, à prévenir Filandre et les domestiques, le jeune homme s'approcha d'Anne pour échanger quelques mots avec elle que, bien sûr, personne ne put entendre.

Quelques mots seulement ? Floriane crut voir aussi un morceau de papier blanc passer de sa main dans celle de la reine. Puis La Porte prit congé et sortit à son tour.

L'ayant suivi sur le seuil, Floriane le regarda disparaître dans la pénombre du corridor non sans être une nouvelle fois surprise : une forme vêtue de clair se tenait non loin, à demi dissimulée dans un renfoncement du mur, épiant le jeune homme sans prendre garde à elle. Une forme qui ressemblait à la peu farouche Françoise de Chémerault.

Le lendemain, Anne déclara que ses bagages ne seraient pas prêts en temps voulu, qu'il lui fallait retourner à Paris retardant de ce fait son départ d'au moins quarante-huit heures. Prévenu par Lalande, le roi gagna Chantilly non sans avoir avisé Richelieu de ce brusque et très curieux changement de programme. Le Cardinal qui, de son côté, apprenait par un billet signé du « Bon Ange » l'étrange conciliabule de la veille entre la reine et son porte-manteau, jugea que cette fois-ci la coupe était pleine. Depuis des années Anne s'esquivait, le narguait, déjouait sa surveillance pour mieux combiner sa perte. Il était grand temps de mettre un terme à ses agissements. Restait à obtenir la preuve de sa culpabilité.

Richelieu avait son plan qu'il exposa aussitôt dans sa réponse au roi.

Loin de pressentir l'orage, Anne annonça aux gens de sa Maison qu'elle avait à se préparer à la fête de Notre-Dame du 15 août suivant et, pour ce faire, se retirait deux jours au Val-de-Grâce. Le mercredi d'après, assez tôt le matin, Floriane et Marie de Hautefort, conduites par l'écuyer Patrocle, vinrent au monastère la rechercher en carrosse ; Françoise de Chémerault avait insisté pour les accompagner. Elles avaient à passer au Louvre régler deux ou trois choses, retrouver les autres dames, tous les domestiques et enfin prendre la route de Chantilly.

Alertée par son comportement, Floriane ne cessait dès lors d'observer la reine. Elle la vit au Louvre parler en aparté à La Porte ; surprit celui-ci, croyant ne pas être vu, en train de glisser une lettre sous ses chausses, à hauteur du genou. Elle-même avait assez d'expérience de la Cour pour ne pas flairer, quand il y avait lieu, un parfum de secret et d'intrigue. Le fait en soi ne la gênait pas, ne l'étonnait pas davantage. Elle avait toujours connu la reine contrainte de dissimuler ses amitiés, ses pensées véritables. Floriane savait bien que la Chevrette continuait dans son exil à tenir son rôle de confidente et de meneuse. Son malaise avait donc une tout autre cause. C'était la présence constante de la jeune Chémerault dont les regards fureteurs n'avaient rien dû perdre. Agitée d'une crainte indéfinissable mais suffisamment forte pour la détourner un moment de ses propres soucis, Floriane se promit de mettre la reine en garde dès que possible.

Elle n'en eut malheureusement pas le loisir.

★
★ ★

Le Cour, enfin réunie, achevait son installation et s'apprêtait à jouir des eaux et des verdures sans pareilles de

217

Chantilly, lorsque François de Marsillac vint annoncer à Anne la terrible nouvelle : La Porte avait été arrêté, enfermé à la Bastille. Une lettre destinée à Mme de Chevreuse et portant le cachet de la reine avait été découverte dans une poche secrète de son vêtement.

— Que dites-vous ? La Porte ? Mon Dieu, je suis perdue !

La reine n'avait pu retenir ce cri, ployant sous le choc, elle qui l'instant précédent était l'image même de la grâce dans ses atours satinés, préoccupée essentiellement par la promenade en barque prévue pour le matin, avec ses dames. Son visage privé tout à coup de ses couleurs et de sa plénitude était devenu celui d'une créature sans âge, un peu hagarde, lançant une main devant elle, à l'aveuglette, comme une naufragée qui se noie. Marie de Hautefort s'en saisit, aida sa maîtresse à s'asseoir.

— Madame, est-ce donc si grave que cela ? demanda Floriane.

Pour toute réponse, il n'y eut qu'un silence meublé d'un soupir éloquent. Incapable de parler, aux prises avec une forte migraine, Anne dut se recoucher.

Afin d'en apprendre un peu plus, François de Marsillac décida de s'adresser à son père, le duc de La Rochefoucauld, actuellement auprès du roi, qui comptait dans ses relations beaucoup de familiers de Richelieu et pourrait donc certainement le renseigner. De son côté, mêlée aux courtisans, Floriane glana çà et là des détails concernant l'arrestation de La Porte. Si la reine devait être impliquée dans de graves événements, mieux valait les connaître pour faire front avec elle.

Dans le grand château des Montmorency comme dans l'élégant manoir qui lui faisait face sur l'île voisine, la Cour commençait à s'agiter de groupe en groupe, parlant bas, avec de temps à autre de petits cris de volaille : La Porte était à la Bastille ! Comment ? Un si fidèle domestique ! Et que disait le roi ? Justement, Sa Majesté ne disait rien ; d'une humeur effroyable, il ne cessait d'échanger de mystérieux billets avec le Cardinal venu s'installer tout près, à l'abbaye de

Royaumont. L'affaire à coup sûr menaçait d'être sérieuse. Tous le pressentaient, guettaient une suite sensationnelle et — signe qui ne pouvait tromper — désertaient déjà l'abord des appartements de la reine.

Dans l'après-midi, Floriane retrouva Marsillac sur l'un des ponts du château. La situation n'était pas pour déplaire au jeune homme. Les yeux tout de flamme, le geste passionné, il prit Floriane par le bras :

— Ah ! vous et moi face au péril !... Nous sauverons notre princesse, n'est-ce pas ?

— Vous connaissez comme moi l'adversaire. Ce ne sera pas facile de lutter contre lui d'autant plus que le roi semble tout aussi acharné. La Porte risque gros, pauvre garçon.

Ils savaient maintenant qu'après le départ de la reine et de sa suite, le porte-manteau avait rencontré au Louvre un gentilhomme poitevin qui, sur le point de repartir pour sa province, avait promis de se charger d'une lettre pour Mme de Chevreuse, Tours se trouvant sur son chemin. Mais, sous un prétexte quelconque, le gentilhomme avait changé d'avis et, très vite, avait quitté La Porte, sans prendre la lettre, pour filer chez le secrétaire d'État Chavigny, l'un des très proches du Cardinal. Tout avait été alors mis en place selon le plan prévu.

Sans méfiance, La Porte s'était cependant rendu seul chez Guitaut souffrant en même temps d'une blessure à la cuisse et d'une crise de goutte. Sa visite avait duré tout l'après-midi. Vers six heures enfin, rentrant chez lui à pied, La Porte s'était vu soudain harponné rue Coquillière par des bras robustes et brusquement jeté dans un carrosse. Il s'était aperçu peu après qu'une vingtaine de mousquetaires l'escortaient jusqu'à la Bastille où il avait été finalement jeté au plus profond d'un cachot, dépouillé par les gardes de la précieuse lettre !

Sur ordre du roi, une perquisition avait été faite au logis qu'il occupait dans une aile de l'Hôtel de Chevreuse, menée par le garde des Sceaux en personne, le fort déplaisant chancelier Séguier. Le même Séguier devait également perquisitionner au Val-de-Grâce, après accord de l'archevêque.

— Mon père n'a pu, bien entendu, m'en donner le résultat, conclut Marsillac.

— Il faut immédiatement prévenir la reine, dit Floriane, très inquiète par la tournure que prenait l'affaire.

Mais auparavant, elle fit chercher La Musette, lui expliqua ce qu'il en était. Une demi-heure plus tard, le musicien repartait à toute allure pour Paris.

— Je suis perdue !

De nouveau, Anne avouait son désespoir après avoir écouté Floriane et Marsillac. Lorsque le jeune homme avait parlé du Val-de-Grâce, elle avait paru au bord de la syncope. Elle était toujours couchée. Marie de Hautefort ne l'avait pas laissée un instant depuis le matin.

De la chambre blanche et or, aux boiseries peintes de fleurs et d'oiseaux, on pouvait encore apercevoir dans le jardin l'exquise petite volière de Marie-Félice. Ils y étaient maintenant seuls, tous les quatre. Filandre avait été reléguée dans le cabinet voisin. Chémerault errait dans le couloir devant Patrocle, posté en sentinelle à la porte de sa maîtresse. Floriane croyait bon dorénavant de se méfier de tous et de toutes, ou presque. La prescience du danger, soudain, l'extirpait de l'isolement volontaire dans lequel, par chagrin, par déception, elle s'était murée. Depuis plusieurs mois, elle avait plus ou moins ignoré ceux qu'elle côtoyait pourtant quotidiennement, ne pensant qu'à Artus, au moyen de le reconquérir, doutant de pouvoir un jour y arriver. Elle ; lui ; leurs joies perdues ; son passé revenu l'engloutir comme une lame de fond ; la souffrance incrustée dans le moindre repli de son être ; sa révolte ; tout cela l'avait tenue longtemps à l'écart des autres. Mais voici que son affection pour la reine la ramenait à la réalité, aiguisait son instinct, son jugement.

— Madame, ne perdez pas espoir dès le début, dit-elle à

Anne. Nous sommes là, prêts à faire l'impossible pour vous aider. Toutefois, il faudrait que nous sachions au juste ce que vos ennemis risquent d'utiliser contre vous. Madame, si vous ne doutez pas de nous, je vous en prie, dites ce qui vous effraie.

Floriane avait pris sa main, longue et blanche, si bien modelée, louée dans l'Europe entière. En face d'elle, à l'autre chevet, Marie de Hautefort se dressait fière comme une épée. Debout au pied du lit recouvert de soie rouge, Marsillac contemplait les trois magnifiques créatures, fasciné par ces gorges palpitantes sous les corsages, l'esprit enfiévré par leurs parfums confondus, leur intense émotion.

— Je ne doute pas de vous mes amis, murmura la reine. Quant à ce que je redoute, jugez-en plutôt.

Sans plus hésiter, elle confia les raisons de ses craintes, racontant — ce qu'ils n'ignoraient pas du reste — que depuis des années, elle correspondait avec l'étranger, sa famille, ses amis espagnols afin de les renseigner sur ce qui se passait à la Cour, sur les méthodes et les buts du Cardinal, à vrai dire des informations plutôt insignifiantes, ce que tout le monde savait. Elle-même était quantité négligeable, dans l'impossibilité par exemple de faire quoi que ce fût pour sa belle-mère, pour Mme du Fargis qui la suppliaient de les aider. Mais si cette correspondance ne contenait aucun secret d'État — Anne insista là-dessus —, elle révélait tout le fond de son cœur : ses désillusions, son aversion pour le Cardinal dont la politique allait à l'encontre de sa foi catholique et de ses attaches espagnoles, l'espoir de le voir enfin, par tous les moyens, balayé du pouvoir. Elles étaient surtout, pour elle qui comptait si peu, un moyen d'agir, de prendre une revanche sur son persécuteur. La Porte était chargé de remettre son courrier à un secrétaire de l'ambassade d'Angleterre nommé Augier qui autrefois avait servi Buckingham. Augier l'envoyait ensuite à l'un de ses collègues à Bruxelles.

Floriane demanda alors si la lettre saisie sur La Porte pouvait s'avérer plus compromettante.

— Pour Mme de Chevreuse, peut-être, répondit la reine. Elle m'avait écrit qu'elle projetait de me rendre visite à Paris, sous une fausse identité bien sûr. Je lui répondais de n'en rien faire, malgré mon désir de la revoir. C'eût été prendre trop de risques.

Avec Mme de Chevreuse, les échanges se faisaient grâce à des relations voyageant entre Tours et Paris. Marsillac lui-même s'était entremis assez souvent. Lord Montaigu et Lord Craft, deux Anglais, l'un ennemi juré de Richelieu, l'autre un amant de la duchesse, avaient également joué les messagers. Partant de Tours, l'intrigue se déployait comme l'armature d'un éventail, de la Lorraine à l'Angleterre, pointant vers Paris et Bruxelles, habilement manœuvrée par l'inlassable Chevrette, Floriane se l'imaginait fort bien. Toutes les lettres reçues par la reine d'un peu partout se trouvaient dans une cassette recouverte d'une toile cirée verte, bien à l'abri au Val-de-Grâce, entre les mains de la Mère supérieure qui saurait la détruire en cas extrême. Car si Richelieu parvenait à mettre la main dessus, il aurait beau jeu de conclure à la trahison de la reine de France.

— Vous connaissez sa coutume de « faire passer des choses de rien pour de grandes conspirations », soupira celle-ci.

« Était-ce vraiment des " choses de rien " ? » s'interrogea Floriane. Mais elle se tut. Il ne lui appartenait ni de l'interroger plus avant, ni de la juger. Elle laissait cela à d'autres, à ceux qui, en ce moment, fourbissaient leurs armes pour abattre en traîtres une princesse solitaire et sans défense, fidèle à ses amitiés. Elle l'écouta poursuivre ses confidences :

— La Porte est mêlé à tout cela. C'est lui qui transpose mes lettres en chiffres. Il en a le code chez lui, de même que l'encre invisible, mes cachets. C'est pourquoi, à l'idée que le chancelier peut les découvrir...

Anne posa ses doigts sur ses lèvres en un geste horrifié.

— J'ai envoyé La Musette à Paris. Il reviendra aussi vite que possible nous donner le résultat des perquisitions.

222

— De toute manière, La Porte ne parlera pas, affirma Marie de Hautefort.

— La Supérieure du Val-de-Grâce non plus, ajouta Marsillac. En qualité de Franc-Comtoise et donc sujette du roi d'Espagne, votre frère, elle vous est acquise, madame.

— Je sais. La mère Saint-Étienne a toujours été loyale.

Tout à coup, Anne se redressa sur ses coussins, profondément agitée :

— Si le Cardinal réussit à prouver au roi que je suis coupable de crime contre l'État, c'en est fait de moi. Je serai répudiée, chassée, enfermée dans un cloître pour le restant de mes jours. Il triomphera, ce monstre qui ne m'a jamais pardonné mes froideurs. Ah ! son désir, sa rancune me révulsent ! Je ne veux plus le voir, je veux fuir ! Oui, aidez-moi, mes amis. M. de Marsillac, nous pourrions gagner les Pays-Bas, nous mettre sous la protection de mon frère Ferdinando...

Sa fièvre se communiqua rapidement à Marie et François. Tombant à genoux, la main sur son épée, sombre et beau comme un orage, ce dernier offrit de l'emmener cette nuit même, jurant de lui donner sa vie. Il fallut tout le sang-froid de Floriane pour les ramener tous les trois à plus de mesure et de prudence.

— Fuir, madame, serait vous déclarer vous-même criminelle, dit-elle calmement. Pour le moment rien ne vous accuse. Vous devez donc rester ferme et attendre sans vous affoler.

Patrocle frappa à ce moment-là et entra dans la chambre. Mme de Sénecé s'impatientait, vexée de voir se prolonger un conciliabule dont elle était exclue. L'écuyer reçut l'ordre de laisser entrer toutes les dames. Lalande annonça le souper. Mais Anne le refusa, se déclarant souffrante, et ordonna à ses domestiques de la préparer pour la nuit. Floriane se retira bientôt dans une pièce, à côté, où, dans l'un des coins, Toinon s'était installé une paillasse. L'air y manquait un peu, rajoutant au sentiment pénible que, d'un jour à l'autre, le destin d'Anne d'Autriche risquait fort de sombrer dans la honte et l'ignominie.

Le matin suivant, alléguant sa migraine — d'ailleurs bien réelle —, Anne garda la chambre, évitant ainsi de rencontrer le roi qui ne lui avait encore fait aucun commentaire sur l'enquête en cours et qu'elle imaginait attendre avec impatience le rapport du chancelier Séguier. Comme il serait heureux de pouvoir l'accuser publiquement, de se débarrasser d'elle !

Floriane guetta tout le jour le retour de La Musette qui arriva épuisé par son voyage effectué en vingt-quatre heures à peine mais heureux de pouvoir rassurer sa maîtresse et la reine : Séguier n'avait rien trouvé chez La Porte dont le logis avait été fouillé de fond en comble, le laquais interrogé en vain ! Si cachette il y avait, elle était ingénieuse, digne d'un esprit finaud, circonspect, comme le prouvait également l'attitude du jeune porte-manteau qui s'obstinait à répéter ne rien savoir.

L'arrogant chancelier avait encore fait chou blanc au Val-de-Grâce après avoir harcelé les Bénédictines et surtout la mère Saint-Étienne qui soutenait sans faiblir Anne d'Autriche. La morgue et l'entêtement de la religieuse lui valaient pour l'heure d'être dépossédée de son titre et expédiée dans un modeste couvent de province. Sa remplaçante était déjà nommée : il s'agissait d'une parente de Richelieu !

« Le fourbe manigançait tout ça depuis longtemps, pensa Floriane. Que sait-il exactement ? Quelle sera sa prochaine carte dans ce jeu qu'il mène en maître depuis tant d'années ? »

Néanmoins, elle ne voulut pas assombrir la reine en exposant ses craintes. Forte des bonnes nouvelles apportées par La Musette, Anne chargea Le Gras, son secrétaire, d'affirmer auprès du roi et de Richelieu qu'elle n'avait jamais correspondu avec l'étranger, qu'elle ne comprenait pas le traitement infligé à son domestique. Il ne lui restait plus qu'à prier pour que La Porte continuât à se taire, ce qu'elle fit, de toute son âme, lors de la messe du quinze août célébrée dans la chapelle par son confesseur le Père Faure et le réconfortant Père Caussin.

Pourtant, le lendemain, tout bascula. Le chancelier Séguier vint à Chantilly interroger la reine, espérant bien la confondre avec la copie d'une lettre de Mirabel, interceptée Dieu seul savait comment par la police du Cardinal. Sans réfléchir, paniquée, Anne arracha la lettre des mains du chancelier et la mit dans son corsage.

Il se passa alors un fait inouï, inimaginable, monstrueux. Séguier, un bourgeois de bas étage, parvenu par soumission à Richelieu à l'une des plus hautes charges du royaume, l'horrible Séguier tendit ses doigts crasseux, les glissa dans l'auguste décolleté et reprit la lettre. Il avait osé ! Il avait osé porter la main sur la reine de France ! Était-elle donc à ce point dépouillée de son aura de princesse, de cette essence quasi divine qui la mettait au-dessus des mortels ? Anne se mit à suffoquer, ses dames durent la soutenir, appeler d'urgence son médecin qui la saigna par deux fois. Du fond de son lit, elle souhaita mourir, refusant de manger, de boire ; anéantie !

Les rideaux tirés sur l'éclatante lumière estivale, son appartement avait pris des airs funèbres de mausolée. Pas un courtisan ne s'y aventura pour s'inquiéter de sa santé à l'exception de Guitaut qui, tout boitillant, vint de Paris saluer sa malheureuse souveraine.

Les commérages allaient croissant, pronostiquant sa chute imminente. Certains affirmaient qu'elle serait bientôt remplacée par la Combalet. Hisser sa nièce sur le trône serait la consécration suprême du Cardinal. Personne, pourtant, ne se risqua à protester auprès du roi.

Si ! Patrocle... L'obscur et timide Patrocle qui avait toujours rempli sans bruit sa charge d'écuyer, osa se plaindre à Louis XIII, lui dire en face ce qui se chuchotait derrière son dos : c'était par dépit, par jalousie que M. de Richelieu laissait maltraiter la reine. Car M. de Richelieu avait eu pour elle certaines pensées...

225

La témérité de Patrocle ne le poussa pas plus avant. Le visage empourpré du roi lui fit peur. Il se vit lui aussi moisir dans une geôle, songea à sa petite famille... La tête basse, il se retira.

— Madame, il ne faut pas vous laisser aller. Vous devez vous défendre !

Doucement, inlassablement, Floriane exhortait Anne à réagir. De nuit, elle s'était faufilée dans sa chambre, sans réveiller les domestiques. Penchée à son oreille, elle lui expliqua son idée. L'adversaire était rusé. Autant utiliser ses méthodes, attaquer ses points faibles. Floriane connaissait bien ceux du Cardinal : un orgueil dévastateur, la concupiscence, le goût d'humilier les femmes, de les réduire à néant afin de mieux ensuite jouer les magnanimes. La reine n'avait qu'à changer de tactique, reconnaître, qu'après tout, elle avait peut-être quelques torts. Il lui suffirait, avant d'avouer ses « fautes », de demander au Cardinal ce qu'il savait exactement. En fonction des preuves avancées, elle avouerait deux ou trois faits, peu compromettants. Ainsi masquerait-elle le reste, s'il y avait plus grave bien entendu, précisa Floriane avec insistance. Anne serait devant le ministre telle qu'il la voulait, vaincue, implorante, éperdue devant sa mansuétude de grand homme. Elle s'en remettrait à lui, à sa hauteur d'âme, lui demanderait d'être l'arbitre, le conciliateur entre elle et le roi. Il n'y avait pour cela qu'à dissimuler son dégoût, mettre sa fierté en veilleuse, mentir, user de rouerie féminine. Son honneur, sa position, sa réputation, tout son avenir seraient à ce prix, sans compter le sort de Mme de Chevreuse et des gens qui l'avaient servie tel le vaillant La Porte.

— Crier votre innocence ne servirait à rien, puisque Richelieu est persuadé du contraire. Il ne reculerait même pas à fabriquer des faux pour vous confondre.

Floriane parla si bien que la reine, peu à peu convaincue, retrouva toute son énergie et sa confiance en soi et finit même par sourire lorsque la jeune femme dit en conclusion :

— N'ayez aucun scrupule, madame. En l'occurrence, Dieu vous le pardonnera.

— Savez-vous, Floriane, que je croirais entendre notre ami Giulio Mazarini ?

Lorsque le dix-sept août, convoqué à Chantilly par Anne d'Autriche, Richelieu arriva de Royaumont flanqué de Chavigny et de Sublet des Noyers, il était certain de sa victoire. Car il possédait en plus quelques papiers interceptés par ses sbires, des billets de la Médicis, de la Chevreuse, de la Fargis, gribouillages sans conséquence, bavardages de femmes mais qui laissaient entrevoir bien des choses...

— Qu'allez-vous en dire, hautaine princesse ? jubilait-il sous sa mine paterne.

En voyant les lettres, Anne demanda à être seule avec lui, mis à part Faure et Caussin, discrètement retirés au fond de la chambre. Elle était elle-même allongée sur son lit, les yeux battus, visiblement très affectée. Une fois les secrétaires sortis, elle se mit tout de suite à avouer ses erreurs, à implorer un pardon que Richelieu lui promit.

— « Ah ! Quelle bonté faut-il que vous ayez, monsieur le Cardinal[1] ! »

Seigneur, était-ce vrai ? Elle lui disait cela ? Le répétait même à plusieurs reprises ? Mais oui... Et elle courbait aussi la tête, sanglotait, lui offrait la main en signe de reconnaissance qu'il refusait bien sûr, par respect, affirma-t-il en s'inclinant. Il en était donc le maître après tout. Et à défaut de ne jamais la posséder physiquement, il pourrait enfin la mener à sa guise ! Ah ! Cette jouissance valait bien toutes les autres ! Il était son « très cher et très aimé cousin le Cardinal-Duc de Richelieu ». Le reste n'était plus que formalités paperassières.

Car Louis, prévenu, tint à ce que la reine écrivît et signât une déclaration détaillée de ses fautes, y promettant de ne pas

---

1. Historique.

y retourner. Lui-même ajouta quelques lignes de sa main :
« Nous oublions entièrement tout... voulons vivre avec elle
comme un bon roi et un bon mari doit faire avec sa
femme... » Puis ils s'embrassèrent, poussés dans les bras l'un
de l'autre par le Cardinal triomphant. Grâce à lui, la paix
reviendrait à la Cour.

Cependant restait La Porte. Comme prévu, fidèle à la reine
envers et contre tout, il persistait à clamer son innocence et la
sienne, déjouant les pièges du chancelier, tenant tête à Laffemas [1], « le grand gibecier de France » qui avait déjà envoyé
au nom de la Justice tant de victimes au bourreau. L'attitude
de La Porte finissait par leur paraître suspecte alors que par
ailleurs la reine était passée aux aveux. Richelieu prit la peine
de se déplacer, de le questionner, se faisant tour à tour enjô-
leur ou menaçant. Si le porte-manteau s'obstinait à se taire,
n'était-ce pas pour protéger de plus terribles secrets encore ?
Dans l'intérêt de sa maîtresse, il fallait que La Porte
reconnût tout ce qu'elle-même avait reconnu de son côté
— l'existence d'un chiffre, l'aide d'Augier, quelques missives
à ses frères, ses amis — car dans les tréfonds de la Bastille,
sous la torture, il serait aisé de lui faire crier n'importe quoi et
même la vérité tout entière. Anne tremblait à nouveau.
Comment le lui faire comprendre, lui apprendre ce qui maintenant pouvait être dévoilé et ce qui pouvait à jamais rester
dans l'ombre ?

*
* *

Le soleil venait de se lever lentement derrière les tours de la
Bastille, projetant leurs ombres sur la cour de l'Avancée.
L'heure était matinale et tonifiante. Le joyeux raffut des moi-

---

1. Lieutenant civil.

neaux et des merles s'envolait des arbres de la rue de l'Orme menant à l'Arsenal. Face aux écuries du gouverneur et aux logements de la garnison, les cinq ou six boutiques de la place avaient baissé leurs auvents. L'une d'elles soufflait un parfum de pâte chaude sous le nez des gardes qui faisaient leurs emplettes. L'un d'eux s'exclama :

— Tredame ! La belle fille !

— Hé ! Grisette, viens donc mordre là-dedans avec moi ! proposa un autre en agitant une miche de pain croustillante et farinée.

Sans leur accorder un regard, l'inconnue ainsi interpellée, qui arrivait de la rue Saint-Antoine, poursuivit son chemin, et tournant à gauche, franchit le premier pont-levis défendant l'accès de la Bastille.

C'était une jeune femme, vêtue modestement d'une cotte assez courte d'étoffe grise, mais dotée d'une luxuriante chevelure blonde maintenue par une petite coiffe blanche, une sorte de bavolet de paysanne. Passant devant la maison du gouverneur, elle traversa le pont-levis réservé aux piétons, échangea quelques mots avec la sentinelle de service avant de s'engouffrer sous la voûte de l'enceinte.

La « grisette » eut quelque succès au second poste de gardes où son accent campagnard, son teint hâlé, sa timide façon de garder la tête baissée, lui valurent de surcroît les plaisanteries les plus grasses.

— Je voudrais voir M. de Bassompierre, dit-elle poliment.

— M. de Bassompierre ne se dérangera pas pour toi, la fille. Que lui veux-tu donc ? Et d'abord qui es-tu ?

— J'ai une lettre à lui remettre de la part de sa nièce, Mme de Beuvron, dont je suis la servante.

Le sergent consentit à envoyer l'un des gardes prévenir le maréchal. L'homme ne mit pas cinq minutes à revenir. Bien entendu, l'illustre prisonnier refusait de descendre.

— Donne ta lettre. Je la lui porterai.

Mais elle secoua la tête, laissant ainsi échapper de longues mèches dorées qu'elle repoussa sous son bavolet.

— Ma maîtresse m'a bien dit : « en mains propres », précisa-t-elle.

Puis tout à coup, elle parut prise d'inspiration :

— Allez dire à M. de Bassompierre que Mme de Beuvron lui envoie Violette pour un message très important.

Elle recommença à attendre, sourde aux quolibets que les gardes continuaient à lui lancer. La grande cour où l'été pas un souffle d'air ne passait jamais était une véritable étuve. Néanmoins, des captifs s'y promenaient en attendant le dîner de onze heures et la blonde « grisette » put mettre un nom sur certains visages. Tout au fond, de l'autre côté de la muraille, on entendait, venu de la cour du Puits, un bruyant remue-ménage parmi la volaille. Dans les cuisines de la forteresse, en effet, on préparait déjà la Saint-Louis, la fête du roi en l'honneur duquel chaque prisonnier, chaque geôlier, recevrait un demi-poulet en plus de sa copieuse ration ordinaire.

Le garde réapparut. Il se montra cette fois-ci un peu plus courtois envers la visiteuse.

— M. de Bassompierre va te recevoir. Suis-moi.

Ils allèrent jusqu'à la tour de la chapelle, grimpèrent à la Chambre des saints. Là, le porte-clefs en faction la fit entrer seule chez le maréchal qui, à défaut de pouvoir sortir enfin de la Bastille — après plus de six années de détention ! —, continuait à bénéficier d'un exceptionnel traitement de faveur.

Il était occupé à écrire comme il le faisait généralement chaque matin. Lui qui jadis avait été sans cesse en mouvement, adorant les voyages, les chevauchées, s'était révélé au fil de sa captivité un véritable homme de plume. Aucun domaine ne le laissait indifférent. Il se faisait tour à tour historien en évoquant les règnes d'Henri III et d'Henri IV ; spécialiste des questions militaires ; savant en politique avec ses expériences d'ambassadeur ; amateur de littérature et de poésie s'il ne s'interrogeait pas, tout simplement, sur les mystères du monde, la science des astres, la grâce divine, l'amour. Sans compter son Journal qu'il rédigeait avec minutie, l'abondante correspondance échangée avec sa famille et les intendants de ses biens. Il aimait, par la magie des mots, donner corps à ses souvenirs, ses idées, ses préférences pour mieux s'évader à leur suite, oublier quelques heures sa « malheureuse prison ».

Une fois la porte refermée sur la jeune femme, Bassompierre quitta son fauteuil et s'avança vers elle, découvrant stupéfait sous la frange blonde un regard bleu-gris semblable à nul autre.

— C'est bien toi ? Mais que fais-tu ici sous cet accoutrement ?

— J'ai cru ne jamais pouvoir vous atteindre ! s'écria la « grisette » en se jetant dans ses bras.

— Floriane, mon petit, que t'arrive-t-il ?

Comme autrefois, elle se blottissait contre lui dans un mouvement qui n'appartenait qu'à elle. Comme autrefois, il pouvait respirer l'odeur fleurie et veloutée de son cou, ceindre sa taille souple. Il se tut, ne voulant pour rien au monde écourter cet instant béni.

— François... chuchota-t-elle.

Elle sentait les larmes venir et sourdre malgré elle de ses paupières fermées. Tout à l'heure, au corps de garde, elle avait brusquement frémi à l'idée d'être reconnue. Comment la baronne d'Ivreville eût-elle pu justifier sa présence à la Bastille, dans les hardes d'une simple servante ? Complot au profit d'Anne d'Autriche dont elle était une fidèle ? Ou bien rendez-vous galant avec Bassompierre ? Dans l'un ou l'autre cas, leur perte à tous eût été assurée.

Pourtant ce n'était pas la peur qui faisait pleurer et trembler Floriane. Dès le début, elle avait mesuré les dangers de cette audacieuse aventure décidée de son propre chef, pour venir en aide à la reine. C'était autre chose... Ces bras qui l'étreignaient si fortement, ce corps d'homme puissant et protecteur, lui rappelaient soudain trop de douceurs et de joies envolées. Pendant une minute ou deux, elle ne sut plus très bien à qui, d'Artus ou de François, ils appartenaient réellement et s'y abandonna assoiffée de tendresse et de réconfort.

— Viens tout me raconter, finit par lui dire Bassompierre, reprenant le premier le sens de la raison.

Il la fit asseoir près de la fenêtre et s'installa sur une chaise, en face de la sienne.

— Pourquoi es-tu ici, avec cette perruque ? A ce propos, ajouta-t-il avec malice, tu me poses un problème ardu : est-elle plus jolie en brune ou en blonde ? vais-je me demander nuit et jour.

Floriane sourit en s'essuyant les yeux :

— Où est Médor ?

— En haut, sur les terrasses. Cramail l'a emmené faire un tour. Ce chien est infernal quand j'écris.

Le moment d'attendrissement était passé. Floriane avait recouvré tout le contrôle d'elle-même. Elle relata clairement, avec beaucoup de détails, les événements qui avaient secoué la Cour ; elle expliqua surtout dans quelle situation précaire se trouvait la reine.

— Il faut absolument faire savoir à La Porte ce qu'il doit répondre lors de son prochain interrogatoire. Si ses aveux correspondent à ceux déjà obtenus, Richelieu sera bien obligé d'admettre qu'il n'y avait pas, dans cette histoire, de quoi fouetter un chat. Plus La Porte se tait, plus il laisse soupçonner quelque terrible conspiration dont la reine serait l'instigatrice.

— Est-ce là ton opinion ? demanda Bassompierre.

— Non, même si je suis persuadée qu'elle ne m'a pas tout confié. S'il y a réel complot, elle n'y joue que faible part, laissant à quelqu'un d'autre le soin de tout mener.

— Nous pensons à la même personne, n'est-ce pas ?

— Sans doute.

Ni l'un ni l'autre ne prononcèrent le nom de Mme de Chevreuse qui s'imposait pourtant à leur esprit.

— Le Cardinal, lui aussi, doit y penser, fit Bassompierre. Reste à savoir le traitement qu'il lui mijote.

En soupirant, il s'appuya contre le dossier tapissé de sa chaise :

— Toutes ces années d'intrigues, ces trésors d'imagination et d'énergie auront finalement abouti à quoi ? Au triomphe sans cesse répété de cet homme diabolique ! Pour ma part, j'ai compris qu'il n'y aura que Dieu pour nous en débarrasser.

— Je le crois également, admit Floriane. Comme le dit la reine, il faut prendre patience.

Revenant à sa préoccupation immédiate, elle demanda :

— Avez-vous vu La Porte ? Comment peut-on communiquer avec lui ?

— Hélas, il est au secret ! Nous ne l'avons aperçu qu'une seule fois dans la cour le lendemain de son arrivée, lorsqu'il fut conduit chez du Tremblay pour son premier interrogatoire. Six soldats l'entouraient. Nous n'avons pu que lui adresser des signes d'amitié et d'encouragement. Il semble maintenant qu'on ne le sorte que la nuit. Pour être franc, nous ne donnons, ici, pas cher de sa peau.

— Il faut absolument, François, que vous lui fassiez parvenir les instructions de la reine. J'y ai ajouté moi-même un petit mot, une sorte de garantie au cas où il se méfierait, dans lequel je lui raconte ma démarche en ces lieux.

Elle tendit à Bassompierre un pli, pas trop épais, qu'il prit sans atermoyer.

— Tout le possible sera fait et même plus, ma Violette.

D'un geste familier, elle lui caressa le visage, émue, reconnaissante de le voir si généreusement accepter un risque pareil.

— J'enverrai Malleville te prévenir à ton hôtel, dit-il en attrapant sa main pour y poser les lèvres. Comptons environ trois ou quatre jours.

— J'attendrai.

— Petite enfant, tu t'es lancée dans une affaire bien périlleuse. Je suis inquiet pour toi.

— Oh !... Le sort de la reine importe plus que le mien.

Floriane eut, pour dire ces mots, un air triste et désabusé qui alerta Bassompierre.

233

— Regarde-moi un peu ! Mieux que cela, fit-il en lui prenant le menton afin de l'obliger à lui faire face. Toi-même aurais-tu des ennuis ? As-tu de bonnes nouvelles d'Ivreville ?

— Oui, oui...

Il insista :

— Tout va bien ? Tu me le promets ?

— Mais oui, bien sûr ! Je me tourmente pour nos amis, voilà tout.

Jugeant qu'il était préférable de se soustraire à sa perspicacité, Floriane se leva et lança avec une espièglerie un peu feinte :

— Parlez-moi donc plutôt de Mme de Gravelle, cachottier !

La prison, l'âge, la tristesse, le désenchantement, n'avaient pas tout à fait réussi à vaincre Bassompierre. Il avait suffi d'une entreprenante prisonnière pour réveiller en lui l'éternel séducteur. Arrêtée pour un vague motif de conspiration, Marie d'Estourmel, dame de Gravelle, n'était peut-être plus très jeune mais elle était une admiratrice passionnée du maréchal et dès son entrée à la Bastille, lui avait fait une cour éhontée dont on s'était beaucoup diverti.

— J'ai mis fin à notre idylle. Cette dame m'importunait, déclara-t-il le plus dignement possible en se levant à son tour.

Ils ne tardèrent pas à rire tous deux de la réponse comme si, soudain, ils se fussent trouvés loin de ce lieu maudit, en toute liberté.

— Tu sais bien que je ne peux aimer que toi, ajouta-t-il doucement.

Ils s'embrassèrent. Floriane avait du mal à le quitter. Elle aurait voulu se confier à lui, se faire consoler puis taquiner comme une petite fille tandis que serait revenu les frôler le reflet des jours enfuis. Pour elle, en dépit de tout, il restait l'appui, le compagnon tranquille et sûr que son humour et sa clairvoyance maintenaient toujours un peu en retrait des choses. Sa longue épreuve, tout en continuant à le faire souffrir, avait aussi fortifié toutes les qualités que l'on admirait chez lui, le courage, la noblesse, la constance dans un monde troublé, malmené par la poigne d'airain qui tentait de le façonner différemment. L'adversité conférait à Bassompierre une sorte de grandeur qui aurait sans doute manqué à son existence certes glorieuse, mais par ailleurs capricieuse, essentiellement tournée vers le plaisir. Floriane en était convaincue, cependant elle eut honte de paraître accepter et même, d'une certaine manière, approuver les affres endurées par un homme qui lui était si cher. Elle eut donc scrupule à se plaindre tout en reprenant conscience, également, de ce qu'ils encouraient en bravant « l'âpre » Richelieu.

— Surtout, sois prudente, lui glissa Bassompierre avant de lui rouvrir la porte.

Sur le palier, ses valets avaient servi à boire au porte-clefs et au garde qui prit le temps de finir son gobelet avant de reconduire Floriane jusqu'à la voûte. Le front penché, le pas rapide, elle put heureusement sortir sans encombre de la forteresse. Une heure plus tard, rompue d'émotion, elle était de retour à l'Hôtel d'Ivreville. Il ne restait plus qu'à patienter et espérer.

Ainsi que l'avait estimé Bassompierre, Malleville se présenta chez Floriane trois jours après sa visite à la Bastille. Elle le fit monter dans sa chambre, attendit que se fût retirée la curieuse Ermelinde puis, seule avec le poète, l'écouta avec avidité.

Il est souvent convenu d'évoquer la solidarité qui, presque toujours, lie entre eux les captifs. En l'occurrence, cette solidarité avait pleinement joué dès lors que Bassompierre eût décidé de faire parvenir à La Porte le message de la reine.

Pour commencer, il avait établi chez lui une sorte de petit conseil de guerre où avaient été invités Adrien de Cramail et le chevalier de Jars, tous deux fervents d'Anne d'Autriche, viscéralement opposés à Richelieu et par conséquent enthousiasmés par la perspective de le berner. Mais comment réussir à joindre La Porte ? Derrière murailles, barreaux de fer, portes de chêne bardées de verrous, sans compter le geôlier en permanence près de lui, le garçon était totalement inaccessible à moins d'une intervention du Ciel.

Justement ! Le Ciel... La voie des airs, voilà ce qu'il fallait tenter !

Se promenant sur la terrasse qui coiffait la tour dans laquelle s'affligeait le pauvre La Porte, les trois compères, à coup sûr guidés par la Providence, avaient découvert que l'une des pierres du pavement était brisée sur sa moitié. Cramail en avait soulevé un morceau : des bruits leur étaient alors parvenus d'en dessous, d'une cellule où était enfermé un petit groupe de séditieux, des « croquants », arrêtés à Bordeaux lors d'une émeute. Laissant s'éloigner la sentinelle à l'autre extrémité de la terrasse, Jars s'était accroupi près de l'orifice, avait appelé les « croquants », très rapidement leur avait expliqué de quoi il retournait et sollicité leur aide ; aide que les Bordelais avaient été trop heureux de lui promettre. Après avoir pratiqué, sans faire le moindre bruit, un trou dans leur plancher, ils avaient pu alerter les deux prisonniers de l'étage inférieur pour leur répéter les propos de Jars. Ces gentilshommes étaient aussitôt entrés dans le complot. Sous leurs pieds se trouvait La Porte. Trouant le plancher à leur tour et profitant du moment où son porte-clefs sortait vider la « terrine » commune, ils lui avaient envoyé dans un petit filet pendu au bout d'une corde la lettre de la reine accompagnée du billet de Floriane et également, d'un mot de Bassompierre l'éclairant sur le stratagème qu'ils avaient tous combiné. L'astucieux La Porte qui n'avait rien pour écrire, avait malgré tout réussi à fabriquer un semblant d'encre avec du charbon écrasé et de l'huile de salade. Un morceau de papier oublié dans sa poche avait fait l'affaire. Il avait pu tracer quelques lignes. Un peu plus tard, le nécessaire lui avait été envoyé, toujours au moyen du filet traversant les plafonds et pendant l'absence de son geôlier. Tout ceci avait été effectué avec mille précautions, un débordement de ruse et d'habileté. Le résultat tenait dans une belle lettre adressée à Floriane que Malleville maintenant lui tendait. La Porte la rassurait : rien

236

de ce qu'il avait déclaré ne pouvait nuire à la reine ; il avait parfaitement saisi ses instructions ; il saurait, avec la grâce de Dieu, répondre à ses juges.

— Ah ! Malleville ! s'écria Floriane, si heureuse qu'elle embrassa avec transport les maigres joues du poète. Nos amis ont fait là des merveilles. Je crois que cette fois-ci tout s'arrangera bientôt au profit de la reine.

On disait que le gros Laffemas avait été comédien en sa jeunesse. Il lui en restait un grand savoir-faire pour questionner ceux qui avaient le malheur de comparaître devant lui. Son regard de vipère entre ses paupières graisseuses les voyait déjà s'agiter au bout d'une corde ou massacrés par le bourreau. C'était cet homme-là qui avait poussé le zèle effroyable jusqu'à faire pendre les chevaux de certains condamnés. Ce fut aussi cet homme-là que La Porte abusa par un air naïf et serein.

Une nuit, enfin, on lui soutira les révélations tant attendues. Quelques lettres à Mirabel, à l'Infant, cette missive à Mme de Chevreuse, la seule qu'il ait jamais tenue, jura-t-il, le rôle d'Augier à l'ambassade d'Angleterre : voilà tout ce qu'il savait et ce qu'il pouvait dire. Que ces messieurs le torturent maintenant, le fassent mourir, il n'inventerait rien qui pût compromettre sa maîtresse innocente !

Son opiniâtreté finit par vaincre ses juges. Ils comparèrent ses aveux à ceux d'Anne d'Autriche : c'étaient les mêmes ! Rien ne clochait. Richelieu dut alors s'incliner, faire cesser l'enquête. La reine était sauvée !

*
* *

« Ma chère Floriane, vous devez vous douter de l'extrême contentement de Sa Majesté, la reconnaissance et l'amitié qu'elle nourrit à votre égard. Ils n'égalent que son regret de ne pouvoir vous les témoigner personnellement. Le roi lui interdit toujours de correspondre avec quiconque ; il a chargé Mme de Sénecé et Filandre de ne pas la laisser seule une minute. L'entrée des couvents lui est refusée jusqu'à nouvel ordre. De fait, notre pauvre princesse est prisonnière chez elle. Ces rigueurs finiront peut-être par s'atténuer lorsque le Cardinal aura digéré son demi-échec et assouvi sa rancune. J'ai constamment l'impression, désagréable, que son œil reste rivé sur nous. Mais qui donc, dans l'entourage de la reine, peut consentir à nous espionner pour son compte ? Qui donc peut se rendre coupable d'une telle vilenie ? »

— Chémerault, murmura Floriane, avant de poursuivre la longue lettre de Marie de Hautefort. Chémerault venue de son Poitou natal avec ses quatre frères, séduisants, pauvres et sans scrupules comme elle, affamés d'argent et de gloriole. Chémerault que l'on surnommait la « Belle Gueuse ». Paris regorgeait de ces jeunes fauves de province que Richelieu en général savait fort bien employer.

Floriane reprit sa lecture, décidée à prévenir Marie de la duplicité de sa compagne. La jeune fille évoquait l'admirable conduite de La Porte qui venait de quitter son cachot pour une cellule plus confortable, plus aérée. Il pouvait maintenant sortir dans l'enceinte de la Bastille et fréquenter les autres détenus. Patrocle, à cause de son excès de franchise, avait bien failli les rejoindre. Finalement, le roi s'était contenté de l'exiler chez lui, à Bourges. Quelqu'un — son père probablement — avait en même temps discrètement conseillé à François de Marsillac de se retirer dans ses terres. Marsillac qui avait eu avec la reine trop de conversations privées.

En ce qui la concernait, Marie de Hautefort n'était pas inquiète. Depuis peu, le roi semblait repris d'inclination pour elle. « Mais c'est vous, Floriane, que je mets en garde, écrivait-elle. Votre nom a été prononcé plusieurs fois. Votre tour viendra, j'en ai peur. Quant à Mme de Chevreuse, son sort n'est pas encore fixé mais tout laisse à craindre que le châtiment sera sévère car c'est elle que l'on désigne maintenant comme la grande coupable. La reine m'a fait convenir d'un signal avec la duchesse. S'il y a danger pour elle, je lui ferai parvenir un livre d'heures relié en rouge. Dans le cas où les événements prendraient meilleure tournure, la reliure en serait verte. En attendant, nous restons vigilantes, nous prions et tout comme Sa Majesté, je demeure votre amie sincère... »

Floriane replia la lettre de Marie de Hautefort, nullement surprise par ce qu'elle contenait. Par prudence, elle s'était abstenue de reparaître à Chantilly, certaine que son zèle auprès de la reine avait dû paraître suspect et finirait par les desservir. En ce moment, elle pensait surtout à Mme de Chevreuse, imaginant fort bien quelles pouvaient être ses inquiétudes, là-bas en Touraine.

Depuis qu'elle était de retour chez elle, délivrée de la tension de ces deux dernières semaines, Floriane avait également sombré, de nouveau, dans le vide de l'absence ; elle s'était remise à croire à un geste d'Artus. Elle y crut même fortement, contre toute raison, jusqu'à ce soir de la fin août, lorsqu'elle reçut le courrier que régulièrement lui faisait tenir sa belle-mère. Ignorant leur brouille, Hélène y évoquait le récent séjour qu'Artus avait effectué en Normandie et croyait, de bonne foi, que son fils avait rejoint sa femme avant de retrouver son poste à l'armée de Flandre. La vieille dame s'en réjouissait bien entendu, sans se douter à quel point Floriane souffrit à la réception de cette nouvelle.

Nouvelle confirmée peu après par des soldats du régiment d'Artus venus à l'Hôtel d'Ivreville rassembler pour lui des armes et des vêtements. Une expédition que devait diriger le baron se préparait afin de reprendre La Capelle à l'ennemi. Les soldats l'expliquèrent à Floriane qui voulut les rencontrer, retenant mal devant eux son émotion, un humiliant sentiment de timidité et de gêne. Elle n'osa même pas leur confier une lettre lorsqu'ils repartirent vers le nord.

Informée par des tiers, renseignée par des subalternes, elle n'était donc plus qu'une épouse négligée, elle n'était plus rien, rejetée dans l'ombre, impuissante, misérable, privée de ce qui avait toujours été sa force, sa richesse, l'ornement de sa vie : l'amour, l'attention, les prévenances de l'être aimé. Richelieu pouvait bien la menacer une fois encore, elle n'avait plus rien à redouter de qui que ce soit au monde, ayant déjà tout perdu.

Le lendemain, M. de La Houdinière, capitaine des gardes à cheval de Son Éminence, se présenta à la tête d'une douzaine d'hommes devant l'Hôtel d'Ivreville.

Bottés de noir, empanachés de neige, tous portaient avec superbe la même casaque flottante couleur de feu, frappée aux quatre pans d'une grande croix blanche. Leur arrivée sur le quai, lancés au galop, leur manière de tambouriner sur la porte cochère, affolèrent les passants et mirent toute la maison en émoi. Gaspard vint leur ouvrir ; La Houdinière lui présenta les ordres du Cardinal.

— Madame d'Ivreville est partie, à l'aube. Peut-être en Normandie, peut-être en Anjou, peut-être ailleurs. Madame n'a pas daigné nous le dire, expliqua Gaspard, nullement impressionné.

Pendant ce temps, un carrosse mené avec vigueur par Macloud cahotait sur la route de Chartres. A l'intérieur, deux femmes en larmes, penchées à la portière, regardaient des cavaliers s'éloigner au bout de la plaine. Où allaient-ils ? Elles n'en savaient rien. Ils les avaient quittées tout à coup, sans explication, en rase campagne, les laissant poursuivre seules jusqu'à Saint-Évy. Ils s'étaient éloignés si vite que se confondaient déjà leurs silhouettes, l'une massive, l'autre infiniment plus délicate.

— Hélas, hélas ! La reverrons-nous ? sanglota dame Frumence.

— Notre maîtresse finit toujours par revenir, fit auprès d'elle une petite voix chagrine.

— Ah, Toinon... Que le Ciel t'entende cette fois encore !

★
★ ★

— Tours ! annonça La Musette en se penchant sur Floriane endormie dans une couverture à même le pont.

Dans le tintement des cloches, sous le ballet entrecroisé des oiseaux, la ville apparaissait au matin, bleue et dorée, paisible et harmonieuse, ainsi qu'elle devait l'être depuis toujours.

Vite debout, Floriane étira ses membres un peu raides après deux jours de navigation, inspira profondément l'air frais tout en regardant ondoyer autour du bateau la Loire qui les portait.

Cachés au fond de ses eaux, sur la surface blanche de ses grèves, embusqués au coude d'un chemin, entre les maisons des petites villes traversées depuis Orléans, des visions, les échos de voix amicales avaient accompagné Floriane tout au long de son voyage.

Pour être celle que, vainement, Artus avait voulue — lisse, sans passé et sans ombres —, pour se racheter enfin à ses yeux, aurait-elle dû renier ces souvenirs ? Elle jugeait cela impossible ! Elle ne pouvait, elle-même, se mutiler ainsi.

Elle avait fui Paris pour deux raisons. L'une accessoire : tôt ou tard Louis XIII et le Cardinal lui auraient fait payer son loyalisme auprès de la reine. L'autre essentielle : elle n'avait plus supporté le misérable reflet renvoyé par son miroir, celui d'une amoureuse déchue, déchirée, vaincue sans avoir pu se défendre. Lancée dans le vent, à travers la plaine de la Beauce, après avoir laissé son équipage, elle avait senti se ranimer sa flamme. En compagnie de La Musette, Pança fidèle et désintéressé, elle s'était sentie renaître en jeune chevalier errant, portant ses pas sur des traces que le temps n'avait fait que voiler, se plaisant à mettre un nom à chacune de ses étapes : Bassompierre ou l'Initiation ; Floridor ou l'Enchantement ; Charles ou la Fraternité ; Henry de Chalais ou la Mort. Mais elle n'oubliait pas l'Amitié qui l'attendait encore, à Tours, en la personne de Mme de Chevreuse, certainement beaucoup plus menacée qu'elle ne l'était elle-même et peut-être tout aussi seule. Mme de Chevreuse qu'un beau matin, elle avait décidé de rejoindre.

La duchesse partageait son exil entre son château de Couzières et une demeure élégante louée en ville à l'archevêché, l'Hôtel de La Massetière, où Floriane se rendit non sans s'être arrêtée auparavant dans une hostellerie proche des quais afin d'y faire toilette. Ce fut donc un gentilhomme vêtu avec recherche de drap zinzolin et de toile de Hollande, le manteau court retenu aux épaules par un cordon de soie, qui se présenta à Hilaire, l'un des domestiques de la maison sous l'identité d'un jeune Anglais, ami de Lord Craft. La duchesse était justement à son Hôtel. Hilaire fit entrer Floriane dans son cabinet.

C'était une pièce charmante, un peu basse, où par une débauche de couleurs, des tapisseries de Bruges entonnaient un hymne sensuel à la nature. Des nymphes couraient parmi les fruits, les fleurs, la faune ou les frimas des quatre saisons dont on croyait goûter chaque saveur tant le dessin en était précis, avant de découvrir, cette fois tout à fait réels, un compotier de poires jaunes, un bouquet de roses, un lévrier endormi dans un rayon de soleil, aux pieds de la plus belle des divinités, Marie de Rohan, duchesse de Chevreuse.

Trente-sept ans bientôt, en décembre, et cependant l'ovale du visage aussi ferme, aussi lumineux que celui d'une jeune fille, le même reflet de blé mûr dans ses cheveux, le regard vert-bleu comme l'océan en plein été toujours hardiment dirigé sur autrui — un irrésistible regard — et la voix aux riches modulations : Marie n'avait pas changé, pensa aussitôt Floriane, l'admirant, ainsi que jadis lors de leur première rencontre, reprise par son charme qui si longtemps l'avait tenue captive.

— Un ami de lord Craft ? Soyez le bienvenu, monsieur... ? commença la duchesse tendant vers elle un bras couvert de dentelle et de soie grise.

Mais déjà son visiteur jetait son feutre, fondait sur elle, s'écroulait à ses genoux, lui prenait les mains, riant et pleurant tout à la fois, un visiteur un peu fou, qu'elle reconnut avec bonheur et l'attirant contre elle, serra à l'étouffer :

— Ce n'est pas possible ? Vous êtes venue...

— Que c'est bon de vous revoir ! roucoula Floriane sur son épaule. J'avais pensé que peut-être vous aviez besoin d'une présence amie en ce moment.

— Ah, mon petit... Vous avez pensé juste. Tout ne va pas pour le mieux, vous le savez certainement, lui dit Marie, beaucoup plus émue qu'elle n'avait coutume de le faire paraître.

Pour la première fois, la situation échappait à son savoir-faire ; une menace rampait vers elle, imprécise. Un cauchemar l'avait troublée la nuit précédente : deux têtes ensanglantées de chaque côté de son lit lui avaient murmuré des propos indistincts. Leurs voix avaient été celles de Chalais et de Montmorency...

Depuis que s'était déclenchée « l'affaire », les maisons de Tours avaient une à une fermé leurs portes devant la duchesse de Chevreuse. N'ayant au fond que peu d'affinités avec les bonnes dames de la ville, elle eût accueilli le fait avec dédain, s'il ne lui avait semblé le signe avant-coureur d'ennuis infiniment plus graves.

Tourmentée pour la reine, elle avait pour elle-même tout de suite redouté la réaction des deux hommes dont elle bravait l'autorité du fond de son exil. Car en effet, comme Floriane l'avait supposé, la remuante Chevrette s'était employée durant ces quatre dernières années à contrecarrer systématiquement chaque décision de « l'homme rouge », s'efforçant d'empêcher toute forme d'alliance qui aurait pu le servir, en écrivant sans trêve, en Savoie, en Lorraine, aux Pays-Bas, en Angleterre, toujours aidée par un bataillon de soupirants tout disposés à porter ses lettres aux antipodes si elle l'eût exigé. Et c'était bien ainsi qu'elle concevait l'existence : un entrelacs d'intrigues politiques et amoureuses joyeusement repris

243

à chaque réveil ; un loyalisme sans faille aux amis, aux amants ; un combat féroce contre les autres.

Vers la mi-août, peu après l'arrestation de La Porte, elle avait reçu à Tours deux envoyés de Richelieu dont le vieil abbé du Dorat, trésorier de la Sainte-Chapelle, tout dévoué au ministre. Avec beaucoup d'égards, ils avaient entrepris de la questionner. Fine mouche, la duchesse avait spontanément reconnu avoir proposé à Anne d'Autriche de venir la voir, déguisée, à Paris. Ce projet, avait-elle dit aux émissaires, n'était que le fruit naturel de son affection pour la reine. Elle avait bien entendu nié le reste concernant d'éventuelles relations épistolières avec l'étranger. Par ces mêmes envoyés, Richelieu lui avait promis sa bienveillance. Il avait même fait plus. La sachant présentement à court d'argent, il lui avait fait remettre dix mille livres en gage de sincérité. Mme de Chevreuse avait d'abord refusé la somme, adressant une lettre fondante de gratitude au bienveillant ministre. Puis elle s'était ravisée et l'avait acceptée à « titre de prêt » en protestant de ses bons sentiments. Bref, il y avait eu entre elle et le Cardinal, aussi habiles comédiens l'un que l'autre, un savoureux échange de confiance et d'amitié. En réalité, sans céder à l'affolement, la duchesse restait sur le qui-vive, ayant toutes les raisons de redouter les pires représailles, s'efforçant de deviner ce que devaient agiter le roi et son ministre.

La chasser du royaume ? Louis l'aurait voulu. Le nom même de ce Diable fait femme lui tournait la bile. Mais l'exiler, c'était lui permettre de soulever pour de bon toute l'Europe contre la France : la perverse en avait, hélas, le pouvoir. Le mieux en ce cas était de la mettre hors d'état de nuire, au plus épais d'un donjon. A Vincennes par exemple. Richelieu pour sa part n'y voyait pas d'inconvénient si argent et douceur ne suffisaient pas à l'amender. Il l'aurait de cette manière à sa merci.

Ah ! Voir s'incliner la fière Chevrette ! Tout comme s'inclinerait également la trop belle baronne d'Ivreville ! Il en caressait le rêve. La défaite de la reine n'avait pas comblé ses fantasmes. Il voulait davantage ; il voulait faire plier ces femmes qui, à la longue, avaient fait de ses désirs un éternel supplice. Les faire plier... ou les briser pour enfin connaître la délivrance.

— Mais il n'est pas encore vainqueur, n'est-ce pas, petite amie ? fit Mme de Chevreuse avec soudain un rire malicieux.

Sa gaieté s'éteignit tout aussi brusquement. Elle n'avait plus aucune nouvelle de l'abbé du Dorat qui pourtant, avant de repartir à Paris, lui avait promis de lui écrire. Ce silence ne lui disait rien qui vaille. D'autre part, Lord Craft, regagnant Londres, était passé la voir quelques jours plus tôt. Il lui avait rapporté les aveux de la reine, les bruits alarmistes de la Cour. Peu après, elle avait reçu la lettre de Mlle de Hautefort et, depuis, guettait son signal. Rouge ? Vert ? Le livre fatal tardait à venir.

— La reine ne vous a pas mise en cause, dit Floriane après l'avoir écoutée avec attention. Mais malheureusement, je ne vous apporte aucun autre message rassurant.

A son tour, elle raconta tout ce dont elle avait été témoin, sa propre incursion à la Bastille, l'habileté de La Porte.

— Vous avez tous été admirables ! s'exclama la duchesse. J'espère que la reine s'en rend vraiment compte. Que va-t-elle devenir, privée d'énergies comme la vôtre, la mienne, pour secouer sa nonchalance ? Hautefort n'aura pas la tâche facile.

— La demoiselle a du caractère, remarqua Floriane.

— Saura-t-il égaler celui dont vous avez fait preuve ? Espérons-le, soupira Marie. Puis elle enchaîna : Ma chère, si vous me parliez un peu de vous maintenant ? Il vous est arrivé tant de choses depuis que nous ne nous sommes vues ! J'ai beaucoup regretté de ne pas avoir pu applaudir Niflame. Il paraît qu'elle montrait un joli talent...

Floriane n'avait jamais rien pu cacher à sa prestigieuse aînée, surtout lorsque ses yeux d'aigue-marine prenaient certaine lueur, lorsque ses joues se creusaient de fossettes mutines. De fil en aiguille, elle en vint à tout lui dire, avouant même ses démêlés avec Artus.

— Quelles aventures extraordinaires ! s'écria Marie. Et vous souffrez, pauvre chaton. C'est cher payer vos quelques heures d'ivresse dans cet horrible bateau. À votre place, je me serais depuis belle lurette consolée de tendre manière ! Car ne vous en déplaise, votre Artus ne vaut pas plus que tous les maris du monde : à eux les libertés, à nous l'abnégation ! Il boude ? Laissez-le donc bouder. Il reviendra puisqu'il vous aime. Oui, oui, il vous aime. Je le sais. Alors, cessez de vous morfondre ou vous finirez par gagner des rides fâcheuses. Parlez-moi plutôt de Floridor. Ce garçon m'inspire...

La conversation prit un tour frivole que Floriane n'avait pas goûté depuis longtemps. Il est vrai que l'amour pouvait être aussi un aimable vagabondage où la notion de péché restait inconnue. Aussi Marie était-elle fidèle à sa façon. Un amant chassait l'autre : jamais deux en même temps. Pour elle, la seule faute était de s'engager sur les chemins risqués du sérieux et de la tyrannie. Mais pour cela sans doute, faut-il un don que je ne possède pas, pensa Floriane, une fois de plus tiraillée par ses propres contradictions.

Anne, la femme de chambre, leur apporta des friandises. Elles mordirent dans les poires juteuses, burent du vin de Vouvray. Elles semblaient ne jamais devoir cesser leurs confidences, mêlant présent et passé, évoquant tous ceux qu'elles avaient aimés un jour et n'oublieraient pas, semblables malgré tout sur bien des points. Elles mettaient toujours trop de spontanéité et de franchise dans leurs sentiments pour jamais en rougir. Dix ans les séparaient mais leurs âmes étaient les mêmes, ardentes, avides de fantaisie, de merveilleux, comme celles d'enfants généreux.

Le soir les surprit dans leurs épanchements. Marie reprit un instant son air soucieux.

— Que comptez-vous faire ? lui demanda Floriane.

— Je l'ignore, vraiment. Je ne peux compter sur rien ni

personne. Mon époux ne sait que croquer ma fortune et faire sa cour au roi. Je me sens seule...

— Pas tout à fait. Je suis là.

— C'est vrai, milord. A propos, il vous faut un nom. Vous serez, voyons... George, oui comme ce cher et charmant Buckingham... George Spencer. Cela vous plaît ?

La nouvelle identité de Floriane les amusa beaucoup. Elles soupèrent un peu plus tard dans le jardin de l'hôtel, face au couchant, sous une tonnelle de roses, sans cesser de bavarder, sautant du rire à l'angoisse, au gré des reflets changeants du vouvray, ce breuvage de « taffetas ».

Enfin Sir George, fatigué par son voyage, un peu étourdi de paroles et de vin, sollicita la permission de se retirer dans sa chambre et bientôt le silence se fit dans l'Hôtel de La Massetière.

Le lendemain, Floriane et Mme de Chevreuse venaient de se retrouver dans le cabinet « des Saisons » lorsque Hilaire frappa à la porte. Il était onze heures. Les carillons de Saint-Gatien et de Saint-Martin s'apaisaient tout juste. Hilaire apportait à sa maîtresse un paquet déposé avec discrétion par un messager de Mlle de Hautefort.

— C'est bon. Laisse-le sur cette table.

Le domestique se retira. Sans un mot, les deux amies s'entre-regardèrent puis fixèrent quelques secondes le petit paquet enveloppé de papier gris soigneusement cacheté, d'apparence anodine, et renfermant pourtant l'arrêt du destin.

— Floriane, voulez-vous l'ouvrir ? demanda Marie d'un ton méconnaissable.

Rouge ou vert ? Les doigts tremblaient en faisant sauter la cire, en déchirant l'enveloppe épaisse. Rouge ou vert ? Richelieu avait-il décidé de reprendre les armes contre l'incorrigible conspiratrice ou, au contraire, avait-il choisi le pardon ?

Floriane sortit enfin le précieux livre d'heures. Il était habillé d'un velours rouge vif, rouge comme l'acier de la hache sur le cou des suppliciés ; rouge comme la robe du ministre dans sa toute-puissance. Sa couleur semblait tacher de sang les mains de Floriane.

Un papier s'échappa de ses pages, couvert de l'écriture de la reine. La duchesse l'attrapa au vol, le lut d'une voix presque inaudible : « Dimanche matin, au plus tard, vous devez être arrêtée. »

— Dimanche ! C'est demain, murmura-t-elle, refusant encore de croire à l'évidence.

Puis soudain elle se mit à pleurer.

Bouleversée, Floriane lâcha le livre, se précipita vers elle.

— Non ! Je vous en prie, madame, ne pleurez pas.

L'avait-elle déjà vue sangloter avec une telle violence, se tordant les mains de désespoir, toute perdue, l'épaule basse sous l'assaut brutal de l'Infortune ? Oui, peut-être... Mais cela était très ancien. La Cour était alors à Fontainebleau. — Ah ! l'inoubliable printemps de ses seize ans ! — Charles, Puylaurens et Brion avaient couru, un soir, vérifier une nouvelle effarante : M. d'Ornano avait été arrêté ! Cet homme sur lequel ils comptaient tous en ce temps-là pour empêcher le premier mariage de Monsieur ! M. d'Ornano, le « bouclier de ces dames » ! Ces dernières s'étaient aussitôt ruées chez Mme de Chevreuse pour se lamenter en chœur. Floriane se souvenait d'avoir ensuite passé une partie de la nuit à pleurer avec elle. Mais au petit jour, l'espoir et l'entrain étaient réapparus.

Les larmes faisaient du bien. Celles-ci attendaient sans doute depuis trop longtemps de couler, toujours vaillamment méprisées par l'infatigable. Dans un instant, elles seraient séchées, oubliées...

— Marie, ma courageuse, chuchota Floriane en posant un baiser sur la joue de son amie.

Les sanglots redoublèrent puis peu à peu décrurent. La duchesse tamponna ses yeux, réclama un verre d'eau.

— L'Angleterre... finit-elle par dire en se redressant dans son fauteuil. Il me faut gagner l'Angleterre.

— Aviez-vous auparavant envisagé l'éventualité d'une fuite ? demanda Floriane.

— Pour être franche, pas vraiment, malgré mes alarmes.

Légèreté ? Inconscience ? Marie, au fond, avait toujours pensé pouvoir battre les cartes à son avantage. En acceptant l'argent de Richelieu — avec la ferme intention de le lui rendre plus tard — elle avait cru en quelque sorte se mettre à l'abri. L'apparition du livre d'heures la désarçonnait trop brutalement.

Après un temps de réflexion, Floriane émit de profondes réserves quant au plan de la duchesse :

— Fuir en Angleterre me semble risqué.

— Risqué ? C'est pourtant le pays où j'ai le plus d'amis.

— Je le sais bien mais songez qu'avant d'y parvenir, il vous faudra courir en Bretagne, trouver un bateau, dépendre des marées. Vous prendriez un retard qui vous perdrait. Sans compter que le Cardinal, devinant vos intentions, a peut-être déjà mis tous les ports en alerte.

— C'est juste, reconnut la duchesse. Mais dans ce cas, où aller ? Aux Pays-Bas ? En Espagne ?

— En Espagne, dit Floriane avec conviction. Car il me paraît beaucoup plus difficile de pouvoir en contrôler l'accès.

— Passer les Pyrénées ne doit pas être une mince affaire, objecta Mme de Chevreuse. Pourtant, attendez... Mon vieil ami, l'archevêque de Tours, a là-bas, en Pays basque, un neveu qui pourrait éventuellement m'accueillir, m'aider.

Elle quitta son fauteuil, prit les mains de Floriane :

— La panique est décidément mauvaise conseillère. Que ferais-je si vous n'étiez pas là, mon petit, avec votre sang-froid, votre bon sens ? Vous avez raison, bien sûr, et je vais de ce pas voir l'archevêque. Il me fera une lettre pour son neveu, m'indiquera le meilleur itinéraire à suivre. Le brave homme ne me refusera pas ça. Il est mon seul ami en cette ville.

— Pouvez-vous être sûre de lui ?

— Il a béni mes noces jadis, avec M. de Luynes. Il m'adore ! Sans exiger grand-chose, d'ailleurs, une caresse innocente de temps à autre, trois fois rien lui suffisent. A son âge !

Tout refleurissait en elle, l'humour, le sourire, l'allant.

— Alors faites vite, lui dit Floriane. Je vous attendrai.

— Mais vous-même, petite amie...

— J'irai aussi en Espagne, cela va de soi.

— Je le savais, merci, fit Marie simplement.

Mgr Bertrand d'Eschaux soignait un méchant rhume au fond de son archevêché. Néanmoins, il reçut son idole et comme prévu lui donna la lettre, les conseils et les renseignements qu'elle implora, tout en regrettant de ne pas pouvoir faire plus à quatre-vingts ans ! La duchesse avait également pris la peine de se rendre auparavant chez Catinat, le lieutenant général du roi, mais sa visite ne lui avait rien appris la concernant. Visiblement, Catinat ignorait le traitement qu'on lui réservait. Elle s'était alors déclarée souffrante et décidée à se reposer à Couzières, ce qui n'avait pas surpris l'aimable lieutenant car elle avait en effet une pâle figure aux traits un peu tirés. Sans méfiance, il lui avait souhaité de se rétablir vite.

Lorsque la duchesse retrouva Floriane en fin d'après-midi à son Hôtel, les domestiques auxquels s'était joint La Musette étaient prêts à partir. Le carrosse quitta Tours sans hâte, d'une allure de promenade et peu avant sept heures arrivait au château.

Dès lors, tout prit un rythme bien différent. A Couzières, Mme de Chevreuse était chez elle. Une partie de son enfance s'était déroulée dans ces pièces rustiques et plaisantes, sous les grosses solives des plafonds déjà anciens, parmi les parterres où régnait, comme partout, une paix qu'on eût jurée immuable, née au creux verdoyant de l'Indre sinueuse. Le personnel connaissait et vénérait la duchesse depuis des années. Il n'était donc plus nécessaire qu'elle muselât sa nervosité pour donner le change. Au contraire, convoquant tout son monde, elle annonça son brusque départ, le péril qui la menaçait, sans toutefois révéler la destination qu'elle s'était choisie.

— J'ai confiance en vous, bien sûr, mais si vous ne savez rien, on ne pourra rien contre vous. Je suis donc censée être ici, malade, contrainte de garder la chambre, sans pouvoir recevoir de visites. Dites-le bien car M. Catinat, par exemple, est fort capable de venir s'inquiéter de ma santé. Renault, Hilaire, fit-elle en s'adressant à ses deux valets, bruns et trapus, la mine éveillée de Tourangeaux bien nourris, vous m'accompagnerez... Il nous faut des chevaux. Voyez donc cela avec le domestique de lord Spencer.

La consternation était générale. Anne, la jeune femme de chambre, pleurait dans son tablier.

Pendant ce temps, Floriane avait sorti de son sac un costume de rechange qu'elle avait emporté avec elle : un pourpoint, un « pantalon », une casaque noire, un peu fripés, mais propres et surtout beaucoup plus commodes pour chevaucher que des jupes de soie.

— Je vous ai préparé ceci, dit-elle en montrant à Mme de Chevreuse les vêtements étalés sur le couvre-lit.

— Oui, c'est une excellente idée...

Elles ne l'auraient avoué pour tout l'or du monde, cependant elles se sentaient soudain aussi angoissées, aussi désorientées l'une que l'autre. La nuit, qui lentement s'insinuait dans le parc, jetait aussi ses ombres inquiètes sur la longue route qu'elles emprunteraient bientôt. Leur courage, leur volonté véhémente d'échapper aux filets du chasseur, ne les empêchaient pas tout à fait de trembler.

Anne leur servit du gigot d'agneau et du pâté de grives qu'elles goûtèrent du bout des dents. Puis Marie se décida à revêtir l'habit noir, enfila une paire de bottes à genouillères. Floriane tournait autour d'elle avec l'œil critique de la comédienne accoutumée aux travestis. Robe ou chausses, la Chevrette restait toujours une femme étincelante, reconnaissable entre mille.

— Je ne suis pas un garçon manqué comme vous, dit-elle

251

en s'efforçant de plaisanter. A Blois, vous vous souvenez, vous me surpreniez toujours en véritable garnement. Hé ! Que faites-vous donc ?

Floriane avait passé un doigt à l'intérieur de la cheminée et le frottait doucement sur le visage de la duchesse. La suie s'étendait bien, comme une poudre. Un peu de fard rouge étalé par-dessus finit par donner un résultat surprenant : le célèbre teint blanc et rose était devenu, en un tour de main, celui d'une bohémienne recuite par le soleil. Une écharpe de taffetas noir, posée sur son front comme pour cacher quelque terrible blessure, acheva la métamorphose de Marie. Elles pouffèrent nerveusement, pareilles à des gamines à leur premier carnaval.

C'était ça l'aventure : la panique au cœur, l'incertain en tête et le rire aux lèvres. Floriane en reconnaissait bien les signes, non sans plaisir du reste, repoussant bien loin les pensées qui auraient pu freiner son élan. C'était ça l'aventure : leurs pas à toutes deux, rapides dans l'escalier puis sous les grands arbres sombres ; une main invisible qui leur ouvrait une porte à demi dissimulée sous les ronces d'un vieux mur ; des chevaux qui les attendaient piaffant au clair de lune et le formidable tourbillon qui les emportait en chassant aussitôt les craintes du départ.

Il était neuf heures ce samedi cinq septembre 1637, lorsque les cavaliers s'enfuirent de Couzières, piquant droit sur le chemin de l'Espagne.

*
* *

Si, comme l'avait avertie la reine, Mme de Chevreuse devait être arrêtée le dimanche matin, leur avance était très faible. Des hommes parfaitement entraînés à la course, des courriers envoyés de Tours dans toutes les directions possibles auraient eu vite fait de les rejoindre. Les fugitifs devaient donc à tout prix, sans perdre une seconde, allonger la distance entre eux et leurs poursuivants.

Pour Floriane qui avait déjà accompli une telle prouesse et savait ce qu'il en coûtait, pour la duchesse, excellente cavalière mais pas habituée à un pareil train, cela exigerait un dépassement de soi qui ne les effrayait nullement. Pour fouetter leur audace, n'avaient-elles pas la brise portée par la nuit, des odeurs tièdes de campagne et de forêt ? N'avaient-elles pas le plaisir délectable de se moquer une fois de plus de leur vieil adversaire, en s'envolant comme des oiseaux à sa barbiche ? Chez Floriane s'ajoutait la satisfaction de se sentir libre et déterminée malgré des sentiments en miettes, après avoir été si longtemps une créature apathique, larmoyante, guère estimable au fond — ainsi se jugeait-elle sans complaisance. Artus l'avait rejetée ; elle n'avait donc plus de comptes à rendre. A personne ! Charlotte ? C'était une Ivreville et puis elle n'était qu'une petite fille qui pouvait encore fort bien se passer de sa mère. Floriane, en ce moment, en était sincèrement convaincue. Plus tard, elles se retrouveraient lorsqu'elle aurait atteint l'âge d'entrer dans le monde. Il n'appartenait qu'aux bourgeoises, aux paysannes, de couver dès le berceau, de traîner partout leur progéniture. Ses cinq enfants n'avaient jamais empêché Mme de Chevreuse d'agir à sa guise.

Au fil de leur existence chaotique, les deux amazones s'étaient établies chacune à sa manière, suivant son propre instinct, une sorte de code d'honneur, une forme d'éthique, selon des lois qui leur étaient toutes personnelles. Ce soir, rien ne les entravait dans leur course ininterrompue, épuisante : aucun lien, aucun regret, pas même un bagage. Marie n'avait en poche qu'une petite montre d'émail bleu... et les pistoles du Cardinal !

D'un trot rapide, poussant un galop dès que possible, sans s'arrêter, croquant de temps à autre un biscuit dont était toujours muni La Musette, à ce rythme-là ils purent contourner Poitiers le lendemain après-midi et vers le soir, atteindre

Couhé. Ils avaient couvert trente lieues [1] en moins de vingt-quatre heures ; les jeunes femmes ne tenaient plus que par miracle ! A Couhé, ils s'octroyèrent un bref repos dans l'unique auberge du village et repartirent avant l'aurore sous les yeux intrigués des garçons d'écurie : il fallut, en effet, hisser sur leurs chevaux les deux distingués voyageurs !

L'étonnement fut le même à Ruffec, à l'hostellerie du « Chêne vert » où ils s'arrêtèrent vers huit heures du matin. Quels que fussent leurs atours, Floriane et Marie ne pouvaient passer inaperçues. Élégantes dans leur mise, raffinées dans leurs manières, elles étaient pour lors des gentilshommes équivoques sans aucun doute, mais généreux et infiniment séduisants sur lesquels s'attardait volontiers le regard des servantes. Émues par leur extrême fatigue, celles-ci s'empressèrent de faire du feu dans leurs chambres ; y montèrent de l'eau, des serviettes pour leur toilette ; refermèrent les portes avec douceur sur leur sommeil...

Deux heures plus tard, Renault et La Musette allèrent réveiller leurs maîtresses. On leur avait servi une tarte au fromage, toute chaude. Le temps pressait.

Se remettre en selle leur fut cette fois-ci plus pénible encore. Somnolente, Floriane laissa aller son cheval, au risque de chuter à chaque pas. Mme de Chevreuse était à bout de forces. La jument pie qu'elle montait depuis Couzières semblait avoir beaucoup de mal à avancer.

Tout à coup, quittant la route, la duchesse gagna un bosquet et se laissa tomber à terre.

— Seigneur ! Je n'en peux plus !

Comme un somnambule, Sir George la rejoignit et s'écroula à côté d'elle. Recroquevillé dans l'herbe, il grogna une réponse inintelligible et ferma les yeux. De leur côté, les trois valets en profitèrent eux aussi pour piquer un petit somme.

Le soleil à son zénith chauffait autour d'eux les champs et

---

1. Cent vingt kilomètres environ.

les bois, tout un paysage aux courbes tranquilles où sans bruit coulait la Charente. Les oiseaux eux-mêmes pépiaient en sourdine, laissant grillons et sauterelles crisser à leur aise.

Floriane s'éveilla la première et regarda dormir un instant Mme de Chevreuse dont le visage trahissait un réel épuisement, malgré le masque de poudre et de suie.

Saurait-elle poursuivre cette folle randonnée ? Il eût été sage, vu l'heure, de la secouer, d'appeler Hilaire, Renault et La Musette qui ronflaient à l'ombre d'un buisson, de détacher les chevaux et de vite reprendre la route. Ils avaient déjà perdu beaucoup de temps. Mais trop, c'était trop ! Leurs montures harassées ne pourraient les mener encore bien loin. L'accident les guettait tous. Bientôt, ils ne seraient que des proies affaiblies vite rattrapées.

Cependant, il y avait tant de fragilité et de grâce dans l'abandon de Marie que Floriane n'eut pas le cœur de troubler son repos. Découragée tout à coup, elle se releva avec un soupir et marcha d'un pas traînant jusqu'à la rivière.

— Floriane, où êtes-vous ? s'écria la duchesse un peu plus tard. Ah ! la voici qui joue les sirènes maintenant ! J'ignorais que vous nagiez si bien, s'étonna-t-elle en voyant son amie remonter le courant d'une brasse vigoureuse.

— Venez ! Cela chasse la fatigue !

Accroupie sur la berge, la duchesse ôta ses gants et laissa les vaguelettes lui lécher les doigts.

— Une autre fois, dit-elle. Je ne me sens pas très bien. Ah ! Que ne donnerais-je pour un carrosse ! Je serais incapable de supporter une heure de plus le contact d'une selle.

Floriane interrompit ses ébats et sortit de l'eau.

— Vous avez un corps admirable, ma chère.

Le bain avait rosi sa peau de nacre aussi finement grenée qu'un marbre, raffermi courbes et galbes, son torse provocant, ses jambes longues et renflées. Floriane accueillit le compliment sans fausse modestie, avec le sourire, puis fit remarquer :

— Savez-vous que nous nous trouvons tout près de Verteuil, chez le prince de Marsillac ? Je viens à l'instant de m'en souvenir.

D'un ton las, la duchesse dut reconnaître que le fait lui avait totalement échappé.

— Nous tenons là une chance merveilleuse, dit Floriane tout en se rhabillant. Car M. de Marsillac pourra certainement nous prêter un carrosse et des chevaux frais.

— Vous pensez bien que s'il nous sait ici et dans de telles circonstances, il ne se contentera pas de nous fournir un équipage, observa Marie. Or, ayant déjà fait de vous ma complice, je ne peux compromettre de surcroît M. de Marsillac.

Connaissant bien le jeune homme, on pouvait en effet l'imaginer morfondu dans son manoir entre femme et enfants et donc tout prêt à s'en évader pour partager leur fugue.

— Si je suis votre complice, n'oubliez pas que je suis également une criminelle d'État. Moins dangereuse que vous, il est vrai ma chère Marie ! plaisanta Floriane. Puis elle enchaîna : Il n'est pas nécessaire que notre ami apprenne que vous vous sauvez en Espagne, poursuivie par la police du Cardinal, ni même qu'il vous voie. Il faudrait trouver une autre bonne raison pour solliciter son aide.

Assises au bord de la rivière, elles se concertèrent un moment puis, leur plan établi, retournèrent auprès des domestiques. Floriane avait décidé d'aller elle-même à Verteuil en emmenant Hilaire. Rapidement, ils réunirent leurs chevaux dont la pauvre petite haquenée pie qu'ils laisseraient chez M. de Marsillac. Une fois remise en selle —, non sans grimaces d'ailleurs — Floriane, en riant, lança à Marie qui, sous son arbre, avait retrouvé sa couche d'herbes :

— C'est donc promis. Je vous ramène un bon carrosse, tout empli de coussins très épais pour reposer nos malheureux postérieurs. A bientôt !

Peu après, en compagnie d'Hilaire, elle galopait à travers prés. Déjà dans le lointain, se profilaient les tours du château de Verteuil, dressé sur sa falaise, bien au-dessus des toits resserrés du petit bourg. La sieste de tout à l'heure et l'agréable baignade, sans faire disparaître courbatures et meurtrissures, lui avaient rendu un certain entrain, renforcé par la perspective de pouvoir bientôt poursuivre plus confortablement leur voyage. Il ne lui déplaisait pas non plus d'aller surprendre son soupirant malchanceux qu'elle imaginait niché comme un aigle superbe dans son vieux donjon.

François de Marsillac était en effet chez lui et s'ennuyait ferme, sans toutefois le laisser paraître, entre sa mère, la sévère duchesse de La Rochefoucauld et sa femme, la pieuse et grise Andrée de Vivonne. Son récent séjour à la Cour, les charmes de ses amies, les angoisses partagées avec elles le hantaient encore. Il n'avait pu revoir la baronne d'Ivreville avant son départ. Indifférente et ensorcelante Floriane... Avait-elle été inquiétée elle aussi ? Il aurait voulu lui écrire, ne l'osait et souffrait de son irrésolution, tiraillé entre sa violente attirance pour elle et la promesse faite à son père de rompre tout commerce avec les belles conspiratrices.

Lorsque son valet de chambre lui annonça l'arrivée d'un dénommé lord Spencer, il quitta son fauteuil, salua les deux dames avec sa courtoisie un peu distante, satisfait de trouver là un prétexte pour échapper à leur conversation.

Le visiteur avait été introduit dans la grande salle de l'entrée. Entre les murs de pierre anciens aux ouvertures étroites, régnaient la pénombre, le parfum humide et fané des siècles. François de Marsillac vit un jeune homme le saluer de loin puis venir à lui à pas rapides ; un jeune homme aux longs cheveux aussi noirs que les siens et dont l'allure, à mesure qu'il s'approchait, lui semblait de plus en plus familière. Mon Dieu ! Marsillac resta pétrifié.

— Oui monsieur, murmura devant lui une voix dont il aimait tant se souvenir. C'est bien votre amie qui se cache derrière lord Spencer.

— Je rêve sans doute. Justement, en ce moment précis, je pensais à vous...

Une main gantée de cuir fauve s'appuya fortement sur son

bras afin de lui prouver qu'il était bien éveillé au contraire et sans lui laisser le temps de se remettre de sa surprise, la même voix douce lui expliqua la raison de sa présence à Verteuil.

— J'accompagne Mme de Chevreuse. Une affaire grave, un problème familial, l'appelle à Saintes. N'ayant pas le droit, vous le savez, de quitter Tours sans autorisation, elle a été contrainte de partir incognito, sous un habit identique au mien, ce qui nous est beaucoup plus commode. Mais en fait, nous avons présumé de notre résistance. Ce que nous voulons, c'est un carrosse et des chevaux pour nos domestiques.

— Combien sont-ils ? demanda Marsillac qui recouvrait lentement ses esprits.

— Trois.

— Trois ? Seigneur, c'est là toute votre escorte ? Mais les routes sont dangereuses, Floriane ! Surtout pour des femmes sans défense. Vous aurez votre carrosse mais aussi des valets supplémentaires et ma propre personne à vos côtés. Je vous mènerai à Saintes.

— Non ! N'en faites rien !

Floriane avait violemment protesté au risque de froisser le gentilhomme. Aussi poursuivit-elle d'un ton plus modéré bien que pressant :

— J'attendais cette proposition. Elle est celle d'un ami et d'un homme d'honneur. Mais ni la duchesse, ni moi-même ne pouvons l'accepter. Rappelez-vous que votre dévouement à la reine a déjà déplu en haut lieu, que M. de La Rochefoucauld a dû répondre auprès du roi de votre future conduite. Il est inutile d'aggraver davantage votre cas.

L'évocation de son père était pour Marsillac le seul argument capable de le retenir car par ailleurs son goût pour l'héroïsme et les grands gestes romanesques l'aurait volontiers entraîné dans le sillage des deux voyageuses.

— Laissez-moi, au moins, saluer la duchesse. Est-elle loin d'ici ?

— Non, tout près. Mais elle ne veut pas vous rencontrer maintenant. Elle préfère s'arrêter chez vous à son retour, lorsqu'il n'y aura plus ni danger, ni urgence. Elle verra également Madame votre mère.

— Et vous, très chère ? Vous reverrai-je ?

— Bien sûr car je n'abandonnerai pas notre amie.

Sous ses yeux noirs, interrogateurs et passionnés, la jeune femme eut brusquement du mal à mentir. Sans aimer Marsillac, elle estimait son intelligence et sa droiture tout en étant intéressée par sa curieuse nature, si contrastée, de flamme et de froideur. Elle dut se répéter qu'elle n'agissait ainsi que dans l'intérêt du gentilhomme :

— En attendant, lui dit-elle, vous restez en dehors de tout ; vous ignorez tout de notre passage à Verteuil. Deux étrangers vous ont demandé de l'aide. Bien entendu, vous ne pouviez la leur refuser. Ainsi ne serez-vous en rien compromis au cas où la duchesse viendrait à être inquiétée elle-même.

Lorsque Floriane voulait convaincre, il était difficile pour ne pas dire impossible de résister à ses manières. Encore sous le choc de l'avoir retrouvée alors qu'il se désespérait de son absence, Marsillac ne put que se ranger à son avis. Il appela un domestique, lui donna des ordres afin que rapidement l'attelage et les montures de rechange fussent prêts. Puis de crainte de voir surgir son épouse ou sa mère, il entraîna Floriane au bout d'un couloir sombre, dans son cabinet où elle voulut bien accepter de l'eau fraîche coupée d'un doigt de vin.

La pièce était ordonnée et eût été rébarbative, sans le soleil qui y pénétrait, dorant la reliure des livres, les cadres des portraits, le cuir des sièges. Un tapis bleu frangé d'or recouvrait la table. L'ensemble avait toute la noblesse et la simplicité d'un lieu plusieurs fois séculaire.

Floriane se dit alors que le hasard pouvait offrir des contrastes étonnants. Huit jours auparavant, elle était encore au centre de la plus vivante des villes du monde, mêlée à une grave crise d'État, blessée dans son amour et sa dignité de femme, doutant de tout et surtout d'elle-même. Voici qu'aujourd'hui, lancée par amitié et par défi dans un voyage risqué, elle se retrouvait au fond d'une paisible province, dans un château d'un autre âge, dont le seigneur, héritier d'une lignée prestigieuse, la buvait des yeux.

La brusque redécouverte de ses pouvoirs ou plus exactement, la satisfaction qu'elle en retirait, aiguillonna Floriane qui se mit à jouer les coquettes, attitude que Marsillac ne lui avait jamais connue.

— Ce cabinet a grande allure. Il vous convient parfaitement, fit-elle avant d'achever son verre sans quitter le regard de son hôte.

— Vous vous intéressez donc un peu à moi ?

— Ce n'est pas bien d'en avoir douté, reprocha-t-elle, feignant la sévérité.

— Vous vous êtes toujours montrée si indifférente à mon égard...

Floriane posa son verre sur un guéridon et sourit à Marsillac.

— Je n'ai jamais cherché à vous offenser, mon ami.

— Vous avez fait bien pire, vous m'avez fait souffrir. Et je n'en guéris pas, hélas !

Elle accueillit l'aveu avec négligence, comme un galant badinage.

— Vous vous en remettrez. Mes pouvoirs ne sont pas si terribles. Maintenant, permettez-moi de prendre congé, en vous remerciant...

Tout à coup, il fut devant elle, les mains tendues ; la prit aux épaules. Surprise, Floriane voulut se soustraire à l'imprévisible assaut et recula d'un pas. Elle heurta la table, perdit son feutre lorsque Marsillac l'étreignit avec fougue. Son visage collé au sien, il se mit à lui chuchoter mille extravagances.

— Ne partez pas. Pas encore ! Avant je voudrais... Chérie, laissez-moi vous toucher, vous aimer. Oui, reste ! Reste, toi que je désire tant !

Ses lèvres coururent sur sa joue, sa tempe, son oreille, y

rencontrant, attardés sur la peau délicate, tout à la fois la fraîcheur de la rivière et les moiteurs de l'été finissant, les parfums du vent et de l'herbe. Il lui vint alors la sensation ineffable d'embrasser, au travers de ce corps grisant, l'eau et le feu, l'air et la terre, les quatre éléments miraculeusement réunis.

Les dangers, les efforts et les épreuves physiques, tout ce qui vous laissait pantelante, ivre de fatigue, n'étaient pas les seuls aléas d'une vie aventureuse. Floriane, qui avait cessé de résister à Marsillac, s'en ressouvenait maintenant avec ironie. L'amour ou du moins ce qui pouvait y ressembler, vous guettait parfois le long de la route. Le jeune homme avait toute la vigueur, l'impétuosité d'un cavalier et d'un chasseur. Elle-même n'était pas complètement insensible à son contact. Allons, elle serait honnête et jouerait le jeu un instant. Elle lui accorderait cette caresse, ce baiser qu'il semblait tant vouloir. Ensuite, elle s'esquiverait habilement, monterait dans le carrosse qui serait bientôt prêt à partir, rejoindrait Marie et rirait avec elle des abîmes frôlés par sa vertu.

Sa bouche reçut la sienne, lui répondit avec ardeur. Sa poitrine se tendit sous les doigts véhéments.

— Reste ! souffla-t-il encore.

Alors, tout se passa très vite. Il fut soudain trop tard pour se reprendre et sagement s'en aller. Reste ! Ce mot, pareil à un appel, vibrant de tendresse et d'autorité, ôta d'un coup la moindre velléité de fuite à Floriane. Au contraire, sans plus réfléchir, elle resserra ses bras autour de Marsillac et ne protesta pas lorsqu'il entreprit de lui dénouer ses chausses. Elle-même glissa la main sous sa chemise, s'y attarda, le libéra à son tour puis, renversée sur la table, s'ouvrit dans un cri étranglé.

Elle irait donc jusqu'au bout de ses audaces, de sa révolte. Elle irait jusqu'au plaisir, poursuivi sans remords ; un plaisir vif et joyeux, allégé de tout sentiment. Entendre un râle répondre au sien, sentir un corps l'accompagner harmonieusement, partager cette ivresse, suffisait à son bonheur.

— J'ai fait cela... Oui, je l'ai fait ! se dit Floriane à voix haute comme le carrosse sortait avec fracas de Verteuil.

Son air mordant, presque farouche, semblait vouloir signifier qu'elle ne regrettait rien et au besoin dénierait à quiconque le droit de la blâmer.

Elle avait l'impression qu'un temps très long s'était écoulé depuis son arrivée au château. Or, elle y était restée à peine deux heures. Mais ce qui venait de se passer, si imprévu, si intense, l'avait entraînée encore plus avant sur la voie solitaire, dépourvue de toute balise qu'elle s'était choisie. Sur d'autres rivages, elle avait laissé la baronne d'Ivreville, prête à sacrifier sa liberté, son honneur, pour sa souveraine ; elle avait laissé la douce Floriane, mère toujours un peu inquiète, jamais totalement comblée et surtout, amante incomprise et meurtrie. Depuis une semaine, s'éloignant de plus en plus de cette femme trop tendre, prisonnière de ses devoirs et de son amour, lasse de toujours donner sans rien recevoir, elle se croyait réellement devenue semblable à un jeune garçon, libre de ses actes et de ses désirs, cultivant l'amitié, le goût du danger, indifférent aux lendemains.

La tête appuyée sur la cloison du carrosse, plus fatiguée que jamais, elle regardait, sans la voir, défiler la campagne gorgée de chaleur. François de Marsillac avait eu une attitude parfaite, tout empreinte de reconnaissance à son égard. Fou de joie et d'orgueil, il lui avait fait promettre de revenir bientôt, au retour de Saintes, promesse qui avait tempéré sa tristesse au moment de leur séparation. Ensuite, un cocher et un postillon avaient avancé une lourde voiture attelée de quatre chevaux. Floriane avait retrouvé Hilaire monté sur un bel alezan, menant en bride six autres bêtes aussi robustes. Thuillin, le propre valet de chambre du prince, était venu se joindre à eux. Floriane s'était éloignée sur un dernier adieu à Marsillac.

Bientôt, elle rejoignit l'endroit où attendait la duchesse et machinalement arrangea ses cheveux, tapota son pourpoint, comme pour effacer des traces, pourtant imaginaires, qui eussent trahi son secret. Elle n'avait pas envie de le partager. Pas encore.

Mme de Chevreuse, toujours étendue sous le même arbre, n'en avait apparemment pas bougé depuis le début de l'après-midi. L'arrivée du carrosse lui donna le courage de se mettre debout pour aller s'allonger bien vite en face de Floriane, sur la banquette rembourrée, habillée de velours bleu.

— Ma chère, vous me sauvez la vie. Quelle mauviette je fais ! M. de Marsillac s'est conduit en galant homme, n'est-ce pas ? A-t-il bien accepté votre petite fable ?

— Sans difficulté.

— Dommage qu'il ne puisse faire cette route avec nous !

— Il nous aurait suivies si je ne l'en avais dissuadé.

— Il faut des circonstances comme celles-ci pour nous apercevoir qu'une présence masculine peut être utile parfois, soupira Marie.

Floriane se rencogna contre la portière.

— Nous nous débrouillerons très bien toutes seules ! assura-t-elle.

— Ho, mon amie ! Quel ton vindicatif ! Vous en voulez donc tant que cela à ces pauvres hommes ? Quand ils s'en donnent la peine ils savent pourtant nous offrir beaucoup d'agrément, non ?

La duchesse se mit à rire en voyant le visage de Floriane, soudain écarlate, afficher un air de dignité :

— Vous êtes charmante ! Mais votre mine, vos façons martiales ne m'abusent pas très chère. En fait, bien que vous refusiez de l'avouer, vous rêvez de confier votre sort en des mains compétentes pour pouvoir dormir tout votre saoul, sans souci du gîte. Hélas ! Il va falloir nous-mêmes trouver un endroit pour nous reposer, nous restaurer, l'une de ces auberges ni sûres, ni tranquilles, grouillantes de puces...

Elle appela Thuillin et lui demanda quelle pouvait être leur prochaine étape. Le valet de chambre proposa tout simplement de les conduire deux lieues plus loin, dans une maison appartenant au duc de La Rochefoucauld dont l'intendant était de ses amis. Marie accepta sans hésiter et tous se remirent en chemin.

Une surprise attendait la duchesse à la maison de La Terne. L'intendant en question n'était autre qu'un homme qui, autrefois, avait servi chez son premier mari, le duc de Luynes. Malgré le bandeau noir, le teint de bohémienne, le dénommé Potet reconnut du premier coup d'œil son ancienne maîtresse. Il eut la finesse de ne pas paraître surpris, et fit aussitôt préparer des chambres pour sa brillante visiteuse et son mystérieux Anglais. Puis une omelette mousseuse, aussi jaune qu'un tournesol, leur fut portée à leur réveil, aidant un peu à les revigorer.

Toutefois, la duchesse se montrait soucieuse. Renault ne retrouvait ni l'itinéraire que l'archevêque de Tours avait tracé, ni la lettre destinée à son neveu. Dans la précipitation du départ, le valet les avait oubliés à Couzières. La Musette se permit alors d'intervenir ; autrefois, il était allé en Espagne. Il saurait bien de nouveau gagner les Pyrénées. On verrait alors à se débrouiller sur place.

Ils avaient tous parlé sans prendre garde à Potet.

— Si je peux vous être utile fit-il de sa voix rugueuse, tout en s'inclinant devant la duchesse, je viendrai volontiers avec vous.

Une présence de plus n'était pas négligeable. Son offre fut donc acceptée et le sympathique Potet s'en fut donc grossir le groupe qui repartit en fin de soirée. Floriane et Marie, bercées par les roues, purent dormir encore, béatement étendues dans le luxueux carrosse de Marsillac. Au milieu de la nuit, passant près de Marthon, Potet les mena chez l'une de ses connaissances qui les hébergea quelques heures. Le lendemain soir, après une nouvelle et longue route, ils couchaient à Saint-Vincent-de-Connezac. Les jeunes femmes étaient cette fois-ci tout à fait reposées. Le carrosse n'était plus utile et risquait même de leur faire perdre leur légère avance. Lorsque le jour suivant, ils s'arrêtèrent à Mussidan pour le dîner, la duchesse prit donc la décision de le renvoyer à son propriétaire tout en gardant encore Thuillin. Sitôt l'équipage disparu, la petite troupe à cheval continua sa marche vers le sud.

C'est alors que Potet se souvint de l'existence dans la région d'un procureur avec lequel les La Rochefoucauld entretenaient d'étroites relations d'affaires. On pouvait être certain, affirma-t-il, de l'accueil de Jean-Paul Malbâti, surtout venant de la part de M. de Marsillac. Il habitait à Cahuzac un logis cossu, à pignon en éteignoir, où les cavaliers parvinrent aux alentours de trois heures du matin. Ils furent reçus par une aimable et toute ronde dame Malbâti et son époux, à la soixantaine alerte et joviale.

Thuillin et Potet leur présentèrent les deux « voyageurs », amis intimes de M. de Marsillac, dirent-ils, le jeune lord Spencer et l'autre, un gentilhomme de grande qualité blessé lors d'un duel, obligé de fuir et désireux de soigner dans l'anonymat lesdites blessures aux eaux de Bagnères [1].

Les époux Malbâti se montrèrent en effet des hôtes très chaleureux, improvisant vite un véritable festin.

De prime abord, Floriane et Marie s'étaient fait la même opinion du procureur. Il était l'homme qu'il leur fallait pour mener à bien la fin du périple, avant le passage en Espagne, un homme mûr, solide, habitué à voyager, à commander, ayant le sens de l'organisation, sur lequel deux femmes menacées pouvaient s'appuyer en toute sécurité. Lorsque les « entrées » et une bouteille de vin de Monbazillac eurent détendu tout à fait leurs relations, la duchesse, après un regard de connivence échangé avec Sir George, posa directement la question à Malbâti.

— Voulez-vous nous accompagner jusqu'à Bagnères ?

Le procureur eut un geste navré, ses occupations rendaient malheureusement la chose impossible.

— N'y aurait-il pas moyen de vous libérer ? Votre expé-

1. Bagnères-de-Bigorre.

rience nous serait d'un tel secours, insista Sir George d'une exquise manière.

— Oui, venez cher monsieur, venez ! renchérit le gentil-homme au bandeau noir.

La séduction a des lois et des effets étranges, échappant bien souvent à toute logique. Du moins nous semble-t-il. Car Malbâti qui n'avait ni le temps, ni l'envie de se rendre à Bagnères et qui, jamais de toute son existence, n'avait éprouvé le moindre penchant pour une personne de son propre sexe, se sentit inexplicablement troublé par ses gracieux convives. Déjà, sa résolution fléchissait.

Elle acheva de s'effondrer lorsque sa candide épouse dont les deux voyageurs avaient dû probablement toucher la fibre maternelle, se mit à soutenir leur requête. Malbâti céda, charmé au fond à l'idée de cette escapade et sur cet accord on se souhaita bonne nuit.

Floriane et Marie auraient volontiers goûté plus longtemps le confort lambrissé, encaustiqué, du logis de Cahuzac. D'autant qu'il se mit à pleuvoir en début de matinée, l'une de ces fines averses de septembre éparpillant avec bienfaits la poussière et les premières feuilles mortes. Dame Malbâti sortit d'une armoire deux habits que M. de Marsillac avait eu la bonté d'offrir à son mari mais que celui-ci, plus trapu que le prince, n'avait jamais pu porter. « Si ces messieurs désiraient faire toilette... »

L'un était brun et rouge, l'autre brun et bleu. Sous leurs pourpoints de velours frappé, voici que Floriane et Marie prenaient des airs de ressemblance, ce qui les amusa beaucoup et les lança toutes joyeuses, malgré la pluie, aux côtés du procureur. La Musette et Potet les suivirent tandis que Thuillin repartait pour Verteuil avec mille remerciements à l'adresse de son maître. Hilaire et Renault, ravis de voir se terminer pour eux l'équipée infernale, restaient chez Malbâti en attendant les instructions de la duchesse.

L'idée de se rendre à Bagnères revenait à Floriane. Comme

tout le monde, elle connaissait la ville de réputation ; ses eaux étaient célèbres, appréciées depuis l'Antiquité par des gens venus de toutes parts. Personne n'y remarquerait, par conséquent, l'arrivée de nouveaux voyageurs. Avec la proximité de l'Espagne, il devait y être surtout aisé de trouver un guide capable de leur faire passer la frontière. La duchesse, privée du plan de l'archevêque, ne sachant plus où rencontrer ce neveu qui aurait pu les aider, avait tout de suite approuvé le projet.

Leur fuite, commencée dans la hâte, presque la panique, poursuivie dans l'improvisation, confiée au hasard, se déroula désormais d'une façon infiniment plus méthodique et donc plus efficace grâce au procureur, en tous points digne de la confiance placée en lui. Floriane daigna convenir, en aparté avec Marie, qu'il était en effet bien agréable de ne plus avoir à se soucier de l'itinéraire, à calculer les distances entre les haltes indispensables, de laisser Malbâti s'occuper de tout. Respectant leur besoin de discrétion, il savait aussi éviter les grandes bourgades, les endroits trop courus et s'inquiétait tout autant des chevaux que des cavaliers, ces derniers l'intriguant d'heure en heure davantage. Qui étaient-ils ?

Ce lord Spencer... Malbâti nourrissait en général vis-à-vis des Anglais une sorte de circonspection que les allures douteuses du jeune lord confortaient, bien qu'il n'eût ni le cheveu jaune, ni le teint d'ordinaire coloré des insulaires tels qu'il se les figurait tous. On pouvait donc hésiter sur la nature de son sexe et de ses origines. Mais côtoyant l'autre gentilhomme, Malbâti en vint très vite à penser que sa voix, ses formes étaient bien celles d'une femme. En vain chercha-t-il à enquêter auprès de La Musette et de Potet. Les lascars jouèrent les sourds et les muets. Piqué, il résolut de questionner directement les deux énigmatiques personnages qui éludèrent leur réponse avec adresse. Cependant, quand au cours de leur première étape, peu après Donzains, Malbâti vit la selle du gentilhomme au bandeau noir toute tachée de sang, il n'eut plus aucun doute :

— Monsieur, on dirait que votre blessure s'est rouverte, remarqua-t-il, plein d'apparente sollicitude. Souffrez-vous ?

— Non... Pas trop... Cela ira mieux à Bagnères.

Riant sous cape de sa gêne, le digne procureur mit quelque malice à poursuivre la plaisanterie :

— Laissez-moi refaire votre bandage, proposa-t-il, benoîtement.

Le blond gentilhomme eut un haut-le-corps horrifié :

— M. Malbâti, vous êtes très aimable mais Sir George s'en chargera, n'est-ce pas, Sir George ?

— Certes, certes ! répondit ce dernier, le timbre moqueur. Pauvre Marie ! Sa pudeur froissée le disputait à une forte envie de rire. Pour une fois, son sens de la repartie lui faisait défaut !

— La revanche de Dame Nature, ma chère, lui susurra Floriane en s'inclinant avec une révérence appuyée pour la laisser pénétrer dans la salle de l'auberge.

De deux choses l'une, pensait Malbâti, l'imagination agréablement titillée par cette situation peu banale : ou il avait affaire à deux coquines ou bien il se faisait le complice d'un couple illicite. Une seule certitude, les personnes étaient de qualité.

— Enfin ! Me direz-vous qui vous êtes ? lança-t-il à Mme de Chevreuse comme ils parvenaient le second jour en vue d'Agen.

> *« Don Sanche, taisez-vous et soyez averti*
> *Qu'on se rend criminel à prendre son parti[1]. »*

lui intima lord Spencer, citant Corneille.

A quoi la duchesse, qui, à Tours, avait également vu et revu « le Cid » et le connaissait par cœur, ajouta penchée vers le procureur :

> *« Ne m'importune plus, laisse-moi soupirer.*
> *Je cherche le silence et la nuit pour pleurer[2]. »*

1. « Le Cid », acte II, scène 6.
2. « Le Cid », acte, III, scène 4.

Malbâti n'entendait peut-être rien au théâtre mais il pouvait comprendre qu'on se moquait de lui. Pour se venger, il se permit quelques facéties grivoises pouvant choquer la modestie d'une femme. Sans plus de résultat. Cependant, un tel esprit farceur de la part des uns et des autres instaura vite entre eux un climat cordial et détendu.

Floriane et Marie n'oubliaient pourtant pas l'enjeu de leur périple et ne songeaient nullement à musarder, conscientes à l'extrême de la précarité, de la brièveté de cet intermède. Ce n'était qu'une petite tranche de leur vie, tout à fait distincte de ce qui la précédait, de ce qui s'ensuivrait, semblable aux heures de récréation des écoliers profitant de l'absence momentanée des maîtres. Non seulement elles risquaient d'être reconnues malgré leurs précautions, mais encore la politique, le pouvoir se manifestaient même en ces parages reculés. Dans ces campagnes quadrillées de routes sèches où couraient leurs chevaux, près des villages aux tuiles chaudes, fléchés d'églises et de donjons, le long des rivières malmenées par l'été, l'apparition fréquente de guenilleux leur rappelait les récentes révoltes populaires. Comme une bête à tentacules multiples, l'État s'étirait jusqu'au fond des provinces impitoyablement ratissées par les intendants du fisc.

Toutefois, les jeunes femmes ne pouvaient longtemps brider leur naturel et trouvaient toujours prétexte à s'amuser : la curiosité de Malbâti, les tirades du « Cid », les chansons de La Musette, les coquetteries des servantes qui jouaient du cotillon et du corsage dès qu'elles poussaient la porte d'une auberge ; la nuit qu'elles durent passer dans une grange tellement les lits étaient médiocres ; et l'oie bouillie, infecte, qu'on leur présenta au matin dans un plat crasseux. En revanche, une jeune paysanne, rose d'émoi, leur servit un peu plus tard des œufs tout frais pondus dans le plus beau plat d'étain de son ménage ! Comment Floriane n'eût-elle pas désiré que durât longtemps encore ce voyage qui lui permettait de si bien distraire sa peine ? Elle qui avait l'habitude, pour ne pas dire la manie, de se livrer à de longues analyses de soi, de décortiquer la moindre de ses pensées, le plus insignifiant de ses actes, se découvrait l'esprit léger, uniquement préoccupé de l'instant. L'heure passée entre les bras de Marsillac ? Ce n'était plus qu'un souvenir aussi agréable et sans plus d'importance que son bain dans la rivière, que le vin bu chez dame Malbâti. Ce qui comptait, c'était rire, chevaucher, s'écrouler le soir sur des lits de fortune après un dîner souvent frugal, non plus fourbue maintenant, mais au contraire comblée par l'effort partagé, nourrie de vent et de soleil, toute prête à se fondre dans des nuits paisibles pour, à l'aube, retrouver intact son plaisir.

« Je suis et demeurerai une vagabonde. Tout le reste n'est que chimères cruelles », se répétait Floriane, le cœur, l'âme, libérés de leur joug.

Et lorsque l'imaginative Chevrette faisait mille projets pour leur prochaine arrivée en Espagne, elle acquiesçait et renchérissait avec enthousiasme, toute prête à la suivre où elle le voudrait.

Gondrin, Montastruc, Bernadets... Après le passage de la Garonne, le procureur avait poussé l'allure bien que la route fût insensiblement devenue rude, sinueuse. Les montagnes n'étaient plus un horizon vague et crêtelé. Elles étaient déjà tout autour d'eux avec leurs pentes vertes, leur haleine fraîche, puissante, venue de leurs cimes neigeuses.

Dans la nuit du dimanche treize septembre, ils furent à Bagnères, deux heures après minuit.

Un site incomparable entre monts et vallées, des maisons pimpantes aux ardoises luisantes, des eaux cristallines surgies de toutes parts, faisaient de la ville un séjour accueillant, très animé, comme au temps où les rois et les reines de Navarre fréquentaient ses bains. Malbâti, qui espérait enfin y prendre un repos mérité, conseilla à ces « messieurs » de se rendre aux « Eaux Bonnes », appelées aussi « Eaux d'Arquebusade », excellentes pour guérir les blessures en tout genre. Cependant la duchesse craignant de rencontrer quelqu'un de connaissance dans cet endroit toujours plein de monde, préféra ne pas quitter sa chambre. Floriane suivit donc seule le conseil du procureur le lendemain, dans la matinée.

Dommage ! Elle ne goûterait pas cette fois-ci aux bienfaits curatifs des thermes. Son but était tout autre : trouver dans la foule des baigneurs, leur promiscuité familière, un guide pour franchir la frontière espagnole.

De nouveau la chance fut à ses côtés. En effet, dès l'entrée des bains, elle se heurta à un gentilhomme qu'elle eut l'impression d'avoir déjà vu. C'était un ancien ami de son frère Charles qui eut de la peine pour sa part à la reconnaître mais l'ayant fait, lui promit toute l'aide et la discrétion voulues. Familier du pays, il pouvait assez facilement lui fournir un guide. Ne serait-ce qu'en mémoire de Saint-Évy, il se démènerait, sans poser de questions oiseuses. Après réflexion, le gentilhomme finit par lui indiquer un chemin de montagne, une grange perdue au sommet d'un col, peu avant l'Hôpital, où quelqu'un viendrait le lendemain, un montagnard dont on pouvait être sûr. Floriane avait sa parole. Après l'avoir vivement remercié, sans plus s'attarder, elle revint à l'hostellerie où l'attendait Mme de Chevreuse.

Lorsqu'elles annoncèrent à Malbäti qu'elles devaient repartir le jour même, celui-ci prit tout d'abord très mal la nouvelle. Il leur fallut encore user de bien des cajoleries et des sourires pour le décider mais surtout elles durent promettre de lui révéler enfin leurs vrais noms et le pourquoi de tant de mystères. Ils quittèrent Bagnères dans l'après-midi.

Très vite le chemin se fit sente étroite, grimpant sans cesse, comme s'il devait les conduire nulle part. La nuit vint après un bref crépuscule, une nuit étoilée, laiteuse et pure. Les précipices, où s'enflait le grondement des gaves, semblèrent dès lors se creuser davantage ; chaque rocher parut dissimuler certains de ces brigands dont la région pullulait. Un à un, ils avançaient sans un mot, le pistolet à portée de main, guidant leurs chevaux avec fermeté. La charmante randonnée avait pris des allures de dangereuse expédition.

Floriane se tourmentait. Avait-elle bien compris ce que lui avait dit l'ami de Charles ? Sauraient-ils trouver l'endroit fixé ? Le guide serait-il au rendez-vous ? Le temps s'étirait sans véritable point de repère. Si l'on exceptait l'écho des torrents, un épais silence drapait les pics et les vallées. Il fallait rester vigilante, ne pas laisser l'angoisse montrer son triste museau face au poids écrasant des montagnes, ces contrées de Titans qui jadis, aux approches de Chambéry, l'avaient déjà si fortement impressionnée.

En évoquant la petite ville où Artus s'était tant débattu, Floriane ressentit brusquement une violente bouffée de cet amour qu'ils avaient alors tous les deux redécouvert, accepté, dans les larmes et la joie. Un frisson courut le long de son dos. Sa bouche se contracta dans une grimace qu'heureusement personne ne put surprendre. Devant elle, Marie marchait aussi vaillamment qu'un soldat à la bataille. Était-ce le moment de flancher ? Floriane se redressa sur sa selle, talonna son cheval. Il faisait bien froid tout à coup.

Enfin, la silhouette d'une bâtisse leur apparut au sommet d'une pente. Tous les cinq étaient exténués, transis. Ils éparpillèrent un peu de paille sur le sol de la grange, étendirent des couvertures, s'allongèrent. Mais ils eurent des difficultés à s'endormir, mis à part La Musette qui pouvait se reposer n'importe quand, n'importe où. Trop d'envies, d'impatiences, d'émotions, de questions gênantes s'agitaient en chacun d'eux. Que serait demain leur séparation accomplie ?

Malbâti fut debout le premier. Avec attendrissement, il contempla les deux envoûtantes créatures qui sommeillaient encore.

— Des femmes... Je le sais maintenant. Des femmes ravissantes qui auront enflammé mon univers, dit-il avec un soupir lourd de regrets et de pensées non formulées. Qui sont-elles donc ? Pour quelles raisons se sont-elles jetées ainsi, au mépris de toutes convenances, de toute prudence, dans une entreprise aussi démente ?

Il ne devait plus tarder à l'apprendre. Sitôt réveillées,

Floriane et la duchesse se nommèrent, lui révélant toutes les causes de leur départ.

— Nous n'avons jamais œuvré contre le roi. Nous vous le jurons. Nous croyez-vous, cher M. Malbâti ?

— Oui, oh, oui ! madame...

— Mais vous comprendrez bien que « nous aimerions mieux nous jeter au feu qu'être dans une prison ».

— Bien sûr... Je le comprends.

Il eût été capable de les en délivrer, de braver pour elles les foudres de la Justice, lui, procureur de Sa Majesté ! Enivré par leurs voix, il les regarda tour à tour. La duchesse était bien l'enchanteresse qui avait conquis tant de mortels. Quant à la baronne d'Ivreville, Malbâti évoquerait toujours avec tendresse les traits si fins de l'ambigu lord Spencer.

— Nous n'oublierons jamais les obligations et courtoisies que nous avons reçues de vous, lui dit Floriane, émue par l'expression soudaine de son honnête et rude visage.

Elles eurent toutes deux, en même temps, un geste dont le procureur devait se souvenir tout le reste de son existence. Pendues à ses bras, pressées contre lui, elles posèrent ensemble leurs lèvres sur ses joues mal rasées. Deux baisers appuyés qui n'en finirent plus et qui, cependant, lui parurent bien courts.

Le soleil déchira avec effort la mince brume accrochée aux sommets. Un homme déboucha du sentier, un paysan en espadrilles, vêtu de braies à la mode espagnole. C'était bien le guide espéré. Malbâti fut alors pris d'inquiétude à la perspective de voir les jeunes femmes le suivre, Dieu seul savait où. Mais la duchesse, après avoir échangé quelques mots avec l'inconnu, tranquillisa le procureur. Elle avait confiance. Tout irait bien.

— Et puis nous avons La Musette ! lui rappela Floriane se gardant bien de dire que le gros musicien devait être aussi peu rassuré que lui.

— Potet, merci pour tout. Rentrez vite à La Terne. M. Malbâti, vous renverrez Hilaire et Renault à Couzières.

Mes amis, acceptez cet argent, pour votre retour, je vous en prie.

Ils refusèrent puis finirent par prendre seulement sept pistoles, juste de quoi couvrir leurs frais.

Deux baisers, encore ! Cette fois, il eût été ridicule de s'attarder. Mieux valait vite entraîner Potet, redescendre cette fichue montagne, sans se retourner, puis tâcher de se guérir d'un trop beau rêve.

— Adieu ! Adieu ! leur lancèrent encore Floriane et Marie.

Patiemment, le guide attendait, assis sur un rocher. Elles le rejoignirent, lui emboîtèrent le pas.

Le vent s'éleva sur l'immensité chaotique. Le sentier se perdit entre les pierres et les sapins noirs. Des nuages accoururent, gonflèrent le ciel et l'horizon. Le vent, la pluie effacèrent brusquement les silhouettes, brouillèrent toutes les traces. La frontière fut franchie sans que rien n'y parût et quelques heures plus tard des moines espagnols ouvraient aux voyageurs la porte de leur monastère.

*
* *

— Nous aurons chaud jusqu'à Madrid, fit remarquer la duchesse en contemplant la Plaza Mayor de Barbastro tout éclaboussée du soleil de midi.

Tout autour, l'ombre régnait en revanche sous les portiques de pierre et en particulier dans l'auberge de terre battue, envahie de jarres et de barriques, où Floriane et Marie attendaient l'équipage promis par le vice-roi de Saragosse.

A l'Hôpital, grâce à l'accueil généreux des religieux, elles avaient pu enfin reprendre leur identité et leur véritable aspect. La Musette s'était débrouillé pour leur trouver des robes auprès d'une honorable marquise habitant un château voisin, des robes d'un autre âge dont elles s'étaient pourtant contentées. Puis Mme de Chevreuse s'était mise à écrire sans relâche, pour informer de sa présence en Espagne : tout d'abord au cardinal de Richelieu en l'assurant une nouvelle fois de son innocence ; à son vieil ami l'archevêque, le rassurant sur son sort et le chargeant de régler pour elle quelques affaires ; au gouverneur de Barbastro, le vice-roi de Saragosse et bien entendu au roi Philippe IV dont elle attendait une hospitalité à la mesure de son rang et de tout ce qu'elle avait bravé pour la reine Anne, traitement qui, espérait-elle, serait le même pour la baronne d'Ivreville.

— Et vous, Floriane ? avait-elle demandé, s'étonnant de la voir rester inactive et rêveuse du matin au soir, dans la chambre d'hôtes qu'elles partageaient. N'avez-vous personne à prévenir ?

— Moi ? Je n'ai pas votre importance, lui avait répondu sa jeune amie en plaisantant. Et puisque nous voici saines et sauves, à l'abri de nos persécuteurs, je vous laisse tous pouvoirs et remets mon sort entre vos mains.

— Si j'ai pu parvenir en Espagne, c'est uniquement grâce à vous, avait affirmé la duchesse. Seule, je n'en aurais eu ni la force, ni le courage.

— J'en doute. Vous êtes capable de tout. Et puis, n'oubliez pas notre brave Malbâti, Potet, et... et tous ceux qui nous ont aidées.

Marie n'avait plus rien ajouté mais elle avait regardé Floriane longuement, d'un air songeur.

Philippe IV n'avait pas tardé à répondre. Le roi se disait prêt à recevoir avec éclat celle qui avait toute l'amitié de sa sœur. Des dispositions allaient être prises pour faciliter son voyage jusqu'à Madrid. Il était évident que la baronne d'Ivreville serait considérée avec les mêmes égards que sa célébrissime compagne.

A l'aube, elles avaient quitté l'Hôpital après mille remerciements aux bons moines puis avaient été accueillies par le gouverneur de Barbastro. Le carrosse du vice-roi avait été annoncé pour l'après-midi même. En l'attendant, fuyant l'ennuyeux gouverneur, Floriane et Marie avaient choisi de se promener dans la ville puis d'entrer dans cette vieille auberge où un garçon grattait une guitare. La Musette s'était assis à côté de lui et rapidement ils avaient improvisé un duo.

Un valet s'approcha de leur table, apportant des assiettes de jambon sec, coupé en dés épais, des olives, du fromage de brebis, une cruche de vin.

— Je suis curieuse de connaître la Cour d'Espagne, confessa la duchesse en piochant parmi les plats avec gourmandise.

— Elle n'a pas une réputation bien folichonne, dit Floriane distraitement.

— Oui, je la sais hantée par des hidalgos arrogants au possible, des dames pétrifiées par l'étiquette sous leurs vertugadins. Mais nous allons faire voltiger tout cela, n'est-ce pas petite amie ? D'ailleurs, nous n'y resterons pas longtemps. J'ai réfléchi. A la première occasion, nous irons en Angleterre, selon ma première idée. J'y aurai toute liberté de manœuvre et le pays vous plaira, je vous le promets. Mon précédent séjour a été idyllique et d'une gaieté !... Je vous présenterai à tous mes amis. Votre beauté va faire des ravages !

Marie se pencha par-dessus la table et toucha le bras de Floriane :

— Vous ne m'écoutez pas. A quoi pensez-vous ?

— Si, si, je vous écoute. Justement !

— Alors qu'y a-t-il ? Vous avez une mine toute triste.

Les coudes posés de chaque côté de son assiette, Floriane cacha quelques secondes son visage entre ses mains puis se redressa soudain, rouge et tremblante :

— Ah, je ne sais comment vous dire...

Marie la contempla, hochant la tête avec toute la tendre indulgence d'une sœur aînée devant sa cadette. Après un silence, elle murmura.

— Je crois que je peux vous aider. Vous avez renoncé à me suivre, c'est cela ?

Pour toute réponse, Floriane éclata en sanglots.

Elle ne comprenait pas ce qui avait pu se passer ; comment, peu à peu, l'envie de faire demi-tour lui était venue. Cela avait été tout d'abord une sensation physique assez pénible tandis que l'autre nuit ils pénétraient au cœur des montagnes. Mais elle s'était vite raisonnée, s'extasiant même souvent devant la splendeur des chaînes orgueilleuses. Puis il y avait eu la pensée d'Artus, le brusque rappel de ce qu'ils avaient été l'un pour l'autre. Là encore, Floriane avait pourtant réussi à ne pas se laisser dominer par les souvenirs. La séparation d'avec Malbâti, l'entrée en Espagne, lui avaient suffisamment ensuite occupé l'esprit. Néanmoins, à son insu, l'idée avait dû faire son chemin, pour s'imposer maintenant comme une nécessité vitale, absolue. Elle devait retourner en France, se présenter devant le roi, accepter toutes les conséquences de ses actes. Non qu'elle se sentît coupable et soudain désireuse de se livrer à la justice pour payer le prix de ses fautes. Prendre le parti de la reine, soutenir Mme de Chevreuse étaient des causes qu'elle estimait justes et ne songeait pas à renier. Mais continuer ce voyage, accompagner la duchesse à la cour de Philippe IV, poursuivre jusqu'en Angleterre, eût été se mettre définitivement hors la loi, jeter le scandale sur le nom d'Ivreville, et de ce fait, accomplir l'irrémédiable. Elle ne pouvait rompre les derniers liens — si fragiles ! — qui la rattachaient à Artus. Elle ne pouvait renoncer à lui !

Craignant de blesser Mme de Chevreuse en ayant l'air de blâmer son action, Floriane essaya de se justifier. Pour la duchesse c'était différent, bien sûr. Ses origines, ses alliances familiales, ses relations, son savoir-faire politique l'élevaient bien au-dessus des prudences d'une femme riche seulement d'une passion malheureuse.

— J'aurais tant aimé rester avec vous ! s'écria-t-elle. Si j'ai changé d'avis, ce n'est pas par lâcheté, mon amie, croyez-moi ! C'est...

— C'est par amour, acheva Marie. La meilleure des raisons.

Tant bien que mal, Floriane réussit à refouler ses pleurs :

— J'avais cru cependant pouvoir me délivrer d'Artus. Sincèrement, j'ai été heureuse au cours de ces dernières
semaines. J'avais tout à fait l'impression d'avoir fui une cage.
Mis à part votre affection, aucun sentiment ne semblait plus
m'atteindre et donc m'alourdir, me tourmenter. J'ai voulu
me prouver que j'étais libre et... je l'ai fait.

Floriane rougit encore et détourna les yeux pour les poser
sur les deux musiciens qui jouaient toujours, le dos appuyé
contre un tonneau.

— M. de Marsillac ? demanda la duchesse en baissant la
voix.

Dans ce domaine, plus encore que dans tout autre, elle était
perspicace. Comme son amie ne répondait pas, elle ajouta
avec un brin de malice :

— Je m'en suis doutée quand vous êtes revenue de Verteuil. Vous le regrettez donc ?

Floriane réagit avec vivacité :

— Mais non ! Précisément, je ne le regrette pas. C'est bien
ce qui m'effraie.

Jusqu'où l'entraînerait cette fuite éparpillée ? Il était indéniable qu'un tel mode d'existence l'attirait : être ici, là, ou ailleurs, sans cesse prête à repartir, sans vraiment s'attacher à
rien, à personne, au gré de son caprice, en totale contra-
diction avec son besoin de fidélité, de sérénité, de chaleur
familiale ! Floriane avait depuis longtemps déjà découvert
son goût pour l'errance, en particulier lors de son passage
chez les comédiens. Mais cette fois-ci, elle avait été encore
plus loin dans sa recherche de liberté puisqu'elle était arrivée
à se préserver de tout remords, de toute émotion. Or, maintenant dessillée, elle s'apercevait que s'il lui était aisé d'écarter
de soi un tendre penchant, des pensées importunes, il lui était
impossible d'en extirper un sentiment à jamais enraciné. Il
lui était impossible d'oublier Artus ! Les années passant, loin
de lui, sa quête ne pourrait que tourner court, se perdre dans
les zones fangeuses de la déchéance, de la solitude. Sans

doute aurait-elle à livrer une terrible bataille peut-être perdue d'avance. Car elle n'esquiverait rien, ne chercherait pas à s'épargner, à tricher, à se montrer autre qu'elle n'était. Qu'importe ! Quelle que soit l'issue du combat, elle l'accepterait. Au moins garderait-elle son amour à l'abri de toute flétrissure.

Renouant avec le jeu qui les avait tant diverties pendant leur voyage, Floriane acheva ses confidences par deux vers encore empruntés au « Cid » :

« Que veux-tu ? Je suis folle et mon esprit s'égare :
Tu vois par là quels maux cet amour me prépare [1]. »

— Vous souffrirez certainement, dit alors Mme de Chevreuse en souriant. Pourtant je ne parviens pas à vous plaindre tout à fait. Au fond, je dois vous envier d'aimer comme vous le faites, de pouvoir concentrer sur un seul être au monde pensées, désirs, toutes les aspirations du cœur et de l'esprit. Votre amour vous sert de guide ici-bas au même titre que la Providence. Je le dis sans idée de blasphème. L'un émanant de l'autre. Pour ma part, cette bénédiction m'aura été refusée bien que j'aie cru parfois la connaître. Ce n'était qu'illusions. De bien belles et de bien douces illusions, certes, mais sans commune mesure avec ce que vous vivez vous-même. Je n'attends plus l'âme sœur, Floriane, soupira la duchesse, sans amertume cependant. D'ailleurs, l'ai-je vraiment cherchée ? Non ! J'ai toujours préféré séduire, m'envoler d'un visage à l'autre, transformer chaque ancien amant en ami loyal...

Elle se mit à rire en concluant :

— ... Et surtout empoisonner l'existence du roi et du Richelieu, une jouissance incomparable !

Jamais elle ne pourra étancher son besoin d'indépendance et d'intrigues, pensa Floriane tout en partageant sa gaieté. Elle ne pouvait imaginer sa Chevrette assagie, solitaire, déta-

---

1. « Le Cid », acte II, scène 5.

chée du monde, à l'écart du souffle étincelant qui l'emportait depuis son plus jeune âge.

Traîné par six chevaux isabelle, tressautant sur les galets ronds, le carrosse du vice-roi, frappé des armes d'Espagne, envahit peu après la Plaza Mayor. L'escorte était composée de gens d'armes et de gentilshommes habillés de sombre, la barbe en pointe, la poitrine ornée de la Toison d'or pour certains d'entre eux. Au même moment, le gouverneur accourut pour saluer, à leur départ, ses imprévisibles visiteuses. Un peu surpris mais sans se faire prier, il accepta de faciliter le retour en France de la baronne d'Ivreville comme le lui demanda la duchesse sans lui fournir d'explications.

Vint alors l'instant de se séparer. Elles s'embrassèrent longuement, pleurant sans même songer à se donner le change.

— Marie, Marie, prenez garde à vous ! ne put s'empêcher de lui chuchoter Floriane.

— Prendre garde à quoi, mon amie ? Rien ne m'a jamais fait peur.

Elles avaient le pressentiment qu'un temps très long s'écoulerait avant de se revoir l'une et l'autre.

— Surtout ne vous laissez pas vaincre. Promettez-moi de venir me rejoindre si cela tourne mal pour vous. Ah ! Comme vous allez me manquer, mon petit !

— Je vous le promets. Mais tout va s'arranger. Le roi vous rappellera d'ici peu, assura Floriane bien qu'elle n'en crût pas un mot.

— Pas tant que vivra ce parvenu assoiffé de sang et de vengeance ! dit Mme de Chevreuse.

Elles s'embrassèrent encore. Puis les Espagnols entourèrent la duchesse avec déférence, inclinant leurs nuques raides, déjà conquis par son charme. Restée sous le porche de l'auberge, Floriane ne vit bientôt plus que ses cheveux blonds, brillant autour de sa petite toque noire et un pan de sa robe lorsqu'elle monta en carrosse. Vers quel nouveau destin ? pensa-t-elle bouleversée. Machinalement, elle agita la main, sans bien savoir si son amie l'apercevrait. Pendant quelques minutes, elle eut l'impression que le soleil avait déserté la place, qu'elle-même ne le reverrait plus ; que jamais plus les rires, l'enthousiasme ne résonneraient à son horizon, tous emportés par la magicienne.

— La Musette !

Floriane le chercha des yeux. Il était là, à deux pas, la couvant avec inquiétude, énorme et familier, disposé à la suivre comme toujours.

— La Musette, partons d'ici, partons vite ! lui dit-elle brusquement étranglée par le chagrin.

*
* *

Paris apprit sans cacher son plaisir que Mme d'Ivreville avait disparu, prenant de vitesse les gardes venus un matin l'arrêter à son Hôtel. La contrariété du Cardinal fut telle qu'il dut s'aliter toute une journée. L'enquête immédiatement ouverte sur ordre de Louis XIII ne donna aucun résultat. La jeune femme, qui ne s'était pas rendue dans ses terres, n'était pas davantage à La Capelle auprès de son mari comme ses précédents exploits l'avaient fait aussitôt supposer. Fort occupé à disputer la ville à l'Espagnol, le baron avait envoyé à sa recherche un sien cousin qui ne put découvrir sa trace, pas plus que le magistrat commis par Richelieu. Les déclarations de ses domestiques ne firent qu'épaissir le mystère. D'après eux, leur maîtresse s'était proprement volatilisée quelque part sur la route de Chartres. Depuis, personne ne l'avait revue.

L'affaire fit grand bruit. D'aucuns imaginèrent la célèbre baronne reprise par le démon du théâtre, séduite peut-être par quelque comédien de campagne. De vieilles rumeurs refirent surface.

LES FEUX DU CRÉPUSCULE

« Ivreville la belle
A ouvert ses ailes
Pour échapper au Richelieu
Ou pour suivre un amoureux. »

Les chansonnettes habituelles couraient déjà du Pont-Neuf aux carrefours lorsque, dix jours plus tard à peine, éclata un autre coup de théâtre : Mme de Chevreuse s'était enfuie de Tours !

Il s'ensuivit une poursuite désordonnée, menée avec l'accord du roi, par l'intendant du duc de Chevreuse. Tout d'abord, les témoignages innocents et contradictoires de l'archevêque de Tours et du prince de Marsillac brouillèrent les pistes. Le Pays basque ? Saintes ? La rebelle nétait nulle part, disparue elle aussi, comme par enchantement. Un jeune Anglais l'accompagnait semblait-il. Peut-être l'avait-il emmenée dans son pays ?

Mais bientôt les déclarations des valets de Marsillac rentrés à Verteuil, celles de Potet, d'Hilaire et de Renault, permirent de savoir où s'était dirigée la duchesse : en Espagne ! Elle était maintenant en Espagne ! Du coup, maudissant la créature, le roi et le ministre chargèrent vite un Président de Tribunal, le sieur Vignier, d'en apprendre un peu plus. Son enquête achevée, le président Vignier rentra à Paris. Pas à pas, il avait pu suivre l'itinéraire emprunté par Mme de Chevreuse ; l'adresse, la rapidité, la résistance qu'elle avait déployées dans ce périple tenaient du prodige. Tout le monde applaudit. Mais ce fut du délire lorsqu'on apprit que ce lord Spencer n'était autre que Floriane d'Ivreville ! Mis en chansons, les exploits de deux amazones fleurirent un peu partout dans le pays. Vu son âge, l'archevêque de Tours ne fut pas inquiété. Malbâti non plus, qui avait été abusé par une fausse apparence. En revanche, déjà vertement tancé par son père, M. de Marsillac fut convoqué à Rueil, chez Richelieu, afin d'expliquer sa conduite. Bien qu'ayant parfaitement conscience d'avoir été berné dans toute cette affaire, le jeune homme ne parut pas du tout disposé à regretter l'aide apportée à la duchesse : oui, il lui avait fourni carrosse et chevaux, croyant de bonne foi qu'elle se rendait à Saintes. Non, il n'avait jamais vu auparavant ce lord Spencer.

— Monsieur, vous ne me ferez pas croire que vous n'avez pas reconnu Mme d'Ivreville sous son déguisement !

Richelieu croyait s'étouffer de fièvre et de fureur face à Marsillac qui s'obstinait dans son insupportable attitude chevaleresque.

— C'est pourtant la vérité, monseigneur.

La vérité ! La vérité était que tous, oui tous, avaient été roulés, ridiculisés par ces suppôts de Satan ; qu'une fois de plus, le Cardinal se retrouvait les mains vides et la rage au cœur !

« La vérité, pensait amèrement François de Marsillac, est que tu m'as trahi, que tu t'es moquée de moi. Floriane, est-ce possible ? »

Le soir même, il était enfermé à la Bastille !

★
★ ★

Les gens du gouverneur reconduisirent Floriane à la frontière française. De là, un guide la mena jusqu'à Tarbes où elle chargea La Musette d'acheter de bons chevaux et pour elle-même une tenue complète de cavalier. Le moment n'était pas encore venu, en effet, de supprimer George Spencer. En quittant la ville, ils prirent la direction de Toulouse. L'intention de Floriane était bien de suivre une autre route que celle parcourue pour venir avec Mme de Chevreuse. Elle ne tenait pas à croiser tous ceux qui, à coup sûr, devaient être lancés à la recherche de son amie. Elle ne tenait ni à revoir les endroits où, ensemble, elles avaient ri, pleuré, ni à refaire seule, en sens inverse, un voyage aussi fou.

Le retour fut donc beaucoup plus long, compliqué de

surcroît par les pluies qui cinglèrent pendant plusieurs jours les rudes chemins d'Auvergne. Floriane prit froid et dut rester couchée une semaine à Aurillac, dans une hostellerie qui accueillait des pèlerins de Saint-Jacques. Elle supporta sans impatience ce contretemps, heureuse cependant de repartir une fois guérie, de retrouver l'air, l'espace, tout un pays métamorphosé par l'automne. La Musette s'ingéniait à la distraire tandis qu'elle s'efforçait, de son côté, de ne pas trop penser à ce qui l'attendait, troublée par la prescience que, pour eux deux, il en serait désormais fini de leurs randonnées clandestines.

V

La nuit du 5 décembre

(Novembre 1637 - Septembre 1638)

«F LORIANE, pourrai-je un jour te pardonner ? »
Cette question si simple, si légitime qu'Artus s'était
posée un beau matin, avait pris une résonance tout à fait particulière. Pendant six mois, il n'avait en effet ressenti envers
Floriane que froideur et détachement. Aussi incroyable que cela pût paraître, elle lui était devenue indifférente dès l'instant où elle lui avait avoué sa trahison. La lettre
que, plus tard, elle lui avait fait porter par La Musette, de
même que les maladroits plaidoyers du gros domestique,
n'avaient éveillé en lui aucune émotion, tout au plus un
vague ennui. Artus était ainsi fait qu'il ne pouvait admettre
chez les autres le moindre manquement à l'honneur, a for-
tiori chez la femme qu'il aimait. Ne connaissant ni hésitation,
ni demi-mesure, il avait donc réussi sans effort apparent à
bannir Floriane de sa vie ! A dire vrai, la guerre l'y avait aidé.
Loin d'en avoir fini avec les Espagnols, les Français se battaient encore sur tous les fronts, au Nord, au Sud, à l'Est. En
assiégeant La Capelle, toujours aux mains de l'adversaire,
Artus avait hérité une rude charge sans loisir de penser à
autre chose qu'à bien conduire les opérations. Or, c'est à ce

287

moment-là qu'avait resurgi inexplicablement cette question à laquelle il croyait pourtant avoir répondu une fois pour toutes :

« Pourrai-je te pardonner ? »

Et dès lors, la pensée de Floriane ne l'avait plus quitté, aussi obsédante, aussi séduisante que naguère. Négligeant ses fautes gommées par l'absence, il avait ressenti un doux, un terrible besoin de la revoir.

Mais bientôt l'effarant message de Chavigny était venu tout remettre en question en l'informant de la soudaine disparition de madame d'Ivreville. « M. le Cardinal aurait pourtant été aise d'entendre son témoignage dans l'affaire de correspondance entre quelques personnes ennemies du royaume... » avait écrit le secrétaire d'État.

Point n'était besoin d'être grand clerc pour comprendre le sens de telles phrases. Floriane s'était compromise ; on s'était apprêté à le lui faire payer d'une façon ou d'une autre ; elle avait préféré prendre les devants, partir. Tout d'abord Artus s'était mis dans une colère qui avait effrayé son entourage, d'autant plus violente qu'il n'avait pu s'empêcher d'applaudir en son for intérieur au bon tour qu'elle avait joué au ministre. Indulgence qu'il s'était vite reprochée.

La folle ! L'imprudente ! De quoi s'était-elle mêlée cette fois encore ? Elle était donc incapable de se tenir tranquille, de vivre normalement comme n'importe quelle autre femme ? Déjà à quinze ou seize ans, quand il l'avait rencontrée, elle barbotait en eaux troubles, subjuguée par la duchesse de Chevreuse et réussissait à s'aliéner le Cardinal ! Partie ! Mais où, Grand Dieu ? Et lui qui justement ne pouvait abandonner son poste même pour une heure ! Ulcéré, il avait chargé Denis de Lorval de retrouver Floriane à sa place. Bien entendu, selon ses prévisions, son cousin n'avait trouvé aucune piste sérieuse. Artus savait d'expérience qu'elle avait l'art de s'évaporer !

Sa fureur avait eu, au moins, un effet positif : par ses soins, le siège de La Capelle avait été si diligemment mené que les

Espagnols n'avaient pas tardé à se rendre. Artus était rentré peu après à Paris, reçu, fêté par Louis XIII tout disposé à le récompenser de ses mérites, sans lui tenir rigueur des fautes de sa turbulente épouse. Cependant, le roi lui avait refusé l'autorisation d'effectuer lui-même ses recherches. Impuissant, rongeant son frein, Ivreville avait dû se contenter d'écrire à tous ses parents, à toutes ses connaissances susceptibles d'héberger la fugitive. Diane de Flosnes, la vieille dame chez laquelle ils s'étaient réfugiés jadis, était morte depuis quelques années mais il restait les Chapelain à Nantes dont ils s'étaient, tous deux, toujours souvenus. Il avait également renvoyé Denis de Lorval à Lyon, pensant que Floriane avait peut-être conservé des relations en cette ville et s'y était réfugiée ; avec une nature aussi secrète que la sienne, la chose n'était pas impossible.

L'attente, l'incertitude, le doute le rendaient malade. Et si ces stupides chansons disaient vrai ? Si l'emprise qu'avait exercée sur elle le théâtre — et surtout ce Floridor — avait été la plus forte ? La jalousie n'était pas morte comme l'avait cru Ivreville. Elle avait dû couver tout ce temps, dans un recoin de son âme, pareille à un petit tas de cendres mal éteintes. Brusquement ranimée, elle l'embrasait de nouveau, le déchirait, l'asphyxiait ! Heures affreuses !...

Puis, de la bouche même de Richelieu, Artus avait enfin appris où était Floriane : dans un pays en guerre avec la France, où lui-même ne pouvait pénétrer sans risquer sa vie, en compagnie d'une intrigante, après des péripéties invraisemblables ! Richelieu avait insisté tout particulièrement — le fourbe ! — sur l'aide suspecte de ce prétentieux de Marsillac, le zèle bien étrange de Malbâti, le rôle des valets. Une équipée de garçons manqués, voilà ce qu'avait été la fuite de sa femme ! Une équipée inconvenante, aberrante, inexcusable !

— Sa Majesté compte sur vous pour faire revenir madame d'Ivreville à la raison, avait conclu le Cardinal. Sa Majesté vous estime trop pour accabler votre épouse, égarée sans doute par un jugement fallacieux. Écrivez-lui !

Lui écrire ! Alors qu'Artus aurait voulu galoper jusqu'en Espagne, la ramener par les cheveux ou l'étrangler de ses mains ! Prêt à toutes les extrémités, il avait alors compris qu'il lui serait impossible de pardonner cette nouvelle incartade.

★
★ ★

— Allons, ça ira très bien comme ça !

D'un geste impatient, le Cardinal de Richelieu arracha la serviette glissée autour de son cou sans même attendre que le valet eût terminé son office.

Sa moustache finement relevée, sa petite barbe taillée en pointe accusaient l'ossature aiguë et fragile de son visage à peine rosi par le feu du rasoir. De même, dans un justaucorps noir, des chausses collantes, son corps usé semblait plus frêle, comme prêt à se rompre.

Il était plus de huit heures. La journée du ministre avait commencé bien avant l'aube, vers deux heures du matin, après un court sommeil. Une partie de la nuit, il avait dicté ses instructions, ses décisions à ses secrétaires ; il avait dialogué tout bas avec le Père Joseph ; il s'était rendormi, très peu. Ces brefs repos lui suffisaient pour repartir, l'intelligence plus créatrice que jamais. Une éponge fraîche sur la peau, une chemise propre, l'adresse du barbier, un peu de bouillon avalé à la va-vite, la messe dite assez rapidement par son aumônier : voilà pour les soins du corps et de l'âme. Chaque minute pouvait dès lors être consacrée à son Grand Œuvre, la conduite de l'État, l'éclat de sa propre gloire, les deux étant indissociables, évidemment.

Il pleuvait sur les beaux jardins de Rueil, ratissés avec soin par les jardiniers. Le chuintement de la pluie avait remplacé le bruit mélodieux des eaux éclaboussant d'ordinaire les grottes de coquillages ou frémissant dans les canaux et les bassins de marbre. Malgré le vent et le froid, Richelieu y prolongeait pourtant son séjour, nullement pressé de retrouver Paris néfaste à sa santé, l'hostilité latente de ses habitants.

Les valets disparurent. Le roi avait annoncé sa visite ; le Conseil devait se tenir à onze heures, ici même. Sous la houlette exigeante, infatigable du Cardinal, la tâche feutrée des secrétaires reprit de plus belle. Le premier d'entre eux, le Masle, sortit un instant, attiré dans le corridor par Desbournais. Puis il revint et s'approcha de son maître.

— Madame d'Ivreville demande à être reçue par Votre Éminence, annonça-t-il cérémonieusement.

Toujours à l'affût du moindre frémissement pouvant altérer la dignité patricienne du Cardinal, les secrétaires eurent la surprise de le voir blêmir et rester pétrifié sur son siège. Plus aucun bruit ne troubla l'atmosphère laborieuse et surchauffée des lieux, sauf celui de la pluie qui frappait les vitres. Croyant n'avoir pas été compris, Le Masle voulut alors répéter les mêmes mots. Richelieu l'interrompit :

— Je recevrai madame d'Ivreville. Auparavant, vous sortirez tous. Oui messieurs, j'ai dit tous. Cela s'adresse à vous aussi, M. de La Houdinière, dit-il à son capitaine des gardes.

Lorsqu'il fut seul, Richelieu exhala un soupir profond comme un gémissement. Qu'il se sentait faible tout à coup ! Il regarda ses mains accrochées aux accoudoirs du fauteuil ; sur le noyer sombre, elles étaient diaphanes. Son corps, décidément, ne valait plus grand-chose. Une émotion aussi forte que celle-ci le poussait encore plus près du néant qu'il côtoyait maintenant chaque jour.

Les chats, couchés à ses pieds, dressèrent les oreilles, ouvrant leurs prunelles de jade pâle. Richelieu entendit la porte s'ouvrir avec douceur au fond de la chambre puis un pas léger, accompagné d'un bruissement d'étoffe, venir jusqu'à lui, s'arrêter. Il tourna un peu la tête et vit la jeune femme ployer dans une révérence puis se redresser et le fixer tranquillement.

« Elle a changé », pensa-t-il aussitôt.

Malgré sa robe volumineuse, rouge foncé, bordée de fourrure noire, épaissie de jupons, malgré ses manches très arron-
dies, surpiquées de rubans, tout un déploiement de damas et
de velours, il devinait un corps aminci, nerveux, non pas fra-
gilisé mais au contraire vigoureux, rompu à l'effort. Un peu
de poudre claire unifiait son teint sans réussir à lui ôter ses
couleurs et son éclat de fruit, d'autant plus insolite qu'à
l'approche de l'hiver, tout se voilait, se ternissait. Courir
comme elle avait dû le faire, soumise aux intempéries, aurait
exercé des ravages chez toute autre femme. « Pas chez elle, se
dit Richelieu émerveillé. Elle a changé, oui. Mais elle est plus
belle encore. Ses yeux semblent plus lumineux ; sa grâce, sa
vitalité plus évidentes. »

Ce qui le touchait particulièrement était cet air de jeunesse
et de santé qui émanait de toute sa personne, richesses qu'il
n'avait plus, lui qui possédait tout. Et soudain, par un phéno-
mène étrange, comme s'il avait pu lui-même se dédoubler et,
en spectateur, assister à la scène, il se vit tel qu'il était, face à
sa florissante visiteuse : un malade tyrannisé sans répit par
des maux dégradants, un vieillard précoce, voué à l'ombre de
sa chambre. Maître tout-puissant d'un royaume, manipula-
teur de destinées, il ne goûtait plus la vie que par bribes pré-
cautionneuses. Il avait dû renoncer à monter à cheval. Ses
voyages étaient lents et douloureux. Amateur de jardins, il ne
s'y aventurait plus que rarement. Même l'amour qu'il avait
toujours pratiqué dans une discrétion extrême, lui coûtait
maintenant. Il évitait de plus en plus les créatures vénales, ne
fréquentait sa nièce Combalet que par tendresse et habitude.
Le fier cavalier, le grand capitaine à l'allure martiale, le manteau flottant au vent, dressé face à La Rochelle assiégée, tel
que l'avaient immortalisé les peintres, était désormais une
vision passée. Des années s'étaient écoulées, des années de
luttes, de labeur incessant, de souffrances.

En fait, il n'y pensait jamais, méprisant ses misères pour ne
fixer que son but : mener la France au plus haut. Il fallait que
la séduction de la jeune femme fût bien extraordinaire pour

que, ce matin-là, l'envie, la nostalgie, vinssent le tourmenter.

Cette houle émotionnelle ne dura toutefois que quelques secondes. La surmontant, il répondit au salut de Floriane par un bref mouvement de tête et l'invita à s'asseoir près de lui, d'une voix assez bien maîtrisée :

— Votre visite me surprend madame. Je vous croyais en Espagne.

— J'y suis en effet allée, monseigneur.

Elle lui disait cela le plus naturellement du monde, de la même manière qu'elle eût avoué une innocente promenade à la campagne.

— J'ignorais votre retour.

— Tout le monde l'ignore à l'exception de Sa Majesté et de vous-même.

— Depuis quand êtes-vous revenue ?

— Depuis peu. Et ma première visite est pour vous monseigneur.

« Ma parole, elle se moque ! » songea Richelieu stupéfié par son aplomb.

En vain cherchait-il à voir se troubler son regard limpide. Comment donc avait-elle fait pour ressurgir et le surprendre sans auparavant se faire remarquer, prenant en défaut ses espions auxquels pourtant rien n'échappait ? Si Floriane était rentrée chez elle, il l'aurait su aussitôt.

— M. d'Ivreville est-il au courant de votre présence parmi nous ?

— Non. Mon mari me croit en Espagne lui aussi.

Floriane avait jusqu'ici deviné toutes les pensées du Cardinal. Elle avait joui de sa surprise, de son éblouissement, de son amertume. Elle voyait maintenant croître sa curiosité avec autant de plaisir, bien résolue toutefois à ne pas la satisfaire. Elle se contenta de sourire suavement.

Lord Spencer était arrivé à Paris un soir brumeux de novembre et avait frappé à la porte d'une maison du Marais, habitée par une jolie femme rousse du nom d'Olyvette. Cette chère Olyvette ! Grâce à son amitié chaleureuse, Floriane s'était vite remise des fatigues du voyage. Elle avait repris goût à la féminité, à l'élégance. Elle avait aussi appris tous les événements survenus pendant son absence, en particulier la démarche manquée de La Houdinière à son domicile, le matin même de son départ, les victoires d'Artus à l'armée. Avant tout, elle se devait donc de clarifier ses relations avec la Cour car sa conduite future vis-à-vis de son mari en dépendrait. Elle ne pouvait aller à lui qu'une fois lavée de toute accusation, pardonnée de ses manquements au roi. Manquements réels ou supposés, pour elle ce n'était pas l'important. L'essentiel était que le vainqueur de La Capelle n'ait pas à rougir de son épouse.

La veille au soir, elle avait écrit à Louis XIII, l'informant de son retour et de sa visite à Rueil mais sans lui préciser si cette visite était un ordre du Cardinal. Elle avait en effet choisi de rencontrer en premier lieu le ministre, celui qui avait tous pouvoirs. Sachant combien sa propre position était fragile, elle avait peaufiné sa stratégie, décidant d'attaquer la première au jour et à l'heure de son choix, afin de créer la surprise, de dérouter l'adversaire avant d'engager la lutte. Ses armes ? C'étaient sa beauté, sa détermination, son parfait sang-froid et une intuition aiguisée au fil de ses aventures, de ses rencontres, de ses joies et de ses chagrins.

Elle venait de marquer les premiers points. Restait à conserver l'avantage, ce qui n'était pas certain du tout avec Richelieu, mordant déjà.

— Vous n'imaginez sans doute pas combien vos agissements peuvent nous laisser perplexes. Tout d'abord, vous disparaissez sans crier gare, plongeant dans la plus vive inquiétude ceux qui vous aiment et ils sont nombreux, ma chère, appuya-t-il d'un ton beaucoup trop gracieux pour être sincère. Ensuite, nous apprenons que vous avez quitté la France avec madame de Chevreuse, sans autorisation bien entendu et sous des identités d'emprunt. Ceci pour gagner un pays ennemi, peut-être aviez-vous oublié ce détail ? Vous comprendrez donc l'extrême contrariété de Sa majesté. Car convenez-en, ce double, cet inexplicable départ ressemble fort à une fuite.

— Il s'agissait bien d'une fuite, reconnut Floriane, toujours imperturbable.

— Est-ce possible ? Mais fuir quoi ? Quelles menaces, Mon Dieu ?

Floriane n'avait nulle intention de se laisser prendre à sa candeur pourtant parfaitement simulée, pas plus qu'elle ne voulait le suivre sur la même voie. Sa tactique était tout autre, elle jouerait cartes sur table.

— Pour ma part je pressentais l'arrivée chez moi de vos gardes, expliqua-t-elle. A ce que j'ai su depuis, l'avenir devait me donner raison. J'ai tout simplement préféré ne pas les attendre, quitte à ignorer ce que vous-même, Éminence, vous me vouliez. Quant à madame de Chevreuse, elle avait reçu un avis sûr lui apprenant que son arrestation était imminente. Sans rien y comprendre, prise de panique, elle est partie. Comme j'ai infiniment d'amitié pour elle, j'ai voulu partager son épreuve.

— Voilà donc qui explique la lettre insensée qu'elle m'a envoyée d'Espagne, fit le Cardinal en hochant la tête, pareil à un homme brusquement éclairé sur les petits mystères qui le tracassaient. Elle m'annonce qu'on a voulu la perdre, qu'elle est innocente, qu'elle se justifiera de tout ce dont on l'accuse faussement. Mais elle n'est accusée de rien ! La personne qui l'a avertie s'est trompée ou bien a agi avec mauvaise intention ! Ah, comme tout cela est fâcheux ! déplora l'hypocrite. J'espère que nous pourrons convaincre madame de Chevreuse de revenir bientôt parmi nous.

Richelieu croisa les jambes. Appuyé sur un coude, il se pencha vers Floriane.

— Enfin, vous êtes là et je m'en réjouis, madame. Car la vérité est que vous vous êtes affolée à tort. Certes, j'avais mandé M. de La Houdinière auprès de vous afin de vous conduire ici même, pour une petite conversation entre nous deux...

— Dans ce cas, un détachement de gardes était-il nécessaire ? interrompit Floriane.

— Maladresse de ma part que vous aurez la bonté de me pardonner, n'est-ce pas ?

— Je ne regrette pas ce qui s'est passé, dit-elle sans lui répondre directement, avec ce calme souriant qui semblait cacher tant d'énigmes.

Du reste, Richelieu finissait par en être déconcerté. Il savait évidemment que Floriane était trop fière pour gémir et battre sa coulpe. En revanche, un peu de morgue et d'agressivité ne l'auraient pas surpris, tout comme il eût trouvé de bonne guerre de la voir calquer sa conduite sur la sienne en rivalisant de fausseté pour mieux jouer les victimes. Quelque chose en elle lui échappait. Il se décida à lui poser la question qui le brûlait depuis son miraculeux retour.

— Madame, pourquoi êtes-vous revenue ?

Il ne put s'empêcher de voiler sa voix de douceur comme s'il espérait entendre Floriane lui avouer : « Pour vous voir. Je suis revenue pour vous. » L'idée était folle. Cette femme lui faisait perdre la raison. Il la connaissait pourtant ! Dès le premier instant de leur première rencontre, elle s'était posée en adversaire. Qu'importe ! Un peu haletant, il caressa avec volupté l'aile de la chimère.

Et... O stupeur ! Que disait-elle ? N'était-ce pas précisément les mots qu'il attendait ?

— Je suis revenue pour vous voir, monseigneur, déclarait Floriane. Cependant, ce qu'elle ajouta brisa le songe à peine éclos : Oui, j'ai estimé que je m'étais mise dans une situation fausse. Par rapport à Sa Majesté bien sûr, mais aussi par rapport à M. d'Ivreville. J'ai donc préféré rentrer, leur montrant à tous deux que je n'étais pas une criminelle redoutant son châtiment. Ma présence chez vous, monseigneur, a pour seul but de dissiper d'éventuels malentendus.

« Tout bonnement ! » pensa Richelieu médusé par son audace qui, sans douceur, avait repris pied avec la réalité. L'impudente s'était toujours moquée de lui ; elle avait trafiqué Dieu sait quoi avec la reine ; avait aidé la plus grande conspiratrice du siècle ; soudoyé — par quelles méthodes perverses ? — le prince de Marsillac ; elle n'en faisait qu'à sa guise et sans ciller lui demandait de la déclarer pure comme l'agneau ! Pour ne pas contrarier son cher Ivreville ! Le pire était que c'était là sa vraie, son unique raison. Pour l'amour de son mari, elle prenait tous les risques, en particulier celui d'être arrêtée sur-le-champ.

— Ce que peut penser M. d'Ivreville vous importe donc à ce point ? Je m'étais laissé dire, pourtant, que vos relations avaient beaucoup perdu de leur intimité.

À ce sujet, il était exactement renseigné. Les deux époux ne paraissaient pas en bons termes depuis un certain temps. On avait même commencé à en jaser à la Cour. Mais le Cardinal n'aurait su dire pour l'heure si son coup avait porté. Le visage de la jeune femme conservait sérénité et brillant. Qu'il eût aimé en effleurer les contours ! Une fois encore, il se permit de rêver avant de se ressaisir avec effort.

— La conduite de son épouse importe toujours à un homme d'honneur, remarqua Floriane.

— Certes ! concéda le Cardinal, agacé dès qu'il était question d'Artus. Et selon vous, la vôtre fut, de bout en bout, sans reproche ?

— J'ai toujours agi selon ma conscience, sans chercher à nuire à quiconque.

— Je voudrais vous croire, madame. Hélas ! l'été dernier, lors de... mettons de nos petits différends avec Sa Majesté la reine, n'agissiez-vous pas contre l'État ?

— Votre Éminence m'expliquera de quelle façon ! s'insurgea Floriane. J'ai accompli ma charge de mon mieux, c'est tout. Les torts de Sa Majesté ont d'ailleurs été reconnus infimes et lui ont été pardonnés, il me semble.

— C'est vrai, concéda Richelieu qui, au fond, savourait ces passes engagées avec l'habile duelliste. Mais que me direz-vous de votre rôle auprès de madame de Chevreuse ?

— La même chose que tout à l'heure. Je ne pouvais abandonner une amie dans la peine.

— Ainsi, tout doit être effacé ?

Floriane sentit brusquement son pouls s'emballer. Sous l'ironie, elle devinait l'exaspération du Cardinal, sa colère à peine bridée. Elle craignit, soudain, d'avoir fait fausse route. Elle avait chaud, très chaud ; aurait bien voulu se lever pour ouvrir la fenêtre. Elle imagina l'air frais entrer dans la chambre en rafales pluvieuses, soulever les lourdes tentures, coucher les flammes du foyer, faire trembler cet homme malingre dont l'œil ne l'avait pas lâchée une seconde, tour à tour attendri, perçant, impitoyable. Mais il était trop tard maintenant pour revenir à plus de prudence. Dominant sa faiblesse, elle lui répondit :

— Il n'y a rien à effacer puisque je ne suis en rien coupable. Je compte beaucoup sur vous, monseigneur, pour en convaincre Sa Majesté.

— Est-ce là tout ? fit-il, curieux de voir jusqu'où Floriane mènerait la joute.

A la voir si sûre d'elle, il ne pouvait deviner ses hésitations, son angoisse intérieure, son malaise qui empirait. Un mot de trop, pensa-t-elle, et je perdrai tout, je ne pourrai plus partir à la reconquête d'Artus.

— M'entendez-vous madame ? Je vous demande si vous avez d'autres exigences ? reprit durement le Cardinal.

Elle eut peur puis se traita de lâche. Son bonheur personnel ne pouvait se faire aux dépens d'une certaine loyauté.

— Oui ! dit-elle enfin. Vous n'ignorez pas, Éminence, que j'ai été comédienne. On m'a enseigné au théâtre à me grimer, à contrefaire des voix différentes. J'affirme que M. de Marsillac fut réellement trompé par mon apparence lorsque je me rendis chez lui, à Verteuil. Il subit donc, en ce moment, un sort absolument injuste.

— Par conséquent, vous voudriez qu'il sorte de la Bastille ?

— C'est bien cela, monseigneur.

298

Allons, tout était dit. Elle n'avait plus qu'à se soumettre.

Le visage de Richelieu se contracta et prit dans le demi-jour un ton fané de vieil ivoire. Floriane ne voyait plus en lui un maître tout-puissant mais plutôt le maigre et sombre messager du Destin, l'oiseau de mauvais augure dont la main s'abattit brutalement sur sa main comme une serre. Elle sut alors que, cette fois-ci, elle était allée trop loin.

« Ainsi donc elle ose intercéder pour son amant ! » rageait en silence Richelieu convaincu de ne pas se tromper sur les relations de Floriane et de Marsillac.

Il aurait voulu crier sa fureur et son dépit, saccager tout le bel équilibre que cette femme lui opposait, la détruire, effacer d'elle la moindre trace, le moindre souvenir, l'oublier !

Pendant un instant, ils se jaugèrent sans rien se dire. Les doigts maigres du Cardinal meurtrissaient la main déliée qui néanmoins s'abandonnait.

— Vous souvenez-vous, un jour vous m'avez demandé de disparaître ? Vous ne vouliez plus entendre parler de moi. Aujourd'hui encore je me conformerai à votre volonté, murmura Floriane rompant le silence.

Un silence tout d'intimité, de tranquillité, souligné par la pluie et les élans brusques du feu qui jetait ses lueurs fauves sur le pelage des chats. Insensiblement, Richelieu se laissait de nouveau ramener aux rivages trompeurs de ses désirs. Il sentait la chair glacée de sa paume se réchauffer au contact souple et tiède de Floriane. Loin d'exciter sa colère, sa voix, au contraire, agit sur lui comme un philtre enchanté, écartant de son esprit tout ce qui ne flattait pas son obsession. Il se souvenait très bien du jour où elle était venue s'inquiéter du sort d'Ivreville. Si près d'être sienne, elle lui avait échappé alors, et avec quelle cruauté ! Pour refaire surface, près de deux ans plus tard puis repartir encore. A chaque fois, il avait cru la perdre pour toujours et secrètement, l'avait espérée. Que lui resterait-il cette fois s'il refusait cette sorte de paix qu'elle lui proposait ?

Des trois créatures qui, au cours de sa vie, l'avaient ensorcelé, elle était sans doute la plus mystérieuse, la plus attachante. Dominer la reine avait flatté l'orgueil de Richelieu qui, par ailleurs, aimait à combattre madame de Chevreuse, adversaire idéale, à la mesure de son propre esprit et de sa ruse. Que pouvait-il donc trouver auprès de Floriane ? Elle n'avait pas le prestige d'une Princesse ; restait indifférente à la politique...

En fait, son attrait était en même temps simple et subtil. C'était un charme indéchiffrable, incomparable. Elle était la Femme, l'être mythique dont ses années de séminaire, puis ses ambitions de jeune prêtre, sa tâche d'homme d'État ensuite, l'avaient toujours tenu éloigné.

« Et moi je ne vois rien quand je ne la vois pas. »

C'était selon lui le plus beau vers de Malherbe, mélodieux, tendre et profond, qu'il s'était maintes fois répété sans jamais s'expliquer cette attirance, en se moquant d'un sentimentalisme qu'il jugeait ridicule.

« Et moi je ne vois rien quand je ne la vois pas. »

Les mots coulaient avec élégance bien que sans apprêt. Richelieu les murmura, comprenant ce matin pourquoi il avait toujours été sensible à leur poésie : ils avaient été écrits pour elle, Floriane ! Elle qui avait le pouvoir d'éclairer, d'aviver en chaque homme les soifs inassouvies. Elle, dont la présence avait le don unique d'éveiller en lui et de mettre en lumière les aspirations les plus soigneusement refoulées. Elle, qui était la douceur et la clarté, face à lui-même tout pétri de ténèbres, de sécheresse et d'orgueil. Ce nouvel éclair de lucidité le traversa, lui causant une intolérable brûlure.

Trop tard ! Trop tard ! Une vie entière chargée de calculs et de crimes l'empêchait d'approcher plus avant du bel astre. Égaré dans un noir univers de solitude et de regrets, Richelieu parcourut sa chambre d'un regard affolé. Tout sentiment de réalité l'avait fui. Il voyait dans chaque recoin s'agiter les ombres. Terrorisé, il s'agrippait à Floriane.

Bientôt, devant lui, une silhouette se précisa, celle d'un mince jeune homme à la prunelle impétueuse qu'il reconnut avec une stupeur mêlée d'attendrissement, le fantôme de sa jeunesse perdue !

Car c'était lui, Armand, marquis de Chaillou, celui qu'il avait été avant que l'âge et la maladie ne le frappent et surtout, avant que son appétit de gloire ne supplante en son cœur les tendres émois de l'adolescence. Armand. Floriane. Les yeux du Cardinal se posaient sur l'un et sur l'autre, les rapprochaient, les unissaient. Comme ils s'accordaient bien, le cavalier timide et ardent, la jeune femme à la sensualité diffuse ! Très vite, l'hallucination fit naître en lui un foisonnement d'images et de sensations dont il ne soupçonnait même pas l'existence. Trop souvent la folie l'entraînait dans des cauchemars qui le laissaient brisé, saturé d'épouvante. Or, pour la première fois ce matin, son délire avait les couleurs, les parfums, la suavité d'un jardin au printemps et le menait vers le plaisir, vers l'extase, vers l'infini !

Tout son corps agité de soubresauts semblait s'amenuiser mais, dans ses yeux gris, si vifs encore, hypnotisés par des visions secrètes, vibraient toute la passion, les forces neuves d'un homme épris, étrangement heureux. Floriane sentait sur sa joue son souffle court, percevait son odeur douceâtre de médecine et de savon. Naguère, elle se fût offusquée, eût retiré sa main avec dégoût, se fût échappée. Ce matin, elle assistait sans hostilité aux égarements oniriques dont elle était l'inspiratrice, d'un être tout à la fois redoutable et douloureux. Certes, elle le haïssait toujours mais cette haine ne débordait plus en elle et perdait même de son intérêt. D'instinct, elle découvrait qu'elle n'aurait plus jamais à craindre son tourmenteur.

Que devinait-elle ? Beaucoup de choses sans doute, la folie des hommes lui étant depuis longtemps familière. Richelieu n'était pas le premier à entreprendre ce curieux, ce pitoyable voyage. Pour elle, jadis, Pontvallain, Louvigny s'y étaient risqués eux aussi. Elle triomphait donc, mais sa victoire restait discrète. Déjà en pensée, elle affûtait d'autres armes, s'envolait vers Artus.

Sans effroi ni mépris, elle regarda Richelieu se pâmer doucement sur son siège.

Il finit par la lâcher, mit quelques minutes à reprendre haleine. Son visage ruisselant de larmes semblait apaisé, reconnaissant. Puis il parla calmement, répondant à ce qu'elle lui avait dit tout à l'heure :

— Ma volonté ? Floriane, ma volonté sera la vôtre. Vous êtes libre bien sûr. J'arrangerai tout avec Sa Majesté et vous reviendrez à la Cour, n'est-ce pas ? Oui, je sais que vous reviendrez. Maintenant si vous voulez bien me laisser seul...

« Quoi qu'elle fasse, pensait-il tandis qu'elle se levait avec lenteur, le saluait sans un mot, s'éloignait dans un froufrou — si indifférente, si lointaine ! —, quoi qu'elle fasse elle ne reprendra pas ce qu'elle a donné aujourd'hui. Elle ne dénouera pas les liens dont Armand a su la pourvoir. »

Épuisé, il posa la tête sur le dossier de son fauteuil, ferma les paupières. Il était confiant : après tant d'années la trêve était peut-être enfin venue ?

★
★ ★

Louis XIII voulut bien pardonner à la baronne d'Ivreville. En souvenir de sa conduite exemplaire l'année précédente à Pont-Sainte-Maxence, considérant le fait qu'elle était revenue d'Espagne de son plein gré, le roi préféra ne voir dans cette malencontreuse aventure que l'influence exécrable de madame de Chevreuse sur une jeune femme somme toute honnête et, qui plus est, mariée à l'un de ses meilleurs sujets. Floriane regretta solennellement ses erreurs, jura fidélité à son souverain. De son côté, M. de Marsillac put quitter la Bastille, regagner Verteuil. Pour l'un comme pour l'autre, toute l'affaire serait oubliée. Le Cardinal avait tenu parole.

Personne ne s'y trompa d'ailleurs et reconnut dans la magnanimité royale la patte du ministre. On savait qu'il avait eu à Rueil avec madame d'Ivreville un long tête-à-tête qui faisait beaucoup jaser. Comment s'y était-elle prise pour le circonvenir ? Bah !... Pourquoi s'étonner ? Rien n'était impossible à Floriane. Les choses les plus extraordinaires étaient son lot quotidien. Elle avait donc su sortir indemne du dernier grand orage de la Cour, avec en outre l'assurance que Richelieu, à l'avenir, la laisserait en paix, qu'il la soutiendrait si nécessaire. Un retournement de situation réellement inouï qu'elle semblait cependant considérer avec une indifférence déconcertante, comme si tout cela allait de soi.

En effet, ignorant la curiosité et les commérages, elle regagna l'Hôtel d'Ivreville. Artus n'y était pas, envoyé au Nord, sur ordre de Louis XIII, en mission confidentielle ; une absence, estima Floriane, qui allait lui permettre de mieux se préparer à le revoir.

Ou à l'affronter ?

Après une courte entrevue avec la reine, au Louvre, refusant toute invitation, toute visite, elle s'enferma dans son attente.

Il allait venir. Quand ? Elle ne savait. C'était l'affaire de quelques jours. Un soir, un matin, il serait ici, devant elle, et tout s'arrêterait l'espace d'un soupir ; le temps suspendrait son pas inexorable. Puis la vie reprendrait son rythme à grands battements de cœur, un rythme d'autant plus étourdissant qu'il y aurait de nouveau sa voix, ses regards, ses gestes, toute sa force féline pour en remplir chaque seconde. Comme toujours, elle serait aussitôt enchaînée par ce qui n'appartenait qu'à lui. Palpitante, elle attendrait qu'il lui dise... Que dirait-il ? Son esprit ne pouvait aller au-delà de l'instant précis où leurs yeux se rencontreraient enfin.

« Oh, Artus ! Saurons-nous tout reconstruire ? Nous débarrasser une bonne fois de ces épines, de ces broussailles et branches mortes, de toutes ces tristes fleurs fauchées, de ces bourgeons fanés avant d'avoir éclos ? Saurons-nous faire le tri et recréer le paysage riant, coloré, qui nous voyait naguère si heureux ? »

A son retour des Flandres, Artus apprit de la bouche même de Louis XIII qu'il avait directement rejoint à Versailles, la réapparition spectaculaire de Floriane et la décision favorable, prise en accord avec le Cardinal, de faire table rase de ses fautes passées.

Au sortir du cabinet du roi, Ivreville retrouva une dizaine de gentilshommes amis, avides de le mettre au fait des circonstances entourant le dernier exploit de sa femme dont tous le félicitaient bien entendu.

Floriane était de retour ! Quelques lieues seulement les séparaient. Il suffisait de solliciter la permission de gagner Paris — permission qui lui serait tout de suite accordée —, d'enfourcher un cheval frais, pour être auprès d'elle ! Floriane... Tout à l'heure, le soulagement, la joie, avaient été plus forts que ses rancœurs en apprenant la nouvelle. Il avait même failli en rire comme d'un tour espiègle qu'elle leur aurait joué à tous : « Coucou ! C'est moi ! Vous me pensiez là-bas, loin de vous ? Eh bien non ! J'ai eu brusquement la fantaisie de revenir vous surprendre. » Véritable feu follet, elle s'échappait toujours, n'était jamais là où on la croyait. Et ce jeu durait depuis des années ! Éprouvant les nerfs, usant la patience au fil des jours, semant les petites graines nui—sibles du soupçon, de la jalousie, ravageant le cœur !

Son accès de gaieté s'était éteint dans l'œuf, ne lui laissant qu'une bouffée amère. Artus avait remercié Louis XIII en s'efforçant de ne pas faire apparaître son désarroi. Il s'était ensuite appliqué à écouter avec le plus grand calme ce qu'on lui avait raconté : M. le Cardinal, brusquement subjugué, faisait désormais le plus grand cas de madame d'Ivreville ; Marsillac avait été libéré sur une simple prière... Autant de flèches visant à le blesser.

« Tout recommençait », pensait Artus. Il ne pouvait croire

qu'il suffisait à Floriane de demander pour obtenir ; que sa parole suave, son sourire, son parfum, une inclinaison élégante de sa tête, les mouvements vaporeux de ses atours, étaient tout ce qu'elle accordait en échange d'un soutien, d'une faveur ou d'un pardon. Il ne savait que trop bien qu'elle n'était qu'ambiguïté, désir de plaire, mensonges ! Capable même de faux serments ! Car il n'était pas fou : elle lui avait vraiment juré n'avoir jamais eu d'amant parmi ces comédiens ! Il se souvenait même des termes qu'elle avait employés à propos d'eux : « de bons et loyaux camarades ». Et il l'avait crue alors, tout comme il l'avait crue lorsqu'elle avait souligné l'amitié désintéressée de Mazarini. Comment n'aurait-il pas eu confiance en une beauté si parfaite, une rencontre aussi émouvante, aussi harmonieuse de jeunesse et de savoir-faire, de rire et de gravité ? Elle avait été pour lui ce que le monde pouvait donner de plus précieux. Malgré tous ses efforts, il sentait qu'il ne pourrait se satisfaire d'un amour désormais sans joie et sans fierté ; qu'il ne pourrait se résoudre à retrouver une image ternie.

Muré dans son orgueil, son intransigeance, Artus passa les premiers jours de décembre sans quitter Versailles.

En quelques années, le petit château s'était agrandi, transformé ; le parc avait été agrémenté de bassins et de parterres ; une belle grille clôturait la cour. Pourtant, l'ensemble conservait cette simplicité de bon aloi, paisible, réconfortante, cet aspect provincial et retiré que le roi prisait tant et qui, autrefois, plaisait aussi à Artus. Aujourd'hui, tout lui semblait sinistre. La mauvaise saison rendait plus sensibles encore l'isolement de Versailles, la tristesse de ses chambres succinctement garnies. Chasses, mornes soirées autour du billard, bavardages creux, propos rarement innocents, occupaient les heures sans surprise. Artus ne cessait d'évoquer le rapide séjour qu'il avait effectué ici, avec Floriane, chez François Montjay, le premier concierge du château, et se rappelait avec amertume comment elle l'avait déjà trompé en cette occasion-là. Depuis, les époux Montjay étaient morts, les promesses avaient été trahies et Artus traînait l'impression d'avoir fait fausse route toute sa vie, d'avoir été de tout temps berné, aveuglé par un bonheur factice qu'il reniait maintenant, mais dont la perte avait creusé sous ses pas un gouffre insondable où à chaque instant il manquait basculer.

Soudain le roi eut envie de revoir mademoiselle de La Fayette. Son dernier passage à la Visitation datait de plusieurs semaines. Entre-temps, il avait supporté la compagnie de la reine ; il avait tenté de remplir son rôle d'époux, de surmonter ses réticences, sans y parvenir. L'espoir d'un dauphin l'avait d'ailleurs depuis longtemps abandonné. Il avait également renoué avec la belle mais épineuse Hautefort pour finir par filer à Versailles avec ses proches, se mettre à l'abri de ces épuisantes créatures. Ce matin, il éprouvait le brusque besoin d'entendre Louise-Angélique, de recevoir une fois de plus son tendre conseil, de se nourrir de son courage et de sa foi.

Ayant l'intention d'aller chasser les jours suivants à Saint-Maur, Louis ordonna que ses bagages, ses meubles fussent rassemblés et acheminés dès le matin vers ce petit château voisin de Paris. Lui-même ferait un crochet par la rue Saint-Antoine et s'entretiendrait un moment avec la jeune novice.

Dans l'après-midi, son escorte assez réduite se réunit dans la cour traversée par un vent sans pitié : un détachement de ses gardes sous la conduite de Guitaut, quelques gentilshommes parmi lesquels Ivreville. Ivreville si sombre, si froid...

Sous un ciel bas et menaçant, ils prirent au petit trot la route de Paris.

Dans un fracas d'apocalypse, le tonnerre roula au-dessus de la ville, décrut légèrement pour mieux éclater tout à coup en un vif éclair et se prolonger en de longues et inquiétantes résonances. Comme en plein mois d'août, l'orage rôdait, alourdissant le crépuscule de ses menaces. Dans un angle du parloir obscur, une religieuse se signa puis retomba dans ses prières. Les gentilshommes qui accompagnaient le roi s'entre-regardèrent sans rien dire. Le feutre à la main, patiemment, ils attendaient la fin du royal conciliabule.

Une torche épaisse, fichée au mur, lançait sa flamme et ses ombres sur les murs clairs et nus, faisait luire par intermittence les broderies d'un pourpoint, la garde d'une épée, le rosaire de la vieille Visitandine. Elle éclairait surtout le pur visage de Louise-Angélique serti entre ses voiles blancs de novice, ses yeux brûlants tout offerts à Louis. Que pouvaient-ils se confier, leurs mains unies au travers de la grille, leurs lèvres si proches l'une de l'autre ? Sans doute le roi devait-il déverser sa mélancolie, se plaindre du Cardinal et de la reine, regretter de ne pas connaître lui aussi l'abri bienheureux d'un monastère. Sans doute « la petite » lui montrait-elle son devoir, l'encourageait à se défaire du ministre, à accepter sa femme, lui rappelait enfin combien sa mère devait souffrir, seule dans son exil. Les remords, les chagrins mal refermés remontaient à la gorge de Louis en brefs sanglots. Marie de Médicis, malade, vieillie, ruinée, n'attendait qu'un geste de sa part pour revenir.

Le grondement reprit avec plus de violence encore pour finir en déchirures assourdissantes. Une porte s'ouvrit. Guitaut apparut, traînant un peu la jambe, ses rhumatismes plus douloureux que jamais par ce temps de chien. Il toussota, l'air bourru, s'approcha du roi et n'hésita pas à lui faire observer qu'il fallait partir sans plus attendre si Sa Majesté voulait gagner Saint-Maur avant la pluie et la nuit noire. Sa remarque restant sans effet, Guitaut s'agita cinq minutes avant de réitérer son discours. Il n'avait pas terminé que brusquement, sur un ultime éclair, les nuages crevèrent, la pluie se mit à tomber.

— Nous ne pouvons plus partir maintenant, fit le roi, pas mécontent du tout. Nous attendrons la fin de l'averse.

Et en souriant, il se retourna vers Louise-Angélique. Réprimant une mimique agacée, Guitaut rejoignit ses hommes devant l'entrée du couvent.

Par une porte opposée, de l'autre côté de la grille, une

religieuse pénétra sans bruit dans le parloir, s'immobilisa pour examiner un à un les gentilshommes présents avant de trouver celui qu'elle cherchait. D'un mouvement discret, elle attira l'attention d'Artus.

— Sœur Marie-Josèphe...

Il s'approcha à pas rapides. Il y avait longtemps qu'il n'était venu rendre visite à la sœur de Floriane. Il ne put s'empêcher d'être ému en retrouvant malgré l'austère habit, leur indéniable ressemblance dans le contour du visage, la forme du nez, des yeux. Cependant, chez l'aînée, un calme que l'on devinait enraciné jusque dans son âme, remplaçait la vivacité sensuelle qui caractérisait la cadette.

— Comment allez-vous, Artus ? fit-elle à mi-voix.

— Mais... très bien. Je vous remercie. Et vous-même, ma sœur ?

Anthonie secoua la tête avec un petit sourire.

— Avez-vous vu Floriane ? lui demanda-t-elle sans lui répondre.

Ivreville, pris de court, voulut marmotter n'importe quoi mais l'expression de sa belle-sœur l'en dissuada et malgré lui, il se prit à lui avouer tout bas :

— Je ne l'ai pas vue depuis près d'un an.

Il voulut aussitôt se justifier :

— Nous avons eu un grave désaccord...

— Je sais, dit Sœur Marie-Josèphe.

Alors, elle se mit à lui parler avec douceur, sans le quitter des yeux. Tête baissée, sans seulement songer à se soustraire à son discours, Artus l'écouta et, tout comme le roi, oublia l'heure, la nuit qui venait, la pluie torrentielle qui se précipitait bruyamment des gouttières, s'abattait contre la fenêtre sous la sauvage poussée du vent.

Cependant, quelqu'un ne les oubliait pas et piaffait à l'entrée au milieu de ses hommes. Finalement, Guitaut revint au parloir. Cette fois-ci, il fallait renoncer à reprendre la route s'ils ne voulaient pas tous y perdre leur santé ! Il n'y avait plus qu'à se rendre au Louvre. La reine justement y était. Un ordre, et les gardes courraient au Palais lui annoncer la venue de Sa Majesté.

Louis le laissa discourir. Il hésitait. Son mobilier, tous ses autres serviteurs se trouvaient maintenant à Saint-Maur. Son appartement, au Louvre, était vide...

Guitaut se permit d'insister, sûr que la reine recevrait, chez elle, Sa Majesté avec plaisir.

Néanmoins Louis ne bougeait toujours pas. Il n'avait nulle envie de rejoindre sa femme mais bien plutôt le désir de poursuivre avec Louise-Angélique leurs confidences pleines de larmes et de bonheurs ténus. Il répugnait à quitter cet enclos feutré, ce clair-obscur mystique, sachant que l'attendraient des cabinets brillants, bourdonnants, emplis de courtisans futiles, un repas trop tardif, une soirée prolongée auprès d'un être qui ne lui était plus rien.

Toutefois Guitaut qui n'était pas homme à lâcher prise, s'entêta. Et soudain, Louise-Angélique s'en mêla elle aussi ; avec conviction elle murmura quelques mots à l'oreille du roi :

— Sa Majesté la reine serait heureuse sans aucun doute de modifier pour vous ses habitudes.

— Sire, songez donc à ce bon accueil ! renchérit Guitaut. Nous ne pouvons errer dans la nuit et la tempête, indéfiniment.

Voici qu'une complicité mystérieuse unissait la pieuse amie du roi à l'officier bougon, tout dévoué à Anne d'Autriche. Tous deux persévéraient, ne laissant aucun choix à leur souverain. Harcelé, triste et las, il dut céder. Aussitôt Guitaut envoya des gardes préparer son arrivée au Louvre tandis que les adieux n'en finissaient pas de s'échanger entre les chastes amants.

— Artus, chuchota de son côté Sœur Marie-Josèphe. N'est-ce pas là un signe divin ? N'oubliez pas tout ce que je viens de vous dire.

Ce fut au tour d'Ivreville de ne pas répondre. Après avoir salué sa belle-sœur et mademoiselle de La Fayette, il suivit le roi. Debout derrière leur clôture, les religieuses se signèrent en les regardant sortir.

L'eau courait sur le pavé de la rue Saint-Antoine ; les flambeaux s'éteignaient sous la bourrasque. Dans la froide nuit de décembre les cavaliers s'éloignèrent. Toute la ville semblait frémir, comme à l'écoute de voix imprécises et lointaines.

★
★ ★

A travers la vitre brouillée par la pluie, Floriane regarda juste en face de sa chambre, sur la rive opposée de la Seine, scintiller les lumières des appartements d'Anne d'Autriche. L'autre partie du Louvre n'était qu'une masse éteinte, à peine visible, lugubre. D'ailleurs ce soir était particulièrement triste et oppressant. L'orage devait en être la cause. Souvent bien accueilli en été, car tout chargé de fraîcheurs nouvelles, en hiver un orage paraissait déplacé, anormal. Une neige feutrée et douce eût mieux convenu à la solitude pleine d'espoir que vivait Floriane en ce moment.

Elle contempla encore la cité secouée par les rafales pluvieuses, s'imaginant percevoir dans leur fureur, une sorte d'incantation, celle peut-être d'âmes craintives ou esseulées, luttant contre les forces de l'inconnu. Plus tard, on raconterait qu'un vieux prêtre avait quitté subrepticement la Visitation peu après le départ du roi, chargé d'un message destiné à tous les couvents de Paris ; que, jusqu'au petit jour, chaque moniale s'était mise en prière pour implorer l'intercession du Seigneur sur certaines destinées. Cette nuit du cinq décembre aux conséquences si glorieuses devait faire naître tant de légendes ! Pour l'instant, sans deviner le grand dessein des années à venir, on ne pouvait que s'interroger sur certains murmures, pressentir un mystère.

Il était tard. Artus ne viendrait plus maintenant, surtout par un temps pareil. Floriane soupira. Les servantes avaient préparé le lit, ranimé la bûche posée sur les chenets. Que faire d'autre sinon se coucher, lire un peu, s'efforcer de dormir ? Demain, elle recommencerait à attendre.

Elle allait repousser le volet quand elle entendit un cheval avancer sur le quai désert. Elle tenta de l'apercevoir sans y parvenir. Le bruit de ses sabots cessa à hauteur de l'Hôtel ; puis le portail s'ouvrit ; des voix dominèrent le vacarme. Deux minutes plus tard, La Musette, monté à toute allure, poussant la porte sans même frapper, haletait :

— Madame ! Monsieur vient d'arriver !

Il la vit changer de couleur, porter la main à sa poitrine comme pour empêcher son cœur de se rompre.

— Redescends... Vois ce qu'il en est... — Floriane avait les plus grandes difficultés à parler — Et dis-lui... Dis à monsieur que je l'attends.

Elle demeura quelques secondes sans pouvoir autrement réagir puis soudain s'ébroua, jeta un coup d'œil au miroir pour se rassurer. Cette robe de chambre en velours au col montant très haut sous le menton, qui l'enveloppait de vagues bleu océan lui seyait-elle bien ? Aussitôt, Floriane se détourna de son double, un peu honteuse de sa coquetterie. Mais ce faisant, elle se retrouva en face de son propre portrait exécuté dix ans plus tôt, à Lyon, par Jacques Stella. Elle avait les joues pleines alors, une certaine raideur dans le maintien, comme une enfant à la fois insouciante et empreinte de dignité.

— Comme j'étais jeune !

Si jeune mais déjà éprouvée par le sort, privée de son amour !

Cependant l'idée qu'elle avait sans doute vieilli, qu'elle avait perdu de ses attraits, la consterna. C'était un sentiment superficiel et ridicule bien sûr, l'une de ces préoccupations féminines que justement Artus méprisait mais qu'elle eut pourtant beaucoup de peine à dominer. Où étaient donc son assurance, sa volonté d'airain ?

Avec impatience, elle guetta les échos de la maison. Enfin

quelqu'un monta l'escalier, s'approcha, frappa à sa porte. Alors Floriane se reprit, trouva la fermeté qui convenait :

— Entrez !

À l'endroit exact où il l'avait quittée en ce jour néfaste, Artus réapparaissait. Le même ? Non... Il était maigre et brun, ses cheveux encore humides, plus longs que d'habitude. Il avait pris le temps de se changer en arrivant, d'enfiler une sorte de longue houppelande noire, bordée de loup. Floriane lui trouva l'air plus distant, un peu sauvage. Le soupçon lui vint qu'il avait peut-être bu. Mais à la réflexion, il restait le même et comme elle l'avait prévu, elle fut pétrifiée un bref instant, bouleversée par sa présence, sa manière aisée, particulière de se mouvoir, lui si grand, de l'envelopper de son regard d'or.

— Bonsoir ! Je ne vous dérange pas j'espère, dit-il en s'inclinant.

— Non ! Je suis un peu surprise, voilà tout.

— Bien sûr, je le conçois. C'est imprévu, expliqua-t-il d'un ton neutre. Nous allions à Saint-Maur, voyez-vous. Mais le roi a voulu s'arrêter un moment auprès de mademoiselle de La Fayette. Les heures ont passé et l'orage nous a empêchés de repartir.

L'orage... Cet orage étrange, oracle de décisions obscures, providentielles...

— Sa Majesté est allée demander l'hospitalité à la reine. Cela a dû causer un certain remue-ménage, reprit Artus.

— Je l'imagine.

— Soyez sans crainte, madame. Mon passage ici sera plus discret. Je dois être au Louvre demain matin de bonne heure.

— Vous êtes chez vous dans cette maison.

Un silence s'interposa dans ce banal échange de civilités. Floriane contenait son vif désappointement. Ce n'était pas pour elle qu'il était venu. Il aurait dû normalement continuer à l'ignorer pour vivre sa vie d'homme dont elle savait si peu de chose et qu'il avait dû organiser avec un soin méticuleux sans lui concéder la moindre place. Ah ! après tout, c'était trop bête ! Elle eut envie de pleurer.

La conversation reprit toutefois sur le même registre poli.

— Avez-vous vu ma sœur à la Visitation ?

— Oui, en effet. Elle espère votre visite un de ces jours.

Il ne révélerait rien de plus de leur entretien, c'était évident. Anthonie l'avait-elle encouragé à la rejoindre ce soir ? Un autre silence se fit sans paraître embarrasser Artus mais que Floriane rompit comme le premier.

— Je suis contente de vous voir, fit-elle en essayant de rester tranquille et naturelle.

Malgré tout, sa voix trahit un brin de son émotion. Alerté, Artus fixa Floriane, cherchant à découvrir sur toute sa personne les signes infaillibles des pièges qu'elle devait inévitablement lui tendre.

Se pouvait-il ? Elle avait l'air si sincère, si ouverte, toute prête à l'orienter sur des voies plus chaleureuses, des propos plus intimes. Elle était superbe, la peau un peu ambrée, merveilleusement noyée dans ces couleurs marine, si gracieuse, si ardente ! Comme il serait facile de saisir l'occasion offerte en lui répondant que lui aussi était heureux de la retrouver. Mais prudemment il préféra se taire et mettre de la distance entre elle et lui. Appuyé à la fenêtre, il feignit d'observer la pluie tombant toujours aussi dru.

— En fait, j'espérais votre retour depuis plusieurs mois, poursuivit Floriane douce et affable.

— Tout en allant visiter l'Espagne ? dit Artus en se retournant avec humeur.

Il n'avait pu s'empêcher de jeter son trait, de montrer qu'il ne voulait pas d'une paix trompeuse.

— Mais je n'y suis pas restée, répondit-elle dans un désarmant sourire.

C'était bien d'elle cette façon de reconnaître les faits tout en les présentant à son avantage. Comment, semblait-elle dire, me reprocher un simple aller retour ? N'est-il pas permis de commettre un petit écart ? Le principal est de se reprendre à temps. C'est tout. Bien près de céder à la colère, Artus commenta d'un ton sarcastique :

313

— Tout le monde s'en félicite à ce que j'ai pu en juger. Lorsque vous disparaissez, vous laissez tant d'admirateurs dans la désolation !

— Et toi, Artus ? Toi, étais-tu désolé ?

Ça y était ! Elle avait fait craquer son vernis, rompu sa paisible enveloppe, et se jetait dans la bataille sans plus attendre, pour croiser le fer avec passion. Ivreville sursauta, décontenancé par la soudaineté de la riposte. Puis il rétorqua :

— Tu crois peut-être que je vais m'aligner sur la cohorte de tes soupirants ? Bêler en guettant l'une de tes apparitions entre deux éclipses ? Très peu pour moi ma chère ! Désormais tes faits et gestes ne me concernent plus.

— Je suis pourtant toujours ta femme.

Les doigts d'Ivreville se crispèrent sur la poignée de la fenêtre.

— Ah oui ? Il me semble qu'il t'arrive bien souvent de l'oublier.

Il s'attendait à ce qu'elle protestât, se répandît en pleurs et en contrition. Elle se contenta de croiser les mains, de le regarder d'un air mélancolique.

— Je ne l'ai jamais oublié. Tu n'as rien compris.

— Mais que faut-il comprendre ? s'écria-t-il en la rejoignant brusquement.

Floriane crut qu'il allait bondir sur elle comme un tigre meurtrier. Elle le trouva beau. Beau et terrible dans son indignation jalouse.

« Il n'est pas devenu indifférent, pensa-t-elle avec un élan de joie. Il m'aime donc toujours ? S'il pouvait me le dire, tout renaîtrait comme à la première seconde. »

Hélas, elle devinait qu'il n'était pas encore prêt à le faire, en supposant même qu'il voulût bien s'y résoudre.

Artus s'immobilisa à deux pas d'elle :

— Comprendre quoi, sang Dieu ? gronda-t-il.

— Ce que je t'ai dit la dernière fois, ce que je t'ai écrit.

— Tous ces grands sentiments emberlificotés, fondants de

314

guimauve qui m'expliquaient pourquoi tu avais pris un amant ? Désolé, je ne pourrai jamais avaler ça !

— Jamais, vraiment ? Tu n'admettras jamais, tu ne pardonneras jamais ! martela Floriane. Et pour ta part, tu ne tromperas jamais, n'est-ce pas, si sûr de toi et de tes principes ? Une petite coucherie à l'occasion, sans importance, sans conséquence, qui n'ébranle ni ta morale ni tes certitudes. Non, écoute ce que j'ai encore à te dire ! Ne te sauve pas si vite, fit-elle en le voyant se diriger vers la porte, refusant d'en entendre plus. Un peu de courage ! Je ne t'ennuierai pas longtemps.

Il s'arrêta, la contempla, à la fois furieux et intrigué, tout en restant sur ses gardes. Floriane marqua un léger arrêt pour rassembler ses forces. Elle s'était promis de ne pas se ménager, de mépriser les feintes et les artifices. Maintenant, elle était prête : elle jouerait son va-tout.

— Tu as de la chance, vois-tu, Artus, de pouvoir te tenir à l'écart des coups du sort, de rester maître, quoi qu'il arrive, de toi même, de tes émotions. Le monde peut se trouver sens dessus dessous, toi, preux chevalier à la vertueuse cuirasse, tu ne changes pas, rien ne t'atteint. Toutefois, on peut se demander si cette vertu ne masque pas beaucoup d'égoïsme, une profonde indifférence à autrui.

— C'est un reproche qu'on ne peut t'adresser, à toi qui t'intéresses aux autres de si près, glissa-t-il avec une férocité qui ne la troubla pas.

— En effet, admit-elle. Je mets du cœur dans tout ce que je touche ou entreprends. Mais tu as longtemps préféré ne voir en moi qu'une image idéalisée, inaccessible. Une fois pour toutes, j'étais et devais demeurer la très jeune fille que tu avais découverte se baignant dans une eau pure, paraissant t'attendre, seule, lointaine. Jamais tu n'as pu te défaire de cette vision innocente et idyllique. Tu n'as pas été capable d'admettre que les années avaient pu la brouiller.

Floriane rejoignit Artus, sans le toucher néanmoins, tout en continuant son monologue.

— C'est vrai, je ne suis plus cette jeune fille. Personne d'ailleurs n'est épargné par le temps mais en ce qui me concerne, la vie a fait bien plus. Elle m'a emportée, malgré moi, au travers de bouleversements, d'épreuves dont tu ne peux avoir idée.

Elle hésita, imperceptiblement, avant de poursuivre :

— Le danger, la peur, l'isolement total, j'ai connu cela. Les brutalités des hommes aussi. Et la maladie... Ah, si tu soupçonnais cet enfer, cette déchéance ! Si tu savais ce qu'est la peste, Artus !

— La peste !

Le visage d'Artus s'était peu à peu transformé comme si chaque évocation de Floriane y imprimait son stigmate de souffrance.

— Oui, j'ai dû supporter tout ça et je m'en suis sortie car Dieu ne m'a jamais tout à fait abandonnée. Dans les plus mauvaises saisons de mon existence, grâce à Lui, j'ai toujours eu quelques petites plages de répit...

Artus tressaillit, pressentant ce qu'elle allait lui révéler.

— ... des mains tendues, des affections, des amours qui m'ont été offertes. Refuse-t-on une main tendue lorsqu'on est sur le point de se noyer ? Non, bien sûr ! Je les ai donc acceptées et ne les renierai pas, même si tu l'exigeais. Floridor n'a pas été le seul à me venir en aide.

— Tais-toi ! cria-t-il.

— Tu dois pourtant le savoir. Je n'ai pas choisi. Je n'ai toujours voulu que toi, vivre avec toi. Toi seul ! Mais chaque fois, quelque chose est venu pulvériser notre bonheur et m'a livrée au hasard. Faible. Vulnérable.

— Tais-toi !

Il prit sa tête entre ses mains, se pencha sur elle, effaré par ce qu'il lisait dans ses yeux. Tout ce qu'elle lui avouait, tout ce que cela laissait supposer, le précipitait dans une confusion effroyable, pire que ce qu'il avait éprouvé jusqu'à présent. Écartelé par la compassion et l'horreur, l'incrédulité et la jalousie, il n'avait plus de salut que dans

316

le silence, l'éloignement. Il était incapable d'en endurer davantage.

Devant sa douleur évidente, Floriane eut besoin de toute sa vaillance pour achever sa confession.

— La jeune fille des bords de l'Aune n'est plus, mais son amour pour toi est resté préservé, intact, haut et fort au-dessus de tout. Indestructible. Si tu refuses de l'accepter, si tu persistes à ressasser ce que tu considères comme des fautes monstrueuses, alors il nous faudra abandonner tout espoir de vivre à nouveau ensemble. Tu dois tout oublier, Artus.

— Tu me demandes l'impossible, souffla-t-il, ses paumes plaquées sur ses tempes.

La voix de Floriane, en réponse, ne fut que fêlure, pleurs étouffés.

— Pas si tu m'aimes autant que je t'aime.

Vacillante, elle chercha à rassembler encore quelques ressources afin de continuer à faire bonne figure, de ne pas donner une conclusion pitoyable à cette scène dont elle avait réussi à garder, à peu près, le contrôle. En vain ! Exténuée, elle se laissa aller contre Artus et l'étreignit avec désespoir.

Insensible... Il était insensible.

Ce mot roula dans la tête d'Ivreville. Il avait supposé bien des choses avant de revoir Floriane. Affectueusement sermonné par sa belle-sœur, il s'était résigné à envisager une réconciliation. Une réconciliation courtoise, à la manière dont au début s'était engagé leur dialogue. Évidemment, il s'était préparé à rencontrer quelques chausse-trapes, quelques faux-semblants mais il s'était senti tout à fait apte à les déjouer. Or, rien ne s'était déroulé ainsi qu'il l'avait cru. Maintenant, le mal lui paraissait plus étendu encore. A perte de vue, il ne voyait que désolation et cette découverte finissait par annihiler chez lui tout autre sentiment. Pressée sur sa poitrine, Floriane lui pesait comme un fardeau. Il essaya de la repousser. Elle lui résista en sanglotant. Sous le velours moelleux, il la sentait beaucoup plus mince que dans ses souvenirs, toute secouée de spasmes et de hoquets. Inlassablement, elle répétait la même phrase, le suppliait :

— Dis-moi que tu m'aimes encore, Artus. Dis-le-moi ! M'aimes-tu ?

Tout à coup, semblable aux éclairs qui avaient zébré le crépuscule, un courant le parcourut, inattendu, fulgurant. Insensible ? Non, non ! Au contraire, il était soudain feu et flamme, avide de dévorer ce corps qui s'accrochait au sien, quitte à se consumer aussi lui-même.

Ses bras se refermèrent sur Floriane. Sous la violence de son étreinte, ils chancelèrent tous deux, glissèrent sur le tapis. Immédiatement Artus pénétra la jeune femme, hâtif et véhément, écrasa son cri puis ses supplications sous des morsures, des baisers vengeurs. Il ne voulait plus l'entendre mais se libérer d'elle, s'échapper dans la jouissance brutale, éperdue.

— Artus... Pourquoi ? Ce n'est pas cette réponse que j'espérais. Ce n'est pas le pardon que je t'implore. Tu ne peux m'aimer ainsi !

Floriane défaillait de chagrin et de déception. Les mots ne franchissaient pas ses lèvres mais s'amassaient, se nouaient au fond de sa gorge. C'était affreux. Elle ne reconnaissait plus Artus dans cet homme ivre, frénétique, acharné sur elle, sans égard ni répit, possédé d'une sombre et insatiable ardeur où pas une lueur de tendresse ne se devinait. Malgré tout, le plaisir rôda autour d'elle en vagues noirâtres, écœurantes et furtives. Mais il s'éloigna bien vite, balayé par un courant de douleur. Le corps froissé, malmené, impuissante à se faire entendre, Floriane ne fut bientôt qu'un objet livré au pillage et à l'humiliation.

Beaucoup plus tard, lorsqu'il fut enfin assouvi, elle se pencha sur Artus, scrutant son visage hâve aux paupières baissées.

— Crois-tu m'avoir aimée et pardonnée comme il le fallait ? chuchota-t-elle d'une voix éteinte.

Comme il ne répondait pas, elle se détourna de lui, ramena son peignoir sur sa peau glacée, sa chemise en lambeaux. Cette nuit, quelque chose en elle avait été irrémédiablement atteint, la racine vivante de l'espérance. Arrachée par celui-là même qui l'avait fait croître et toujours refleurir !

Au matin, après un sommeil lourd de larmes et de mauvais rêves, Floriane se réveilla seule, frissonnante, abandonnée comme une épave dans la chambre au feu éteint.

★
★ ★

Ce fut tout d'abord, avant même d'être une rumeur, un échange de regards interrogateurs dans le cercle d'Anne d'Autriche, çà et là quelques mots chargés de sens, un gloussement échappé des lèvres d'une domestique. Puis il y eut un entretien mystérieux entre la reine, Floriane d'Ivreville et Marie de Hautefort dont toutes trois émergèrent curieusement partagées entre le sourire et l'émotion. Début janvier, Anne appela en consultation son médecin, le sieur Seguin, auquel se joignit Bouvard, le premier médecin de Louis XIII. Leurs Majestés eurent ensuite une longue conversation qui laissa le roi extrêmement troublé. Le soir même, une lettre urgente écrite à son cabinet parvenait au Cardinal qui, en même temps, recevait le diagnostic de Bouvard.

Le bruit prit alors forme, se propagea à la Cour : la nuit du cinq décembre allait-elle porter ses fruits ? Certains commencèrent à complimenter la reine retirée à Saint-Germain au moment des Étrennes du nouvel an. Le trente du même mois, le bruit se précisa. La « Gazette » en effet laissait entendre que, Dieu aidant, une heureuse nouvelle serait prochainement annoncée par Leurs Majestés. Personne n'osa croire encore tout à fait au miracle mais dans l'effervescence, le pays tout entier se mit à prier en attendant l'annonce promise.

Celle-ci tarda à venir. Déjà marquée par de faux espoirs, de tristes accidents de santé au cours de ses vingt années de vie conjugale, Anne craignait de tenter le sort en officialisant son extraordinaire bonheur. Toutefois, ses malaises ne trompaient pas. Insensiblement, sa taille s'épaississait. Son visage prenait un tour arrondi. Du Puy lui fut envoyée la ceinture de la Vierge. Enfin, aux fêtes de Pâques, fut rendue publique la nouvelle de sa prochaine maternité !

Ce fut un cri unique d'allégresse tandis que se poursuivait le murmure inlassable des prières : prières de M. Vincent de Paul et des prêtres de sa Mission, prières des humbles et des puissants, prières des religieuses du Val-de-Grâce cher à la reine, prières de Louise-Angélique dont l'amour pour le roi avait permis cette lumière que l'on n'attendait plus. Les noms de saint Léonard, protecteur des femmes en gésine ; de saint Fiacre, patron des jardiniers, ces habiles fécondateurs, réputé aussi pour soulager certaines infirmités ; le nom du viril saint Norbert, revenaient sans cesse sur les lèvres de la reine. Pas un jour, pas une seconde, ne se relâchèrent ces ferventes oraisons.

Ce serait un dauphin ! Un dauphin symbole de la jeunesse, de la vitalité de la France, ce royaume de promesses et de gloire, chéri de Dieu !

La naissance étant prévue pour le début de septembre, le roi suivait avec attention l'évolution de la grossesse, écrivait à son épouse restée à Saint-Germain, venait fréquemment la visiter. De son côté, Richelieu multipliait les marques d'intérêt et de prévenance. Anne n'était plus quantité négligeable, une jolie femme sans cervelle qu'il avait tant aimé humilier. Maintenant elle portait peut-être l'héritier du trône, celui qui la ferait reine mère et régente à la mort de Louis XIII. Prévoyant, le ministre assurait son avenir en lui offrant ses services.

Lorsque l'enfant remua pour la première fois dans le giron maternel, le Cardinal sut se montrer généreux. La reine voulait la liberté de La Porte, il la lui accorda et le fidèle portemanteau put quitter la Bastille, se retirer à Saumur. Pour avoir la paix, Anne feignit d'oublier le passé, dorénavant prudente et conciliante. Ainsi, au moment de nommer la gouvernante du futur bébé, elle préféra accepter la décision du roi et du Cardinal qui choisirent la marquise de Lansac alors qu'elle-même eût préféré octroyer cette charge honorifique, à haute responsabilité, à son amie Mme d'Ivreville. Rien ne devait troubler ces mois bénis.

Toutefois, une ombre, une seule, effleura l'horizon rose et bleu de la reine. Au printemps, Floriane lui demanda l'autorisation de se retirer en Anjou. Sa santé, allégua-t-elle, ne lui permettait plus de rester à la Cour. Elle espérait la recouvrer au calme de son domaine, à Saint-Évy. Était-elle dépitée d'avoir vu le titre de gouvernante lui échapper comme l'insinuaient les mauvaises langues ? Anne ne le croyait pas, connaissant bien l'absence d'ambition personnelle chez la jeune femme. Elle flairait plutôt un problème d'ordre intime avec ce sauvage d'Ivreville reparti se battre en Picardie. Les hommes n'avaient que la guerre en tête, le roi comme tous les autres qui s'apprêtait à rejoindre ses officiers ! Du moins avait-il promis de revenir mi-août à Saint-Germain !

Floriane ne paraissait pas bien portante. Elle était reprise de cette humeur qui l'avait déjà affectée l'année dernière à la même époque. Anne n'eut pas le cœur de la retenir.

— Soignez-vous ma chère. J'aimerais tant que vous soyez présente à mon accouchement !

Après accord du roi et de Richelieu — celui-ci l'encourageant à vite revenir — Floriane quitta Saint-Germain fin avril.

— Madame...

Artus s'était incliné devant sa femme, le visage maigre et fermé, la voix sans faille, impersonnelle. Cela s'était passé quelques jours après cette nuit orageuse et cruelle. Floriane ne savait pas encore... Il avait demandé à la voir. Elle l'avait reçu dans un petit cabinet du rez-de-chaussée de leur Hôtel.

— Madame, je vous présente mes regrets. Je me suis conduit avec vous, l'autre soir, de façon inqualifiable. Peut-être avais-je un peu bu mais ce n'est pas une excuse, bien sûr. Aurez-vous la bonté d'oublier tout cela ?

Floriane se souvenait d'avoir été incapable de lui répondre, heurtée par ce ton conventionnel qui avait alourdi sa détresse, cette manière de réduire à presque rien ce qui l'avait si profondément blessée.

— Je comprends fort bien votre ressentiment, avait-il continué, trompé par son silence et la fixité de son regard.

Non, non ! Pas plus que tout le reste, il n'avait compris ce qu'elle éprouvait. Peu de choses pourtant eussent suffi, une main tendue, un mot balbutié, son nom chuchoté par des lèvres tremblantes. Ah, s'il s'était montré maladroit, vraiment navré, s'il avait pu enfin abdiquer son orgueil, consentir à pleurer avec elle sur leurs erreurs et leurs malentendus, combien tout aurait été facile ! Mais il n'avait rien deviné de son attente ; il n'avait pas entendu son appel muet, désolé, car il ne s'intéressait plus assez à elle pour y parvenir jamais.

— Je reconnais volontiers mes torts envers vous. Cela ne se reproduira pas, vous avez ma parole, avait-il repris avant de s'interrompre soudain.

A cet instant, Floriane avait vu Artus hésiter, semblant espérer quelque signe. Elle avait murmuré :

— Je n'en doute pas.

Mais elle n'avait rien pu ajouter et avait à peine réagi lorsqu'il avait pris congé d'elle avec son impénétrable sobriété de mots et de gestes.

Les semaines suivantes, ils s'étaient rencontrés au hasard des fêtes du Louvre et de Saint-Germain. La même courtoisie de marbre, la même retenue avaient achevé de dresser entre eux cette barrière infranchissable aux âmes trop fières. Lorsque était survenu ce merveilleux bouleversement à la Cour, Artus et Floriane s'étaient sincèrement réjouis pour le roi et la reine sans toutefois trouver dans cet état d'esprit commun à tous un prétexte à se rapprocher eux-mêmes. Pourtant, à ce moment-là, Floriane aurait pu profiter de

322

l'occasion, rencontrer Artus en privé, lui dire ce qui devait être dit. Elle ne l'avait pas fait. En aucun cas elle n'exercerait sur lui de pression, de chantage aux sentiments, malgré le risque de le perdre pour toujours. Artus devait l'accepter telle qu'elle était. Elle refusait de s'expliquer, d'implorer, de s'humilier, une fois encore. Elle avait donc préféré partir.

Pendant que son carrosse cheminait lentement en direction de Saint-Évy, elle revoyait ces derniers mois écoulés, se rappelait le sourire radieux de la reine, celui d'une femme épanouie, mûrissant son triomphe alors qu'elle-même avait vu chaque jour s'aggraver sa défaite. Depuis qu'aux environs de Noël Anne d'Autriche lui avait confié ses espérances, Floriane avait partagé chaque étape de sa grossesse, sensible à ses malaises, à la moindre de ses émotions, dans une communion étroite dont l'amitié, en vérité, n'avait pas été l'unique motif. A l'ombre de sa souveraine qui portait la richesse de tout un peuple, elle s'était dissimulée, protégeant farouchement son propre secret.

Artus ne devait pas savoir. Elle voulait qu'il revienne pour elle seule. Elle ne voulait devoir son pardon et son amour à personne. Surtout pas à « ça » !...

Elle ne pouvait en effet nommer autrement le fruit de la violence et du mépris qui, déjà, s'agitait en elle.

*
* *

— Vous connaissez maintenant tout de ma situation et de ma volonté. Je ne vous ai rien caché car j'ai totalement confiance en votre affection, votre dévouement. Si l'un de vous, croyant bien faire, s'avisait de prévenir mon mari, je jure que vous ne me reverriez plus. Plus jamais !

Tour à tour, Floriane posa son regard sur chacune des personnes présentes dans la Grand-Salle de Saint-Évy. Pas une ne bronchait, toutes impressionnées par son autorité douloureuse. Assises comme elle à la longue table sur les fauteuils marqués du blason familial, Alix de Montrouge et dame Frumence l'avaient écoutée avec la même attention que le groupe des domestiques, debout à quelques pas : Jacquemain, le vieux palefrenier ; Nicot et le cocher Macloud ; la fluette Toinon subjuguée par sa maîtresse ; Nicole et les deux servantes employées depuis toujours dans la maison et La Musette, bien sûr, posté un peu à l'écart des autres, non loin de Floriane, comme pour souligner la charge privilégiée qu'il occupait à son service. Il ne serait venu à l'esprit d'aucun de mettre en doute les propos de la jeune femme et son serment de disparaître si l'un d'eux allait à l'encontre de sa décision. Sans en saisir les véritables raisons, ils s'y conformeraient, résolus à faire l'impossible pour lui rendre au moins la tranquillité.

La bonne Ermelinde, tripotant nerveusement son mouchoir, osa la première rompre le silence en posant la question que tous se formulaient.

— Madame ma mie, loin de moi l'idée de vous contrarier. Néanmoins, permettez-moi de vous dire que je ne vous comprends pas. Vous vous êtes querellée avec M. d'Ivreville. Évidemment cela ne concerne que vous deux. Mais vous en souffrez, nous le voyons bien. Cela ne peut donc durer. Pourquoi ne pas apprendre à votre mari que vous attendez un enfant ? Ce serait le meilleur moyen de vous réconcilier.

En face d'elle, Mme de Montrouge manifesta son agacement par un juron bien senti :

— Jarnidieu, Frumence, vous raisonnez en vieille fille stupide ! s'écria-t-elle avec morgue. Puis, s'adressant à sa jeune cousine : ma petite, je t'approuve entièrement. Tu n'as pas à t'abaisser. Pour ma part je professe le plus franc dégoût à l'égard de ces créatures qui brandissent leur statut de mère afin de manœuvrer les hommes selon leur guise. Un enfant ne doit pas servir d'appât ! Avant d'être respectée, considérée en tant que mère, une femme doit se faire aimer pour ses seuls attraits. Artus sait où te trouver, n'est-ce pas ? Il peut donc venir te chercher s'il en a envie. Sinon... Tu as été assez patiente jusqu'à présent, ma chère. Ne gâche pas ta vie davantage pour un être aussi égoïste. Après la naissance de cet enfant, si rien n'est réglé entre ton mari et toi, j'espère que tu l'oublieras très vite en t'efforçant d'être heureuse avec un autre. Il n'y a pas que lui au monde, diable ! Prends un amant ! Amuse-toi ! Donne à cet entêté une bonne leçon !

Doyen des domestiques, Jacquemain prit alors la parole pour jurer à Floriane qu'il en serait fait selon son désir. Puis un à un, ils se retirèrent après avoir opiné et donné toutes les marques de leur attachement à la jeune femme silencieuse. Alix retint Toinon :

— Reste. Ta maîtresse a besoin de toi. Floriane, ajouta-t-elle, tu dois te reposer, perdre ce teint gris, reprendre du poids. Courage petite ; pense à tout ce que je t'ai dit !

Comme chaque fois qu'elle y était accourue, le domaine resserra ses mailles familières autour de Floriane. Dans le but de la protéger des curieux du village, on la déclara atteinte d'une maladie étrange, peut-être contagieuse. Un prétexte similaire, bien que moins alarmiste, fut donné à Hélène d'Ivreville qui, par lettre, proposait d'amener Charlotte à Saint-Évy. En découvrant la grossesse de sa bru, Hélène n'eût pas manqué d'en informer Artus. Et Floriane s'y opposait toujours aussi farouchement. Elle ne voulait ni de sa curiosité ni de sa pitié ni de son intérêt de père de famille. Elle ne pouvait se résoudre à user de cette corde-là. Il valait donc mieux tenir éloignées sa belle-mère et sa fille dont l'absence d'ailleurs ne lui pesait guère.

Car rien ne semblait plus intéresser Floriane. Docilement, elle se laissait soigner, goûtait aux plats ingénieux de Nicole, écoutait les bavardages des deux vieilles dames mais avec un évident manque d'entrain. Son entourage la voyait grossir sans pour autant recouvrer sa mine resplendissante habituelle. Elle demeurait pâle, distante ; paraissait de plus en plus se mouvoir avec lassitude.

325

— Je vais très bien, je vous l'assure. La chaleur me fatigue un peu, c'est tout naturel, affirmait-elle sans impatience, dès que quelqu'un se risquait à s'inquiéter de sa santé.

Il est vrai qu'un printemps exceptionnel s'achevait dans un déploiement échevelé de fleurs et de verdure. Dès juin, les jours se firent secs et chauds, empreints de vivaces parfums d'herbes écrasées de soleil. Floriane sortait en général assez tôt, parcourait les prairies du domaine, errait au travers du parc, se coulait sous les feuillages, la main effleurant les troncs et les branches, froissant les plantes dont elle mélangeait les odeurs au creux de sa paume. Elle marchait longtemps, souvent à la limite de ses forces, malgré son fardeau qui, de jour en jour, s'alourdissait. Charlotte avait été l'enfant du bonheur et avant même de naître avait aidé sa mère à garder le sourire, à capter la beauté, l'éclat de chaque chose. A l'inverse, le petit être qui maintenant se formait en elle, malgré elle, comme un redoutable prédateur, semblait montrer à Floriane que le monde n'était que solitude, âpreté, désillusions. Artus ne viendrait pas la rejoindre. Elle le savait ; ne s'en désespérait même plus, incapable d'éprouver d'autre sentiment que l'indifférence et l'ennui.

Parfois La Musette l'accompagnait :

— A l'automne, dès que vous serez rétablie, nous nous offrirons un fameux galop, vous et moi, faisait-il de sa voix de fille.

— Bien sûr, Jean, bien sûr...

Mais comme l'amour et le plaisir, les chevauchées proposées par La Musette appartenaient elles aussi à une époque disparue. Un voile noir, épais, cachait le futur ; Floriane n'avait même pas envie de le soulever.

Au début, ses promenades la conduisirent au bord de l'Aune, frémissante et chantante dans son bassin naturel, abritée par les buissons et le vieux mur de pierres sur lequel Artus lui était apparu pour la première fois. Ici, tout avait commencé par un après-midi de septembre ; un charme s'était emparé d'eux, descendu de ces mondes invisibles et

326

perdus dans un très lointain passé dont cependant chacun porte en soi, tout au long de son existence, l'inguérissable nostalgie.

A moins... A moins que la réalité ne fût beaucoup plus prosaïque ; qu'entre un beau garçon et la nymphe ingénue qu'elle était alors, ne se fût jouée, tout simplement, l'éternelle et trompeuse comédie ?

Peu à peu, Floriane espaça ses promenades, s'enferma dans sa chambre, oublia tout dans le sommeil.

Alix et Ermelinde s'en alarmèrent :

— Elle dort encore ! C'est trop !

— Ma chère, fais un effort. Descends avec nous dans le jardin un moment. Les roses embaument. Nicole a préparé du sirop d'orgeat.

— Il attire les guêpes, objectait Floriane avec inertie.

— Il n'y a plus de guêpes le soir, remarquait Alix, ne sachant que dire ni que faire, désorientée par l'effarant changement opéré en deux mois sur sa jeune parente.

— Mon petit, je ne te reconnais plus.

— Je suis fatiguée, cousine.

Fatiguée. Revenue de tout. Étourdie lorsque parfois elle se penchait sur toutes ces années durant lesquelles, sans reprendre haleine, elle avait rebondi d'aventures en aventures, toujours portée par le même amour. Alors, elle cachait son visage contre son oreiller et très vite se rendormait.

Lorsque arriva la mi-août, l'énergique Floriane au piquant caractère dont les proches avaient naguère souvent fait les frais n'était plus qu'une silhouette indolente et déformée, cloîtrée dans sa chambre.

— Je me demande si nous ne devrions pas quand même alerter M. d'Ivreville, suggéra Ermelinde bravant les foudres d'Alix.

Mais, contrairement à ses prévisions, celle-ci la contempla d'un air pensif et préoccupé.

— Je me le demande aussi. Voyez-vous ma bonne Ermelinde, à mon avis, un enfant n'est jamais un bienfait pour une femme. En l'occurrence, je crains que celui qui s'annonce ne soit pour notre Floriane une véritable calamité. Il est évident que ce bébé la ronge, lui prend les dernières ressources que lui a laissées ce damné Ivreville. Vous pensez bien que sans ce boulet, la chère petite eût depuis belle lurette riposté et repris la clef des champs ! J'enrage de la voir éteinte, si faible ! A ce régime, au moment des couches, elle n'aura plus aucune des forces nécessaires...

— Tandis que la présence de son mari peut les lui redonner, conclut dame Frumence.

— Il m'en coûterait pourtant d'avoir à la trahir, mâchonna Mme de Montrouge.

Elles n'eurent pas à le faire. Deux jours plus tard, alors qu'elles dînaient dans la Grand-Salle, elles furent surprises par l'apparition de Floriane appuyée au bras de La Musette, tous deux suivis par une Toinon effarouchée, traînant un volumineux sac de voyage.

— Je pars. Je rentre à Paris. Je veux revoir Artus, annonça-t-elle sur un ton de défi.

Ses yeux étaient immenses, cernés de mauve ; ses cheveux noirs retenus sur la nuque par une résille dégageaient son visage las et alourdi. Floriane se tut, prête à affronter les vieilles dames.

Dans la morne succession des jours, dans cet état quasi permanent d'apathie, de somnolence où lentement elle s'était laissée glisser, voilà que tout à coup s'était manifestée sa nature combative. Prise du besoin impérieux — alors qu'approchait l'échéance fatale de sa grossesse — de sentir près d'elle l'homme tant aimé, faisant fi des griefs, des rancunes, étouffant la voix de son propre orgueil, Floriane s'était décidée à surmonter tous les obstacles qui se dresseraient devant elle.

Mme de Montrouge comprit très vite que rien ne la ferait changer d'avis.

— Es-tu certaine qu'Artus se trouvera à Paris ?

— Il sera bientôt à Saint-Germain.

Comme toute la Cour, dans l'attente de la naissance royale.

— Parfait ! déclara calmement Alix. Dans ce cas, nous voyagerons avec toi.

— C'est de la folie ! protesta Ermelinde. Ma mie réfléchissez, je vous en conjure. Vous risquez de perdre votre enfant en route ou pire peut-être ! Vraiment madame, dit-elle à Alix en roulant des larmes dans ses gros yeux bleus, vous-même n'êtes pas raisonnable.

— La paix Ermelinde ! Allez plutôt préparer votre bagage ou nous nous passerons de vous !

Sans doute ce voyage était folie. Mais Floriane avait-elle souvent emprunté les voies de la sagesse ? Avait-elle jamais mesuré les conséquences de ses élans passionnés ? A nouveau elle tentait l'impossible, pour l'amour d'Artus.

Allongée dans le carrosse prudemment guidé par Macloud, pas une seule fois elle ne se plaignit. Pourtant on la vit bien souvent porter les mains à son ventre, retenir un gémissement. Sans cesse, Toinon posait sur son front des linges imbibés d'eau de rosat, lui donnait à boire, essuyait la sueur qui coulait le long de son cou, sur sa poitrine, agitait un éventail au-dessus d'elle. Anéantie dans un coin, Ermelinde priait tandis qu'Alix, qui se reprochait amèrement d'avoir cédé à sa jeune cousine, cachait son angoisse sous des paroles d'encouragement.

— Encore un peu de patience. Nous devrions bientôt apercevoir les clochers de Chartres.

Floriane essayait de se soulever puis refermait les yeux sur la vision des chaumes dorés où picoraient les oiseaux, hérissés à l'infini dans la campagne brûlante.

Afin d'éviter la forte chaleur, ils n'effectuaient que de courtes étapes le matin et le soir, se reposant la journée dans des auberges de rencontre. Tous craignaient à chaque instant que Floriane ne fût incapable de poursuivre le voyage ou que l'enfant ne vînt brusquement au monde sur le bord du chemin. Mais une volonté qui semblait miraculeuse portait la jeune femme.

— Je tiendrai jusqu'à Paris, affirma-t-elle à plusieurs reprises.

Elle ne faillit pas à sa parole. Cependant, lorsque deux semaines après leur départ de Saint-Évy ils atteignirent enfin la ville, il était temps. Épuisée, aussi fragile qu'une ombre, Floriane comprit que le moment était venu. Gaspard, stupéfait, empressé, aida La Musette à la transporter dans sa chambre.

La maison n'était pas déserte comme elle l'aurait cru. Hélène et Charlotte s'y trouvaient depuis peu.

— Je me suis fait beaucoup de souci pour vous. Mais je n'aurais jamais imaginé... Pourquoi nous avoir caché la vérité, mon Dieu ? Pourquoi ? se lamenta Mme d'Ivreville. Ce n'est pas possible, folle, folle enfant. Que va penser Artus ?

— Nous ne tarderons pas à le savoir, j'espère, répondit Alix un peu sèchement. Je viens d'envoyer un valet le prévenir de notre arrivée.

— Lui avez-vous dit... ?

— Que l'affaire était d'importance, c'est tout.

L'Hôtel tout entier, très ému par le retour de sa maîtresse, s'organisa immédiatement autour d'elle. Les mouvements se firent plus discrets. Macloud et les valets éparpillèrent de la paille aux abords de la porte d'entrée, le long de la façade, pour atténuer le bruit des chariots et des équipages passant sur le quai. Ces dames se mirent en quête d'une sage-femme. Ermelinde et Toinon sortirent des coffres la large chemise d'accouchée, les langes, brassières et bonnets brodés par leurs soins. De son côté, La Musette prit l'initiative d'aller rue Beaurepaire chez Isabelle Le Noir. Il se souvenait comment la comédienne avait autrefois réussi, dans des circonstances dramatiques, à redonner courage à Floriane. Isabelle avait eu cinq enfants. Son expérience serait donc précieuse. Elle avait eu l'année précédente la douleur de perdre Charles mais elle conservait malgré tout son sourire et sa générosité légendaires. Elle accepta sans hésiter de se rendre chez son amie, tout comme Olyvette que La Musette rencontra par hasard dans ce quartier du Marais et qui le suivit spontanément à l'Hôtel d'Ivreville dès qu'elle en sut les nouvelles. Elle compléta ainsi ce bataillon de femmes déterminées à soutenir Floriane dans la dure épreuve qui commençait.

★
★ ★

— Ce bébé me paraît bien gros pour une personne aussi faible. Vous me dites que Mme d'Ivreville arrive d'Anjou ? Elle n'aurait jamais dû en bouger. Elle a agi avec beaucoup d'imprudence.

Dame Belot, la sage-femme qu'Alix avait trouvée non loin, rue de Seine, ne leur cacha pas sa préoccupation. Le chignon gris en bataille, le nez pointu plissé avec désapprobation, elle gourmanda Floriane qui ne l'écoutait pas.

— Quel jour sommes-nous ? Quelle heure est-il ? demanda-t-elle faiblement, cherchant à deviner l'éclat de la lumière derrière les volets à demi fermés.

— Nous sommes le trois. Vendredi trois, répondit Isabelle.

— Il n'est pas onze heures. Il est encore tôt, ajouta Alix.

Toutes savaient bien ce qui la tourmentait. Prévenu dès la veille, Artus aurait déjà dû être auprès d'elle.

— Mon fils ne tardera plus, assura Hélène qui sentait que parente, amies, servantes de Floriane le blâmaient tacitement.

Pour faire diversion, ces dames se mirent à parler de ce qui se préparait à la Cour où la reine n'avait pas encore accouché. Depuis plus d'une semaine, tout le monde avait presque cessé de vivre et de respirer dans l'attente de l'événement fabuleux ; toutes les églises exposaient le Saint Sacrement ; Paris n'était plus qu'une ville figée à l'écoute de Saint-Germain. Au bac de Neuilly, les passeurs fixaient la rive opposée de la Seine où apparaîtraient les messagers, guettant le signal convenu : les bras croisés si c'était une fille, les chapeaux volant au-dessus des têtes si c'était un garçon, un dauphin !

« La reine souffre peut-être en ce moment comme moi », pensa Floriane entre deux vagues douloureuses.

Personne, si ce n'est une autre femme torturée par l'enfantement, ne pouvait imaginer ce qu'était cette épreuve, ces morsures impitoyables, ces flots nauséeux si prompts à vous submerger, si lents à disparaître, contre lesquels vainement elle cherchait à lutter en ménageant son souffle, les mains crispées sur le drap.

— Où est Charlotte ?

— Dans le jardin. Ermelinde s'en occupe, la rassura Olyvette tout en lui caressant les cheveux.

Floriane lui rendit un regard aveugle puis fixa la porte désespérément fermée sur celui qu'elle attendait. Harassée, elle finit bientôt par abandonner la lutte surhumaine, oublia la reine comme elle oublia Charlotte et tout ce qui n'était pas sa souffrance. Les heures se confondirent ainsi que les visages amis se relayant auprès d'elle avec sollicitude. Un sentiment de plus en plus insupportable de misère physique et d'abandon l'en séparait maintenant, l'entraînant peu à peu dans l'inconnu d'un monde obscur et glacé. Un univers de détresse absolue...

Au matin du dimanche cinq septembre, La Musette vint frapper à la porte d'Alix. La vieille dame avait passé la nuit à voir gémir Floriane sans pouvoir la soulager. Hélène venait de la remplacer à son chevet. La Musette, qui n'avait pas dormi lui-même, au comble de l'inquiétude, annonça qu'il partait à Saint-Germain.

— J'allais t'en prier, mon garçon, fit Alix, ses traits impérieux ravagés par la fatigue et le souci. Tu dois à tout prix ramener M. d'Ivreville. Mon Dieu, je ne comprends pas. Certes, il a toujours été obstiné mais à ce point ! Peut-être n'a-t-il pas saisi la gravité de mon message. J'aurais dû lui annoncer exactement ce qu'il en était. J'ai agi par faiblesse, pour ne pas contrarier ma pauvre petite...

Un sanglot déchira la voix de l'intraitable Alix :

— J'ai si peur qu'il ne soit trop tard ! Dame Belot dit que ma cousine ne réussira pas à expulser ce bébé, qu'elle n'en peut plus. C'est affreux... Fais vite La Musette !

Saint-Germain s'était tu. Un charme s'en était emparé, qu'une chaleur oppressante rendait plus saisissant encore. Prières étouffées, gestes ralentis, la ville attendait que, du Château Neuf, lui parvînt enfin la nouvelle espérée depuis des mois. A l'aube, on avait appris que la reine avait ressenti dans la nuit les premières douleurs.

Il n'était pas d'usage qu'une reine de France accouchât seule. A son chevet, se pressaient aujourd'hui les plus grands noms de la Cour. Entouré des princesses de sang, des dames de haut lignage battant stoïquement de leurs éventails l'air surchauffé, Gaston d'Orléans dissimulait son impatience tout en cherchant à démêler des sentiments contradictoires. Certes, un enfant mâle ruinerait ses chances de succéder un jour à son frère mais serait-il vraiment déçu de ne point régner ? Secrètement, il convenait que l'existence légère menée à Blois était davantage conforme à sa véritable nature.

Bien que malade et fiévreux, Louis ne quittait pourtant pas le chevet de son épouse. Personne d'ailleurs n'osait s'absenter de la chambre de gésine où l'évêque de Lisieux et M. de Meaux, aumônier du roi, avaient au petit matin célébré des messes, tour à tour. Marie de Hautefort, l'amie précieuse, récemment promue dame d'honneur, s'était dépouillée de sa morgue, toute à son attention inquiète, tandis que s'affairaient la sage-femme, dame Péronne, et la marquise de Sénecé.

Artus d'Ivreville promena un regard absent sur la prestigieuse assistance. Du seuil de la porte où il se tenait, il pouvait observer le couple royal rapproché en ces heures intenses, particulièrement sujettes au bon vouloir de Dieu. Et ceci parce qu'un orage de décembre était venu tout remettre en question !

Artus retint un soupir, violemment submergé de honte et de regrets. Que n'aurait-il donné pour bannir de son esprit ce qui s'était passé avec Floriane cette nuit-là ! Hélas, chaque mot, chaque attitude restaient incrustés en sa mémoire et ne le lâchaient plus. Le souvenir de sa propre conduite le consumait. Si seulement il avait pu l'avouer, réclamer son pardon à genoux, peut-être aurait-il réussi à cautériser la brûlure, recouvrer un peu d'estime de soi. Pourquoi ne l'avait-il pas fait lorsqu'il avait revu la jeune femme ? Un entêtement stupide doublé d'une timidité inexprimable l'avaient alors paralysé devant son visage sévère, ses lèvres tendres et muettes, tout son fier maintien. En vain, il avait espéré qu'elle fît le premier pas puis finalement avait préféré partir, comme un lâche. Dès lors, il avait eu beau faire, sa confortable indifférence de l'an dernier n'était plus revenue. Ses pensées le ramenaient toujours à Floriane.

Que signifiait son absence en une circonstance pareille ? Il avait su par sa mère qu'elle était souffrante et se reposait à Saint-Évy, mais il n'avait pas cru à cette maladie qui, selon lui, ne pouvait être qu'un prétexte à quelque fantaisie nouvelle. Seigneur, à quoi devait-il encore s'attendre ?

Tout à l'heure, peu après que M. de Lisieux eût achevé son office, Lubin lui avait remis un billet de la part de Mme de Montrouge. Ayant remarqué l'embarras de son valet, Artus l'avait questionné sur la provenance du message. Il s'était avéré que celui-ci avait été apporté le jeudi soir par un domestique de sa cousine et traînait depuis dans la poche de Lubin.

— Un oubli, avait alors expliqué le drôle.

Ivreville connaissait trop son animosité envers tout ce qui concernait Floriane pour être dupe. Toutefois, il avait préféré croire à une négligence involontaire, très irrité par ailleurs en lisant les lignes qui l'enjoignaient à rejoindre ces dames de toute urgence. C'était un ordre ni plus ni moins, bien dans la manière cavalière d'Alix. Exaspéré, il avait déchiré le billet. Que faisaient-elles à Paris alors que leur devoir, du moins celui de Floriane, était ici, à Saint-Germain ? L'eût-il décidé, de toute façon Artus ne pouvait plus quitter la Cour où la délivrance de la reine n'était maintenant qu'une affaire d'heures. Le roi ne l'eût pas permis.

Dans la chambre fermée, l'atmosphère était devenue insupportable mais il ne faisait pas plus frais dans la pièce attenante malgré les fenêtres ouvertes au-dessus des jardins en terrasses, caressés par la brise montée de la Seine. Trop de monde s'y agglutinait — courtisans, ambassadeurs — excité au plus haut point par l'espoir, la chaleur et la fatigue. Néanmoins, Artus se retourna un instant, cherchant sans illusion à capter un souffle d'air par-dessus la marée des têtes, oscillante et confuse. C'est alors qu'il vit La Musette dont la figure soucieuse s'éclaira un peu en l'apercevant. Avec peine, le domestique de Floriane essaya de se rapprocher de lui.

Surpris de son apparition ici, en un tel moment, avec cette mine grave et chiffonnée, Artus hésita, jeta un coup d'œil vers la couche de la reine. N'y constatant aucune agitation notable, il prit le parti d'aller à la rencontre de La Musette.

— Voyons... Ce n'est pas ta place. Que veux-tu donc ?

— Monsieur, il faut venir tout de suite. Mademoiselle Floriane... Elle... Je crois qu'elle va mourir.

Il y avait dans sa voix et son expression un si fort chagrin qu'Artus ne douta pas un instant de sa sincérité. Lui empoignant brutalement le bras, il souffla :

— Mourir ! Pourquoi ? Mais parle donc !

La Musette désigna du menton la chambre royale et bredouilla avec maladresse :

— Elle aussi... Je veux dire, c'est l'enfant. Vous comprenez...

Au flux de sang qui lui vint soudain au visage, à l'impression violente choquant sa poitrine comme un coup de poing, Ivreville comprit en effet et d'un seul élan, sans égard pour la foule, traversa l'antichambre, bousculant tous ceux croisés

335

sur son passage, se rua comme un fou vers les écuries où, harnachés, attendaient en permanence les chevaux des courriers du roi. Cinq minutes ne s'étaient pas écoulées qu'il retrouvait La Musette à l'entrée du château et, ventre à terre, fonçait sur Paris.

★
★ ★

D'un revers du poignet, dame Belot repoussa une mèche de cheveux égarée sur son front. Ses petits yeux firent le tour du lit où se tenaient — sentinelles impuissantes et désespérées — Alix, Hélène et Isabelle, Olyvette et Toinon, toutes priant pour Floriane qui haletait doucement, qui lentement échappait à leurs soins et à leurs efforts.

— Dame Belot, faites tout ce qui est en votre pouvoir pour la sauver, réussit à articuler Mme de Montrouge. Et s'il faut choisir... Alix s'interrompit une seconde, consulta Hélène d'un regard furtif avant d'achever très vite : La vie de ma jeune parente doit passer avant tout...

Avant celle de l'enfant, voici ce que signifiaient les paroles tremblantes de la vieille dame, approuvées par ses compagnes, bien sûr, comprises aussi par la sage-femme qui acquiesça d'un sobre mouvement de tête.

Dame Belot retira le drap qui recouvrait la parturiente puis se pencha, ses fortes mains tendues vers elle. Alors commença, dans un silence moite et plombé, entrecoupé de cris, de râles, son patient, son effroyable travail.

Vint le moment où ce qu'elle subissait fut à ce point épouvantable que Floriane sentit son corps se déchirer en même temps que sa pensée s'en libéra soudain, effrayée par cette rupture dont le sens n'était que trop évident.

Encore un soupir, un dernier sursaut de vie, peut-être, et la mort, si souvent frôlée, serait cette fois-ci atteinte. Jamais

Floriane n'avait eu l'esprit aussi pénétrant, l'instinct aussi aiguisé. Elle ne souffrait plus, mais elle eut tout à coup très peur, écrasée par le poids du néant, la bouche déjà desséchée par un goût de cendres et de poussière. Un étroit chemin se dessinait confusément devant elle sur lequel, malgré sa volonté, elle s'engagea.

Son angoisse dura peu, remplacée par une certitude : au bout du voyage serait le royaume promis aux âmes confiantes. Floriane laissait derrière elle tant de rêves perdus, un si grand amour, source de ses joies désormais tarie, que le monde qui l'attendait ne pouvait être pire. Dieu ne pouvait l'abandonner !

Elle n'avait plus de goût à la lutte. Ces derniers mois avaient eu raison de sa belle vaillance mais elle ne regrettait rien, trop consciente d'avoir atteint les limites de son humaine nature. Née pour aimer, répandre et recevoir la beauté, le bonheur, sa mission ici-bas s'achevait sur un échec. Regimber eût été dérisoire, inutile. Il ne devait être permis qu'à de rares élus, des saints, des artistes, portés par leur foi ou leur génie, de tracer un sillon glorieux sur cette terre. Tous les autres dont elle allait grossir la cohorte innombrable n'avaient qu'à se soumettre et courageusement accepter de s'effacer.

Floriane n'hésita pas longtemps. Rompant une à une les dernières amarres, elle se laissa glisser dans l'inconnu.

— Artus, adieu ! Adieu, mon cher amour. Je ne te reverrai plus.

Elle n'irait pas davantage rejoindre Marie de Chevreuse pour rire et caracoler avec elle ; elle n'irait pas porter et chercher réconfort auprès de Bassompierre. Elle n'irait plus applaudir ses amis comédiens ; elle n'entendrait plus le babil de Charlotte et les chansons de La Musette. D'autres présences remplaceraient celles qu'elle quittait à jamais. D'autres musiques la charmeraient, ô combien plus suaves. Il lui fallait pour cela avancer, malgré l'air qui se raréfiait, l'espace ténébreux qui semblait se refermer sur elle, malgré

337

les abîmes traîtreusement entrouverts à ses pieds mais évités chaque fois, par elle ne savait quel miracle.

De tous les chemins qu'elle avait suivis, ce fut le plus lent, le plus terrible, apparemment sans fin et sans espoir, son châtiment, peut-être, pour elle qui avait cru si vite à une éternité bienheureuse ?

Or, voici que tout à coup, au plus épais de sa terreur, la nuit qui l'encerclait grisonna, s'échappant dans le lointain vers une étrange, une extraordinaire clarté. Des figures s'y profilaient, formes encore incertaines vers lesquelles, pourtant, Floriane se dirigea avec le pressentiment qu'auprès d'elles l'y attendait une allégresse inconnue. Elle dut s'arrêter presque aussitôt : devant elle un fleuve noir et silencieux menait sa course jaillie de nulle part, trop large et trop profond pour être franchi sans aide.

Sur l'autre rive on l'appela. Les voix étaient mélodieuses, familières, celle de Charles, celle de Roger, pensa-t-elle et d'autres, aussi, les voix de ceux qui jadis l'avaient prématurément quittée, qu'elle avait pleurés, tout prêts aujourd'hui à lui faire traverser les eaux mystérieuses, à lui faire oublier ses peines. Impatiente, elle leur tendit les bras.

— Floriane ! Floriane !

Bientôt elle serait parmi eux.

— Artus, mon fils, c'est la fin, murmura Hélène d'Ivreville.

— Laissez-moi seul avec elle. Sortez ! Sortez !

Haletant, Artus ne voyait que la forme aux mains jointes, allongée sous une courtepointe de soie rouge, le visage très blanc reposant contre les oreillers. Endormie.

Dormait-elle ? Cette pâleur, cette immobilité avaient toute l'apparence de la mort et de fait, même en s'approchant, en la scrutant avec l'acuité du désespoir, Artus ne put y découvrir le moindre signe de vie.

Des sanglots s'échappaient des ombres féminines prostrées autour du lit. La maison n'était que larmes et soupirs. Artus

338

avait aperçu, sans s'arrêter, dans la chambre voisine, la petite Charlotte pleurant bruyamment dans les bras d'Ermelinde méconnaissable. Il avait cru vaguement entendre les cris d'un nouveau-né, venus d'un berceau sur lequel se penchait une servante. Ces lieux étaient hantés par des femmes toutes pareilles à ses yeux, soudées par leur expérience, une complicité hostile, un reproche muet qu'il avait vite perçus mais dont il n'avait que faire car un seul être lui importait.

— Sortez !

Il avait l'air si effrayant qu'elles ne purent que lui obéir.

A pas lents, Artus s'approcha du lit.

— Floriane, chuchota-t-il avec une sorte de timidité.

Il avança des doigts tremblants pour effleurer les joues exsangues mais aussitôt les retira, horrifié par ce froid contact.

— Non, ce n'est pas possible !

Son cri d'effroi ne dépassa pas ses lèvres. Incrédule, Artus fixait la jeune femme inerte, sans s'apercevoir que le tremblement l'avait tout entier gagné. Peu à peu, son cœur se gonflait de révolte. Son regard halluciné ne quittait plus les paupières bleutées, irrévocablement abaissées sur une lumière incomparable.

Il était donc parti son imprévisible oiseau ? Parti sans l'attendre, sans savoir combien lui-même avait souffert de l'avoir meurtri et si mal, si passionnément aimé ?

— Floriane...

Avec précaution, Artus s'allongea à ses côtés, lui prit une main qu'il serra contre ses lèvres. Ce n'était pas possible. Il ne pouvait croire à un tel malheur, encore moins l'accepter. La vie sans son amour ne saurait avoir de sens !

— Floriane, qu'as-tu fait ? Que m'as-tu fait ?

Car c'était là, certainement, l'un de ses tours, le plus inattendu, le plus cruel qu'elle eût joué. Il n'avait jamais pu la laisser seule sans qu'elle ne s'esquive et disparaisse, lancée dans les directions les plus saugrenues.

Un rire atroce déchira la gorge d'Artus.

339

— Qu'as-tu encore inventé, ma folle ?

Brusquement, il se retourna ; appuyé sur un coude, il se pencha sur le pur profil qui semblait toujours, malgré sa douceur, le défier.

— Sans doute, crois-tu cette fois-ci m'échapper pour de bon ? Tu penses avoir le dernier mot, n'est-ce pas ?

Son haleine agitait contre l'oreille de Floriane une boucle de ses cheveux noirs comme l'ébène. Ce n'était rien, qu'un souffle, une illusoire apparence de vie. Néanmoins Artus s'en empara, s'y accrocha, refusant d'admettre l'irrémédiable.

— Eh bien tu te trompes, ma belle. J'irai te chercher là où tu es. Et si je ne peux te ramener, je resterai auprès de toi pour ne plus te quitter. Jamais ! M'entends-tu, Floriane ?

Enfiévré de chagrin et de fureur, ne supportant plus ce torturant silence, il se mit à la secouer.

— Réponds ! Mais réponds-moi !

En sanglotant, il s'effondra contre elle, balbutiant ce que son orgueil lui avait trop longtemps caché.

— Je t'aime. Où que tu sois, tu dois m'entendre. Floriane, je t'aime et ne vivrai pas sans toi, sans ton pardon. Pardonne-moi, Floriane. Tout est de ma faute.

Il n'avait pas essayé de la comprendre et peut-être n'y parviendrait-il jamais, quels que soient ses efforts. Qu'importe ! Ce qui comptait c'était sa passion. Il l'aimait en effet, déplorant de ne pouvoir inventer des mots nouveaux pour le lui dire, capable seulement, sans se lasser, d'égrener sa tendresse, le besoin insatiable qu'il avait d'elle, maintenant comme toujours. Floriane ! La mort ne peut vouloir de toi alors que tant d'amour et de douceur t'attendent encore sur cette terre. Reviens, Floriane !

Alors que sur le rivage obscur Floriane s'apprêtait à répondre aux murmures d'au-delà du fleuve, une autre voix résonna derrière elle, dans le lointain. Hormis son nom, indéfiniment répété, elle ne distinguait rien d'autre et d'ailleurs ne s'en souciait pas, fascinée par les âmes qui se rapprochaient, de plus en plus attirantes.

LA NUIT DU 5 DÉCEMBRE

— Floriane !

Pourtant, malgré elle, à regret, elle s'en détourna pour scruter les ténèbres vertigineuses où courait cet écho pressant, désespéré, bien que chargé des plus exquises promesses et tressaillit en reconnaissant celui qui l'appelait. Ainsi donc, même en ce lieu perdu, hors de portée du temps et des hommes, il avait le pouvoir de l'atteindre ?

Un instant elle lutta, écartelée entre deux univers, affolée à l'idée de s'éloigner du rivage lumineux, de ces chères ombres, d'emprunter à nouveau l'éprouvant chemin, insensible aux mirages du vieux monde auquel elle avait renoncé. Mais ce fut plus fort que tout. Pour mieux écouter, elle se pencha un peu plus sur le tourbillon des souvenirs heureux qui cherchaient à la rattraper et soudain, un irrésistible courant l'aspira, l'emportant à toute allure, loin, très loin du fleuve et de ses hôtes, loin, jusqu'à son point de départ ; jusqu'à sa chambre.

Lorsque Artus, brisé de douleur, releva la tête, alerté par un imperceptible, un incroyable frémissement, il découvrit Floriane pleurant sans bruit avec, dans ses yeux grands ouverts, un reflet céleste qu'il lui voyait pour la première fois.

ÉPILOGUE

C'était un magnifique enfant, « l'effet miraculeux de la grâce du Seigneur », la récompense de toute une vie de combats et de sacrifices, Louis-Dieudonné. Dans la chapelle du Château Vieux, le roi chanta un Te Deum entouré de la Cour puis revint vite admirer son dauphin. Ondoyé dès sa naissance par M. de Meaux, il dormait maintenant, innocent écrin du futur, sous le regard ébloui de sa mère. Un jour, il serait un monarque avisé, un guerrier invincible ; il serait vigoureux et charmeur pour régner sur le plus beau royaume de la chrétienté !

En attendant, la France apprenait avec ravissement la nouvelle de sa venue au monde. S'envolant des clochers de Saint-Germain, un joyeux carillon gagna Paris, réveillant toutes les cloches, clochettes et bourdons des églises, des chapelles, du Palais, de l'Hôtel de Ville, ces dernières exceptionnellement mises en branle. Le formidable concert, où du plus grave au plus aigu, tous les timbres se mêlaient, se répéta, porté par le vent, de tours en beffrois, de bourgs en villages, traversa les campagnes, semant partout la joie la plus profonde.

343

LES FEUX DU CRÉPUSCULE

Une sorte de folie collective s'empara de la capitale. Les quarante coups de canons tirés à l'Arsenal pour saluer officiellement la naissance du dauphin puis les trois cents boîtes d'artifice qui firent trembler les murailles, furent le signal de réjouissances comme on n'en avait pas connues depuis des lustres. Les Parisiens s'y jetèrent à corps perdu.

Des bandes de musiciens entassés dans des chars fleuris ou gambillant en cortèges répandirent le long des rues les sons allègres des vielles, des flageolets, des violons, des tambours et des trompettes. Et l'on dansait sur leur passage ; et l'on se congratulait, déjà enivré par cet excès de bonheur. Bientôt, une tout autre ivresse allait s'emparer de la foule.

Les fontaines publiques se mirent soudain à cracher du vin. Devant les riches hôtels, des tonneaux entiers furent mis en perce, sur lesquels les gens se ruèrent qui un gobelet, qui un seau à la main.

Il n'est pas de festivités sans agapes. Au seuil des maisons furent dressés des tables ou des tréteaux et des banquets s'organisèrent en plein air. Les bourgeois firent distribuer de la nourriture à la multitude. On vit alors des laquais se battre au moyen de saucisses ou de langues fourrées et des petits pains pleuvoir comme des cailloux au-dessus des têtes.

Le crépuscule venu, Paris s'embrasa, pareil à une gigantesque lanterne multicolore. Un feu de joie fut allumé place de Grève, les fenêtres se festonnèrent de petits lampions ; les hôtels resplendirent de tous leurs flambeaux, avec leurs façades décorées des chiffres du roi et de la reine, de figures allégoriques, de lys et de dauphins bien sûr, ceux-ci mille fois retrouvés au fronton des demeures, aux angles des rues, sur les chars de triomphe. La place Dauphine s'illumina comme en plein midi pour ressembler à un temple ruisselant d'or et de lumière. De temps à autre, des fusées traçaient leurs serpenteaux de flamme dans le ciel sans nuages de septembre. La fête ne semblait jamais devoir s'achever tant chacun débordait d'enthousiasme, de gaieté, de confiance en l'avenir.

ÉPILOGUE

L'Hôtel d'Ivreville pavoisait lui aussi, tout orné de lanternes, éclairé a giorno. Les valets avaient roulé des muids de bourgogne devant la porte cochère. Tous les domestiques entraînés par la flûte de La Musette dansaient dans la cour, entre des tables lourdes de victuailles. Ici, plus qu'ailleurs, on avait des raisons de se réjouir.

Soutenue par des coussins de brocatelle, Floriane écoutait les rires, les cris et les chansons de la ville en liesse. Parfois, l'éclat d'une fusée, les rougeoiements d'un brasier se reflétaient dans sa chambre.

Elle avait mal ; mal partout, dans chaque parcelle de sa chair. Sa fatigue était extrême ; cependant elle savait que déjà se préparaient en elle des forces toutes neuves, que son appétit de vivre ressurgirait bientôt, enrichi d'une expérience unique car, de ces rives lointaines dont elle garderait le secret, elle avait rapporté l'Espérance.

Le bruit croissant avec la nuit ne la gênait pas. Au contraire, il l'aidait à revenir de plain-pied dans l'existence, fouettée par ce que celle-ci offrait de plus exubérant, de plus coloré. Quelle que fût la gravité des heures qu'elle venait de connaître, elle ne pouvait rester étrangère aux sentiments de tout un peuple. Elle savait bien ce que représentait ce petit dauphin miraculeux et quelle douce revanche il devait être pour la reine.

— Te sens-tu mieux ma mie ? lui chuchota Artus avant de déposer un baiser sur sa joue.

Elle resserra son bras autour du sien, sa main sur la sienne et lui sourit d'une telle manière qu'il crut ne pouvoir contenir un nouvel accès d'émotion. Il cacha son visage contre les cheveux de Floriane, échappant à la curiosité attendrie des femmes de la maisonnée.

Point dupes, ces dernières s'extasièrent devant l'image parfaite qu'ils offraient tous deux. Aidé de la divine miséricorde, Artus avait accompli ce prodige : rappeler Floriane à la vie.

— Maman, je voudrais encore voir mon petit frère, dit Charlotte en sautillant autour du berceau.

Hélène souleva la fillette au-dessus du bébé emmailloté dans ses bandelettes.

— Que fait-il, chérie ? demanda Floriane.

— Il dort. On dirait un ange.

— Je gage que le dauphin n'est pas aussi beau, se pâma Ermelinde.

— Soyez-en sûre, fit Alix aussi fière que si l'enfant était de son fait.

Olyvette et Isabelle, qui venaient de recoiffer et d'apprêter Floriane, mettaient un peu d'ordre sur la « toilette » chargée de brosses et de flacons.

A l'écart de la pièce, dame Belot s'entretenait avec une jeune personne aux formes généreuses, la nourrice qu'elle venait de recommander à la baronne d'Ivreville. La sage-femme pour sa part avait été louangée et largement récompensée après une tâche des plus délicates. En effet, dame Belot avait elle aussi vécu des instants difficiles quand elle avait dû arracher de sa mère ce petit être qui ne voulait pas en sortir. Mais grâces en soient rendues à sainte Marguerite, tout s'était bien terminé.

Floriane et Artus continuaient d'échanger pour eux seuls regards et confidences à mi-voix. Un cercle invisible, mais que nul ne pouvait ignorer, les isolait au centre d'une aire magique, lumineuse.

Ensemble ! Ils étaient ensemble. Pour tout le restant de leur vie. Peu de mots leur suffisaient pour se comprendre, se promettre mutuellement de nouvelles et nombreuses saisons, tout emplies de sérénité et d'amour.

Malgré tout, une trace d'inquiétude devait subsister dans la pensée d'Artus qui avait eu trop peur pour être déjà absolument rassuré.

— Je t'aurai donc bien à moi ? Tu seras désormais bien sage, toute à tes devoirs d'amante et de mère ? fit-il, ne plaisantant qu'à demi.

— Tu en doutes encore ?

Le pétillement d'un feu d'artifice incendia la nuit avant de retomber sur la Seine en pluie précieuse. Il éclaira le visage apaisé de Floriane et son sourire tendre, un rien espiègle, sur lequel Artus ne put s'empêcher de poser les lèvres.

Sage ? Elle ferait de son mieux. Amante et mère ? Elle n'aspirait qu'à remplir ces deux rôles avec toutes les ressources d'un cœur comblé. Répondant à son baiser avec d'autant plus de bonheur qu'elle avait cru en être privée à jamais, Floriane referma les bras autour d'Artus.

A paraître prochainement, la suite des Feux du Crépuscule.

Table

Introduction 9

Liste des personnages 11

  I. LE RETOUR D'ARTUS 19

 II. « LE BALLET TRIOMPHANT » 79

III. LES LARMES DES VAINQUEURS 131

IV. LE LIVRE D'HEURES 211

 V. LA NUIT DU 5 DÉCEMBRE 285

Épilogue 343

Achevé d'imprimer en janvier 1992
sur presse CAMERON,
dans les ateliers de la S.E.P.C.
à Saint-Amand-Montrond (Cher)

Dépôt légal : janvier 1992.
N° d'Édition : 390. N° d'Impression : 030.

Imprimé en France